U0922719

吕进　向天渊◎主编

SHI XUE

2022
第十六辑

巴蜀书社

诗学

编辑委员会

目录

邹绛在新诗诗体格律化建设上的成就

□王珂　王觅[1]

内容摘要：诗体相对定型难是百年新诗最大的难题，邹绛在闻一多、何其芳等前人的基础上，尽力解决这个难题，为新诗诗体的格律化建设做了巨大贡献。在诗歌创作、文学翻译、诗学研究、人才培养、刊物编辑等方面做了很多卓有成效的工作。“现代”一词是邹绛的现代格律诗的关键词，他重视“现代”及使用“现代格律诗”这一称谓既受到了何其芳的现代格律诗的影响，更是由他的家庭出身和个人经历决定。可以用“邹格律”和“邹现代”来分别形容他在中国诗歌和中国现代性建设上的巨大贡献，他毕生构建现代格律诗的行为在诗歌学和政治学上都有重要意义。

关键词：邹绛；现代格律诗；自由诗

一、平仄对仗留人间的“邹格律”

笔者是邹绛的学生，1987年在西南师范大学外语系的本科学士论文《中英爱情诗比较》（英文）和1990年在西南大学中国新诗研究所的研究

① 王珂（1966－），男，重庆人，博士，东南大学人文学院教授、博士生导师，东南大学现代汉诗研究所所长，主要从事中国现当代文学及现代诗研究。王觅（1990－），男，重庆人，博士，南京晓庄学院文学院讲师，主要从事中国现当代文学研究。

生硕士论文《散文诗：一种独立的抒情文体》（中文），都是邹绛指导的。这在中外高教史上十分罕见。但是他给笔者留下的最深刻的印象是“邹格律”这个绰号。当时吴向阳、陈义海和笔者等研究生都写自由诗，讨厌格律诗。邹老师上课时的口头禅是“写诗要讲究格律”“译诗要讲究格律”，我们私下里不叫他“邹老师”，而叫“邹格律”。如有人问“明天上哪位老师的课”，便有人回答“邹格律的”。从这件事可以知道，他是多么迷恋格律。笔者的另一位研究生导师、邹绛的同事吕进说：“他去世以后，诗人张继楼曾给中国新诗研究所送来一副挽联：‘ABCD 随风去，平仄对仗留人间’，十分准确地概括了邹绛的成就。”① 这幅挽联也十分生动地描述了“邹格律”的诗人诗论家形象。

“2022 年 3 月 20 日是中国现代著名诗人、学者、翻译家、西南大学中国新诗研究所研究员邹绛先生百年诞辰，为了缅怀先生在诗歌创作、文学翻译、诗学研究、人才培养、刊物编辑等多方面的突出成就，弘扬他‘毕生奉献、一世淡泊’的高尚品德，西南大学中国诗学研究中心、西南大学中国新诗研究所、中国新诗创研中心将联合举办‘邹绛先生百年诞辰纪念座谈会暨《邹绛诗文集》新书发布会’。”②《“邹绛先生百年诞辰纪念座谈会暨〈邹绛诗文集〉新书发布会”正式邀请函》里的这段话是对邹绛一生成就的准确评价。如果再细化这段话，可以用一句话来总结：“邹绛在新诗诗体格律化建设上有突出成就。”如果用一个词来概括，那就是“邹格律”。邹绛一生的五大工作——诗歌创作、文学翻译、诗学研究、人才培养、刊物编辑，都围绕着他的“现代格律诗事业”进行。

在诗学研究和人才培养上，他写出了新诗诗体建设史研究现代格律诗最全面的文章《浅谈现代格律诗及其发展》，培养出吴向阳、段从学等多位研究生，已成为著名诗人或新诗教授，他的“新诗是格律诗”的诗学理

---

① 吕进：《人到无求品自高——忆邹绛》，《四川日报》2022 年 3 月 4 日。

② 西南大学中国诗学研究中心、西南大学中国新诗研究所、中国新诗创研中心：《“邹绛先生百年诞辰纪念座谈会暨〈邹绛诗文集〉新书发布会”正式邀请函》。西南大学中国新诗研究所所长向天渊 2022 年 2 月 19 日微信发给笔者。

念影响了学生，多人从事着他的新诗文体学，尤其是现代格律诗诗体学研究，笔者的新诗诗体学研究就深受他的现代格律诗诗体观的影响。

在诗歌创作上，他写格律诗，20 世纪 50 年代在《星星》，90 年代在《诗刊》等诗刊发表了数十首现代格律诗，出版了《现代格律诗选》。“再看由吕进主编，2004 年由重庆出版社出版的《20 世纪重庆新诗发展史》。其卷一《重庆新诗的过程描述》第四章《新时期：重庆新诗的第二个高潮》第一节《兴旺的诗人队伍》中，把邹绛先生归入老诗人行列，说他在诗歌翻译与现代格律诗探索两方面都‘取得了实绩，享有盛誉’。而在第五章《90 年代的重庆新诗》的第一节《多元并进的诗歌创作》中谈到诗歌体裁的多样化时，称其为现代格律诗代表人物，并产生一定的影响。在该书卷二《重庆诗人与诗评家》中还特设《邹绛陆棨万龙生与现代格律诗》专章，将邹绛单列一节（陆、万合为一节），包含 5 个方面的内容。其中以‘硕果累累’称许其创作，又肯定了他‘从创作实践出发对现代格律诗理论的丰富与发展’，并且从体式建设、节奏建设以及继承、建设与创新几个方面对他在新诗格律理论的贡献做了比较详尽的论述。”① “中国新诗研究所编的三卷本《新中国 50 年诗选》第 3 卷《现代格律诗分篇》选入了他的《给阿尔贝蒂》；至于《中国·四川新时期诗选》选用邹绛先生的作品，当然就更不在话下。另外两种重要的中国 14 行诗选本中，许霆、鲁德俊主编、屠岸作序的《中国十四行体诗选》选入他 3 首作品，钱光培选编的《中国十四行诗选》则不但选入他 5 首作品，还附录了他谈十四行诗创作体会的短文《一点体会和一点希望》。他自己选编的《中国现代格律诗选》也当仁不让，选入了 5 首作品。这些都足以说明邹绛先生在现代格律诗创作中的地位。”②

在刊物编辑上，他 50 年代编辑《西南文艺》，发表了高平等人的现代

---

① 万龙生：《邹绛先生在诗史上应有的地位——写在先生百年冥诞之前》。万龙生 2022 年 3 月 17 日微信发给笔者。

② 万龙生：《邹绛先生在诗史上应有的地位——写在先生百年冥诞之前》。万龙生 2022 年 3 月 17 日微信发给笔者。

格律诗，强化了那个时代的诗人诗体格律化意识，让诗人有了更多的文体自觉性。五六七十年代，在中国内地流行讲究适当韵律的现代格律诗，甚至被人嘲笑为“顺口溜”“豆腐干诗”，与20年代闻一多、徐志摩、陆志韦、饶孟侃、朱湘等人的“新格律运动”的新诗传统有关，更与刊物及诗歌编辑的“选稿标准”有关。如今天新诗界流行自由诗，是因为《诗刊》《星星》《扬子江诗刊》等所有新诗刊物没有一个编辑倡导格律诗。重视格律诗的编辑行为也与当时的政治时局及学术体制有关，如50年代出现的“新民歌运动”是典型的“政府行为”，从田间地头到校园广场，从江湖（田园）到庙堂（礼堂）都有“赛诗会”，“农民诗人”参加从生产队到大队到公社，甚至到县到地区到省的各种比赛，写的“民歌”可以称为“简单的现代格律诗”。尽管何其芳倡导的“现代格律诗”将闻一多的“新格律诗”在诗体上解放了很多，仍然被视为是文人喜欢的诗体，因不是以工农兵为主体的人民群众“喜闻乐见的形式”，受到官方的批判。

邹绛90年代编辑西南大学中国新诗研究所所刊《中国诗歌研究》，有意识地发表研究现代格律诗的文章，支持刊物所在地重庆的格律体新诗运动，使重庆成为全国的现代格律诗写作和研究的重镇。“诗人梁上泉曾经有一首写邹绛的诗，有‘生死是吾师’之句……”① 梁上泉写诗说邹绛“生死是吾师”，更多是指他的诗歌写作受到了邹绛的新诗要讲究格律的诗观影响。在邹绛身边有一群写现代格律诗的诗人，如万龙生、陆棨、杨山、林彦、张继楼等。梁上泉还以歌词著名，他写的《小白杨》在军营中广为传唱。他的儿子梁芒也是著名的歌词作者。他们的歌词都是音乐性强的现代格律诗。

万龙生2022年2月17日写的文章中也如梁上泉诗中所说，称邹绛为师：“时光荏苒，邹绛先生离开人世已经26年了。而今年3月20日已是他百年冥诞纪念日。西南大学中国新诗研究所将为他举行追思活动。作为他生前曾经给予热情扶助，并且受益终生的后学，当然必须写下内心永远不

① 吕进：《人到无求品自高——忆邹绛》，《四川日报》2022年3月4日。

会淡化的感念。在先生逝世一周年之际，我曾写过《邹绛先生放心吧！——一个后来者的悼念》，在他去世四周年之际，又写过《让你在天国微笑》一文；但是多年来，我对先生的怀念确实不曾随岁月的流逝而冲淡。这是因为，正如我曾经表述过的那样，他是我‘严格意义上的人格之师，艺术之师’。当年他对我在格律体新诗创作与研究上给予的支持、鼓励与帮助，对于我具有的意义怎么估计都不过分。我觉得，对他最好的纪念，就是对他生前对中国诗歌的杰出贡献给予充分的评价，进一步确立其应有的地位。”①

在百年新诗诗体建设史上，尤其是在格律化建设上，有三位“四川人”（重庆人）贡献最大，一是20世纪50年代的何其芳，二是80年代的邹绛，三是90年代及21世纪的万龙生。何其芳偏重理论，提出了“现代格律诗”这个命名；万龙生偏重创作，也提出了“格律体新诗”这个命名。邹绛既有创作，也有理论，还有翻译；还是编辑家。他的地位和贡献得到了很多同行的公认。《四川日报》2022年3月4日发表了西南大学中国新诗研究第一任所长吕进的文章《人到无求品自高——忆邹绛》，在评价他的成就时三次提到他的格律诗贡献。“今年3月20日是邹绛先生百年诞辰。邹绛是我国著名的诗歌翻译家、诗人和诗歌教育家，他是西南大学中国新诗研究所的创建者之一，在研究所，方敬、邹绛、吕进一起被称为研究生的‘三大导师’。1986年成立的中国新诗研究所，是新文学诞生以来的第一家独立建制的研究新诗的实体机构，也是国内外华文诗学界公认的新诗研究圣地。……他是1954年加入中国作家协会的，比我的入会时间足足早了30年。……邹绛声名远播。他就是一部外国诗歌的活辞典，精通英语和俄语。许多中国读者都是通过他，才认识智利诗人聂鲁达、美国黑人诗歌和俄罗斯诗人巴格里茨基的。他还是新时期格律体新诗有影响的倡导者，在诗体重建上多有贡献。他去世以后，诗人张继楼曾给中国新诗研

① 万龙生：《邹绛先生在诗史上应有的地位——写在先生百年冥诞之前》。万龙生2022年3月17日微信发给笔者。

究所送来一副挽联：‘ABCD 随风去，平仄对仗留人间’，十分准确地概括了邹绛的成就。邹绛是学术权威，长期担任四川省和重庆市的外国文学研究会的会长，但是他虚怀若谷。从 1983 年到 1992 年，重庆出版社陆续出版了邹绛主编的 4 卷本《外国名家诗选》，一时洛阳纸贵，实现了邹绛编出‘一部丰富多彩而又耐读的诗选’的预想，……邹绛是一个淡泊的人，低调的人，几乎从不谈论自己。有一次我到他家去谈工作，在他打开书桌抽屉翻找我需要的资料时，我偶然看到抽屉里有一封胡乔木给他的亲笔信。我立即取出来，抽出信笺阅读。胡乔木写得很热情，对邹绛倡导现代格律诗赞许有加。胡乔木是当时的中央领导人之一，且具学者身份，读书较多，发言慎重，他明确支持邹绛的努力，这是多么值得高兴的事啊。邹绛却以寻常心对待，把这封信雪藏了。如果不是我的偶然发现，谁也不知道有这回事。”①

二、现代：邹绛现代格律诗的关键词

邹绛写过旧体诗，这是他构建现代格律诗时，把古代汉诗、外国诗歌和民间诗歌视为三大诗体资源的重要原因。他对三者都熟悉，尤其是身为诗歌翻译家和外语系教授，对外国诗歌，特别是英语格律诗的诗体，如十四行诗诗体（商籁体）和素体诗都非常熟悉。很少有人知道他写旧体诗，笔者当他的学生多年，也不知道。

2017 年 5 月 24 日，“抽刀断水”（笔者考评出真名叫万龙生）在中国诗歌网上发表了《读李涛收藏之邹绛遗作七首》。文章介绍了这些诗的来历，还以“万按”为名做了评点。

“日前获 94 岁高龄的长航总公司离休干部、作家、长航文学创作组织者李涛先生两次来信，均附有关于已故诗人、诗歌翻译家、格律体新诗理论家邹绛先生的重要资料。为什么李涛老先生会掌握这些资料呢？盖因他

① 吕进：《人到无求品自高——忆邹绛》，《四川日报》2022 年 3 月 4 日。

1940 年代与邹绛先生曾在武汉大学有同窗之谊，后来保持通信联系。他还记得当时邹绛先生的学名叫邹德鸿呢。他知道我一直醉心于格律体新诗之研究与创作，与邹绛先生志同道合，得益于邹绛先生甚多，担心这些资料散失，所以提供给我。两份资料，其一为七首七言律、绝，写作时间据李老回忆，大约是 30 年前的遗墨了，那么推算起来当是 1983 年前后抄寄的。原文如下：

作诗难

两鬓如丝尚学诗，几分诗味自家知。
千声未有黄鹂语，百改终惭白苎词。
私计漫论工感慨，微言犹是隔云泥。
闲吟纸上余音在，付与亲朋慰偶思。

万按：从来不知道邹绛先生也写旧体诗，想是老来学写吧，因而自叹其难。真谦谦君子之言也，诗如其人，信然！

悼周总理

忽报长空陨玉绳，万家呜咽泪纵横。
中原旧址想驰骤，大地新装识老成。
正气一身群小妒，贞风九畹众心倾。
而今国事艰难甚，何处招魂问治平。

万按：此诗当写于 1976 年周总理逝世之后。玉绳，星也。此诗为当时整个中国时代情绪之诗意表达，亦甚宝贵。①

① 抽刀断水（万龙生）：《读李涛收藏之邹绛遗作七首》，中国诗歌网，2017 年 5 月 24 日。

万龙生还在此文的《附记》中说："过去只知道邹绛先生在创作中践行自己着力提倡的格律体新诗，并不知道他晚年也与何其芳一样，写起旧体诗来，而且是有意识地学写。所幸邹绛先生不是沉溺其中不能自拔，仅仅是'试水'而已。正如闻一多在'勒马回缰'之后很快投入新诗格律建设，写下了新诗格律理论的奠基之作《诗的格律》，邹绛先生也没有徘徊多久，仍然秉持新诗需要格律的理念，继续探索前进。1985 年他就推出了具有历史意义的《中国现代格律诗选》，并撰写了阐述新诗格律原理的长篇序言，为新诗格律建设做出了卓越的贡献。在觉得'艺国前程正渺茫'的时候，许多新诗人'勒马回缰写旧诗'，看来并不是偶然的现象。从中是否可以寻绎出什么蛛丝马迹呢？我看起码是诗人们彼时彼地觉得新诗已经不能得心应手地表达自己的感受，体现了新诗形式的局限性。这样我们就看得出题材在怎样选择着与之相适应的形式，同时，可以看出形式并不是孤立的存在，而是有机地构成了诗的不可分割的内容物。还有，新诗没有一套为人们所认可并能学习、使用的格律规范也不能不说是个中缘由吧。我们从这七首近体诗看到，尽管诗人自己觉得不是那么得心应手，写起来有一定难度，但是还是能够遵从那些严格的格律规范，准确表达自己的所思所感，从而又一次应验了闻一多的格律'工具'说，证明对于高明的诗人来说，格律只是表现的利器，而绝非障碍与桎梏。此外，我们从邹绛先生的格律体新诗作品中看到的是一种平和、淡定的风格，这与他平时给人的和蔼可亲、诲人不倦的形象是完全吻合的；而从这些作品中，我们看到了另一个金刚怒目的邹绛，疾恶如仇的邹绛，充满正义感的邹绛。他不是只在书斋里讨生活，而是密切关注现实，感受到时代的变化并及时做出反应的诗人。正如'刑天舞干戚，猛志固常在'之于陶渊明，'至今思项羽，不肯过江东'之于李清照，有了这些为数不算多的作品，邹绛先生的诗人形象就更加丰满，更加立体，更加有血有肉，更加令人尊崇了。总之，李涛先生提供的这七首邹绛遗作，数量虽然不多，但是意义重大，值得珍视，决不可等闲视之。”①

邹绛写旧诗确实不同于钱理群总结的新诗诗人“老去渐于诗律细”。他认为：“和充分成熟与定形的传统（旧）诗词不同，新诗至今仍然是一个‘尚未成型’、尚在实验中的文体。因此，坚持新诗的创作，必须不断地注入新的创造活力与想象力；创造力稍有不足，就很有可能回到有着成熟的创作模式、对本有旧学基础的早期新诗诗人更是驾轻就熟了的旧诗词的创作那里去。”② 如郭沫若进入中年以后的写诗中，当诗潮涌来又苦于找不到合适的形式表现意境时，就被迫选择旧诗体。结果是他的旧诗越写越好，新诗越写越差。沈尹默、何其芳等人写旧诗后几乎不写新诗了。邹绛的旧诗写作更多是为了促进他的现代格律诗写作和研究，是诗体实验性写作，所以他的旧诗写得极少。正因为有这样的写旧诗实验，邹绛才敢说：“现代格律诗虽然讲究有规律的节奏，有规律的押韵，但并不是高不可攀的东西，写现代格律诗要比写旧体诗词容易得多了。有些写惯了自由体的诗人不是在无意间也写出了符合现代格律诗要求的作品么?”③

万龙山一生也在致力于新诗诗体的格律化建设，1986 年笔者和他，还有邹绛，一起参加西南师范大学中国新诗研究所举办的“新时期新诗研讨会”，他提交的论文及大会发言都倡导新诗要走格律化的道路。万龙生主办《东方诗风》诗刊，创办了重庆市诗词学会格律体新诗研究院，并任院长。“2010 年 3 月 28 日，重庆市作家协会、重庆市诗词学会等 6 家单位联合举办了“王端诚格律体新诗研讨朗诵会”，研讨了世界文化艺术出版社 2010 年出版的王端诚的格律体新诗集《枫韵集》。万龙生评论说：“这样的针对专人作品的格律体新诗研讨会在国内也是罕见的，其意义已经超越出了其作品本身。”④ 尽管万龙山把这种格律化新诗称为“格律体新诗”，

① 抽刀断水（万龙生）：《读李涛收藏之邹绛遗作七首》，中国诗歌网，2017 年 5 月 24 日。

② 钱理群：《论现代新诗与现代旧体诗的关系》，吴思敬：《诗探索》（第 2 辑），中国社会科学出版社，1999 年，第 101 页。

③ 邹绛：《中国现代格律诗选（1919—1984）》，重庆出版社，1985 年，第 30 页。

④ 万龙生：《主持人语》，《东方诗风》第 4 期，第 5 页。

但是邹绛年长他二十岁，是他的老师辈，亦师亦友，都生活在重庆，彼此十分了解，所以万龙山对邹绛的旧体诗写作的评价相当精准。

百年间“新格律诗”这一称谓并不常用。1926 年堪称新诗诗体建设年，有一个声势浩大的“新格律运动”。当时把这场运动产生的诗叫“格律诗”“方块诗”“豆腐干诗”，没有人直接用“新格律诗”。如朱自清在《中国新文学大系诗集序言》中说：“那时候大家教做格律诗，有些从前极不顾形式的，也上起规矩来了。‘方块诗’‘豆腐干诗’等等名字，可看出这时期的风气来。新诗形式运动的观念，刘半农氏早就有。……第一个有意实验种种体制，想创新格律的，是陆志韦氏。”① 1926 年 4 月 1 日，徐志摩在《诗刊弁言》一文中用的是“创格的新诗”。他说：“要把创格的新诗当一件认真事情做。……我们信我们这民族这时期的精神解放或精神革命没有一部像样的诗式的表现是不完全的，我们信我们自身灵性里以及周遭空气里多的是要求投胎的思想的灵魂，我们的责任是替它们构造适当的躯壳，这就是诗文与各种美术的新格式与新音节的发见；我们信完美的形体是完美的精神唯一的表现。”② 1926 年闻一多在《诗的格律》用的是“新诗”。“但是在我们中国的文学里，尤其不当忽略视觉一层，因为我们的文字是象形的，我们中国人鉴赏文艺的时候，至少有一半的印象是要靠眼睛来传达的。……实力不独包括音乐的美（音节），绘画的美（词藻），并且还有建筑的美（节的匀称和句的均齐）。……增加了一种建筑美的可能性是新诗的特点之一。”③ 闻一多在《律诗底研究》中用的是“律诗”。陈梦家在《新月诗选》是这次新格律运动产生的作品的合集。他在《序言》中也没有用“新格律诗”，用的是“新诗”。他说：“影响于近时新诗

---

① 朱自清：《导言》，朱自清：《中国新文学大系·诗集》，良友总公司，1935 年，第 6 页。

② 徐志摩：《诗刊弁言》，郑振铎：《中国新文学大系·文学论争集》，良友总公司，1935 年，第 333 页。

③ 闻一多：《诗的格律》，杨匡汉、刘福春：《中国现代诗论》（上编），花城出版社，1985 年，第 124－125 页。

形式的，当推闻一多和饶孟侃，他们的贡献最多。”① 因此后来的研究者常常把“新格律诗”和“现代格律诗”混用。如潘颂德著的《中国现代新诗理论批评史》的第三章题目是《本时期的新格律诗派论家》，正文中用的却是“现代格律诗”。“闻一多倡导新诗音乐美，主张现代格律诗每行必须顾到音尺的整齐。‘音尺’，亦即‘音组’‘音步’。闻一多对音尺、音组、音步的提倡，是他借鉴西诗格律形式的结果。”②

20世纪八九十年代及21世纪，为这种诗的文体建设做出了重大贡献的周仲器，称它为“新格律诗”。周仲器、周渡曾合著《中国新格律诗论》和《中国新格律诗史论》，1985年他和钱永永编了这种格律化新诗的第二本诗选《中国新格律诗诗选》，2005年周仲器还编了《1914－2005中国新格律诗选萃》。2010年6月23日，笔者在江苏省镇江市江苏大学周仲器家采访了他三小时。他提到了这种文体在称谓上的争议，还提到了新诗史上最早的两部格律化新诗诗选的编辑出版情况。他说：“我为什么搞格律诗呢？也是一个偶然的机会。1980年，江苏省开了个学术讨论会，各个高校都去参加。那个时候，我已经在镇江师专教书，我也参加这个学术讨论会。淮阴师专当时有一个老师叫钱仓水，报告了一篇论文，他说：‘格律诗是舞步不是镣铐。’他建议有人出来编一本现代格律诗选，当时我就接过这话题，我就说：‘可以，我们来编，不要人家来编，我们自己来编。’刚好江苏文艺出版社，当时叫江苏人民出版社，有一个诗人叫丁芒，他在负责这方面的工作，刚好在他的出版计划中有一本《现代格律诗选》，一本《现代格律诗论选》，一本《现代格律诗研究》，一套三本书。我们刚好负责《中国现代格律诗选》和《中国现代格律诗论选》。许霆和鲁德俊两位教授负责《现代格律诗研究》，后来他俩就出了一本书叫《新格律诗研究》。他们搞的是真正的研究，我们主要是资料方面的收集、整理。实际上，我们的《现代格律诗选》（出版时改为《中国新格律诗选》）启动比

① 饶孟侃：《新诗诗选序言》，杨匡汉、刘福春：《中国现代诗论》（上编），花城出版社，1985年，第152页。

② 潘颂德：《中国现代新诗理论批评史》，学林出版社，2002年，第169页。

较早，因为出版社的原因，出版时比您的研究生导师邹绛先生编的《现代格律诗选》迟了两个月。他的是1985年8月份出版的，我们的是10月份出版的。因为某些原因推迟了出版时间，本来应该我们的先出版。当时骆寒超先生还给我们写了一篇序言。但是遗憾的是什么呢？一是我们附录的一个长篇论文，总编不给发；另一个是书的定位是面向青年读者，而且强调多选爱情诗，甚至把《死水》都要删掉。把《死水》都删掉了，把新格律诗的代表作都删掉了，我们就不干了。后来就出来一本薄薄的《中国新格律诗选》。为什么叫‘新格律诗选’呢？我的大儿子建议说：‘您叫《中国现代格律诗选》不好，应该新一点，新颖一点。’所以叫《中国新格律诗选》。所以我后来写文章大部分时间都采用‘新格律诗’这个名称。重庆主张格律体新诗的诗人，如万龙生主张用‘格律体新诗’。名称不重要，有的人对新格律诗这个名称比较熟悉，他就认可新格律诗选。我觉得‘新格律诗’这个名称比较简明。……我一直坚持用‘新格律诗’，当然我不反对用其他的名称。我为什么一直坚持用‘新格律诗’这个名称呢？就是因为可以把它解释为一种新的体式——新格律体。”①

在“现代格律诗”“新格律诗”和“格律体新诗”三种称谓中，现代格律诗最能够呈现出这种文体的现代性质，也最能够与“现代汉诗”这个母系统的称谓相配。百年来，出现了“白话诗”“新诗”“现代诗”“现代汉诗”“汉语新诗”等多种称谓。在主要的五种称谓中都存在共同的特点：这是现代人写的现代文体。胡适的《谈新诗——八年来的一件大事》用了“新诗”，把“新诗”定位为“国语的文学”，把当时报纸上刊载的这种文体称为“新诗”。“《文学改良刍议》，是新文学运动的第一次宣言书。……文学革命的目的是要替中国创造一种‘国语的文学’——活的文

① 王珂：《与周仲器教授周渡博士谈诗录音》，王珂：《新时期三十年新诗得失论》，上海：生活·读书·新知三联书店，2012年，第325－326页。

王珂：《与周仲器教授周渡博士谈诗录音》，王珂：《新时期三十年新诗得失论》，上海：生活·读书·新知三联书店，2012年，第325－326页。

王珂：《与周仲器教授周渡博士谈诗录音》，王珂：《新时期三十年新诗得失论》，上海：生活·读书·新知三联书店，2012年，第325－326页。

学。这两年来的成绩，国语的散文是已过了辩论的时期，到了多数人实行的时期了。只有国语的韵文——所谓‘新诗’——还脱不了许多人的怀疑。但是现在做新诗的人也就不少了。报纸上所载的，自北京到广州，自上海到成都，多有新诗出现。”① 这种国语的文学出现在现代社会才有的报纸上。刘大白1919年2月9日写的《人话文与鬼话文》出现了“现代的活人”一词。“我的主张是小学全读人话文（我称白话为人话，文言为鬼话），初中一年级也全读人话文……中学生有懂得鬼话的必要，但是只求他们能懂为止，绝不以能做为目的。文字是吸收和发表的媒介物。做是发表，既是现代的活人，当然应该用人话发表自己底思想。”② 梁实秋在《自由评论》第十二期发表的《我也谈谈“胡适之体”的诗》：“‘白话’的‘白’，其一意义即是‘明白’之‘白’。所以‘白话诗’亦可释为‘明白清楚的诗’。所以‘明白清楚’应为一切白话诗的共有的特点，不应为‘胡适之体’独有的特点。……胡先生的诗不足以做大家的模范，但是至少他的‘明白清楚’的主张是正确的，是今后所应依照进行的一个方向。是人就得说人话，诗人也得说人话，人话以明白清楚为第一要义。”③ 从“现代的活人”和“人话”这些语言中就可以看出当时的“白话诗”就是“新诗”，“新诗”就是“现代诗”——用现代人的通用的语言，当时称为“白话”，后来称为“现代汉语”，来写现代人的生活，抒发现代人的感情的诗。

在百年新诗史上，也有“新诗”“现代诗”“现代汉诗”“汉语新诗”等多种称谓。吕进主张用“汉语新诗”。他说：“我想提出一个‘汉语新诗’的概念。汉语新诗在空间上打通的，是国家的疆界、民族的隔离、政治的分割。这是很大的‘言语社团’。这个理念从事实性存在出发，赋予

① 胡适：《谈新诗——八年来的一件大事》，《中国新文学大系·建设理论集》，影印本，上海文艺出版社，2003年，第294-295页。

② 刘大白：《人话文与鬼话文》，《文学周报》（合订本·第八卷），上海远东图书公司，1929年，第678-679页。

③ 梁实秋：《我也谈谈“胡适之体”的诗》，耿云志：《胡适论争集》（上卷），中国社会科学出版社，1998年，第343页。

汉语新诗以最辽远的疆界：不仅是中国的两岸四地，不仅是海外华人诗歌，还包括了全世界外国人用汉语写出的诗歌。汉语，而不是国家，不是民族，不是地域，不是政治制度，被认定为汉语新诗唯一的划分依据，这样，汉语新诗就从华人新诗走向了华文新诗，即汉语新诗。汉语，是汉语新诗的身份标志，无论诗人属于哪个国家和民族。……毫无疑义，汉语新诗的发生地在中国，汉语新诗的主体也在中国，在代代相传‘不学诗，无以言’古训的中国，在曾经写下‘以诗取仕’历史的中国。所以，海外诗人和外国诗人写汉语新诗，既有本土情怀，又有中国诗学的穿透和影响。”①

笔者主张用“现代汉诗”，尤其是21世纪应该用“现代汉诗”取代“新诗”，来强调建设现代中国和培养现代中国人的必要性。“现代汉诗是用现代汉语和现代诗体抒写现代精神和现代意识的语言艺术。”② 邹绛的“现代格律诗”中的“现代”强调的也是现代人、现代生活、现代诗体、现代意识、现代精神，这是邹绛用“现代格律诗”作为这种诗体的称谓的重大意义。

邹绛重视“现代”及用“现代格律诗”主要有四个源流。

一是受何其芳的影响，他沿用了何其芳的“现代格律诗”概念。1954年4月11日，何其芳给现代格律诗下的定义：“我们说的现代格律诗在格律上就只有这样一点要求：按照现代的口语写得每行的顿数有规律，每顿所占时间大致相等，而且有规律地押韵。”③ 何其芳是中华人民共和国建立后才提出用“现代格律诗”取代“新格律诗”的，新中国正是“现代中国”，诗的任务是培养现代公民和打造现代国家。何其芳在1954年是从延安出来的共和国重要的文化官员，对诗的“现代性”格外重视。

二是外语出生和外语职业。他毕业于武汉大学外语系，一直在外语系

---

① 吕进：《八仙过海——2010年〈小诗磨坊〉序》，http://blog,sina,com,cn/s/blog_4ad87d7b0100i4qn,html。

② 王珂：《新诗现代性建设研究》，东南大学出版社，2015年，第7页。

③ 何其芳：《关于现代格律诗》，《何其芳文集》，四川人民出版社，1979年，第153页。

任教，又是诗歌翻译家。他深受外语诗歌，尤其是英语诗歌在形式上重视韵律、在内容上推崇现代精神的特质的影响。外语诗歌，尤其是英语诗歌是强调韵律的。即使是自由诗，也应该称为自由体诗，是准定型诗体，不是不定型诗体。“自由诗（‘free’ verse）不是简单地反对韵律，而是追求散体与韵体的和谐而生的独立韵律。”① 英语诗歌中最推崇自由体诗的诗派意象派也没有完全摒弃韵律。意象派宣言在“六条原理”后专门针对自由诗补充说：“自由诗这个题目太复杂了，无法在这里加以探讨，我们不妨简单地说，我们把这个词（自由诗）用于越来越多的这样的诗。在这些诗中，节奏要比散文的节奏更明显、更确凿、更连贯，但这些诗中的节奏又不象所谓的‘正规诗’中那样强烈地或明显地落下重音。”② 意象派诗歌这样的自由体诗诗派是“现代派”的一种。“五四”时期的新诗革命既是西方自由诗运动（Free-verse movement）的产物，更是西方现代运动（Modern movement）的结果。梁实秋在1930年12月12日给徐志摩的信中说：“我一向以为新文学运动的最大的成因，便是外国文学的影响；新诗，实际上就是中文写的外国诗。”③ 这里的影响是题材与体裁的双重影响。所以无论是被称为“白话诗”和“自由诗”，还是被称为“新诗”的诗，都可以称为“现代诗”。

三是邹绛的家庭出身和个人经历。吕进回忆说：“邹绛西去后，他的姐姐邹德鸾女士给我写来一封长长的信，一共有6页。邹德鸾比邹绛长6岁，在信里她简短地回顾了弟弟的一生，也叙述了弟弟对新诗研究所的深情。读了德鸾女士的信，我才更详细地知道了邹绛的人生道路。邹绛本名邹德鸿，因为追求革命，以‘邹绛’为笔名。绛者，红色也。当年正是为了躲避他的家乡四川乐山的反动当局的追捕，才来到重庆。邹绛是‘革命

---

① Northrop Frye, *Anatomy of Criticism*, New Jersy: Princeton University Press, 1971. p. 272.

② ［英］彼德·琼斯：《意象主义诗人（1915）序》，［英］彼德·琼斯：《意象派诗选》，裘小龙译，漓江出版社，1986年，第159页。

③ 梁实秋：《新诗的格调及其他》，杨匡汉、刘福春：《中国现代诗论》（上编），花城出版，1985年，第141页。原载1931年1月20日《诗刊》创刊号。

军马前卒’邹容的侄子，民盟盟员，在 1949 年以前就和地下党时有接触。1947 年，邹绛曾接待了母校武汉大学地下党介绍前来的一位党员，来人不是别人，正是小说《红岩》写到的江姐。”① 邹容正是为了让中国成为现代中国贡献生命的，有“现代意识”的他特别痛恨“旧文人”，曾在《革命军》中写诗嘲笑“中国士人”。“中国士人，……名士者流，用其一团和气，二等才情，三斤酒量，四季衣服，五声通律，六品官阶，七言诗句，八面张罗，九流通透，十分应酬之大本领，钻营奔竞，无所不至。”② 邹绛作为邹容的侄子，自然受家风影响。参加革命及接待“江姐”的经历，也决定着他的现代意识，使他迷恋现代精神。

四是他的写诗和译诗的诗歌经历，他写的诗和译的诗都重视诗在形式上的格律性和在内容上的现代性。他 1942 年在乐山龙神祠写的《破碎的城市》（发表于 1948 年 7 月 23 日的上海《大公报》）便是现代人写的现代都市诗，具有浓郁的现代意识。全诗如下：

趁着傍晚我攀上这城头上面的
楼阁，但对着这云雾低漫的宇宙
我却无法唱出我悦意的歌。

破碎的城市冷寂地躺在我脚下
就像古代湮没了的庞贝城一样
而那黑色的喑哑的河流也在

她的身边几乎停止了搏动……
浓重的云雾压着对河的山
压着没有钟声的庙宇，压着

① 吕进：《人到无求品自高——忆邹绛》，《四川日报》2022 年 3 月 4 日。
② 邹容：《革命军》，华夏出版社，2002 年，第 18 页。

蛰伏在每个屋脊下面的灰暗
而噤住了喉舌的生物……

我想唱歌

我想唱一曲充沛着热力与光明的
歌，但对着这云雾低漫的宇宙
我却无法调整我自己的音律。

他的著作和译作的书名，也呈现出他对“现代”的重视。他 1938 年开始发表作品，著有诗集《现代格律诗选》，译著有长篇小说《初升的太阳》、诗集《和平的旗手——苏联最近诗选》《黑人诗选》《葡萄园和风》《苏赫·巴托尔之歌》《聂鲁达诗选》等，主编有《中国现代格律诗选》《外国名家诗选》（四卷本）等。

《和平的旗手——苏联最近诗选》是邹绛最早的译诗集，介绍了伊萨哥夫斯基、马利什科、苏尔科夫、江布尔等 13 位苏联“当代”诗人。序言是培·梭罗甫约夫写的《苏联最近的诗歌》。他说：“卫国战争结束以后的几年是苏联诗歌的多产年代，去年也产生了许多优美的诗歌。……在我们的诗人们当中，我们发现了好多种不同的富于创造的个性。他们每一个都有他自己的风格，他自己的世界观和将它表现在艺术中的方式。但他们大家都有一个共同点：他们首先是被他们人民的利益所鼓动的——他们的人民正在热心地工作着，为他使苏联的经济和文化得到更进一步的发展而执行伟大的斯大林计划。最优秀的苏联诗歌处理着重大意义的、在千百万人心目中的首要的主题——国际间和平与友好的主题，创造性劳动和努力的主题。它忠实地用现实主义的方法描绘着新的苏维埃人的内心世界。”①

① ［苏联］培·梭罗甫约夫：《苏联最近的诗歌》，阿巴施哉等：《和平的旗手——苏联最近诗选》，邹绛译，文化工作社，1953 年，第 3－4 页。

诗集选的第一位诗人是马利什柯，第一、二首诗是《我的祖国》和《祖国的声音》。这些都能说明这些诗作的时代性和现代性。

俄语诗歌比英语诗歌更讲究韵律，在1953年，极少有翻译家出版译诗集。邹绛这种大量地系统性地翻译诗歌的经历，极大地影响了他的诗歌观，所以三十年后的研究生课堂上，他不厌其烦地讲“译诗要讲究格律”，以至于被学生们嘲笑为“邹格律”。这次翻译的诗作全是格律体爱国主义诗歌，让他更推崇写诗要讲究格调，做人也要重视境界。与他共事多年的吕进称他为“圣人”。“邹绛给自己树立的人生标杆很高，他是一个完全没有低级趣味的脱俗的人，纯净的人。他的境界很高，‘吃的是草，吐的是奶’。时间也许可以划分为无价值时间和有价值时间，可以说，邹绛的时间全部是有价值时间。他在诗的世界繁忙，对诗外世界的一切不愿花时间去关心。住的是一间没有厨房没有厕所的小房间，一日三餐都拿着饭盒去学校食堂打饭。1987年学校评审高级职称的时候，人事处长老宋给我打来电话，说这次教授名额不够，邹绛就评研究员吧。他说，研究员的任职条件其实比教授更高，但是一些人不了解，总是更愿意评教授，‘请你这位所长务必抽时间亲自上门，做好邹老师的工作’。我自然心中有数：这等‘俗事’，何须上门啊！我打电话给邹绛，说了情况，他只‘啊’了一声，就转过来谈编辑新诗研究所的所刊《中外诗歌研究》的一些事情了。考虑到邹绛从来没有出过境，我便向境外的大学推荐邹绛，他很高兴，但是又反而来规劝我：‘老吕，出去的事都不要考虑我，我手头还有好多事要做啊！’这是一种多么耀眼的光亮啊！他住进医院以后，我只要去探视，病房就等于开起了工作讨论会，研究生啊，学术梯队啊，当然更多的是《中外诗歌研究》。在弥留之际，他还在病床上向教学秘书小李口述研究生期终考试的考题，当夜，他就离开了我们。诗人梁上泉曾经有一首写邹绛的诗，有‘生死是吾师’之句，也道出了我的心声。对名利满不在乎的邹绛却是外圆内方的。他诚挚宽厚，但是他是非分明，对于不择手段满足一己私欲的人，表示出了很大的鄙视。”①

《和平的旗手》1953年由上海的文化工作社出版，印数15800册。这本诗集引导和鼓励着当时的中国诗人写歌颂祖国和赞美劳动者的诗，助长了现实主义诗风。邹绛50年代也写了数十首这样的诗作。如《向英雄致敬》（《星星》1958年第2期）、《歌唱你，通向幸福的道路》（《红岩》1958年第2期）、《观音山车站》（《延河》1958年第2期）。1958年写于重庆的《观音山车站》写当时的交通建设。全诗如下：

昨晚我经过观音山车站，
只看见四处辉耀着电灯。
电灯赶走了秦岭的荒寒，
星星也闪着羡慕的眼睛。

今天我重新来到观音山，
看见了更加壮丽的风景。
大爆破削掉了四座山头，
留下的痕迹还那么鲜明。

削平的大山顺从地立着，
扬弃的黄土将河谷填平。
我们的车站建立在空中，
我们的火车在云里飞腾。

邹绛和蔡其矫等人译的《聂鲁达诗选》更能证明他对现代精神的推崇。诗集的封二介绍说：“诺贝尔奖金荣获者、蜚声世界文坛的智利诗人巴勃罗·聂鲁达（1704－1973）是一位杰出的政治诗人，勇于倾听未来的

① 吕进：《人到无求品自高——忆邹绛》，《四川日报》2022年3月4日。

诗人，也是国际上现代最有影响的诗人之一。他曾两次访问中国，与我国著名诗人萧三、艾青和中国人民，结下了深挚的情谊。”①

这部诗选是新诗诗人中颇有现代气质的艾青写的序《往事·沉船·友谊》，他曾经是“现代画家”。蔡其矫也颇有现代气质，他是南洋华侨，抗战时期就到了延安，1938 年参加革命。王光明在他去世后评价说：“我并不认为蔡其矫的人格有多么完美，但他为了诗歌而能够出走与放弃的精神，却非一般的诗人能够做到。这是超越时代的政治偏见、偏执与偏狭，把自由与美——这诗歌的灵魂——当作上帝来守护的精神，勇于背对时代的误解，回归诗人这一朴素称谓的精神。”② 吴思敬回忆说：“2005 年在广西玉林举行的一次诗歌研讨会上，一位记者向老诗人蔡其矫提出了一个问题：‘如果用最简洁的语言描述一下新诗最可贵的质量，您的回答是什么？’蔡老脱口而出了两个字：‘自由！’蔡其矫出生于 1918 年，他在晚年高声呼唤的‘自由’两个字，在我看来，应当说是对新诗品质的最准确的概括。”③ 谢冕的《中国现代诗人论》（重庆出版社 1986 年版）评述了 22 位“现代诗人”中就有他俩。文章的题目是《他依然年轻——论艾青》和《“海的子民”的歌吟——论蔡其矫》。物以类聚，人以群分。邹绛与艾青、蔡其矫等“现代诗人”相交，自然也容易是“现代诗人”。

三、《中国现代格律诗选》：邹绛对中国诗歌的最大贡献

邹绛在新诗诗体建设上的最大贡献是在 1985 年由重庆出版社出版了中国第一本现代格律诗选《中国现代格律诗选（1919—1984）》，不仅通过作

① 邹绛、蔡其矫：《聂鲁达诗选》，四川人民出版社，1983 年，封二。

② 王光明：《蔡其矫与当代中国诗歌》，王光明：《现代汉诗论集》，中国社会科学出版社，2013 年，第 255 页。

③ 吴思敬：《自由的精灵与沉重的翅膀——中国新诗 90 年感言》，吴思敬：《吴思敬论新诗》，中国社会科学出版社，2013 年，第 37 页。

品呈现出现代格律诗的五种形态，而且通常序言《浅谈现代格律诗及其发展（代序）》对这种诗体进行了历史回顾和理论思辨。“就现代格律诗发展的推动作用而言，就不能避开邹绛先生编选，重庆出版社推出的《中国现代格律诗选》一书了。此书编入了自 1919 年至 1984 年间的格律体新诗 300 余首佳品，作者百人以上，堪称一次现代格律诗成就大检阅。此书对健在的入选作者的鼓舞与对‘再起’潮流的推动作用当然不容小觑。就说我自己吧，《神奇的金梭》入选的兴奋劲儿，至今记忆犹新；可以说这对我数十年如一日对现代格律诗事业锲而不舍，确实是重要的动因。再说此书的长篇代序。邹绛先生谦虚地名之曰《浅谈现代格律诗及其发展》的此文，乃是一篇翔实的诗学论文，代表了当时格律体新诗的理论高度。”①

这篇 13000 多字的文章是新诗史关于现代格律诗的最重要的理论文献。从文章的 11 个小标题就可以呈现出它的理论深度和广度：《从一个误会谈起》《什么是现代格律诗》《诗、节奏和顿》《顿是如何划分的》《顿数整齐和字数整齐》《现代格律诗与古典格律诗》《现代格律诗与外国格律诗》《新诗格律化的简略回顾》《现代格律诗的多样化》《现代格律诗与自由诗》《对现代格律诗的展望》。

以下五段文字可以较完整地呈现出邹绛的现代格律诗观。

“现代格律诗，或新格律诗，作为自由诗以外的新的诗体，虽然在五四以后就有不少人在提倡和写作，新中国成立后不久，又有人从理论上作了详细的阐述，但仍然有些人不太了解它，有的甚至把它当成现代人写的古典格律诗。比如去年有一位朋友听说我要编《中国现代格律诗选》，就热心地寄来了他所推荐的这种旧体诗。这，当然是一个误会，而且是一个很有代表性的误会，但仔细一想，这也并不奇怪，因为长期以来，报刊上登载的诗歌差不多都是自由诗和半自由诗；至于用现代口语写的具有一定格律的新诗呢，不能说没有发表过，但发表得很少，当然也就引不起读者

① 万龙生：《邹绛先生在诗史上应有的地位——写在先生百年冥诞之前》。万龙生 2022 年 3 月 17 日微信发给笔者。

的注意了。是不是读者只喜欢自由体诗，而不喜欢格律体新诗呢？事实上并非如此，比如沙河的《哄小儿》就是一首每行顿数整齐而又押了韵的现代格律诗。年轻的朋友们读了这首诗，没有一个不受感动的。这充分说明现代格律诗是有生命力的，是读者所乐于接受的。我们不是经常听说，新诗也要百花齐放吗？在新诗的百花园中，如果只有自由诗而没有现代格律诗，岂不是显得太单调，太寂寞，也太不正常了吗？许多读者除了希望读到更多优美的自由诗外，也希望能够读到更多优美的现代格律诗。诗要更好地为人民服务，为社会主义服务，就不能不考虑读者的这种希望，这种要求。"①

"现代格律诗究竟是怎么一回事呢？现代格律诗对格律有些什么要求呢？说来也很简单，何其芳同志在《关于现代格律诗》一文中早就讲过'我们说的现代格律诗就只有这样一个要求：按照现代的口语写得每行的顿数有规律，每顿所占的时间大致相等，而且有规律地押韵。构成现代格律诗最关键的东西是顿'。"②

"首先，现代格律诗使用的是现代口语，这种现代口语比古典格律诗使用的书面语言更通俗、更活泼、更丰富，更适合表现我们现代人的思想感情。其次，古典格律诗讲究字数的整齐，因而固定为五言或七言，现代格律诗虽然重视顿数的整齐，但不一定要求字数的整齐或固定，因此它更富于变化。第三，古典格律诗非常讲究平仄，而现代格律诗虽然也要求音调的铿锵和谐，但却不受平仄的束缚，这是一大解放。第四，古典格律诗的形式早已经由前人制定了，不可能再有什么新的创造和改进，而现代格律诗则由于适应了现代口语的规律，可以根据我们的需要创造出各种不同的又新又美的形式，因此它具有很大的潜力和发展前景。"③

---

① 邹绛：《浅谈现代格律诗及其发展（代序）》，《中国现代格律诗选（1919—1984）》，重庆出版社，1985 年，第 1 - 2 页。

② 邹绛：《浅谈现代格律诗及其发展（代序）》，《中国现代格律诗选（1919—1984）》，重庆出版社，1985 年，第 1 - 2 页。

③ 邹绛：《浅谈现代格律诗及其发展（代序）》，《中国现代格律诗选（1919—1984）》，重庆出版社，1985 年，第 4 页。

“古典格律诗讲究顿数整齐，现代格律诗也讲究顿数整齐，这是现代格律诗和古典格律诗相同的一点。但古典格律诗用的是单音词较多的文言，每行字数是规定了的，字的平仄也是规定了的，因此它的顿的划分也是固定了的，最后一个字因为在吟咏时要延长，也总是单独当作一顿，不管这个字在文法上或意义上和前面的字如何不可分割。而现代格律诗用的是双音词较多的现代口语，每行字数不做硬性规定，不要求非整齐不可，字的平仄也不必讲求，因此它的顿的划分比较灵活，也比较合理，能尽量照顾文法上和意义上的自然组合。除古典格律诗外，我们在民歌和古典戏曲的优美唱词中也可以感受到这种整齐的节奏。民歌大多数是五七言，句法和古典格律诗差不多，只是不受平仄的束缚，语言更通俗一些。古典戏曲的唱词很多是十字句，不管是三三四或三四三，其中的四字组完全可以一分为二，也就是说这种十字句可以按现代格律诗的办法划分成四个顿，即两个三音顿和两个双音顿。至于那些上下阕相同的词牌，如《渔家傲》《一剪梅》《醉花阴》《蝶恋花》等，更可以启发我们创造出每行顿数不整齐，但每节互相对称的，既有变化而又有一定在这本诗选中都可以找到不少的例证，规律的各种新的形式的现代格律诗。它们的影响在押韵的格式上，现代格律诗中的双行押韵和两行联韵的情况是很多的，而这些押韵方法正是古典格律诗和民歌中所经常使用的。至于古典格律诗的高度精练，富有民族特点的风格和表现方法等，当然也是现代格律诗应该认真学习和继承的，既要继承，又要发展；既要向古典格律诗学习，又要创造出新的为人民所喜爱的作品——这就是现代格律诗的创作者所肩负的义不容辞的任务……正如中国的自由诗受到外国的自由诗的影响一样，中国的现代格律诗也受到外国的格律诗的影响；正如继承中国的古典格律诗不能照样搬用，必须推陈出新一样，借鉴外国的格律诗也不能生吞活剥，必须加以消化。现代格律诗的建立，除了继承中国古典格律诗中可以继承的东西，也借鉴了外国格律诗，特别是英国格律诗中的可以借鉴的东西，因为五四运动以来一些提倡新诗格律化的人不仅熟悉中国古典格律诗，而且也能直接阅读英国格律诗，也认真翻译过英国格律诗。”①

“现代格律诗和自由诗是两种不同的诗体，它们的区别在哪里呢？自由诗和现代格律诗的区别并不止在于押韵不押韵，而是在于自由诗的节奏不像现代格律诗那样有规律，自由诗有的不押韵，有的即使押韵也不像现代格律诗那样严格。写自由诗，可以随心所欲地写，容易写得自然流畅，新鲜活泼；但因为在形式上不受任何限制，就必须尽可能写得精练一些，集中一些，注意自然的节奏，注意音乐性，不然就容易陷于松散拖沓，使读者觉得淡而无味。写现代格律诗，容易写得精练和谐一些，但在形式上有些限制，需要我们多做一些推敲，不能草率地凑顿数、凑字数、凑韵脚、凑行数，要写得很自然，不露人工痕迹，否则就容易失之生硬牵强，同样使读者感到兴味索然。为了更好地反映我们这个时代的丰富多彩的生活，为了更好地满足广大读者的期望和要求，为了进一步提高新诗的创作水平，我觉得现代格律诗和自由诗都应该尽量发挥自己的优势，克服自己的缺点，互相学习，互相竞赛。至于写自由诗或者写现代格律诗，这往往取决于个人的气质、爱好和习惯，每个写诗的人完全有自己选择的自由，那是无法勉强的。其实，现代格律诗和自由诗也不是绝对互相排斥，老死不相往来的。有些诗人既能写自由诗，又能写现代格律诗；有些诗人是先写自由诗，后来写现代格律诗；也有不少诗人并非有意要写现代格律诗，但有时在无意之间也写出了一些符合或基本符合现代格律诗要求的作品，而在一些优美的自由诗里，我们也可以读到一些节奏整齐的诗句，而这些诗句往往是这些诗的主题之所在。”②

“为了使读者易于了解现代格律诗的各种形式，本书按现代格律诗的五种类型编成五辑，每一辑内入选作品的作者的次序大体上是以他们最早一首诗的发表时间为准。有时也参照它们的写作时间。这五辑分类如下：

---

① 邹绛：《浅谈现代格律诗及其发展（代序）》，《中国现代格律诗选（1919—1984）》，重庆出版社，1985 年，第 13 - 14 页。

② 邹绛：《浅谈现代格律诗及其发展（代序）》，《中国现代格律诗选（1919—1984）》，重庆出版社，1985 年，第 24 - 25 页。

一、每行顿数整齐，字数整齐或不整齐者。这一类诗最多，约占全书的一半。二、每行顿数基本整齐，字数整齐或不整齐者，所谓每行顿数基本整齐，是指有个别诗行多一顿或少一顿。这种破格也许是现代格律诗在探索过程中不可避免的现象。也许这是由于有些诗人并非有意要写现代格律诗，只是在无意之间写出了这样的诗。也可能有的诗行非破格不可，不然就有损诗人所要表达的内容。三、一节之内每行顿数并不整齐，但每节完全对称和基本对称者。这类诗也很多，约占全书三分之一。四、以一、三两种形式为基础而有所发展变化者，这种变体的几种主要形式，上面已经谈过了。以上四种类型诗都是有规律的押韵。五、每行顿数整齐或每节互相对称，但不押韵或没有一定押韵格式者。"①

从以上言论可以看出，邹绛也承认"现代格律诗""或叫新格律诗"，在后面用的全是"现代格律诗"，因为他的现代格律诗是用"现代口语"抒发"现代人的感情"的诗。他是外国诗歌专家，却强调向中国古典诗歌和民间诗歌借鉴诗体资源。他个人喜欢现代格律诗，却不排斥自由诗，主张两者想到借鉴共同进步，反对现代格律诗妨碍诗人的文体自由，因此他总结出现代格律诗的五种类型都是比较宽松的准定型诗体。"民主""科学"和"个性"是现代性的三大要素，邹绛格律诗主张的自由诗和现代格律诗并存，显示出他重视"民主"。他的写自由诗或者写现代格律诗取决于个人的气质，显示出他重视"个性"，他不是先入为主从理论上设计出，而是具体作品中归纳出五种类型，显示出重视"科学"，具有今日诗论家们少有的"科学精神"。这种科学精神可能与他长期当编辑或教师有关。笔者在学士论文和硕士论文的写作中，印象最深刻的一件事是他劝告我写任何东西手边都放一本字典，这种写作中的"科学方法"让我受益终生。在邹绛去世26年的今天，在他的百年诞辰之日，笔者认为：不仅可以用"邹格律"来形容他在中国诗歌的现代性建设上的贡献，还可以用"邹现

---

① 邹绛：《浅谈现代格律诗及其发展（代序）》，《中国现代格律诗选（1919—1984）》，重庆出版社，1985年，第28页。

代”来形容他在中国国家的现代性建设上的贡献。这正是他毕生奋斗的事业——现代格律诗的重要意义，不仅有诗歌学上的意义，还有政治学上的意义。

邹绛诗歌翻译思想的重心：内容、诗意和原有诗歌形式的传递

□钱志富①

内容摘要：邹绛在漫长的翻译实践中形成了自己的成熟的诗歌翻译思想，其重心包括三个支撑点，即内容、诗意和对原有诗歌形式的保留。近年来，邹绛提出的“保留原来的形式”这一点得到诸多学者的热烈响应，可是“保留原来的内容和诗意”，却往往被忽视或忽略。邹绛没有刻意标榜自己在谋求意义等值方面多么努力，但是考察他的译文，对照原文来看，发现他真的是做到了“意义等值”。通过苦吟，邹绛保留住了原作优美流畅的诗意；通过苦吟，邹绛实现译诗“形式和内容的协调统一”。

关键词：诗歌翻译；内容；诗意；诗歌形式

邹绛不是诗歌翻译理论家，可是他从大学三年级开始一辈子都在从事诗歌翻译，出版了包括《黑人诗选》《聂鲁达诗选》在内的许多影响深远的诗歌作品。值得注意的是，他1942年刚开始诗歌翻译，就将译作发表于当年在桂林出版的大型诗刊《诗创作》上，真是一出手就是高手。邹绛在

① 钱志富（1966－），男，四川武胜人，浙江越秀外国语学院英语学院副教授，文学博士，硕士生导师，西南大学中国新诗研究所特约研究员，主要从事比较文学和翻译研究。

漫长的翻译实践中形成了自己的较为成熟的诗歌翻译思想，其重心包括三个支撑点，即内容、诗意和对原有诗歌形式的保留。

一、内容的保留

1953 年，邹绛出版了他翻译的诗集《和平的旗手》，在《〈和平的旗手〉译后小记》中邹绛提出了他整个翻译思想的纲领："除了保留原来的内容和诗意外，还应当适当的保留原来的形式，使翻译出来的诗歌成为形式和内容比较谐和的统一体。"① 需要说明一下的是，邹绛把保留原作的内容和诗意，认为是"当然的事"，而且当年大多数诗歌译者都是这样做的，他自己也是这样做的，值得注意的是，近年来，邹绛提出的"保留原来的形式"这一点得到诸多学者的热烈响应，可是"保留原来的内容和诗意"，却往往被忽视或忽略。仿佛，诗歌的翻译跟原作的内容和诗意无关似的。有的译者甚至将原作看成是可以随意操弄的对象，只要能够达到他自己所谓的美学目的，爱怎么操作就怎么操作。

笔者认为，虽然文学翻译尤其是诗歌翻译，译者需要尽可能地去传递其风格及美学内涵，诗歌的确有自己独特的形式美，"保留原来的形式"就成为其题中应有之义，听觉的、视觉的形式都应该尽可能保留。可是，话又说回来，翻译之所以是翻译，首先还是在于对原文内容和诗意的传达，不然，翻译存在的理由就消失了。严复提出的"信达雅"三字论首重"信"，把忠实地传达原文的内容放在了第一位。尤金·奈达提出了著名的功能对等理论，他在谈到文学艺术作品翻译的时候，也是把内容的传递放在第一位，风格的传递放在第二位，说："翻译的任务在于寻求源语和目的语在信息转换中上的最贴切的自然等值。首先是意义等值，其次是风格等值。"② 翻译当然就是一种信息转换，源语的信息必须通过一定的手段转

① 邹绛：《〈和平的旗手〉译后小记》，《和平的旗手》，文化工作社，1953 年。

② 参见姜倩、何刚强主编：《翻译概论》第 14 章《翻译与风格》，上海外语教育出版社，2016 年，第 241－242 页。

换到目的语之中。而且转换的过程中要谋求一种“自然等值”，而且是最贴切的。换句话说，翻译就是要谋求对原作内容和诗意最高的保真度，不然就是不负责任的翻译。

懂英语的可以仔细研究一下奈达的原语表述：“Translating consists in producing in the receptor language the closest natural equivalent of the source's language message first in terms of meaning and secondly in terms of style.”① 优秀的翻译家必须将“首先是意义等值”牢记在心，在“意义等值”基础之上才能够谋求“风格等值”。“风格等值”就包括尽可能谋求形式美的等值，将原作中的视觉的、听觉的美学价值尽可能移入到译作中来。

笔者发现，国内的一些翻译家，包括一些久负盛名的前辈翻译家，在谋求“意义等值”上有点漫不经心，使得翻译过来的作品在意义的传递上让人匪夷所思，甚至一些名作的翻译也读不下去。许渊冲在诗歌翻译实践上提出了一种超越理论，认为自己的翻译在美学价值上可以超过原作，可是在对原作的意义传达上有时候丢分太多。孔子编辑《诗经》时，自然非常看重他编选的那些作品的美学价值，视觉的、听觉的美学意蕴十分丰富，可是他也看重这些作品的思想价值和教育价值。他将《关雎》置顶，放在了第一首的位置，看中的正是“窈窕淑女，君子好逑”中寓含的巨大教育价值，尤其是君子、淑女的道德示范价值。在孔子看来，君子必须是一个在品德上完美的人，只有品德高尚的人才配去追求“淑女”，而“淑女”在言行举止上也必须符合道德水准，只有品行端正的女人才配得上君子。可是，许渊冲先生在翻译这首作品的时候，回避了传达作品中的道德信息，连英语中现成的 gentleman 和 lady 也舍不得用来对翻君子和淑女，而只是用“a good young man”来译君子，“a fair maiden”来译“淑女”，这是对原文意义的严重轻化，没能实现奈达所要求的“意义等值”②。当然，许渊冲在中国古典诗歌的翻译上还是有他自身的价值的，他翻译出来

---

① Nida，Eugene. *A. & Charles R. Taber*（1969）. The Theory and Practice of Translation：E. J. Brill，p12.

② 参见许渊冲译《诗经》，湖南出版社，1993 年。

的作品在原作形式的保留上的确颇具匠心。

邹绛没有刻意标榜自己在谋求意义等值方面多么努力，但是考察他的译文，对照原文来看，发现他真的是做到了最贴切的“意义等值”。邹绛曾经翻译了大量的美国黑人诗人的诗歌。Langston Hughes 是他重点翻译的诗人之一。下面是 Langston Hughes 的 *As I Grew Older*，请读：

As I Grew Older

——*By Langston Hughes*

It was a long time ago
I have almost forgotten my dream.
But it was there then,
In front of me,
Bright like a sun -
My dream.
And then the wall rose,
Rose slowly,
Slowly,
Between me and my dream.
Rose slowly, slowly
Dimming,
Hiding,
The light of my dream.
Rose until it touched the sky
The wall.
Shadow.
I am black.
I lie down in the shadow.

No longer the light of my dream before me,
Above me.
Only the thick wall.
Only the shadow.
My hands!
My dark hands!
Break through the wall!
Find my dream!
Help me to shatter the darkness.
To smash this night,
To break this shadow
Into a thousand lights of sun,
Into a thousand whirling dreams
Of sun!

Langston Hughes 的这首诗是一首自由诗，没有格律，没有韵，但有他独到的形式美，邹绛很贴切地保留了原作的形式。但邹绛在内容的保留上是做到了奈达所要求的最贴切的“意义等值”。请读译文：

当我长大了

邹绛　译

那是很久以前了。
我几乎忘记了我的梦想。
但当时它就在那儿，
在我面前，
明亮得有如一轮太阳——
那就是我的梦想。

于是那堵墙升起来，
慢慢地，
阴影。
我是黑人。
我躺在阴影中。
在我面前，
在我头上，
再也没有我的梦想的光芒。
只有这片阴影，
只有这堵厚实的墙。
我的双手呵！
我的黑色的双手！
推到这堵墙吧！
寻找我的梦想！
帮助我赶走这片黑暗，
捣毁这个夜晚吧，
把这片阴影打得粉碎，
化成太阳的一千道光芒，
化成太阳的
一千个旋转的梦想！

原作以墙为喻，深刻地凸显了诗人在美国种族隔离时代所遭受的苦闷以及想要捣毁这堵种族隔离墙的强烈愿望，邹绛用他的自然流畅的译笔再现了原作的内容和诗意。如果抛开原作，单独来读这首作品，读者能够获得一种等值的思想情感效应和美学效应。

保留原作的内容这一点，邹绛自己在晚年也有表达，比如1988年在编选《外国名家诗选》第三册时就说：“稍有翻译经验的人都知道，诗歌是很难翻译，或很难翻译得令人满意的，因为译诗不仅要忠实地表达出原诗的思想感情，还要尽可能表达出原诗的风格和韵律，而又流畅自然。”① 显然，“忠实地表达出原诗的思想感情”正是邹绛诗歌翻译思想的第一个支撑点。

二、诗意的保留

诗歌翻译有一个特殊的要求：译者必须是诗人。如果不是诗人，就无法辨别和体认原作的诗情、诗境和诗意。美国诗人弗罗斯特的名言，说诗就是被诗歌翻译者翻译掉了的那种东西，可见，要保留原作的诗意有多难啊?！而同时，又有多重要啊?

邹绛的诗歌翻译完美地保留了原作的诗情、诗意和诗境，何以见得?这里首先可以从其译作读者体验见出。从 20 世纪 40 年代早期发表翻译作品开始，邹绛先生在近半个世纪的时间里先后翻译出版了《黑人诗选》(1952 年)、《和平的旗手》(1953 年)、《初升的太阳》(1956 年)、《凯尔巴巴耶夫诗选》(1958 年)、《葡萄园和风》(1959 年)、《苏赫·巴托尔之歌》(1962 年)、《小鹿班比的故事》(1987) 等诗集以及与他人翻译出版了诗集《聂鲁达诗选》(1983 年) 和《聂鲁达抒情诗选》(1992 年)。而像《黑人诗选》这样的译作，可是一版再版的。这些译作满足了几代人对国外诗人的审美期待和诗意渴求。其次，邹绛的译作因为其饱满的诗情、诗意和诗境还起到了激发具有诗人潜质的读者进行创作的欲望。著名的七月诗派诗人朱建就是读了邹绛译的发表在《诗创作》上的莱蒙托夫的长诗《一个不愿做法事的和尚》之后逐渐开启了自己的创作之门的。邹绛是真诗人，朱建曾经跟邹绛因诗结缘而互相引为知己。晚年的朱建曾经这样回忆道：

> 我最初知道邹绛的名字，是 1943 年在陕南小镇庙台子。荒山深谷，穷困孤寂，偶然得到一本桂林出刊的《诗创作》，有他翻译的莱蒙托夫长诗

① 邹绛：《外国名诗选》(第三册)，重庆出版社，1988 年。

《童僧》。也许因为内容与我当时的心境相近，译者名字印象特深。1944 年冬天，我到川南乐山所属五通桥附近一个工厂谋生，与当时内迁于乐山的武汉大学一批大学生多有交往。他们多半喜欢文学，喜欢诗。邹绛就是其中一位。开初如何结识，已不记得。记忆鲜明的是，他曾着一袭蓝布长衫，徒步数十里，赶到我的住处，仅仅是为了读我数量不多的诗稿。挑灯夜话，抵足而眠，二十出头的小青年，一见倾心，片言定交，我们共有过多么美好的长夜和梦想。我有一首诗，最末两行，原稿一行即做一节。刊发时，编排成两行一节。邹绛读到这里，沉吟良久，终于说："这两行，应当是两节。中间有一个大的停顿。"我大喜过望，拿出原稿给他看。邹绛比较内向，讷讷于言，这时却拍案而起，放声大笑。心有灵犀一点通，大概即此情景。这正是"人生得一知己足矣"！我曾多次举此为例，对同好者说："邹绛是真正懂得诗的，能从字句，读出心声。"①

邹绛的译诗保留了充沛的原作的内容和诗意，自然会赢得读者的喜爱，而读者的喜爱，回馈给译者，译者受到鼓励，成为一生从事诗歌翻译的动力。邹绛晚年曾这样写道："1942 年暑假，怀着非常激动的心情，我阅读和翻译了莱蒙托夫以争取自由解放为主题的著名长诗《一个不作法事的和尚》（即《童僧》）。这首从《国际文学》上转译的长诗很快就登载在桂林出版的大型诗刊《诗创作》上。这件事不仅鼓舞了我继续翻译外国优秀的诗歌，而且使我越来越深地体会到翻译外国优秀诗歌对读者精神上所起的作用。"② 可以说，邹绛一生都珍爱着那些他喜爱的外国诗歌作品，因为他的译诗能够给广大的读者带来精神上的激励和慰藉。

邹绛先生一生都热爱着诗歌翻译，因为他相信他的翻译可以给读者以精神的滋养，不仅如此，他还相信从域外采来的这些诗歌艺术之花还会对

---

① 朱健：《诗缘旧情悼邹蜂》，《往事知多少》，湖北人民出版社，1999 年，第 193－194 页。

② 邹绛：《我又想起了文谈社》，武汉大学文谈社编：《回忆文谈社》，内部交流资料，1996 年编印，第 56 页。

中国新诗的创作形成可贵的借鉴。1982 年吕进先生在《文谭》第九期上曾经这样描写邹绛的诗歌翻译实况："他住在一间狭小的屋子里，教学之余，总是在伏案翻译着。一首首信实可靠、流畅优美的透明的译诗从小屋中飞了出来，飞到成都，飞到北京，飞到广州……"[①] 又说："诗歌翻译家如今已年过花甲，他要抓紧时间，他要为新诗变革提供更多借鉴，他要给人民捧出更多的域外奇花。"[②] 值得注意的是，吕进先生也点出了邹绛译诗可贵的对原作内容的保留，"信实可靠"不是虚言，是实至实归。而"流畅优美"正是对邹绛对原作诗意保留的肯定。此外，吕进先生大赞邹绛译诗对中国新诗在新时期的变革提供的借鉴。是的，中国新诗要变革，中国新诗要创新，这肯定不能闭目塞听，而要到世界诗坛的花丛中去广纳博采，"偷来梨蕊三分白，借得梅花一缕魂"，发展、丰富我们民族的新诗必须得有广泛的域外借鉴。事实上，像傅天琳这样的诗人，之所以 80 年代早期登上诗坛以后，诗歌艺术上有那么大的进步，写出了像《背带》《母爱》这样的经典作品，跟他们擅于这样的借鉴分不开，而傅天琳本人对邹绛先生的译诗是十分喜爱的，吸收了丰足的艺术养分。

邹绛本人就是诗人，他在诗歌艺术上造诣很深。1994 年，笔者曾经在中国第一家新诗研究所的机关刊物《中外诗歌研究》上发表了《读〈青城山看日出〉》，盛赞邹绛先生的诗"基于对所写事物的本真态的抒写，所以具有独特的原生质般的魅力"。当时，笔者还没有注意到他在新诗律诗艺术上的探索。《现代格律诗选》出版后，笔者写了一篇《不朽的交响》的文章专门向先生在格律诗艺探索方面致敬，他收入诗集的现代格律诗共有 114 首之多，我在文章中盛赞这些诗歌是由 114 首诗组成的"雄浑浩荡多姿多彩"的交响曲。值得注意的是，我的文章就是住在邹绛先生家里，同他一起研读他的作品，写成之后经过先生一字一句地修改，后来经他自己之手发表在他自己主编的刊物《中外诗歌研究》上。学者刘静曾经认真地

① 吕进：《诗香飘自域外来——记诗歌翻译家邹绛》，《文谭》1982 年第 9 期。

② 吕进：《诗香飘自域外来——记诗歌翻译家邹绛》，《文谭》1982 年第 9 期。

研究过邹绛的诗歌，对他的诗歌艺术有中肯的评价："邹绛的现代格律诗正是在继承中国古典诗词、借鉴自由诗、外国格律诗和汲取民歌营养的基础上，革新、创造出来的，富于自然舒畅的节奏感，在自由的口语中体现严谨的格律，严谨的格律中透出自如活泼的气息，实属现代格律诗中的精品之作。"① 蒋登科也是受惠于邹绛先生的学者，他曾经这样谈到自己老师的诗歌创作："邹绛的诗，不尚奇词丽句。在他看来，朴素就是真实。就像他的为人一样，他的诗平和、大度，不事雕琢，有一种无为、淡泊的超然之境。诗人于平实、自然之中体现出对人生的执着的爱，对平静的生命境界的渴求，同时思索着生命的创造。因此，他的诗深蕴着审美启悟与审美净化。《观川亭》就包含着诗人的生命体悟：'孔子曾站在这儿感叹过：/时光像河水在昼夜流淌；/今天虽说看不见河水了，/时光却仍然在不断奔忙。'这是对生命的哲学性思考。"邹绛先生一辈子遨游诗海，的确具有大智慧。无论他的创作或者译作都显得"平和、大度，不事雕琢，有一种无为、淡泊的超然之境"②。

郁离子曾经这样评价邹绛的格律诗写作："《论语·为政》曰：'从心所欲，不逾矩'，吕东莱借以说诗，曰：'规矩备具，而能出于规矩之外；变化不测，而亦不背于规矩之外'，T·S·艾略特亦云：'诗家追求自由，当以守秩序为限（The liberties that he may take care for the sake of order）'，邹先生写格律诗，便是在秩序中追求自由，他的'戴镣'之舞是辛苦的，尤其在整个诗坛都在自由化的环境里，他的艰耐更是可想而知，但他'劳而有获''苦而有功'。读他的《现代格律诗选》，使我本有的一种信念，再次得到了加强，新诗格律化的道路是曲折的，但前途是光明的。"③

郁离子说邹绛的格律诗写作"劳而有获""苦而有功"，这是有见地的。的确，格律体诗歌都是苦吟的结果。古人所谓"至苦而无迹"，"至丽而自然"，孟郊诗云："夜吟晓不休，苦吟鬼神愁。为何不自闲，心与身为

① 刘静：《论巴渝格律诗人邹绛》，《长江师范学院学报》第25卷第2期，2009年3月号。

② 将登科：《用生命谱写的乐章——重读邹绛〈现代格律诗选〉》，《诗刊》1996年第12期。

③ 郁离子：《戴镣之舞——谈邹绛〈现代格律诗选〉的格律》，《写作》1996年第7期。

仇。”邹绛写诗，也译诗。他写诗是苦吟的结果。译诗也是苦吟的结果。他的译诗“富于自然舒畅的节奏感，在自由的口语中体现严谨的格律，严谨的格律中透出自如活泼的气息”，正跟他创作的诗歌具有同样的诗歌品质。

钱锺书曾经提出文学翻译的最高境界是化境的著名命题。可以说，邹绛的翻译也达到了这样的境界。他的译诗做到了对翻译腔的完全消解，流畅而自然，仿佛用中文写就。为什么可以达到这么高的境界呢？答案只有“苦吟”二字。邹绛在完全读透原作基础上重新进行创作，他的翻译走的是“苦吟”的路子。通过苦吟，邹绛保留住了原作优美流畅的诗意，通过苦吟，邹绛实现译诗“形式和内容的协调统一”。

三、形式的保留

因翻译《红楼梦》而成名的 David Hawkes 也翻译中国古典诗歌。他翻译杜甫的律诗《登高》时生怕伤害到原作的形式，结果采用了 word-for-word 翻译法，原作是七律，他每一行也七个单词，连对仗也保留了下来，读来令人荡气回肠。

邹绛当然没有采取逐字译这样极端的保留原作形式的方法。邹绛既不忍破坏原作的外形，又不忍破坏原作的内节奏和韵律。吕进盛赞他：“他与那种想当然的翻译作风冰炭不投，他不满于那种把波德莱尔的十四行体诗译成十六行的旧体诗的破坏原诗形式美的作法，为了译出透明的诗，他保持着严谨的翻译作风。”① 对于邹绛操作层面的具体情形，吕进这样写道：“通过长期探索，他在格律诗翻译上逐渐形成了运用汉语诗行的顿去大体对应外语诗行的音步的方法。原诗每行有多少音步，译诗每行就力求大体译成多少顿，这就比较容易用现代汉语传达原诗的节奏，加上韵式的一致，读者就能透过译诗领略到原诗的音乐美了！如《一个棕色的女郎死

① 吕进：《诗香飘自域外来——记诗歌翻译家邹绛》，《文谭》1982 年第 9 期。

了》（［美］康蒂·卡伦）、《补偿》（［美］劳伦斯·邓巴）都是这方面很突出的例子。邹绛为读者奉献了不少无愧于原作的译诗，给人遐想神游于外国诗苑的美的享受。但这当中凝聚了译者多少心血呵！”①

邹绛的“运用汉语诗行的顿去大体对应外语诗行的音步的方法”，在实践层面保证了他对原作形式美中的节奏美的摄取和保留，当然探索出这样的方法并加以实践以及取得巨大的美学效果，是有一个漫长的过程的。邹绛自己说：“在读大学二年级时，听了朱光潜先生的英诗课，他讲授的那些英国诗人的作品都很讲究音步和韵式。1942 年暑假期间，我从英文《国际文学》上转译了莱蒙托夫的一首长诗，诗的内容非常激动人心。但我在翻译时只注意到它的韵式。后来读到徐迟《美文集》中一篇文章，介绍孙大雨如何采用音组（现在一般叫音顿）的办法解决了翻译莎士比亚诗剧《璃琊王》的问题。这篇文章给了我很大的启发：音组这种办法，不仅可以用来翻译外国的诗剧和格律诗，也可以用来写中国的新诗。那两年，武大‘文谈社’的不少同学都喜欢读卞之琳的《十年诗草》和冯至的《十四行集》，也喜欢写点诗，特别是十四行诗。我还逐步摸索到一种严整的建行方式：用三个二字音组和两个三字音组组成每一诗行，称之为‘三二、二三’原则。我也实验过每行五个音组而尾不押韵的素体诗。”②

郁离子曾经十分佩服邹绛的这种探索，将他的格律诗歌翻译和创作赞誉为“戴镣之舞”，说：“邹绛先生是我国最严谨的诗译者之一，他熟悉英诗的各种形式，但他没有像徐志摩那样移植英诗的种种诗体，而是抛开了英诗的重音节格律体系，吸收了法语纯音节诗的优点；同时，他抛开了旧诗词的平仄格律体系，吸收了旧诗词形式上的种种优点。如此化古、化欧，结合现代汉语的特点，创造出了以‘音步’为基点的格律诗体系。”③

通过以上分析，邹绛在保留原作的形式上下的功夫最足，这种功夫包

---

① 吕进：《诗香飘自域外来——记诗歌翻译家邹绛》，《文谭》1982 年第 9 期。

② 邹绛：我的诗路历程》，《现代格律诗选》，香港天马图书有限公司，1992 年，第 6－7 页。

③ 郁离子：《戴镣之舞——谈邹绛〈现代格律诗选〉的格律》，《写作》1996 年第 7 期。

括对原作形式美的体认，以及运用他自创的“以‘音步’为基点的格律诗体系”来呈现原作的内节奏，外加与原作相对应的韵式。细心的读者可以从下面的这个例子中体会到邹绛在对原作形式保留上所下的功夫：

Eternal Spirit of the chainless Mind!
Brightest in dungeons, Liberty! Thou art——
For there thy habitation is the heart——
The heart which love of thee alone can bind;

——George Gordon Byron

不受约束的心的永恒的精灵
自由呵！你在监狱中明亮无比——
因为在那儿你是住在人心里——
能约束人心的只有对你的爱情

——邹绛译

原诗是拜伦的名作 *Sonnet of Chillon* 中的第一节，你看，原作的节奏式、韵式真的都在译诗中得到完美呈现，现代汉语的音顿恰如其分地对应了原作的五步抑扬格体式，诗的语言流畅优美，活泼自然。

当然，邹绛翻译的不光是格律诗，自由体、楼梯诗等也有翻译，他在翻译的时候也很注意其内在韵律和外形。

马雅可夫斯基曾经的名作《苏赫·巴托尔之歌》就是楼梯诗，邹绛在翻译的时候就保留了其楼梯式外形，且看其中的《在祝福者四周》的开始部分：

祝福的老人
　　坐在光地上，
　　　　他挨着一根柱头，

蒙古人和中国人，
　　站了一大群，
　　　　围在他四周。
老人家，唱你
　　最好的歌吧！
　　　　人们对他讲

最后我们再来温习一下邹绛在《〈和平的旗手〉译后小记》中的告白：“除了保留原来的内容和诗意外，还应当适当的保留原来的形式，使翻译出来的诗歌成为形式和内容比较谐和的统一体。”① 我们上面讨论了邹绛诗歌翻译思想重心的三个支撑点，即内容的保留、诗意的保留和形式的保留。我们在论述的时候特地强调苦吟，因为只有苦吟才能使得译诗中的内容和形式成为比较和谐的统一体。可以说，这是他在诗歌翻译上终其一生的追求。他曾经把这一追求简洁而生动地称为“透明”。在笔者，这“透明”里面包含了翻译的最高境界，即“通透”和“明白”，也就是钱锺书先生心目中的“化境”。

鲁迅说：“翻译是再创作。”文学的翻译，难，诗歌翻译难上加难。吕进先生说：“诗的形式美比其他文学样式更加举足轻重。诗歌翻译要把原诗的诗美传达给读者，就不能忽略原诗的形式，不能忽略原诗的节奏、音韵、诗行排列、语言风格。神似与形似的统一体才称得上优秀译作。这实非易事，因为世界上没有两种独立的语言具有完全相同的语音结构和语法结构呵”②，此言非虚。邹绛先生，把原作和译作的一切内容的、形式的因素都照顾到了，并通过苦吟最后实现了和谐和统一。

今年是邹绛先生百年诞辰，作为学生，认真地梳理出老师的诗歌翻译思想的理路，权作纪念。笔者多次到过邹绛先生的房间，“他的房间，从

---

① 邹绛：《〈和平的旗手〉译后小记》，《和平的旗手》，文化工作社，1953 年。
② 吕进：《诗香飘自域外来——记诗歌翻译家邹绛》，《文谭》1982 年第 9 期。

地板到天花板，重重叠叠，塞满了书。椅子堆满了书。吃饭的桌子上，也会摊放着稿件、纸张，挤满了书籍和稿件，大多是诗，或与诗有关。原本就不很宽敞的居因此而显得更加狭窄了。在重庆多雾的冬天，还有一点昏暗压抑。”① 这是段从学师兄的描述。段师兄曾经误解过邹绛师，后来才明白自己是怎样接受先生最天然的“诗教”的，他说：“在‘诗知识’泛滥成灾的时代里，邹绛师以最恰当的方式，把自己毫无保留地袒露出来，把‘诗’直接呈现在我们面前。先生是‘懂得诗’。我从他那里学到的，则是：‘我懂得自己不懂诗。’这是先生给我的最好‘诗教’。这是终生的遗憾，也是最大的幸运：我以迎面擦身而过的方式，和邹绛先生相逢；他以消逝着的方式，向我昭示了‘诗’之所在，让我在今天还能够以不断回溯的方式，向着他的世界，向着‘诗’的方向回头眺望，领受他诗意的恩泽。”②

谢谢邹绛先生当年给我们这些后辈诗的恩泽！

---

① 段从学：《邹绛：淡泊宁静“画”诗人》，《星星：上旬刊》2018 年第 7 期。

② 段从学：《邹绛：淡泊宁静“画”诗人》，《星星：上旬刊》2018 年第 7 期。

明亮的装置与装置的明亮
——论邹绛诗歌中的风景书写

□黄波①

邹绛，原名邹德鸿，中国现代著名翻译家、诗人和学者。抗日战争时期，国立武汉大学因战事西迁至四川乐山，生于斯长于斯者邹绛，于1940年秋考入四川乐山国立武汉大学外国文学系，并由此开启了自己的“诗歌生活”。在诗歌创作方面，邹绛积极实践现代格律新诗写作，著有诗集《现代格律诗选》；在文学翻译方面，其近半个世纪的文学翻译工作，不但译有诸多诗集，还涉及长篇小说和童话故事等。目前，学界对邹绛先生的学术研究并不丰富且集中于其新诗的格律创作与文学翻译，其诗作中显性的风景书写被研究者悬置，处于研究视野之外。本文通过梳理其诗作《现代格律诗选》，发现邹绛的绝大部分诗歌中都有显性的风景书写。从20世纪40年代初诗人早期的诗歌创作，到中华人民共和国成立后以及新时期的诗歌作品，风景作为一种装置，贯穿其诗歌创作始终。其众多诗作中，不论是自然风景的图绘，还是人文景观的聚焦，都呈现出明亮的姿态，在传达诗歌主题之外，还表征着诗人自由而奋进的精神世界与不同时期社会历史的变革与走向。

---

① 黄波（1987－），男，重庆云阳人，西南大学中国新诗研究所博士研究生，主要从事比较文学研究。

一、明亮的装置：邹绛诗歌中的风景呈现

“风景”一词的内涵在中国文化中经历了漫长的演变。“风”最早出现在《庄子·齐物论》中，意为流动的空气；“景”最早出现于《诗经》，意为经由阳光照射所产生的阴影。时代的发展变迁，使“风”的含义从自然现象逐渐向文化现象引申，有了“土地风俗”和“风化、教化”等含义；“景”则逐渐延展出景色、景致的含义①。作为独立概念的“风景”，最早现于魏晋诗人陶渊明诗《和郭主簿二首（其二）》中，意指空气与光线所构之景致。随着文字含义的演变，“风”越来越多地融入了“人”的因素，它诉诸个体就是情感，诉诸群体叫作文化；而“景”则始终承担了与人相对的环境含义。可见，“风景”概念本身就包含着鲜明、浓重的风土、风俗、情感、认知等人文元素②。邹绛近半个世纪的诗歌创作生涯中，研究者很难找到不关涉风景的创作。纵向来看，初入诗坛的40年代，是其作品中风景出现频率最低的时期。但即便是这一时期，《破碎的城市》《祖先和子孙》《星夜之歌》《我散步在晚饭后街市上》《我们渴望了多久》等诗作中的风景书写也让人难以忽略。较之这一时期，其中华人民共和国成立之后的诗作中，风景成分明显增加，风景的嵌入与诗歌主题的表达也更契合。不论是《歌颂祖国》《小小的水电站》《小小的蓄水湖》等单篇诗作，还是《青城山诗草》《苏联展览馆组诗》《蜀道不再难——献给宝成铁路正式通车》《大连山下》等组诗，诗人身处时代变幻之中，从眼前可见之景着手，着力勾勒出该时段中国社会的多幅面貌。到了新时期，邹绛诗歌中的风景书写，更是达到了惊人的篇幅，其诗歌技艺也更为圆融与成熟。《回春之曲》《是谁紧跟着列车在飞翔》《灿烂的星斗》《列车穿过大巴山》等诗作中，诗人以风景描摹时代变迁；《春天里的四行诗》《果园的

---

① 王朝忠：《汉字形义演释字典》，四川辞书出版社，2006年，第1108页。

② 郭晓平：《中国现代小说风景书写的话语实践》，《鲁迅研究月刊》2018年第4期。

春天》《缙云山诗草》《巍然崛起的峄山》《泰山组诗》《阆中诗五首》《山城飘着腊梅香》《乐山诗草》等诗歌中，诗人则通过风景表达主体的精神世界。诗人不但以花草、树木、山河、湖泊等自然景观入诗，也将中国现代化进程中的电站、铁路、高塔、桥梁等不可或缺的人文景观装置进诗行之中，甚至是行动中的解放军部队，人与人之间谈笑纷飞的动态场景，都成为其信手拈来的景致。风景，一度成为邹绛诗歌的主体。

何以风景会在邹绛诗歌中如此高频且反复地出现？如果仅仅是将邹绛诗歌中的风景书写，当作诗人对大自然与人类社会的热爱，或是简单地将其归结为借景抒情的表达手法，未免不切实际，且不能触及邹绛诗歌的本来面目。因为这并不能解释风景书写何以会贯穿其整个创作生涯，更不能解释其诗歌明亮格调的形成。换言之，风景的呈现，在邹绛的诗作中极可能是诗人别具匠心的书写策略，是一种有意的“装置”。所谓装置，本指机器、仪器和设备中结构复杂且具有某种独立功用的物件的组合，也可理解为“安装”。装置也是一种艺术方式。艺术家在特定的时空环境里，将人类日常生活中已消费或未消费过的物质实体加以艺术性地选择、利用、改造和组合，展示其个性观念和艺术形式。有人将装置艺术称之为“场地＋材料＋情感”的综合艺术，借助立体时空和物质材料，展现艺术设计和想象[①]。《现代格律诗选》中的各类风景，固然美不胜收，但它并不仅仅只是诗人记录祖国大好河山与人文景致的相机，它还是诗人内在精神的人格表征，并暗合着时代主题的莫测变幻。

语言与节奏，对邹绛诗歌风景的系统性生成与展示，有至关重要的影响。何其芳曾将现代格律诗规定为，“按照现代的口语写得每行的顿数有规律，每顿所占的时间大致相等，而且有规律地押韵”[②]。即按现代口语写作，且有规律地停顿与押韵。邹绛自己在将现代格律诗与古典格律诗进行对比时，也认为“现代格律诗使用的是现代口语，这种现代口语比古典格

---

① 王本朝：《装置的风景：历史的幻灭与自我的挣扎——细读〈桨声灯影里的秦淮河〉》，《名作欣赏》2016年第19期。

② 何其芳：《何其芳选集》（第二卷），四川人民出版社，1979年，第159页。

律诗使用的书面语言更通俗，更活泼，更丰富，更适合表现我们现代人的思想感情”①。邹绛的新格律诗写作，可以看作是上述诗学理念的实践。其诗作中口语化表达是其诗歌的一大表征。《禁不住——在仙寓洞茶馆里》《星夜之歌》《火车上的对话——给彝族青年折伍合》《矫健的身影》等诗作中，诗人都以口语化的对话入诗，使其诗歌简洁而明朗。《踩土谣》就是通过童谣般口语化的语言，呈现出旋律与画面交织的艺术世界：

踩土呀踩土
我们用踩撬踩土
让我们拿出
更多更多的力气
让我们撬出
更深更厚的泥土

踩土呀踩土
我们不停地踩土
让我们流出
更多更多的汗水
让我们做出
更肥更美的田土

踩土呀踩土
我们唱着歌踩土
让我们付出
更多更多的劳动
让我们栽出

① 邹绛：《中国现代格律诗选》，重庆出版社，1985 年，第 4 页。

更鲜更嫩的菜蔬。

顿是构成现代格律诗最关键的东西，根据诗歌内容而形成的顿的整齐与否，形成了现代诗歌的节奏形式。在邹绛看来，“为了使节奏鲜明，最好是多用双音顿和三音顿，而尽量少用或不用单音顿和四音顿，如果没有必要和可以避免的话”①。邹绛的诗作，诸如《向英雄致敬》《果园的春天》《缙云山诗草》等，都是由三音顿和双音顿构成诗行，再由此形成“整齐式”的诗歌形式；《清明时节的回忆》《新绿的葡萄藤》《金沙江的水》《大海又笑了》则是不同音顿构成了诗节之间“对称式”的诗歌形式。音顿契合邹绛诗作中风景的呈现，使得其诗歌节奏匀整而流动。可以说，在邹绛的整个诗歌创作生涯中，除《破碎的城市》《温暖的泥土》《一个先死者的歌》《我散步在晚饭后的街上》等少数作品外，其诗歌中的风景皆明丽而不灰暗，诗歌精神乐观而不颓废。再加上口语化的语言表达，以及诗人刻意追求的停顿，使其诗作呈现出显而易见的明亮格调，使其诗歌中的风景书写成为一种明亮的装置。

二、装置的明亮：个体精神世界的自由奋进

日本学者柄谷行人论及风景与日本现代文学起源时，认为“只有在对周围外部的东西没有关心的‘内在的人’（inner man）那里，风景才能得以发现。风景乃是被无视‘外部’的人发现的”②。物质决定意识，意识是物质的反映，对物质具有能动的反作用。诗人的创作素材源于现实生活，其诗歌想象受现实桎梏，这是由物质的第一性原理决定的。但当风景作为一种巧妙的装置，当我们试图通过该装置进入到诗人的精神世界时，便会觉察到，意识的能动作用，不仅在于反映物质世界的多样性，还在于呈现

① 邹绛：《中国现代格律诗选》，重庆出版社，1985 年，第 9 页。

② ［日］柄谷行人：《日本现代文学的起源》，赵京华译，生活·读书·新知三联书店，2003 年，第 15 页。

其意识本身的主体性。也即是说，若人的内在精神世界有所束缚，其必然投射到现实世界之中，亦必反映于其诗歌创作之中；只有当一个人的内在精神世界足够自由时，其“内在的人”才得以呈现，诗人才能发现外部世界的风景，才能在困顿的现实处境之中，保持积极乐观的心境，并作用于其文学实践活动之中。也唯有精神上的绝对自由，才能超越现实，并于苦难之中滋生出希望与力量。邹绛诗歌中的“明亮”，便源于其内在精神世界的自由以及因此而诞出的这份希望与力量。

个体精神上的高度自由，外化于物，便是对大自然的热爱。邹绛是热爱自然的，“他特别崇尚自然，包括大自然和生命的本真之境于朴素之中透射出生命的真意。他喜爱闲适、至静，而不喜欢浮躁与张扬，他的心性之中有一股浓郁的仙风道骨，他的诗往往是在静静的感悟之中表达生命之美，心灵之美和人生的真谛”①。邹绛诗作，尤其是其晚年诗作，诗人将美丽的大自然装置进诗歌之内，表达出无限生命的自在之美。《缙云山诗草》以二十一首短诗写尽了缙云山之景。黎明时，“鸟儿欢叫着/迎来了黎明/我仰望丛林/久久地倾听”（《黎明时的歌》）；清晨时，“是谁在窥探/高高的密林/闪耀的光线/彩虹般迷人”（《缙云山之晨》）；黄昏时，“圆圆的红日/正缓缓下沉/雀鸟喧闹着/仿佛在送行”（《山顶看日落》）。诗人徜徉在缙云山上的樱花、古松、幼杉、红叶、竹林中，静听松涛、琴声、山鹰、画眉，静观泉水、微雨、云雾、落日，诗行之间流淌的是缙云山上美不胜收的风景，也是诗人内在自由自在的灵魂。此外，《泰山诗草》尽情歌咏泰山的巍峨与辽阔，《三峡咏叹录》在对历史的回望中咏叹三峡的壮丽，《龙池仙女及其他》写龙池的风貌，《青城山诗草》则写出青城山的秀美，《宜宾组诗》写宜宾的自然与人文景观。邹绛的诗歌，是其内在精神与心灵在山河之中自由地流淌，“虽简约齐整，却没有刀凿斧削的痕迹，这也许与诗人崇尚自然与自由有关。他是以格律规范着无限自由的心灵，同时

① 蒋登科：《用生命谱写的乐章——重读邹绛〈现代格律诗选〉》，《诗刊》1996年第12期。

又在制约之中探索着表达上的自由。这是一种很高的生命与艺术境界”①。

不论是中国古代的“文如其人”，还是西方现代文论中的“风格即人”，都是将创作主体与作品的风格联系起来。文章的风格就是创作者的精神世界与心灵世界的体现，创作者的性格、气质或德行，都会在文章中流露出来。隐遁者，其作品歌咏自然；入世者，其作品关注现实；悲观者，其作品消极颓废；乐观者，其作品充满力量。精神世界高度自由的邹绛，是乐观者。40年代的战争，其阴霾笼罩着时代，也笼罩着时代下的诗人创作。诗作《我散布在晚饭后街市上》中，邹绛写道，“这边来的男人白得像石灰/头上，冷阴的夜空里/轩槛上的夜月像个山魅”；另一首诗《我唱我自己的歌，细微的音波》中，“我是蚊子，污水是我的家/污水上没有玫瑰花，醉人的/音乐，像那悬岸上赛伦似的/也没有；但我唱毁灭的歌”。从形式与格律上来说，以上两诗歌都是邹绛极具实验性质的十四行体诗歌创作；但从诗风上看，它通过白石灰、山魅、蚊子、污水等意象，呈现出战争笼罩下的普遍心理，具有灰暗的风格特征。但这灰暗的诗风，只是在年轻的邹绛诗歌中一闪而过，后面再没有出现。在同样是十四行诗的《温暖的泥土》中，诗人逃离热闹与喧嚣，在寂静的深夜里，用耳壳紧贴郊区温暖的泥土，“于是我就听到了杂沓的脚步/从我的四周传来，而且不断在/我的眼前奔赴着黎明的世纪”，呈现出坚定的力量。同一时期的其他作品，如《我愿我是一首诗》中，诗人表达的是躯壳焚化成软泥后“能给来年的小春多添份绿意”的奉献精神；《祖先和子孙》是对和平的畅想。现代诗歌中，多以消极意象出现的“雨水”，在邹绛的诗歌中也孕育生命与希望的力量。如《撒谷种》中，诗人写道，“你看他撒着一把把谷子/就象是撒着黄金的雨点//黄金的雨点闪着光落下，水田将长满碧绿的稻秧”；《春天里的四行诗》中，“春雨落在泥土上/种子在暗暗滋长//春雨落在人心里/希望在悄悄酝酿”；《令人难忘的花朵》中，“洋洋洒洒的春雨/落在

---

① 蒋登科：《用生命谱写的乐章——重读邹绛〈现代格律诗选〉》，《诗刊》1996年第12期。

地面了/令人难忘的花朵/开在心中了”。此外，《七里香》《欢乐的泉水》《平原上》《多美的图画》《虞美人》《绿叶在风中轻轻歌唱》《草坪上的小鹿》等诗歌都呈现出一种积极奋进的精神力量。

精神世界的高度自由，还使邹绛笔下的风景超越了一时一地的束缚，具有现实的深度与历史的厚重。《巍然崛起的峄山》中，“巍然崛起的峄山/到处堆叠着石头/它是雕塑的荟萃/也是神话的宝库/多少惊叹的目光/抚爱过这些石头!”位于山东邹县南部的峄山是有名的石头山，也即孟子所说“孔子登东山而小鲁，登泰山而小天下”中的东山。诗人自然而然思及前人，峄山也成为“沧桑的见证”与“历史的记录”；《观川亭》中，诗人想起“孔子曾站在这儿感叹过/时光像河水在昼夜流淌”；《石门》中，“我仿佛看见李白和杜甫/在这儿对坐着饮酒论文”；《解放阁》中，“多少战友英勇地倒下了/为了把这个高地夺下来/老战士滔滔不绝地讲着/热血呵又在他周身澎湃”；《哦，白帝城!》中，诗人称白帝城是“公孙述称帝的城/刘玄德托孤的城/李白赞叹过的城/杜甫登临过的城……”，屈原庙的鼓声一年又一年地敲响，似在盼屈原的归来（《屈原啊，魂兮归来》）。笔之所至乃诗人思之所至，思之所至乃诗人行之所至。邹绛的思之所至，却又远超于其行迹所至。由其所见之景，邹绛自觉不自觉地走近历史深处，或与文化名人对话，或与历史事件撞个满怀。“在邹绛先生的体验中，这是一个生者与死者在一起，过去和未来在一起，有限的个人和无限的宇宙在一起的，循环着的世界。”① 精神世界的自由奋进，将过去与现在、历史与现实紧密地连接起来。通过风景的装置，诗人在完成其精神的自由驰骋时，也完成了诗歌应有的审美提升与超越。

① 段从学：《邹绛是首人诗》，《红岩》2012 年第 S2 期。

三、装置的明亮：社会历史现场的波澜壮阔

中华人民共和国成立后十七年时期的诗歌创作，是伴随着波澜壮阔的社会主义建设而发展起来的。中华人民共和国成立初期，国内外形势十分严峻，外有国际敌对势力的政治经济封锁，内则百废待兴，国民经济亟待恢复与发展。1953 年，国家根据过渡时期的总任务进入国民经济第一个五年计划，知识分子纷纷走向农村、田野、工厂，如火如荼的经济建设使十七年诗歌进一步发扬左翼文学与延安文学的革命现实主义传统，诗歌与时代的联系更加紧密。1956 年，周扬在《建设社会主义文学的任务》中强调，“我们需要的是人民的诗歌。我们的抒情诗，不是单纯地表现个人情感的，个人情感总是要和时代的、人民的、阶级的情感相一致”①。时任《诗刊》主编的诗人臧克家也认为，“诗人是时代的号角和鼓手。一个吹号者和鼓手是要站在战斗的最前列的，如果在沸腾的生活后边踉踉跄跄，怎么能够吹奏出令人振奋的雄壮的大进军的音响?”② 因而这一时期的诗歌，“无论在思想上还是在审美表现上，强调的均是精神生产的正确性，除了完成对于想象的共同体——国家，党以及领袖的热爱与赞美之外，诗歌还担负着歌颂社会主义现代化建设、歌唱劳动人民的壮志豪情、歌唱幸福生活以及歌唱祖国的山河壮丽等任务。”③ 邹绛的诗歌，也因反映浩浩荡荡的社会主义建设而壮阔明朗。

邹绛自述说，“四十年代末读了李季用陕北民歌顺天游形式写的叙事长诗《王贵与李香香》，感到一种强烈的民族色彩和一股浓郁的泥土气息。我开始写一些每节两行但每行音组相等的诗，表达解放后那种欢欣鼓舞的

---

① 周扬：《建设社会主义文学的任务——在中国作家协会第二次理事会会议（扩大）上的报告》，《文艺报》1956 年第 5、6 期。

② 臧克家：《在中国作家协会第二次理事会会议（扩大）上的发言》，《文艺报》1956 年第 5、6 期。

③ 于倩：《时代激情中的副歌：“十七年”诗歌的意象特征》，《南京师范大学文学院学报》2010 年第 3 期。

心情”[①]。的确，邹绛诗歌创作紧随时代变迁，在装置的风景中完成了对社会主义建设实践的表达。诗人在《我们渴望了多久》中写道，“孩子们一早起来就东奔西跑/他们焦急地等候着你们的来到//一支队伍终于出现在山坡上/你们鲜红的帽徽闪闪地发亮//你们庄严地从我们面前走过/我们专心地注视着，一个不放过”。1949 年 11 月 30 日，重庆解放。此前，解放军进入重庆时，人民群众曾夹道欢迎；在这之后，解放军离开重庆时，人民群众热烈相送。东奔西跑的孩子，闪闪发亮的解放军帽徽，两幅动态装置既呈现出人民群众在中华人民共和国成立后的雀跃心情，也暗含民主革命胜利的必然性。邹绛这一时段的诗歌，还关涉 50 年代更为丰富的政治内容。中华人民共和国成立后，国家有步骤地将封建半封建的土地所有制改变为农民的土地所有制，并最终在 1953 年完成了土地制度的改革，实现了中国农民数千年来得到土地的奋斗目标，使农民真正从经济上翻身做了主人。邹绛在《歌颂祖国》中对此进行了对比：土改之前，“多少年来恶魔在这儿横行/他们用魔掌扼住人民的喉管/人民遭受着无尽的灾难和不幸/亲爱的祖国在水火当中熬煎”；土改之后，“每个农民都有了自己的土地/无边的土地生长着茂盛的庄稼/互助组　生产合作社　集体农庄/我们的收获和幸福将愈来愈增加”。中国是一个由多民族共同组成的国家。中华人民共和国成立初期的中国高度重视民族问题，“只有在消除民族隔阂的基础上，经过各族人民的共同努力，才能真正形成中华民族美好的大家庭”，实现各民族的大团结[②]。《欢聚》中，邹绛表达出多民族的友好与和谐，“为什么公园里到处都飘着彩旗？/为什么天空中尽情地泻下阳光？/为什么地面上散发着阵阵芳芬？//——哦，为了我们/各民族的青年欢聚”。《金色的海洋》《火车上的对话》等都是反映民族融合与社会主义建设的诗作。对于贫穷落后的新中国而言，铁路的修建既是恢复与发展国民经济需要，也是塑造国家形象的重要手段。北起陕西宝鸡，横越秦岭，南达四川

① 邹绛：《现代格律诗选》，香港天马图书有限公司，1993 年，第 7 页。

② 邓小平：《关于西南少数民族》，《建国以来重要文献选编》（第 1 册），中央文献出版社，1993 年，第 314 页。

成都的宝成铁路的修建，改变了千年以来的“蜀道之难，难于上青天”的地势局面，也成为连接中国西北与西南地区之要道。对此，邹绛在《向英雄致敬》《涪江大桥》描写出水况路况的艰险；在《钢轨诞生的地方》《青石岩大爆破》写建设过程的艰难；在《秦岭石竹和筑路英雄》《接轨纪念碑》歌颂修路英雄的奉献；《松树坡》《观音山车站》则突出铁路建成后带来的改变。新时期以后的邹绛诗歌创作，仍通过风景与时代保持千丝万缕的联系。作于1982年春的《春天里的四行诗》《果园的春天》写改革开放之春带来的变化；《东方维纳斯》《北京也有了埃菲尔铁塔》则歌颂祖国建设的蒸蒸日上。

太阳、红旗、树是邹绛诗歌中表达主流政治话语的三个意象。作为巨大的能量体，太阳既象征着希望与能量，同时又象征着生命与生机。古老的中国在经历屈辱的近代史以后，正焕发着蓬勃的力量。《林荫大道》《金色的海洋》《剥开伪装》等诗作中，太阳就是东方中国的象征。这一点在《青城山顶看日出》中尤为明显，“太阳，太阳，鲜红夺目的太阳/一下子你就刷新了世界的形象//太阳，太阳，鲜红夺目的太阳/是你指挥着世界上最美的合唱!”太阳鲜红、热烈，却不灼人，正是新生中国的形象。五星红旗，也是邹绛诗歌中反复出现的意象。《挽歌一章》《歌颂祖国》《抗旱之歌》《光辉的明灯》《我们心中的红旗》中，“红旗”反复出现。“红旗闪闪照亮了整个的祖国”，不但指引中国革命取得胜利，同时也带领“我们开进了田野中”，在新的历史阶段完成新的使命。此外，各种不同的树也在邹绛诗歌中反复出现。青城山上挺立的千年银杏，承载着诗人对多灾多难的祖国的深情。它经过无数次刀砍斧伤，“但繁茂的绿叶却依然年年滋长//看着她怎能不想起多难的中华/她不也巍然屹立着重放出鲜花”(《一株千年的银杏》)。共产党员许晓轩烈士被囚于重庆“中美特种技术合作所”白公馆时，曾种有一棵石榴树，“如今在阳光下更加茂盛/碧绿的树叶，坚实的树干/它仿佛就是烈士的化身/火红的榴花越开越鲜艳!”(《一颗石榴树》)《献给黄桷树的十四行》中，黄桷树“不同于那些娇嫩的杨柳/你们不在乎土地的干硬/你们也不怕酷热的气候/你们有自己独特的天性//朴素而可爱，忠诚而坚定/你们不就是山城的象征！”总之，20 世纪下半叶波澜壮阔的社会主义现代化进程，激发着民众的建设激情，同时也激发着诗人们对于国家和民族的诗意想象与文学表达。特殊的时代语境与政治话语，使邹绛诗歌呈现出积极向上的乐观主义态度与集体主义精神。太阳、红旗与树等风景意象，整体上投射出一种磅礴而激昂的情感基调，与其明亮的诗歌风格形成了内在的呼应。

结　语

邹绛的诗歌风格，乐观而明亮，这固然离不开其诗作中郎朗上口的语言表达与音顿的规律性呈现，但更离不开其诗作中随处可见的明亮风景。风景书写贯穿邹绛诗歌创作始终，它不是简单的抒情手法再现，而是诗人在特殊时代的特殊语境中建构起来的某种写作向度。以装置为视点进入邹绛的诗歌文本之中，便不难发现其诗作中风景的主体性地位。邹绛也正是通过风景的装置，在杜绝个体情感泛滥的同时表达着主体精神上的自由与奋进，并由此进入时代肌理，在无可规避的宏大叙事潮流里，以别具匠心的方式传递出对时代的深切关怀。

从两个版本的《葡萄园和风》看邹绛的翻译选择

□况俊未　向天渊①

内容摘要：《葡萄园和风》是智利诗人巴勃罗·聂鲁达的一本诗集，1959 年首次在中国翻译出版，1983 年又以合集的形式重新出版。两个版本的《葡萄园和风》都主要由翻译家邹绛翻译，从它们的编选和修改中我们可以看到译者邹绛的一系列翻译选择。在翻译内容的选择上，《葡萄园和风》中的诗歌既是具有政治考量的“应时而坐”，又是符合邹绛翻译精神的“应心而作”。邹绛的翻译精神主要体现为俄苏文学的抗争精神和关怀民众的人文精神两条脉络。在翻译形式的选择上，邹绛注重对诗歌韵律的翻译，以不断完善的音组法翻译、修改诗歌，赋予了译诗音乐美和建筑美，翻译出的聂鲁达诗歌具有很大的影响力。

关键词：邹绛；聂鲁达；翻译精神；格律翻译

1959 年，上海文艺出版社出版了智利著名诗人巴勃罗·聂鲁达的诗集《葡萄园和风》（*Las uvas y el viento*）。这本诗集翻译了《欧洲的葡萄园》

---

① 况俊未（1993－），男，重庆涪陵人，西南大学中国新诗研究所博士研究生，主要从事中外诗歌比较研究。向天渊（1966－），男，重庆巫山人，博士，西南大学中国新诗研究所教授、博士生导师，主要从事比较诗学研究。

《向中国致敬》《波兰》《西班牙》《布拉格的谈话》《新世界多么辽阔》《意大利》七首诗歌。其中《向中国致敬》由袁水拍、盛愉合译，其余六首都由邹绛先生根据1954年俄文版的《葡萄园和风》翻译而来。

1983年，四川人民出版社出版了诗集《聂鲁达诗选》，这本诗集浩浩洋洋，以分辑的形式，选译了聂鲁达不同时期共60余首诗歌。这本诗选是中苏关系破裂、聂鲁达在中国的译介暂停二十多年后的“破冰之作”，在当时产生了很大的影响。诗选的第三辑名为“葡萄园和风”，除了收录1959年版《葡萄园和风》的七首诗以外，新增了戈宝权翻译的《在我的祖国正是春天》一诗。

至此，我们就能看到1959年和1983年两个版本的《葡萄园和风》。虽然两个版本的篇目有些许差异，但两个版本中大部分诗歌同样由邹绛先生翻译，翻译母本都注明了是1954年的《葡萄园和风》，所以很少有人将两个版本进行对读，也不容易注意到其中的差别。其实只要稍加留意，我们便能从中发现一些颇值得探究的地方：1959年版中唯一不是由邹绛先生翻译的《向中国致敬》，在1983年版中，已由邹绛先生重新译出，整首诗呈现出完全不一样的面貌；旧版诗集中邹绛先生翻译的《欧洲的葡萄园》《波兰》等六首诗，在新版中都有了或大或小的修改；聂鲁达经由译者建构起来的形象，也同样发生着转变……

这些变化不是孤立的、偶然的，两个版本诗集的篇目和诗行之间，体现的正是译者邹绛在翻译过程中的翻译选择，这种选择既是内容上的、精神上的，也是形式上的、艺术上的。对两个版本的《葡萄园和风》进行研究，或许能为我们提供在翻译实践中考察邹绛先生翻译思想的有效路径。

一、应时而作与应心而作

1951年，当时已经凭借《二十首情诗和一首绝望的歌》以及《漫歌集》蜚声国际的聂鲁达，开启了一段跨越欧洲、苏联、中国的长途旅行，他边走边写，将一路的游历见闻写进诗中，并于1954年将这些诗集结出版，这就是诗集《葡萄园和风》的由来。聂鲁达十分喜爱这本诗集，他在回忆录中写道：

> 说实话，我是偏爱《葡萄和风》的，或许是因为它不被人理解，或许正是通过这些诗篇我才踏上漫游世界之路的。这本诗集带着道路的灰尘和江河的水滴；它带有我一向不了解、通过走路方才认识的其他地方的人群和风貌。①

这本诗集以极快的速度被译俄文，又同样迅速地被翻译成中文。从某种程度上来说，这本诗集的译介和政治与时代有密不可分的联系。

聂鲁达的作品被成规模地翻译进中国，始于 20 世纪 50 年代初。那个时候中华人民共和国刚刚成立，一方面国力积弱，另一方面又满怀激情地投入到社会主义的建设之中。而诗人聂鲁达则是一位帮助智利人民取得民族独立的民主斗士，也是国际共产主义事业的支持者、参与者。聂鲁达和中华人民共和国之间的政治亲缘不言自明。聂鲁达那些激情澎湃的战斗诗篇，不仅为社会主义建设带来了极大的精神鼓舞，对于刚刚成立的中华人民共和国来说，也指明了世界浪潮中社会主义文学发展的方向。因此臧克家才会把聂鲁达的诗歌当作一把钥匙，从中寻找“作为一个诗人如何参加实际政治斗争，深入生活，和人民结合”的方法②。

所以，聂鲁达最初被译介进中国时，更多的是作为一名“政治诗人”③，翻译进来的诗歌带有浓重的意识形态色彩。从《葡萄园和风》诗集里《向中国致敬》一诗的诞生始末中，我们可以更清晰地看到这一点。

---

① 赵德明：《复苏了一个大陆的命运与梦想》，见《情诗·哀诗·赞诗》（前言），漓江出版社，1992 年，第 18 页。

② 臧克家：《庄严美丽的诗篇——介绍〈聂鲁达诗文集〉》，《人民日报》1951 年 10 月 10 日第 1 版。

③ “政治诗人”的概念引用自专著《历历来时路：诺贝尔文学奖获奖作品在华出版传播研究》中作者对聂鲁达在中国形象的概括，见刘火雄：《历历来时路：诺贝尔文学奖获奖作品在华出版传播研究》，南京大学出版社，2019 年。

1951年9月15日，聂鲁达和苏联作家爱伦堡一同访问中国，为宋庆龄颁发"加强国际和平"斯大林国际奖金。在9月23日中苏友好协会总会举行的欢迎茶会上，吴玉章副会长致欢迎词，对爱伦堡、聂鲁达在保卫世界和平事业中的光辉贡献表示敬意，而聂鲁达则在茶会上朗诵了自己创作的向中国人民致敬的诗歌①。这首诗歌随即刊登在《人民日报》1951年9月23日第3版上，题目即为《向中国致敬》，译者为袁水拍、盛愉②。

同年10月，人民文学出版社出版了袁水拍翻译的《聂鲁达诗文集》，《向中国致敬》一诗收入其中，不过名字变成了《新中国之歌》，诗文集还另有《伐木者，醒来吧!》《致斯大林格勒的情歌》等共九首诗及几篇聂鲁达的演讲稿。随后几年，又陆续有聂鲁达的诗歌零星发表在国内的报纸或期刊上，但这段时期影响最大的仍是袁水拍译的《聂鲁达诗文集》。

邹绛先生翻译的《葡萄园和风》在八年之后，也就是1959年出版。在这八年间，聂鲁达第二次访华，和中国人民的感情愈加深厚③；而抗美援朝战争的爆发、美国与苏联的冷战，让社会主义的文化阵营联结得更加紧密。在这样的背景下，《葡萄园和风》这本诗集很自然地延续了聂鲁达"政治诗人"的身份，诗集所选的7首诗歌，全都贯穿着为弱小民族发声、为社会主义呐喊的主题。所以我们也就不难理解，为什么1959年版的《葡萄园和风》中，6首诗歌都是邹绛先生翻译的，却插入了一首由袁水拍、盛愉合译的《向中国致敬》。这是因为《向中国致敬》从诞生起，就有着沉甸甸的政治分量，它出现在聂鲁达的诗集中——不管是《聂鲁达诗文集》还是《葡萄园和风》——几乎是必然的，而《葡萄园和风》整本诗集的篇目选择，也可以说是"应时而作"，具有合乎时代的政治考量。

不过必须注意的是，邹绛先生选择翻译聂鲁达的这些诗歌，并不全然

---

① 见《人民日报》1951年9月23日第1版。

② 见《人民日报》1951年9月23日第3版。

③ 1957年7月，聂鲁达应中国人民对外文化协会的邀请来到中国访问，艾青负责接待。一行人从昆明出发，先后前往重庆、汉口、北京游览。这段经历见艾青：《往事·沉船·友谊——忆智利诗人巴勃罗·聂鲁达》，载于《聂鲁达诗选·代序》，四川人民出版社，1983年。

是“应时而作”，我们还应当看到邹绛先生自身翻译活动的连续性。《葡萄园和风》的选译与出版，固然有时代的因素，但在此书出版以前，邹绛先生已经开始自发地翻译聂鲁达的诗歌。1957 年，他翻译了聂鲁达的诗作《欢乐颂》《奇迹》，分别发表于《文汇报》和《红岩》，后来又陆续翻译了《新世界多么广阔》《西班牙》《献给列宁》①。其实，不管是 1959 年还是 1983 年版的《葡萄园和风》，都是邹绛先生自身翻译精神的延续，是邹绛先生的“应心而作”。

纵观邹绛先生的翻译历程，有两条精神脉络一直贯穿其中。第一条是俄苏文学的抗争、奋进精神。鲁迅曾说“俄国文学是我们的导师和朋友。因为从那里面，看见了被压迫者的善良的灵魂，的酸辛，的挣扎”②，邹绛先生的文学翻译活动，正是以俄苏文学精神为底色的。1942 年，只有 20 岁的学生邹绛就翻译了莱蒙托夫的长诗《一个不做法事的和尚》，发表于《诗创作》1942 年第 14 期。同期刊登了读解文章《关于〈一个不做法事的和尚〉》，文章中邹绛先生写道：

在这种英雄事业的热望和反映民族特性的俄罗斯古典文学的传统中，当有一种描绘人的坚强意志的倾向。③

对俄苏文学中坚强意志的推崇，让邹绛先生选择作品进行翻译时，主要选择那些积极的、明亮的、充满生命热情的作品，他曾写道：

苏维埃诗歌是永不枯竭的源泉，她永远给人以欢乐，给人以力量。她像太阳一般温暖，像空气一样透明。

在苏维埃诗歌里面你不会找到充斥着现代英美诗歌的那种颓废和悲观

---

① 见《邹绛年谱简编》中的记载，《邹绛诗文集》，重庆出版社，2022 年。

② 鲁迅：《祝中俄文字之交》，《文学月报》1932 年 12 月 15 日。

③ 邹绛：《关于〈一个不做法事的和尚〉》，《邹绛诗文集》，重庆出版社，2022 年，第 194 页。

的影子。……如果能够终生从事苏维埃诗歌的翻译工作，这将是多么巨大的光荣和幸福！①

事实正是如此，从青年时期翻译莱蒙托夫、施巴乔夫到凯尔巴巴耶夫再到晚年时翻译巴格里茨基的作品，邹绛先生一生都没有停止俄苏文学的翻译。而聂鲁达虽然是智利诗人，但他的创作颇受俄苏文学影响，他说马雅可夫斯基的影响是最重要的，马雅可夫斯基“他像星星一样放射光芒/新的种子在他的星光下成长”②。《葡萄园和风》里的诗歌不仅有对苏联的颂歌，也延续了俄苏文学的力量和激情，处处都是“前进呵，西伯利亚的火车！/你那坚强的意志/能够使世界翻过身来”③。这样振聋发聩的诗句，邹绛先生选择翻译这些诗歌，正是和对俄苏文学精神的推崇是一脉相承的。

邹绛先生翻译精神的另一条脉络，则是关怀民众、同情弱小的人文精神。这种人文精神主要体现在他对惠特曼和黑人诗歌的翻译上。

邹绛先生对惠特曼的翻译比他对莱蒙托夫的翻译更早。1941 年，19 岁的邹绛就开始翻译惠特曼的《鼓声集》，其后数年间又翻译了《在战场上我守了一晚奇怪的夜》《裹伤的人》《长，太长，亚美利加》《在这个时刻渴望而沉思》等作品。邹绛先生特别欣赏惠特曼诗歌对民主自由的歌唱和对普通民众的关怀，他认为惠特曼“用自己的创作极其鲜明地体现了美国人民的民主传统”，惠特曼是“‘任何暴政和压迫的敌人’，他终生为‘博爱和友谊’而斗争”④。

秉持着这样的人文精神，邹绛先生还坚持不懈地译介黑人的诗歌。1952 年，文化工作社出版了邹绛分辑、翻译的《黑人诗选》，诗选共收录

① 邹绛：《向苏维埃诗歌致敬》，《邹绛诗文集》，重庆出版社，2022 年，第 237－238 页。

② 转引自《聂鲁达诗文集》中译本序言。巴勃罗·聂鲁达：《聂鲁达诗文集》，袁水拍译，人民文学出版社，1954 年，中译本“序言”，第 2 页。

③ 巴勃罗·聂鲁达：《葡萄园和风》，邹绛等译，上海文艺出版社，1959 年，第 90 页。

④ 邹绛：《瓦尔特·惠特曼，歌唱民主的诗人——纪念〈草叶集〉出版一百周年》，《邹绛诗文集》，重庆出版社，2022 年，第 227 页。

30余首黑人诗歌。邹绛先生在译后记中写道：

但是让我们看看从很久以来就在美国处于被剥削被压迫地位的黑种人民的生活、思想和感情吧。这些诗歌大部分都是他们血泪的结晶，因此它们更加感人。①

同为长期“被侮辱与被损害”的民族，黑人群体的伤痛与反抗对于中华民族来说可谓心有戚戚焉，这本黑人诗选为努力屹立于世界民族之林的中国人民带来了许多精神上的支持。

回看《葡萄园和风》这本诗集，聂鲁达也正是时刻站在人民的立场，疾声为全世界受压迫的人民呐喊、高呼。作为一名共产主义战士，聂鲁达深知是人民的力量在推动着历史，建造着新世界，所以在《向中国致敬》一诗的结尾，聂鲁达激情澎湃地写道，在中国母亲头上“高悬着一颗明星，/这颗星呵照耀着全世界各国的人民。”②

由此看来，1959年版《葡萄园和风》这本诗集的选译和出版，既有较强的政治和时代因素，同时也是译者邹绛翻译精神的自然延续。《葡萄园和风》既是邹绛先生的“应时而作”，也是“应心而作”。而随着时代更迭，译本“应心而作”的一面将在1983年版《葡萄园和风》中得到更多体现。

二、格律译诗的方法

1983年版的《葡萄园和风》与1959年版相比，几乎所有诗歌都有所改动。例如1959年版中《欧洲的葡萄园》一诗被数字分成八个部分，每个部分并没有小标题，但1983年版《欧洲的葡萄园》每个部分开头都有

① 邹绛：《黑人诗选译者后记》，《邹绛诗文集》，重庆出版社，2022年，第214页。

② 巴勃罗·聂鲁达：《聂鲁达诗选》，邹绛、蔡其矫等译，四川人民出版社，1983年，第177页。

小标题，诗句也有多处修改的地方。根据1983年版目录上的标示，这些诗选自1954年出版的《葡萄园和风》，而1959年出版的《葡萄园和风》也是根据1954年俄语版《葡萄园和风》翻译而成。不知它们的母本是否是同一个版本，或者一个是俄语版一个是英语版？目前资料缺乏，难以确认。

邹绛先生没有对这些修改做出任何说明，似乎在他看来，这只是译者所作的自然而然的修改，既然没有伤筋动骨，也就不需要特别告知。但从这些修改和变动之中，我们或许能管窥邹绛先生翻译思想和翻译方法的变化。

邹绛先生翻译思想和翻译方法发生的变化，从他的自述中就能看出一二。在翻译活动早期，邹绛先生虽然已经注意到格律在译诗中的重要性，但在不同语言之间进行格律转换绝非一时之功，邹绛先生这时更强调通过翻译传达诗歌内在的精神实质。1947年《文艺春秋》上刊登了邹绛先生的文章《近年来介绍的外国诗》，他写道：

> 有许多人总是说诗不能译，译诗总没有原诗好，但我以为凡是不以声音和形式取胜的诗都是可译的，而且不管翻译者的技术如何坏，只要原诗是动人的，译出来的诗也多少可以动人，何况还有更好的译本继续出现。[①]

现在看来，声明译诗中总有一点丰富动人的东西，其实更像是一种降低阅读门槛、鼓励读者多读外国诗的策略。邹绛先生此时一边通过译诗传递"一点动人的影子"[②]，一边也在不断摸索，希望找到译出诗歌形式美与声音美的方法。

---

① 原载于《文艺春秋》1947年第4卷第6期，引自邹绛：《近年来介绍的外国诗》，《邹绛诗文集》，重庆出版社，2022年，第204页。

② 邹绛先生曾说："假如原诗是动人的，那么翻译之后，只要翻译者态度严肃，一定也可以看出点动人的影子。其实一点影子也就够了，读者正可借此施展想象，或者进而追求原诗。"见邹绛：《我为什么要翻译杜诗——兼答何驯先生〈也谈旧诗今译〉》，《邹绛诗文集》，重庆出版社，2022年，第206页。

经过几十年的探索、实践，邹绛先生在诗歌格律的翻译上取得了不小的成就，掌握了一套较为成熟的格律翻译的方法。其基本方法就是以现代汉语自然形成的顿（或者叫音组）为基本单位，形成和外国诗音步相对应的节奏和韵律。这就是邹绛先生采用的“音组式”翻译法：

原诗每行有多少音步，大体上就给他多少音组，这样音组和音步的数目一致了，但字数却可以比原诗的增多，颇有伸缩的余地。[①]

这种翻译方法能够较为自然、流畅地保留原诗的风格和韵律。但必须说明的是，这种方法并不是邹绛先生首创，邹绛先生年轻的时候就注意到孙大雨使用音组的方法翻译莎士比亚的诗剧，坦言自己受到了他的启发[②]；在新诗诗人群体中，闻一多、卞之琳等也时常运用音组法创作格律体新诗。邹绛先生的造诣在于醇熟地使用这种方法，将音韵节奏内化到自己的翻译之中，让译出的诗歌呈现出天然的韵律美。他在《葡萄园和风》第二个版本中所做出的修改，大部分便是出于格律上的考量，我们也得以从变动的文本中看到邹绛先生格律译诗的具体操作方法。

《葡萄园和风》中的诗歌并不是标准的格律体，而是属于聂鲁达所谓带有“错综复杂的土地的轮廓”[③] 的自由体诗歌。在西班牙语中，这些诗歌具有浑然天成的节奏，要把这种节奏翻译过来，或许比翻译工整的格律诗更有难度。

两个版本的《葡萄园和风》中改动最大的是《向中国致敬》一诗。1959 年版的《向中国致敬》由袁水拍、盛愉合译，1983 年版则由邹绛先

① 邹绛：《〈和平的旗手〉译后小记》，《邹绛诗文集》，重庆出版社，2022 年，第 216 页。

② 邹绛在文章中自述：“我从徐迟的《美文集》当中读到他介绍孙大雨如何用音组翻译莎士比亚诗剧的文章，受到很大的启发，觉得音组是个好办法，不仅可以用来翻译外国的诗剧、外国的格律诗（仅仅按原诗押韵还不够，还应当用中文的音组来对应原诗的音步），而且也可以用来写中文的素体诗（不押韵，但每行有五个音组）和格律诗，包括十四行诗。”见邹绛：《我又想起了文谈社》，《邹绛诗文集》，重庆出版社，2022 年，第 296 页。

③ 见巴勃罗·聂鲁达：《谈谈我的诗和我的生活》，《聂鲁达诗选》，邹绛、蔡其矫等译，四川人民出版社，1983 年，第 13 页。

生重新翻译。在后一版《向中国致敬》中，诗歌首先褪去了翻译体的生涩，更符合中文的阅读习惯。试看这首诗的开头。第一版开头第一节是：

中国啊，长久以来，我们所看到的你的形象
只是西方人故意为他们自己描绘的：
你是那样地衰老，你是那样地凋残，
永远的贫困，
拿着一只空了的饭碗，
在一所古庙门口①

第二版的开头则是：

中国呵，多少年来，
人们把你的肖像拿给我们看，
那是专门给西方人描绘的；
一个满脸皱纹的老太婆，
穷得来一无所有，
端着一只空空的饭碗，
站在一座庙宇的大门口。②

对比两版开头，同样是描绘西方人眼中的中国，第一版表达为“我们所看到的你的形象”，是“西方人故意为他们自己描绘的”，第二版表达为“人们把你的肖像拿给我们看”，这个肖像是“专门为西方人描绘的”。可以看到，第二版人称指代更加清晰，肖像后接的定语从句更加简洁，诗句的意思也就更加直接易懂。

---

① 巴勃罗·聂鲁达：《葡萄园和风》，邹绛等译，上海文艺出版社，1959 年，第 26 页。

② 巴勃罗·聂鲁达：《聂鲁达诗选》，邹绛、蔡其矫等译，四川人民出版社，1983 年，第 170 页。

再如第一版中“从前，在旧中国，/鲜血涂在墙上，/到处是外国的兵士，出出进进”①，第二版中改为“世界各国的军队，/开进了又开出去。/墙上溅满了鲜血”②。诗句欧化痕迹明显减轻，传情达意更加流畅自然。

邹绛先生还为第一版完全不押韵的诗句增添了一些韵脚。如开头第一节中“穷得一无所有”和“站在一座庙宇的大门口”就押了“ou”韵。又比如诗的第三节，诗句末尾依次使用“碧玉”“人民”“行军”“统一”这几个词，虽然没有严格的押韵，却为这首自由体诗歌带来了朗朗上口的节奏。

邹绛先生还使用音组法重组诗句，为诗歌带来排比一般的宏伟气势。例如《向中国致敬》的第五节，第一版为：

现在，全世界人民都清楚看见，
你的广大的国土已经统一团结，
你像飓风一般迅猛有力。
你的利斧砍向奸徒，胜利的光
刺向敌人，……③

第二版为：

现在全世界人民都看见
你在清理自己广大的土地，
统一，象一阵飓风充满了警告，
象一把铁锤正在敲打着罪恶，

---

① 巴勃罗·聂鲁达：《葡萄园和风》，邹绛等译，上海文艺出版社，1959 年，第 26 页。
② 巴勃罗·聂鲁达：《聂鲁达诗选》，邹绛、蔡其矫等译，四川人民出版社，1983 年，第 170 页。
③ 巴勃罗·聂鲁达：《葡萄园和风》，邹绛等译，上海文艺出版社，1959 年，第 32 页。

象一道胜利的光芒正在照耀着古老的仇敌①

第一版诗句长短相接，需要起势的地方却被断成了几个短句。再看第二版，诗歌开端两行诗每行 5 个音组，第三到四行 6 个音组，最后一行为 7 个音组，音组循序增加，气势渐盛，在“象一阵”“象一把”“象一道”三组词的推动下，诗句积蓄起磅礴的力量，同仇敌忾、直取胜利的激情呼之欲出。

在邹绛先生的翻译下，《向中国致敬》几乎变成了另一首诗，而《葡萄园和风》里一直由邹绛先生翻译的诗歌，在第二版中也有所修改。邹绛先生在这些诗歌中对格律的修葺可谓是更进一步。以《欧洲的葡萄园》一诗中的这几行诗为例，第一版为：

而在这儿，并不是那变成奇迹的
石头，也不是那创造的火炬，
也不是那具有蓝色的诱惑的
图画，也不是所有河流的
声音，……②

第二版为：

而在这儿，并不是那块变成奇迹的
石头，也不是那支创造的火炬，
也不是那幅具有蓝色诱惑力的
图画，也不是那条河流全部的

① 巴勃罗·聂鲁达：《聂鲁达诗选》，邹绛、蔡其矫等译，四川人民出版社，1983 年，第 175 页。

② 巴勃罗·聂鲁达：《葡萄园和风》，邹绛等译，上海文艺出版社，1959 年，第 10 页。

声音，……①

诗句的修改都在细微处，“那”变成“那块”“那支”“那幅”，单字为一顿的音组，变成双字为一顿的音组，和“石头”“火炬”“图画”这些词语的双字音顿变得一致。“蓝色的诱惑的”变为“蓝色诱惑力的”，“所有河流的”变为“那条河流全部的”，这样修改之后，中间三行诗句字数全部相等，句子变得更加整饬有形。

这样类似的修改还可以找到很多，不再枚举。在第二版诗集中，邹绛先生多次通过这样调整字词的方法，让诗句音组更加匹配，顿的节奏更加突出，又通过词语的增删、诗行的调整，让诗句更加协调齐整。综合来看，邹绛先生以自己高超的翻译技巧，既传达了原诗的精神内涵，又赋予了诗歌音乐美、建筑美。邹绛先生曾说：“正如呼吸和脉搏之于生命一样，节奏也是诗歌所不可缺少的因素。”② 他正是通过醇熟的、内化的格律翻译方法，让笔下的译诗也拥有了自己的生命。

三、结　语

时光荏苒，距离第一版《葡萄园和风》的出版已有六十余年，这期间聂鲁达在中国的译介由热转冷，又在80年代迎来复苏，热度延续至今。但翻看这些诗集，收录较全的如1992年漓江出版社出版的《情诗·哀诗·赞诗》和2008年花城出版社出版的《聂鲁达集》，都没有再收录《葡萄园和风》中的诗歌。改革开放后，有许多译者从西班牙语重新翻译聂鲁达，却无一例外地避开了《葡萄园和风》。邹绛先生翻译的两个版本的《葡萄园和风》，已在时间淘洗中变为历史的珍藏。

现在读者最熟悉的聂鲁达，是《二十首情诗与绝望的歌》中那个低吟

---

① 巴勃罗·聂鲁达：《聂鲁达诗选》，邹绛、蔡其矫等译，四川人民出版社，1983年，第157页。

② 邹绛：《浅谈现代格律诗及其发展》，《邹绛诗文集》，重庆出版社，2022年，第253页。

恋人絮语的聂鲁达，无怪乎有研究者总结，聂鲁达已经由一位“政治诗人”变为“爱情诗人”①。但聂鲁达充满时代激情的“政治诗歌”，实实在在对一代中国读者和阿来等一批作家产生过巨大影响②，他们所读到的聂鲁达，无疑闪烁着译者邹绛灌注在诗集中的一点精神和韵律的影子。先生之风，山高水长，以此为念。

① 刘火雄：《历历来时路：诺贝尔文学奖获奖作品在华出版传播研究》，南京大学出版社，2019 年。

② 阿来曾写道：“我仍然记得，他怎样带着我，用诗歌的方式，漫游了由雄伟的安第斯山统辖的南美大地”，“领略了一个伟大而敏感的灵魂如何与大地和历史交融为一个整体”。见阿来：《阿来文集 · 诗文卷》，人民文学出版社，2001 年，第 154 页。

主持人的话

吴思敬

“百年新诗学案”是由吴思敬教授主持，经教育部批准立项的“教育部人文社会科学重点研究基地重大项目”。“学案”这一名目，借鉴了古代思想史著作如“宋元学案”“明儒学案”等，又根据百年新诗的发展及研究现状，赋予其新的内涵。它不同于以诗人诗作为中心的诗歌史写作，而是以百年新诗发展过程中的“事”为中心，针对有较大影响的人物、事件、社团、刊物、流派、会议、学术争鸣等，以“学案”的形式予以考察和描述，凸显问题意识，既包括丰富的原生态的诗歌史料，又有编者对相关内容的梳理、综述、考辨与论断。本期“百年新诗学案”专栏推出三篇文章：曹凌云的《莫洛：从爱国学生到战士诗人》叙述被唐湜称为“九叶之友”的诗人莫洛，是如何秉承着中国知识分子“入世济世”的传统，在中华民族最危难的关头投身革命，满怀大爱，以不竭的追求精神和个体的思想光芒，成为时代的歌者。吴昊的《世纪之交的精神考古：郭小川〈检讨书〉出版始末》，为全面认识“战士与诗人”郭小川提供了新的角度。郭小川在50年代后期与“文革”中屡被批判、多次被迫写检讨。这些渗透着诗人心灵痛苦的检讨材料，在其去世20多年后，被其家人汇编成书。他的复杂的灵魂以《检讨书》的方式，永远地留存着，并警示后人悲剧再也不要发生。唐小祥的《20世纪90年代以来的诗人散文写作现象》指出自20世纪90年代以来，诗人散文这个传统得到进一步发扬光大，一大批当代诗人在散文的园地里辛勤耕耘，形成了继朱自清、何其芳、冯至之后诗人散文创作的又一个高峰。该文以学案的形式系统梳理和考辨20世纪90年代以来的诗人散文写作，详细地分析了其自身的发展走向、文学渊源、写作向度、艺术特征和诗学价值。

莫洛：从爱国学生到战士诗人

□曹凌云①

内容摘要：莫洛，原名马骅，浙江温州人。他是一名诗人，创作了长诗《渡运河》、抒情诗《晨》《枪与蔷薇》《风雨三月》、散文诗《叶丽雅》《黎纳蒙》等，他的文学作品有口皆碑。但同时，他更是一位革命者，学生时代就走上充满危险也让他不断成长的红色之路，组织“野火读书会”“永嘉战时青年服务团”，主编进步期刊《明天》，1940 年赴皖南参加新四军，辗转到达苏北抗日根据地盐城。“文学”与“革命”，是莫洛生命中最富意味的共存相生。本文拨开历史的尘埃，理清莫洛从爱国学生到战士诗人的人生过往和创作经历。

关键词：莫洛；诗人；革命者

纵观莫洛（1916－2011）的一生，是奋斗的一生。他是一名诗人，更是一位革命者，他的身上闪耀着英雄主义的光彩，秉承着中国知识分子“入世济世”的传统投身革命。他创作了经典的文学作品，也有精彩的人

① 基金项目：本文系教育部人文社会科学重点研究基地重大项目“百年新诗学案”（项目编号：17JJD750002）中期成果。曹凌云（1968—），男，浙江温州人，温州市文联党组成员、秘书长，主要从事温州地域文化与文学研究。近年来致力于温州地域文化研究，重点在温州现当代文学方面。

生故事，在历经中华民族大革命、大解放、大开拓、大发展的过程中，始终充满着使命感与责任感。他是生命的歌者，更是时代的歌者。

一、爱国学生莫洛：投身抗日救亡和救国运动中

莫洛出生于温州的名门望族——马家，他原名马骅，字瑞蓁。马家以开眼药店起家，以书画传家扬名，出了著名书画家马孟容、马公愚等①。莫洛从小生活在书香浓郁的马家，拒绝过逍遥富裕的日子，关心社会底层的劳苦大众。1934 年，进入浙江省立温州中学高中部就读的他，得知学长赵瑞蕻、马大恢等组建的野火读书会是进步学生组织，编辑的《野火壁报》介绍科学知识、传播爱国思想，便加入了该组织，并成为《野火壁报》主编。赵瑞蕻、马大恢的年龄比莫洛稍大，是莫洛的革命领路人。莫洛精力充沛、富有激情，把《野火壁报》办得风生水起，更具吸引力和感召力。

“九·一八事变”东北沦陷后，日本侵略军蚕食侵犯华北地区，1935 年 12 月 9 日，北平（北京）数千名学生举行抗日救国示威游行，要求保全中国领土的完整，史称“一二·九运动”。莫洛和同学胡景瑊等以野火读书会为核心，成立救国会，组织宣传队，带领温州中学部分师生上街游行请愿，响应“一二·九运动”，市民和工人也纷纷参加，游行人员多达数千人。他们要求政府停止内战，出兵抗日，抵制日货，没收温籍汉奸财产。追求革命的莫洛在同学中成为战斗者与带头人的角色，被推选为温州中学学生自治会学术股长，担任学生刊物《明天》的主编，刊发抗日救国文章。

莫洛全身心地投入抗日救亡和救国运动中，却成为国民党当局的眼中钉。1936 年 1 月 10 日晚，温州实行全城戒严，搜捕革命党人。在当局授意下，莫洛被温州中学开除了学籍，并遭到通缉。他强忍愤怒完成《明

① 马孟容（1892—1932）、马公愚（1893—1969）为同胞兄弟，温州人，画家、书法家。

天》第六期的编辑工作，在“编后记”中写道：“请你拿出你的赤热的心、刚硬的意志与粗糙的手来改造社会，来推进时代！愿你们及我自己都能在不久的将来，在一个完全新异的社会里快乐地生活着，继续着推进新社会的伟大的工作！”这是刚满20岁的莫洛在《明天》发出的革命宣言，是要躺在血泊中建立一个全新世界的告示。“编后记”的落款是：“马骅，开除学籍后的一天，一九三六年一月十三日在温州。”

莫洛流亡到上海，住在堂兄马公愚家。马公愚比马骅大26岁，早在1924年就寄籍上海，从事教育工作，涉足艺术领域，在书法方面，篆、隶、真、草无一不精，有“艺苑全才”之誉，在当时的上海文艺圈，马公愚与哥哥马孟容被誉为“海上艺苑的双子星座”，可见其影响之大。马公愚夫妇为人好客、诚恳，对莫洛自然关怀备至，让莫洛在上海的日子感到温馨，没有无所依归的心境。不久，他通过老乡陈适的介绍，到上海民光中学读书。上海的景象与温州大不相同，公交电车伸着集电杆连接电线来来往往，霓虹灯悬挂在洋房的高墙上闪闪烁烁，那些酒吧、舞厅、花园，总有西装革履的型男和涂脂抹粉的媚女进进出出。这是一座令人迷惘、炫目的城市。

胡景瑊、赵瑞蕻等被学校开除或退学后，也陆续流亡到上海，莫洛与他们取得联系，又开始碰头、聚会，在上海恢复了野火读书会。他们基本上是一周一聚，共同阅读进步书刊，学习革命理论，探讨救国图强之路。有时，他们也接到上海方面的秘密通知，到指定地点参加救国大会、游行请愿或全国学联活动。虽然是“飞行集会”，但能推进抗日爱国运动热潮的掀起。

1937年7月，莫洛从上海民光中学毕业，此时“卢沟桥事变”爆发，揭开了全国抗日战争的序幕。正在上下一心、同仇敌忾之际，莫洛接到来自温州共产党的来信，根据抗日战争形势需要，要求他马上回到温州。莫洛、胡景瑊、赵瑞蕻等人接信后纷纷回到温州，组织轰轰烈烈的抗日救亡运动，并着手筹建“永嘉战时青年服务团”（简称“战青团”）。8月21日，战青团在温州中学附属小学成立，团员50多人，以原野火读书会会员为骨干，吸收了温州中学高中部进步学生。那年 8 月，莫洛加入了中国共产党。在战青团中，他负责宣传和学生救亡组的工作，出墙报、印传单、编画刊、办刊物、开展街头演讲、设立书报阅览室等，莫洛的日程排得满满的。他置身于战青团的各种活动中，也感受到集体的力量。

温州的抗日救亡运动蓬勃开展，战青团团员在不断增加。办公地点从温州市区康乐坊一栋三层小白楼到墨池坊布业公所，再到康乐坊濂昌钱庄，场地越搬越大。到了 1938 年夏季，团员发展到 8500 多人，加上群众团体成员，共有 7 万多人。

话剧公演是战青团反响最大、最受欢迎的宣传形式。这一群意气风发的青年，用火焰般不灭的激情，排演了《卢沟桥之战》《放下你的鞭子》《古城的怒吼》等剧目，在市区五马街中央大戏院上演，几乎场场爆满，观众有学生，也有群众，大家观看时情绪激昂。莫洛是多部剧中的主演，在这独具魅力的话剧上倾注了热情。有一位初中女生林绵，天生丽质，秀美动人，是战青团成员，也时常在一些剧目中出演主角，认识了莫洛，两年后，她成了莫洛的妻子，一同走上了革命的道路。还值得一提的是，中央大戏院老板许漱玉，将戏院无偿借用给战青团演出和举办抗敌讲座。

二、战士诗人莫洛：行军路上用诗歌记录生活的真相与真情

但是，未来的路正长，夜也正长。1940 年 10 月，新婚不久的莫洛接到党组织的通知，处于白色恐怖中的温州已有多名革命者被捕，考虑到他的生命安全，速与妻子林绵一起离开温州，到皖南（在安徽省，现已撤销行政区）参加新四军。莫洛带着林绵趁着冰凉的夜色，坐舴艋舟先到青田，于次日准备乘一辆新四军军用大卡车离开时，却被人告知，他的行踪已经暴露，被特务盯梢。风云突变，始料未及，他们只得再雇舴艋舟，返回温州。温州的天空散布着乌云，只在天际处有几颗疏星，他们在低垂的夜幕下去了乡下农村。

大约过了一个月，莫洛再次接到前往皖南的通知，林绵暂时留在温州。莫洛乘船到了丽水，再坐车前往，虽然途中遇到几次盘问，但皆能应付过去，到达皖南新四军驻地，只见山峦之间，茂林修竹，却充满着战斗前的紧张气氛。莫洛到了丁家山，向中共东南局组织部部长曾山同志报到。11 月下旬，莫洛被编在第一批北移队伍，奉命到长江以北广阔的平原去抗战。部队白天徒步行军，晚上宿营休息，经过江苏丹阳农村，渡过长江，途中偶尔见到信号弹，听到或疏或密的枪声。部队继续北上，经泰兴、泰州、海安、东台等地，莫洛终怀着一颗虔诚滚烫的心，在队伍中疾步前进，抵达盐城时，已是隆冬时节，路边被冰霜凝固的草木在落霞残照下寒光闪闪。

盐城是敌后根据地，常遭敌机轰炸，到处硝烟弥漫，房子倒塌，废墟片片，严酷的战争气氛笼罩在盐城的上空。

有一天，盐城召开"活动分子大会"，莫洛接到通知参会。会议在一个小礼堂里举行，参会人员近百人，大家坐整齐后，主持人讲了开场白，在热烈的掌声中，刘少奇同志快步走上了讲台。他见讲台的小桌子上摆着一罐大前门香烟，就拿了一支点上，夹在指间，开始给大家做报告。他传达了党中央的指示，又对当前政治形势进行分析，声音有点沙哑，还伴有轻微的咳嗽，但思路敏捷，手势有力。莫洛聆听着刘少奇的每一句话语，也一直仔细打量着他，他高高瘦瘦的个儿，穿着一件针织的短袖汗衫，显得庄重、宽厚和慈祥。严肃的会场没有压抑的氛围，时间就过得很快。中场休息时，参会的年轻人涌上讲台，围着刘少奇，七嘴八舌提了许多问题。主持人见状高声说："大家不要让少奇同志太劳累，他身体不大好，需要休息一下。"年轻人一听，就自动散开来，让刘少奇到隔壁的小房间去休息。有一位年轻战士见讲台小桌子上的大前门，馋得不行，就拿了一支，又有好几位年轻人都拿了一支。大前门在当时算是贵重的香烟，稀罕之物，组织上考虑到刘少奇身体不好，特地配给他这种好烟。刘少奇休息了一会，又来到讲台前继续做报告，他见好些人在抽大前门，就笑着说："还有谁要抽烟吗？来拿吧。"顿时，小礼堂里笑声一片。

革命与文学，这是莫洛一生的关键词。革命需要文学，文学倾心革命。毫无疑问，莫洛是革命队伍中的一位优秀诗人。

1938 年，22 岁的莫洛就与友人一起创办海燕诗歌社，编辑诗歌期刊《暴风雨》，创作诗歌《钱塘江》《黄昏》《夜声》和充满爱国激情的长诗《叛乱的法西斯》等，后来都陆续发表。那时候，文学的殿堂向他打开了第一道门，文学的神祇向他伸出了温暖的手。

莫洛参加新四军后，在行军路上不时萌发出创作的欲望，并开始用诗歌进行生命存在意义的探寻，记录生活的真相与真情。一天夜晚，他借宿在一间低矮的草棚里，看到周边的田野在皎洁的月色下显得异常寂静和神秘，眼前的星际和银河也并不遥远，他写下了《月亮照在江南》。一天清早，他的小分队横渡长江支流青弋江，江面上晨雾弥漫，渡船碾碎江畔的薄冰，他写下了《渡青弋江》。某个春日，他在街上遇到一位穿灰布单衣的战士，步枪歪斜在肩胛上，而那乌黑的枪口中插着一束红色的蔷薇，他写下了《枪与蔷薇》。

约在 1940 年 12 月中旬，部队要横渡被日军封锁的运河，莫洛和战友们打扮成农民模样，三三两两混在农民中间，从日军拉起的铁丝网和一个个碉堡前经过。莫洛看到运河岸边的农民住的是泥墙草顶的房子，经常遭到日军的劫掠和毒打；看到日军的军车肆无忌惮地行驶，飘扬着日本红膏药的旗子；看到堤岸上巡逻的日军狞恶地拿着刺刀，或腰间拖着一把罪恶的指挥刀……这一幕幕情景啃咬着莫洛的心，他一路上没有疲惫和寒冷的知觉，只感到难耐的痛苦和愤怒。莫洛随部队在根据地盐城，一直到了草长莺飞的春天，他的耳边依然回荡着运河呜咽的风声，眼前依然翻滚着运河汹涌的水浪。一天，他向新四军供给部要了几本练习簿，斜靠在土坡的草地上写了起来，用了两天时间，写出了 600 多行的长诗《渡运河》。

《渡运河》是新四军先遣部队第一次渡江行程的记录，是一个战士对自己战斗旅程的感情抒写，是一部对战争中的运河进行全貌描写的小史诗，也是新知识分子一曲单纯而高贵的心灵之歌。莫洛怀着崇高、圣洁的信仰，感从中来，情走笔端，诗句自然而深情地喷发，明朗、简朴、饱满。

莫洛在盐城教师学习班和盐城中学当老师，这段时间，是他诗歌创作的旺盛期。从语言到思想，是一种约束里的奔放，轻唱里的高昂，也有一份罗曼蒂克的风度。他写出了《麦熟时节》《风雨三月》《晨晚二唱》等篇章，写战士们一边生产一边战斗的场景，写农民的儿子进入识字班、劳苦的农妇走在田野上的欢欣，写民族的命运从死亡的边沿被拉回来的决心……这些诗作有象征，有白描，完整而成熟，深刻而动人。新四军军部设在盐城，莫洛看到陈毅同志常常穿着衬衫短裤，趿一双拖鞋，急匆匆跑来跑去忙着工作，还骑着一匹高大的栗色马，笑容里带着雍容的气质，穿过盐城大街。莫洛便创作了《陈毅同志》，诗歌不长，用素描的手法，恰如其分地表现了“陈军长”的雄武和亲民。

莫洛走上了文学的道路，虽然这道路像革命一样艰难，却也像革命一样让他满腔热情，即使走在低凹的坡谷里也是铿锵的步伐。只是他无论走到哪里，都特别思念还在家乡的新婚妻子，让他饱尝了离别的痛苦。

三、莫洛的一生：对革命和文学始终充满着爱和忠诚

1941 年 7 月，莫洛得到上级批准，利用暑假去温州带妻子来盐城。他冒着夏阳酷暑，跋山涉水，经过南通、上海、杭州、丽水，有时为了躲避敌军需要绕道，千辛万苦辗转到达温州。可是，温州的安全局势非常严峻，国民党的反共高潮达到了顶点，日寇的铁蹄在温州肆意践踏，浙南共产党被迫从城市转入农村，进行游击作战。莫洛一时联系不到党组织，只得隐蔽到温州城郊。在东躲西藏间，他经常听到尖利的枪声和轰隆的炮声，看到日军飞机划过天空投下的炸弹和被火光映得通红的夜空。他在漆黑的夜色中有一种不祥的预感，却又寻不到前行的途径。他只有拿起手中的笔，依靠文学，把自己点燃，而后传递给别人，照亮更多生命的希望。他文思敏捷，下笔成章，创作了大量散文诗，如《播种者》《取火者》《梦的摇篮》等，这些作品陆续发表。为了不暴露身份，他不停地更换笔

名，有马百里、马而华、卜曼尔、夏夜萤、朱漫秋、树榛、韦弦、雨华、万芒、朱郊、杜蒙、陶照、林荧、林渡、衣凡、M·林等等，但用得最多的还是“莫洛”。

1942 年的温州，白色恐怖已成常态，国民党疯狂逮捕共产党员和进步人士，莫洛惴惴不安。1943 年 1 月，临近除夕的一天深夜，由于叛徒出卖，莫洛被捕。三个月后，在亲友的营救下，他被释放。那年暮春，莫洛应邀赴丽水碧湖担任《东南日报》文艺副刊编辑。

从 1941 年开始，莫洛更加热衷于文学，也渐渐疏远自己擅长的诗歌写作而转向散文诗写作，一直到“文革”之后，他的创作仍然以散文诗为主体。是什么原因促使他的这一改变？用他自己的话，是因为“感觉到我写散文诗似乎更顺手，也较适合表达自己的思想感情”。这种变化，与他艰辛曲折、饱尝社会动荡之苦的经历有着直接的关系，使他更加沉浸于思考。通过大沉思、大拷问，获得大提升，他的思想进入一个新的阔大与高瞻的境界。在《播种者》中，他写布谷鸟的畅鸣，写播种者“仰起头，咬咬牙齿，坚决地，用沾着泥的双手，撕开自己的胸膛，捧出一颗血红的、热腾腾的心，放进土穴里”①。在《取火者》中，他写油灯的黄晕，写取火者“热情地伸过手来，我也毫不迟疑地把手递了出去。两只手握住了，我感到有一注强烈的电流灌到我的身上来”②。在《梦的摇篮》中，他写天使的欢笑，写梦中的自己“试着拍击翅膀——果然，我飞起来了。啊哈！我飞得非常兴奋，忘记了疲倦，不息地飞，飞，飞……”③ 莫洛从《渡运河》斗士般的高吟，到《梦的摇篮》，以及后来的《爱的种子》（1943）、《生命树》（1945）、《大爱者的祝福》（1947），便是新人类爱的低唱，他用温热的手掌抚摸着眼前的叶片与花蕾，也用温情的眼睛凝视掠过的鸟雀和飞虫，万象都在他深沉又明快的笔下充满情感，蕴含哲理。

1945 年 8 月抗战胜利后，莫洛和家人随《东南日报》社迁往杭州。一

---

① 莫洛：《莫洛集（上册）》，岳麓书社，2012 年，第 68 页。

② 莫洛：《莫洛集（上册）》，岳麓书社，2012 年，第 81 页。

③ 莫洛：《莫洛集（上册）》，岳麓书社，2012 年，第 94 页。

年后，《东南日报》被国民党接管改组，莫洛即被解聘，一家人的生活陷于困顿之中，到了靠借债“举家食粥”的地步。在这种境遇中，莫洛创作了《叶丽雅》和《黎纳蒙》两组散文诗，发表后深受读者和文学界好评。叶丽雅是一个聪明、天真、阳光、怀抱理想的少女，黎纳蒙是一个青春、沉郁、彷徨、善于思考的知识分子；叶丽雅有丰满的生命旅程，采撷着生命的花束，黎纳蒙在黑夜里接受痛苦，在白昼中接受幸福。作者把叶丽雅作为自己理想的化身，用光芒去照耀别人，又通过与黎纳蒙的对话，来表达内心的真实情感。

莫洛对革命始终充满着爱和忠诚，腥风血雨时，他将个人安危置之度外，惊涛骇浪中，他为解放事业奉献所有。莫洛在《东南日报》当编辑时，兼资料室主任，他收集各地报刊，掌握各种信息，通过多方关系，把重要信息传递给时任中国人民解放军浙南游击纵队政治部主任的胡景瑊。1945 年莫洛在杭州工作时，是一个收入微薄的穷人，却省吃俭用，给浙南游击纵队资金上的帮助；因政治身份遭到解聘，他把拿到的遣散费全部交给浙南游击纵队。1948 年莫洛在温州工业职业学校担任国文教员兼训导主任，暗中为浙南游击纵队购买火药、赠送书刊、联系医疗人员。1949 年 5 月 7 日温州解放前几天，莫洛得知浙南游击纵队进城需要大批军装，立即联系亲戚出资赶制军装、军帽，让士兵按时穿上灰蓝军装、戴上八角帽进入温州城，宣告温州和平解放。

是的。莫洛就是这样一个拥有大爱的人。他在《生命的歌没有年纪》一书的序言中写道：“我拥有大爱，我是人爱的歌者，爱的火焰燃烧在我的胸间。我以爱换取爱，我以爱报答爱。”① 革命的资历和作家的身份对于马骅来说，不是高高在上的理由，不是拒人千里的鸿沟，而是一种面向新时代的开阔的胸襟、宽广的格局和善良的内心，他以不竭的追求精神和个体的思想光芒，赢得了各方面的普遍赞誉和尊重。

老年时的马骅更有一种特殊的美，他有智慧，有原则；他历尽沧桑，

① 莫洛：《生命的歌没有年纪》，浙江文艺出版社，1995 年，第 1 页。

知止有定。他寄大希望于年轻人，希望年轻人创造出生命的神奇，希望年轻人对生活、对社会、对未来、对时代都要充满爱，让爱的薪火炽燃。

四、莫洛创作上的三个阶段：以精妙独特的笔法书写丰富多元的理想之作

记得在2015年后的两三年里，我的案头摆放着莫洛先生两卷本、一百多万字的《莫洛集》，我多次翻阅，想寻找和总结莫洛先生创作上的谱系。全面考察他的创作经历，我认为可分三个阶段。

20世纪40年代初，是他创作上的第一个分水岭，在第一个阶段里，他以饱含生命体验的诗歌，来追求一个充满善良和正义、没有苦难和战争的理想的人类社会。他青春的心灵是敏感而动荡的，黑屋、山店、田间、谷地、静夜、黄昏，都能引发他心灵的江涛，都会溅起诗的涟漪。

著名"九叶"诗人唐湜与莫洛是70多年的知心好友，在20世纪40年代，唐湜成为中国现代文学耀眼的新星时，对莫洛的文学作品给予充分肯定，写出多篇评论。1948年莫洛在海天出版社出版了诗集《生命树》，唐湜读后便写出评论《生命树上的果实——读莫洛的〈生命树〉》："这些'生命树'上的果实读来虽然有时有些纤细之感，但在整体上看来，却是丰盈的、成熟的，有无限广被的光辉与自然圆润的意象，一种克腊西克（classic）的美在盈盈地漾开。我们这里是一片阳光，一片和煦，一株沉默而丰满的生命树。"[①] 唐湜读了《渡运河》，写道："《渡运河》正是一个斗士在运河周围的战斗旅程中的感情记录……一种真实地单纯化了的新知识分子的战斗史诗，一曲新人类的高歌。"[②]《风雨三月》也让唐湜读出许多"感动"。

一直到了80年代，中国新诗迎来了春天，九叶诗派时隔30年后成为引人瞩目、放着异彩的诗群。唐湜念念不忘老友马骅，著文称九叶诗人并

---

① 唐湜：《新意度集》，生活·读书·新知三联书店，1990年，第163页。
② 唐湜：《新意度集》，生活·读书·新知三联书店，1990年，第171－172页。

不只是“九个人”，“年纪大些的前辈诗人就有冯至、卞之琳、方敬、徐迟、金克木几位，年轻一些的也有莫洛、方宇晨、李瑛、杨禾、羊翚几位”[①]。唐湜还在2003年出版的评论专著《九叶诗人：“中国新诗”的中兴》中，特设一辑，有“莫洛论”和“汪曾祺论”两篇[②]，亲切地称他俩为“九叶之友”和“我的友人”。而马骅却说：尽管唐湜在他的书里把我归结为“九叶”之友，而“七月派”对我的影响更大，我和“七月派”的诗人交往也比较多。唐湜还想把我拉进“九叶派”，想把“九叶”变为“十叶”，后来这事没有办成，“九叶”没能变成“十叶”。

莫洛创作上的第二个阶段是20世纪40年代初到80年代中期，在现实生活的百般折磨中，一种切肤之痛让他的作品契入了深刻的思索和心灵的救赎。他的散文诗总留有自己的影子，或直接，或间接，或明显，或隐藏。他用强有力的、反映现实的、进行辩证分析的散文诗，来表达忧虑与希冀、悲伤与欢乐、阴影与阳光相互交织的心路历程，就连他用诗的语言所记录的日常生活见闻，表现的也大多是关于爱和美、生和死的主题。莫洛的散文诗写作是在不断探索的，追求一种新的表达，因此像云彩一样变幻莫测，总让人耳目一新。

随着岁月的流逝，苍老的生命之树难以结出诗的蓓蕾，莫洛的创作进入了第三个阶段，他用诚挚的心灵拥抱一切景观，拥抱整个世界，这时候，不管是重述历史，还是总结人生；不管是怀念友人，还是为晚辈写序；不管是诗歌、散文、散文诗，还是寓言、理论、文艺传记，总是闪耀着珍珠般的光彩，满盈着无私的大爱，其代表作是出版于1995年的《生命的歌没有年纪》。

人生的每个时期都是独特的，是其他时段无法代替的。每一个阶段，每一次转变，莫洛都以明朗的进步意识和不凡的学养诗心，来书写丰富多元的理想佳作。

---

① 唐湜：《翠羽集》，山东友谊出版社，1998年，第26页。

② 唐湜：《九叶诗人：“中国新诗”的中兴》，上海教育出版社，2003年，第237－242页。

20 世纪 90 年代以来诗人散文写作的文学渊源与思想谱系

□唐小祥①

内容摘要：在20世纪中国文学发展的百年历程中，诗人写散文已绵延为一个传统，冰心、朱自清、何其芳、李广田、徐志摩、朱湘、冯至等现代诗人均为中国文学贡献过散文名篇；90 年代以来，这一写作传统被当代诗人接过，北岛、舒婷、于坚、钟鸣、王家新、王小妮、翟永明、西川、陈东东、蓝蓝、庞培、朵渔等诗人的散文已成为近三十年来散文地图的重要坐标。从文学渊源和思想谱系方面考察，90 年代以来的诗人散文写作主要受到中国古典诗人和“五四”以来现代诗人散文写作传统、20 世纪西方现代诗人散文创作以及《金蔷薇》和《人·岁月·生活》等的影响。

关键词：诗人散文；20 世纪西方现代诗人；《金蔷薇》；《人·岁月·生活》

在中外文学史上，诗人写散文已经绵延成一个悠久的传统，陶渊明、王勃、李白、杜牧、苏轼等中国古典诗人都写过散文名篇，纪伯伦、叶芝、里尔克、帕斯捷尔纳克、布罗茨基、米沃什、希尼、帕斯等外国诗人

---

① 唐小祥（1990－），男，湖南邵阳人，博士，内蒙古大学文学与新闻传播学院讲师，主要从事中国当代文学史研究，兼事文学批评。

的散文作品也深受读者的喜爱，以至于古印度有句谚语说“散文是诗人的试金石”。在20世纪中国文学发展的百年历程中，诗人写散文的传统并未中断，冰心、朱自清、何其芳、李广田、徐志摩、朱湘、冯至等现代诗人均在散文上有其独异而精美的制作，特别是90年代以来，这一写作传统得到进一步发扬光大，北岛、舒婷、于坚、钟鸣、王家新、王小妮、翟永明、西川、陈东东、蓝蓝、庞培、朵渔等诗人的散文已经成为近三十年来散文地图的重要坐标，图书出版市场上也出现了诗人散文丛书出版热，形成了继朱自清、何其芳、冯至、流沙河之后诗人散文创作的又一个高峰。那么，当代诗人为什么写散文？这是一个非常值得研究的文学现象和理论问题，它可能涉及诗人与语言之紧张关系的调整、现代社会和生活的日趋复杂化对散文话语表意方式的美学青睐、诗人自我使命感的形成与自省意识的促动、快节奏社会下文学阅读生态和结构的重塑等多方面的因素。本文仅从文学渊源和思想谱系上分析，发现90年代以来的诗人散文写作主要受到三方面因素的影响：一是中国古典诗人和“五四”以来现代诗人散文写作传统的滋养；二是包括布罗茨基、茨维塔耶娃、帕斯、希尼、米沃什、扎加耶夫斯基在内的20世纪西方现代诗人散文创作的启迪；三是《金蔷薇》《人·岁月·生活》等深度参与了新时期文学历史构造的散文和回忆录的感召与唤醒。

一、中国古典和现代诗人散文写作传统的滋养

作为一个文类，散文在中国文学发展过程中具有十分特殊的地位。台湾诗人杨牧说：“散文之为文类，只有在中国文学传统中才看得出它显著的重要性。”① 郁达夫也认为：“中国古来的文章，一向就以散文为主要的

① 袁勇麟：《当代汉语散文流变论》，上海：生活·读书·新知三联书店，2002年，第4页。

文体，韵文系情感满溢时之偶一发挥，不可多得，不能强求的东西。”① 因此，散文就成了中国文学史上“身影最常见、地位最显赫”② 的文体，在“《四库提要》所收诗文集中，散文就占了一半分量”③。而由于在中国古代对于写作者的身份并不像西方那样强调诗人、散文家、小说家或戏剧家之间的严格区分，多数时候上述不同的身份称谓往往统一于“文人”这个概念之下，所以一部中国古代散文史实际上是一部文人散文史，诗人作为文人中的一个群体，也在散文史上占有重要的位置。以今天的文类眼光看去，《古文观止》里的那些天地至文，有很多都出自诗人之笔，陶渊明、王勃、李白、杜牧、苏轼既是大诗人，也是一流的散文家。

“五四”新文学革命之后，现代意义上的文类体制与范畴已初步成型，传统社会中文人的文学身份意识也开始觉醒，诗人、小说家、散文家、戏剧家等称呼已经获得了实质性内容，“术业有专攻”的文学专业思维也逐渐为写作者所意识与接纳。不过在很多作者那里，刚起步的时候并没有这种清醒的文类自觉，只是出于工作需要或内心冲动而写作，比如冰心在“五四”初期既写《繁星》《春水》这样的小诗，又写《寄小读者》这样的“冰心体”散文，还写《斯人独憔悴》《超人》这样的“问题小说”，其他像朱自清、俞平伯、叶圣陶等人也都同时写作诗歌、小说和散文。但是到了新文学的第二个十年，作家们对文类边界的认知就要明晰得多了，以朱自清为例，在发表于 1928 年的《论现代中国的小品散文》中，他分析了自己写散文的原因，认为写小说要能严密地组织材料，写诗又面临“诗情枯竭”，写戏剧更因缺乏经验而“始终不敢染指”，可心里“又不免有话要说”，也就是太史公所说的“人皆意有所郁结”，因此只好采用散文这种文类。如果说新文学运动早期的诗人们写散文，不过是出于对“旧文

① 郁达夫：《中国新文学大系·散文二集·导言》，见俞元桂主编《中国现代散文理论》，广西人民出版社，1984 年，第 441 页。

② 陈平原：《从文人之文到学者之文：明清散文研究》，生活·读书·新知三联书店，2017 年，第 1 页。

③ 钱穆：《中国散文》，《中国文学论丛》，生活·读书·新知三联书店，2002 年，第 67 页。

学的示威，在表示旧文学之自以为特长者，白话文学也并非做不到"[①]，还没有明确的散文写作自觉的话，那么在20年代后期的朱自清这里则是"始有意为散文"[②]。等到了30年代后期，诗人何其芳已经在思考如何维护散文的文体尊严以及丰富散文的品种和体式了："在中国新文学的部门中，散文的生长不能说很荒芜，很孱弱，但除去那种说理的，讽刺的，或者说偏重智慧的之外，抒情的多半流入身边杂事的叙述和感伤的个人遭遇的告白。我愿意以微薄的努力来证明每篇散文应该是一种独立的创作，不是一段未完篇的小说，也不是一首短诗的放大。"[③] 由此，诗人写散文就不再像古代文学那样是一个不言自明的写作事实和实践，而是一种包含有某种散文写作和诗学意义的文学现象，并在李广田、徐志摩、朱湘、冯至、徐迟、邵燕祥、公刘、流沙河、叶延滨、车前子、庞培等诗人的代际接力下绵延成新文学的一种"传统"。

90年代以来的诗人散文写作首先继承和吸收了中国古典散文的营养。于坚在一篇谈散文的文章中说，"杰出的诗人同时也是杰出的散文家，这是中国文学的伟大传统，苏东坡就是一个例子"，他的《前赤壁赋》"并不是什么文体实验，而是作者人生、自然和文化达到化境的妙悟"，因此读这类散文，让人感到置身化境，"不知东方之既白"[④]。在另一篇访谈里，谈及中国传统文化对写作的影响时，他又强调说，"古代中国的散文，与今天人的经验不很隔，可以直接进入，对我个人的影响是很大的"。这种"很大的""对我个人的影响"主要表现在两个方面，一是"道法自然""随物赋形"的散文写作观念。苏轼在《自评文》中说："吾文如万斛泉源，不择地皆可出。在平地滔滔汩汩，虽一日千里无难，及其与山石曲折，随物赋形，不可知也。所可知者，常行于所当行，常止于不可不止，

① 鲁迅：《小品文的危机》，《鲁迅全集》（第4卷），人民文学出版社，1981年，第576页。

② 这里化用了鲁迅在《中国小说史略》里提出的"唐人始有意为小说"的句式。

③ 何其芳：《〈还乡杂记〉代序》，《何其芳文集》（第2卷），人民文学出版社，1982年，第125页。

④ 于坚：《于坚谈散文》，《当代文坛》2005年第4期。

如是而已矣。”[①] 于坚的散文写作总是从身体、经验、感觉出发，而不是从既定的观念出发，身体的敏感直接、经验的形态各异、感觉的复杂多变，造成了散文的自由灵动。二是重返古代“文”的传统的散文文体观。在古代中国，“盖文章千秋之大业，不朽之盛事”“文章千古事”“大块假我以文章”里的“文章”都不是今天文类意义上的“散文”，而是一个诗文并包的更广阔也更有活力的存在，自20世纪引入西方文学理论的文类概念以来，“文”的传统彻底丧失，人的很多想象和表达被限制在固有的几种文类边界之内，于坚的散文写作从《棕皮手记》开始，就试图去突破这个边界，综合调适诗、小说和散文的优长，用古代“文”的体制来写出混沌的、被遮蔽的存在。

90年代以来的诗人散文写作中另一个明显受到古典散文影响的就是钟鸣的散文写作。与于坚从《论语》和苏轼那里取经不同，钟鸣把回望的目光投向了庄子。陈柱在分析夏商周秦这一骈散未分时代的散文时说：“《庄子》之文，说理至精而尤善设譬；如首篇《逍遥游》篇有鲲鹏蜩学之喻，有姑射神人之喻，有大瓠大树之喻，第二篇《齐物论》有人籁地籁之喻，第三篇《养生主》有庖丁解牛之喻，均以至浅之设譬，说至精之哲理者也。”[②]《窄门》《徒步者随录》里的动物随笔，无一不是“以至浅之设譬，说至精之哲理也”，而《城堡的寓言》和《旁观者》那种大量借用虚构寓言故事的写法以及丰富奇崛的想象力和跳跃跌宕的叙述方式，也与庄子“以卮言为曼衍，以重言为真，以寓言为广”的创作方法如出一辙。在庄子之外，钟鸣的散文写作也受到了晚明小品特别是李渔的影响，在行文中曾多次提到晚明小品和《闲情偶寄》，比如在《爱默森如何学会使用句子》中说“他是真正意义上的‘平易风格’，很像我们的晚明小品，浊世间一股清流”[③]，在《鸡不叫末日到》的开头也提到“李渔说‘肉食者鄙’。他

① 苏轼：《自评文》，《苏轼文集》（第五册），孔繁礼校，中华书局，1986年，第2069页。

② 陈柱：《中国散文史》，江西教育出版社，2017年，第50页。

③ 钟鸣：《爱默森如何学会使用句子》，《徒步者随录》，东方出版中心，1997年，第41页。

的意思是说，吃荤多了后，会变得十分愚蠢，因为脂肪阻碍了人的心智和活力。李渔倒是个很会享受的人，他并不拒绝肉食，这是一种氛围”[①]。钟鸣散文多从日常生活中取材，笔调活泼生动，叙述亲切可感，语言浅酌有味，文风朴素真诚，兼有讽刺性和抒情气，这些艺术特色的形成都从晚明小品，特别是李渔的小品文那里汲取过有益的养分。

如果说90年代以来的诗人散文家们从古典散文那里学习的更多是写作观念和艺术手法的话，那么从现代以来的诗人散文家身上，他们继承的就是一种诗性的品格和光辉，一种对人生与社会的承担意识。徐志摩的《巴黎的鳞爪》和何其芳的《画梦录》那种唯美精致、绮丽繁复的诗性品格在陈东东的《词的变奏》、翟永明的《纸上建筑》里，都有或浓或淡的遗存；冯至的《山水》里原始的山水观、美学观及其静观、内省和哲思的气质，在于坚的《棕皮手记》《挪动》那里都产生着回响；流沙河的《锯齿啮痕录》、公刘的《活的纪念碑》、邵燕祥的《蜜和刺》所流露出来的启蒙理性色彩、对历史的反思和承担以及对现实的强烈关怀和忧患，在北岛的《古老的敌意》、王家新的《夜莺在他自己的时代》、王小妮的《上课记》、林贤治的《旷代的忧伤》、朵渔的《我悲哀地望着我们这一代人》等散文集中也留下了明显的印痕。

艾略特在《传统与个人才能》里指出，“假如我们研究一个诗人，撇开了他的偏见，我们却常常会看出：他的作品中，不仅最好的部分，就是最个人的部分也是他前辈诗人最有力地表明他们不朽的地方。我并非指易接受影响的青年时期，乃指最成熟的时期”，也就是说“任何艺术家”，包括诗人在内，“谁也不能单独地具有他完全的意义。他的重要性以及我们对他的鉴赏就是鉴赏对他和以往诗人以及艺术家的关系”。90年代以来的诗人散文写作正是在这个意义上，深刻地介入了由古代散文和“五四”新文学以来的诗人散文所共同构成的传统之中，但这种“介入传统”并不

① 钟鸣：《鸡不叫末日到》，《窄门》，鹭江出版社，2006年，第13页。

"限于追随前一代，或仅限于盲目地或胆怯地墨守前一代成功的方法"①，而是付出了很大的劳力，使得自身"对于整体的关系、比例和价值"发生了调整。具体而言，与古典散文相比，90 年代以来的诗人散文具有更强烈鲜明的个性色彩和更独立自由的精神空间；与"五四"新文学以来的诗人散文相比，90 年代以来的诗人散文包容了更复杂的现代经验、更斑驳的精神和更深刻的历史意识。

二、20 世纪西方现代诗人散文写作与 90 年代诗人散文意识的觉醒

90 年代以来写散文的诗人，比如北岛、王家新、杨炼等，都有或短或长的海外漂泊或流亡经历，都对时代与个人、时代与写作、语言与写作的复杂关系有镂骨铭心的体认与感悟，因此就特别容易对 20 世纪西方那些流亡的现代诗人产生思想和精神上的共鸣；而那些不曾有过漂泊或流亡经历的诗人们，也由于对上述诗人的诗歌和诗学抱有高度的认同感而把他们的散文随笔写作纳入自己的散文写作参照资源库之中。正是在这个意义上，布罗茨基、茨维塔耶娃、曼德尔施塔姆、米沃什、帕斯、希尼等诗人的散文随笔写作，就对 90 年代以来的诗人散文写作产生了一种实质性的、精神性的影响，这种影响在不同的诗人散文家那里有不同的契机、方式和落脚点，有的是表现在散文的主题题材偏好上，有的是表现在散文写作观念上，有的是表现在散文体式选择上，但都有一个共通的地方，那就是激发和唤醒了他们作为一个诗人的散文随笔写作意识和冲动。

布罗茨基的两本散文集《小于一》《论理智和悲伤》在西方给他带来了比诗歌更大的声誉，被有的学者视为"一种具有其独特风格和自在意义

---

① ［英］T. S. 艾略特：《传统与个人才能》，见王恩衷编译《艾略特诗学文集》，国际文化出版公司，1989 年，第 1 页。

的存在”，成了诗人“表达其诗性情感和诗歌美学的主要方式之一”[①]，尤其是发表于1986年的第一本散文集《小于一》，被认为其价值堪与诗人主要的诗选《言辞的片断》和《致乌拉尼亚》相埒[②]，也已成为90年代以来很多诗人在写作和言谈中念兹在兹的引用对象；它包括各种成分的内容，比如与书名同题的长文《小于一》是写自己的成长经历，《一个半房间》写对父母的回忆，《一座改名城市的指南》写对他自己的城市圣彼得堡而不是列宁格勒的遥想，《逃离拜占庭》属于历史笔记和游记，短文《自然力》以别出心裁的方式谈论陀思妥耶夫斯基，《论独裁》和《毕业典礼致辞》则直接批评历史上的独裁政权和社会制度。从这个驳杂的书写内容就可以看出北岛的散文写作与布罗茨基的文化亲缘性，《城门开》写对北京和亲人的怀念，《午夜之门》写自己在全球漂泊的经历以及与全球漂泊者的友谊，《古老的敌意》写对诗歌、语言和文明前景的忧虑，《青灯》写历史和历史中的知识分子，《时间的玫瑰》评论自己热爱的九位诗人，几乎能与布罗茨基的散文主题和题材一一对应，由此可见布罗茨基之于北岛散文写作的重要参照价值。而在王家新那里，布罗茨基的散文更是意味着一种散文的尺度，在《灵魂的边界》里，他说正是因为读到布罗茨基这样的诗人札记文字，自己才得以“更深入地进入到人类精神生活的最隐秘的地带”，并以这些“破碎的文本”为尺度，在编选《外国思想者随笔集》时剔除掉“那些充塞于报纸副刊或散文选集中”，对“文学的发展鲜有实质性的推动”而主要“显现为一种商业文化消费时代的景观”的“美文”[③]，由此可见布罗茨基的散文写作在某种程度上参与建构了王家新的散文观。与王家新稍有不同的是，陈东东在接过了布罗茨基的话题后，又添进了自己的理解。在《诗人与散文》这篇散文中，布罗茨基讨论了茨

① 刘文飞：《布罗茨基的“诗散文”》，《俄国文学演讲录》，商务印书馆，2017年，第213页。

② 库切：《布罗茨基的随笔》，见哈罗德·布鲁姆等：《读诗的艺术》，王敖译，南京大学出版社，2010年，第134页。

③ 王家新：《灵魂的边界》，《取道斯德哥尔摩》，山东文艺出版社，2007年，第38页。

维塔耶娃的散文写作，认为由于“诗人可以在狭窄的环境中坐下来写一首诗，而在同样的窘迫中，散文家绝不会想到要写诗。即使散文家拥有可以写一首见得了人的诗的条件，他也非常清楚诗歌的回报比散文差得多，而且也来得较慢”，因此在文人思想的等级制度内部，“诗歌占据着比散文高的地位，而诗人在原则上高于散文家”，从这个意义上讲，“一个诗人可以完全不写散文”①。对布罗茨基的这个说法，陈东东没有正面评价，只是强调说“理论和原则是诗人的化妆术”②，诗人也同样受到散文的诱惑，一如诗人受到语言的诱惑而选择炼金术，而且诗人之接受散文的诱惑，是为了把诗歌植入散文，进而重新发明一种散文。这种理解实质上是在变相阐述他自己作为一个诗人从事散文写作的方法论，布罗茨基对陈东东散文写作观的影响，也可从这个角度来辨认。

茨维塔耶娃从30年代开始大量地创作散文，在一开始，和北岛一样，也是出于生计考虑，正像她自己说的那样，“流亡生活把我变成了散文家”③，但随着在异国流寓的时间愈久，诗人心中涌起的乡愁就愈浓，于是就产生了强烈的寻根念头。《老皮缅处的房子》《我的普希金》《母亲和音乐》等散文都是回忆童年生活中的人和事；同时由于诗人意识到她所经历的时代即将消失，她在写作上的前辈甚至同辈都一一离开，出于一种对艺术和时代的责任感以及对自我生命与心灵的忠实，她也希望通过散文这一文体来记下那些值得被历史和后人记住的人物，于是就有了《桂冠》《博物馆揭幕》《你的死》《一首献诗的经过》《劳动英雄》等散文。这种“见证”意识，影响及北岛的散文是“为了生者与死者”④，在舒婷是“发誓写一部艾芜的《南行记》那样的东西，为被牺牲的整整一代人作证”⑤，在

---

① ［美］布罗茨基：《诗人与散文》，《小于一》，黄灿然译，浙江文艺出版社，2014年，第149页。

② 陈东东：《词的变奏·自序》，东方出版中心，1997年，第1页。

③ ［俄］玛丽娜·茨维塔耶娃：《刀尖上的舞蹈：茨维塔耶娃散文选》，苏杭译，广西师范大学出版社，2012年，第10页。

④ 北岛：《城门开·序》，生活·读书·新知三联书店，2015年，第2页。

⑤ 舒婷：《语言为舵》，《舒婷随笔》，长江文艺出版社，2012年，第255页。

王家新是使自己成为一个承担者，把自己的“思考和写作置于一种时间的压力之下”，去面对“整个20世纪历史和人类的生存”[①]。与茨维塔耶娃对90年代以来的诗人散文写作的影响相似的还有曼德尔施塔姆，他仅有《时代的喧嚣》和《第四散文》两部散文集，但也能跻身于俄罗斯伟大的散文家之列。在北岛看来，曼德尔施塔姆的散文写作，“可以看做是一种精神调整，即在个人和革命之间寻找缓冲地带”[②]，这其实未尝不是曼氏散文带给诗人自己的启迪。进入90年代以后，北岛面临的写作语境发生巨大变化，曾经那种抗议式的集体抒情早已失效，消费主义的社会和文化语境让人找不到反抗的方向、目标和进路，因此也有必要做出一种“精神调整”，以回忆过去时代的人和事、书和路的方式来承受一种“内在命运”，好以“自身的实践穿透历史的逻辑”[③]。

爱尔兰诗人希尼的两本散文集《舌头的管辖》和《诗歌的纠正》对于90年代以来的诗人散文写作也有重要的启迪作用，这些散文的主题和内容都与诗歌有关，“它们大多是对诗歌的美好和欣赏本身的报道，是试图‘保管’它，并说明为什么它值得保管。当然，它们也是这样一个事实的证明，证明诗人们自己也是发现者和保管者，证明他们的职责乃是通过发现并保管未被寻找到的事物，而成为艺术和生活的看护者”，它们都是为了寻找解决这些重大问题的答案：“一个诗人应如何适当地生活和写作？他与他自己的声音、他的地方、他的文学传承和他的当代世界的关系是什么？”[④] 在90年代以来的诗人散文写作中，这种对“诗歌的美好和欣赏本身的报道”，对“一个诗人应如何适当地生活和写作，他与他自己的声音、他的地方、他的文学传承和他的当代世界的关系是什么”这类重大问题的

① 王家新：《我们这个时代的写作》，《夜莺在它自己的时代》，东方出版中心，1997年，第16页。

② 北岛：《曼德尔施塔姆：昨天的太阳被黑色担架抬走》，《时间的玫瑰》，江苏文艺出版社，2009年，第211页。

③ 北岛：《曼德尔施塔姆：昨天的太阳被黑色担架抬走》，《时间的玫瑰》，江苏文艺出版社，2009年，第219页。

④ ［爱尔兰］谢默斯·希尼：《希尼三十年文选》，黄灿然译，浙江文艺出版社，2018年，第2页。

追问与思索屡见不鲜，西川的《我们时代的神话：海子》《我们的处境》《文学的变量与不变量》，北岛的《蓝房子》《诗歌是我们生存的依据》《另一种声音》，王家新的《诗与诗人的相互寻找》《诗人与诗歌精神》《我们这个时代的写作》，于坚的《诗歌精神的重建》《诗人何为》《从隐喻后退》，陈东东的《只言片语来自写作》《在南方歌唱》《两种碎片》，翟永明的《献给无限的少数人》《在一切玫瑰之上》《面向心灵的写作》，等等，都是这类报道和追问的产物。当然，90 年代以来诗人散文中的这类报道和追问，与诗人们对当代诗歌批评状况的失望，与他们因怀疑时间的公正性而自己动手来建构诗歌史秩序的急迫心理都有直接的关系①，但至于具体报道追问什么、如何报道追问，显然受到了 1995 年获得诺贝尔文学奖的诗人希尼的启发。以王家新写于 1991 年 3 月的《冯至与我们这一代人》为例，文章开头写自己念高中时偶然读到 50 年代出版的《冯至诗文选》，被其中的《蛇》所震撼，接着回顾了冯至译的里尔克的诗和散文《给一位青年诗人的十封信》《布里格随笔》促成自己从一个抒情表现的诗人转变为开掘经验的诗人，但冯至对于“我们这一代人”最重要的意义究竟是什么呢？这个时候作者就引用了希尼的话来点题：“这一切，正如爱尔兰杰出的当代诗人西穆斯·希内所说：‘锻造一首诗是一回事，锻造一个种族的尚未诞生的良心，如斯蒂芬·狄达勒斯所说，又是相当不同的另一回事；而把骇人的压力与责任放到任何敢于冒险充当诗人者的身上。’”同时又从这一话题生发开去引出对“五四”以来新诗的追问：“‘五四’以来的新诗发展中，消沉者沉湎于文人趣味，激进者趋于时代所求，真正能够深入生命与存在的领域，并在那里严肃思考与探求的，并不多。而这是一种最根本的、致命的缺乏。‘一个种族的良知’尚未通过文学被完全地铸造出来，这不能不算作一代知识分子的失责。”② 由此可见，在这篇散文中，王家新对前辈诗人冯至的“报道”、对“五四”以来诗人写作的

---

① 洪子诚、刘登翰：《中国当代新诗史》，北京大学出版社，2010 年，第 297 页。

② 王家新：《冯至与我们这一代人》《夜莺在它自己的时代》，东方出版中心，1997 年，第 21—22 页。

“追问”，都从希尼的散文那里吸收过营养。

除了上述诗人以外，阿根廷诗人博尔赫斯、波兰诗人米沃什和亚当·扎加耶夫斯基、墨西哥诗人帕斯也对90年代以来的诗人散文写作发生过潜在的影响，博尔赫斯的《我希望的尺度》、米沃什的散文集《被禁锢的头脑》，亚当·扎加耶夫斯基的《另一种美》，帕斯的《弓与琴》《另一个声音》《变之潮流》《批评的激情》中的文字都屡屡出现在诗人们的散文随笔写作中。综合来看，20世纪西方这些现代诗人的散文给予90年代以来诗人散文写作的影响主要表现在两个方面，其一是暗示和激励了诗人们以散文随笔的体裁来回顾自己所走过的诗歌道路和谈论与诗、语言、艺术相关的人和事；其二是赋予他们的散文随笔写作以一种在90年代的“散文热”景观中非常稀缺罕见因而也弥足珍贵的诗与思的品质和维度，从而提升了自身的思想性、精神性内涵，增加了散文写作的难度和重量，这也成为90年代以来的诗人散文最具有辨识度的文体特征。

三、《金蔷薇》和《人·岁月·生活》的“唤醒”

90年代以来的诗人散文写作除了受到中国古典散文、“五四”新文学以来的诗人散文以及20世纪西方现代诗人散文的影响外，与俄国作家巴乌斯托夫斯基的《金蔷薇》、苏联作家爱伦堡的回忆录《人·岁月·生活》这两本深刻影响了中国当代文学的著作也不无关联。与前两类影响来源相比，这两本书对90年代以来诗人散文创作的影响虽然也存在借鉴和模仿意义上的联系，但相对而言更具有隐含性，缺乏显在的影响痕迹，更多表现为一种精神性的吸收、渗透。

《金蔷薇》并非一部系统的文学理论著作，只是苏联作家巴乌斯托夫斯基自己关于作家劳动和创作经验的札记，却对50、60后一代人产生了巨大的影响，刘小枫在80年代后期回忆道，“我们这一代曾疯狂地吞噬着《钢铁是怎样炼成的》和《牛虻》中的激情，吞噬着语录的教诲，谁也没有想到，这一切竟然会被《金蔷薇》这本薄薄的小册子给取代了！我们的心灵不再为保尔的遭遇而流泪，而是为维罗纳晚祷的钟声而流泪”，他认为正是这本小册子成了他们那一代人的“灵魂再生之源，并且规定了这一代人终身无法摆脱理想主义的痕印”①。刘小枫1956年生于重庆，1974年下乡务农，1978年考入四川外语学院念大学，因此他所说的“那一代人”其实也包括大部分90年代以来写散文的诗人②。王家新在《取道斯德哥尔摩》中的一段回顾，也支持了刘小枫的这个判断：“记得还在上大学时，我曾着迷于苏联作家康·巴乌斯托夫斯基的《金蔷薇》，我反复地读着这本‘关于作家劳动的札记’，就像是一个‘走下同一条河’，在那里不断遇上‘新的水流’。”③ 另外钟鸣《旁观者》里“楔子”的第一句话“乘上驿车，热情阅读”即是对《金蔷薇》中《夜行的驿车》故事的化用和发挥④。如果说《金蔷薇》对这一代诗人的影响主要表现在它往诗人的精神和人格中刻进了理想主义的印痕，那么它对90年代以来诗人散文写作的影响则表现在严肃认真的散文创作态度上，还有对诗人和诗歌使命的反复书写上。在《碑铭》这篇散文中，巴乌斯托夫斯基谈到了作家的人格意识和职业伦理。他把“作家的工作”视为一种“使命”，让个人的写作去回应时代和人类的召唤，是90年代以来这些身处文学艺术地位受到排挤、物质和金钱魔力无与伦比语境中的诗人散文家普遍的共识。北岛用诗歌去抵抗行话和网络语言，以建立我们真实生存的依据；于坚用书面口语写日常生活，以此重新恢复中国文学的自由精神；王家新坚持一种秉有知识分子精神的个人写作，意在增强文学对时代和人类讲话的能力；王小妮通过对现实社会中种种文化的、道德的、人心的乱象的剖析和反思，来揭示诗歌之于民族和国家、诗人之于文化和社会的独特价值和责任。这是《金蔷薇》与90年代以来诗人散文最隐秘而内在的精神联系。

---

① 默默：《我们这一代人的怕和爱——重温〈金蔷薇〉》，《读书》1988年第6期。

② 钟鸣出生于1953年，于坚出生于1954年，翟永明和王小妮出生于1955年，王家新出生于1957年，陈东东出生于1961年，西川出生于1963年。

③ 王家新：《灵魂的边界》，《取道斯德哥尔摩》，山东文艺出版社，2007年，第36页。

④ 钟鸣：《旁观者》（第1卷），海南出版社，1998年，第1页。

《人·岁月·生活》这部苏联“解冻文学”的代表作，对90年代以来的诗人散文写作也有潜在的影响。爱伦堡在谈到自己写作这部书的初衷时说：“我的许多同龄人都陷在时代的车轮下了。我所以能幸免，并非由于我比较坚强，或是较有远见，而是因为常有这种时候：人的命运并不像按照棋路下的一局象棋，而是像抽彩……突然陷入回忆，想起我的许多友人的命运，想起我自己的命运——人，岁月，生活。”[①] 这种对同时代人的愧疚感和责任感以及要写出同时代人命运其实也就是自己命运的情感和意识，直接影响到了90年代以来的诗人散文写作，这在北岛的散文中表现得特别明显。北岛在谈曼德尔施塔姆的一篇文章中说：“在高压与禁忌的年代，《人·岁月·生活》成了我们窥视世界的秘密窗口。这书我不知读了多少遍，由于四卷并非按顺序到手，那阅读方式特别，像交叉小径，就在这小径上我和曼德尔施塔姆不期而遇。”[②] 在《巴黎故事》中，他再次回忆了70年代阅读爱伦堡这本回忆录的场景：“读《人·岁月·生活》的遍数多了，以致我竟对一个从未到过的城市产生某种奇异的乡愁。”[③] 王家新在谈到俄苏诗歌的启示时也谈到了北岛所受爱伦堡的影响：“这种对人、岁月、生活的感叹，包括它的叙述文体和语调，在北岛后来的《失败之书》和《时间的玫瑰》两部散文集中，我们就听到了这种音调的回响。”[④] 反复阅读“圣经”的结果，就是投身对同时代人的回忆和写作，因为“在70年代地下文坛，他们出类拔萃，令我叹服”，也因为曾经“互相取暖，砥砺激发”，而如今“回头看，沿着一排暗中的街灯，两三盏灭了”[⑤]，《城门开》《青灯》《古老的敌意》《午夜之门》等散文集的“回忆录”体式以及萦绕其间淡淡的忧伤气息，都伴随有爱伦堡这本回忆录的影子。

---

① ［俄］伊利亚·爱伦堡：《人·岁月·生活》（上），冯南江、秦顺新译，海南出版社，1999年，第3页。

② 北岛：《曼德尔施塔姆：昨天的太阳被黑色担架抬走》，《时间的玫瑰》，江苏文艺出版，2009年，第186页。

③ 北岛：《巴黎故事》，《失败之书》，汕头大学出版社，2004年，第209页。

④ 王家新：《承担者的诗：俄苏诗歌的启示》，《外国文学》2007年第6期。

⑤ 北岛：《三联版小序》，《古老的敌意》，生活·读书·新知三联书店，2015年，第2页。

这个影子同样覆盖到了西川那里："苏联作家伊利亚·爱伦堡的回忆录《人·岁月·生活》对于西方现代派作家、艺术家们的见证式描述，对我们中间的许多人产生了根本性的影响，这种影响涉及艺术追求、道德准则乃至生活方式等各个方面。"[①]"我们中间的许多人"自然包括西川自己，他写于90年代初的《我们时代的神话：海子》《深渊里的翱翔者：骆一禾》《认识欧阳江河》等篇，也是出于对同时代人道义和情感上的责任。而对于钟鸣来说，爱伦堡的这本书更是意味着多重意义上的借鉴，其一是体例上的借鉴，与《人·岁月·生活》一样，《旁观者》也运用了多卷本的回忆录体例；其二是结构方式上的借鉴，《人·岁月·生活》虽然写了50位人物，但并不是"按照历史的顺序叙述，而是结合着我渺小的一生，结合着我今天的想法来叙述"[②]，《旁观者》也写了与作者共同经历过毛泽东时代的同时代人，不过也不是按照时间先后来回忆，而是以旁观者的公民口吻自由联想式地叙述自己的见闻，包括"人的幻觉和观念，陈年旧事，回忆，城市，年幼无知的行为，各种荒诞离奇的现实力量，恐惧，出游，性爱，介入某些行业习惯"[③]，等等；其三是素材上的借鉴，在《旁观者》的具体叙述中，钟鸣多次提到爱伦堡的这本书[④]，同时在第三册中有一部分直接取名《曼德尔施塔姆在彼得堡》，也多次谈及阿赫玛托娃、茨维塔耶娃、巴别尔这些在《人·岁月·生活》中才第一次出现的名字，在行文中则不厌其烦地引用、化用、戏拟爱伦堡在书中叙述的事件和对话。某种程度上，可以把钟鸣的《旁观者》看作是对爱伦堡《人·岁月·生活》的一次互文式写作。

法国作家安德烈·纪德在《文学上的影响》中说："影响并不创造什

---

① 西川：《答鲍夏兰、鲁索四问》，《让蒙面人说话》，东方出版中心，1997年，第272页。

② ［俄］伊利亚·爱伦堡：《人·岁月·生活》（上），冯南江、秦顺新译，海南出版社，1999年，第6页。

③ 钟鸣：《旁观者》（第3册），海南出版社，1998年，第1505页。

④ 分别见于第8页、91页。

么东西，它只是唤醒。”① 正如爱伦坡唤醒了波德莱尔、法国象征派唤醒了T. S. 艾略特、列夫·托尔斯泰和里尔克唤醒了帕斯捷尔纳克、中国古典诗歌唤醒了庞德一样，巴乌斯托夫斯基的《金蔷薇》和爱伦堡的《人·岁月·生活》也“唤醒”了90年代以来一些诗人早已在心中孕育着的见证意识和承担意识——对同时代人命运、道德和性格的见证，对语言、诗歌和苦难的承担，而由于“抒情诗已不再可能表现我们经历的广博，生活变得更麻烦、更复杂”，也由于“现代诗歌的复杂性，和个人与时代、经验与形式、苦难与想象之间的复杂性”②，因此诗人们就选择散文写作这种方式来表达自己的见证和承担。

① ［法］纪德：《文学上的影响》，《纪德文集·文论卷》，桂裕芳等译，花城出版社，2001年，第357页。

② 北岛：《时间的玫瑰·后记》，江苏文艺出版社，2009年，第348页。

世纪之交的精神考古：郭小川《检讨书》出版始末

□吴昊①

内容摘要：《检讨书——诗人郭小川在政治运动中的另类文字》是郭小川在一个特殊的历史时期写下的特殊文字，其出版的缘起呈现出郭小川其子女可贵的“审父意识”。在世纪之交的文学场中，《检讨书》的出版乍看起来有些“不合时宜”，但这份“不合时宜”，恰恰使《检讨书》成为世纪之交文学生产的典型现象，也揭示了其独特的历史价值：21 世纪的到来并不意味着对过去的遗忘，对郭小川这一代“诗人—知识分子”的精神进行考古，是非常必要的，它使得后代的读者拂去表面的风沙，直接注视 20 世纪 50—70 年代的历史。

关键词：郭小川；《检讨书》；文学生产；历史价值

2000 年注定是不寻常的一年。它是 20 世纪的结束，21 世纪的开端，通常被称为“千禧年”。这一年，江泽民同志提出了“三个代表”重要思想；这一年，在悉尼奥运会上，中国首次进入金牌榜前三名；这一年，中国与欧盟

---

① 基金项目：本文为 2017 年度教育部人文社会科学重点研究基地重大项目“百年新诗学案”（项目批准号：17JJD750002）阶段成果。吴昊（1990－），女，山东泰安人，博士，廊坊师范学院文学院讲师，主要研究方向为中国现当代诗歌。

就中国加入世界贸易组织达成双边协议……在“除旧布新”、庆祝21世纪到来的欢呼声中，有一本记录四十年前知识分子心态的书却在酝酿着出版，这就是《检讨书——诗人郭小川在政治运动中的另类文字》（以下简称《检讨书》）。

其实，2000年可谓是“郭小川年”。这一年的1月份，12卷本《郭小川全集》由广西师范大学出版社出版；7月份，由其子女整理的《郭小川1957年日记》于河南人民出版社出版。两者的出版不仅使读者了解到更为真实、全面的郭小川形象，更起到了丰富中国当代文学史料的作用。而在几个月后的2001年1月，由中国工人出版社出版的《检讨书》，则将“郭小川热”推上了一个新的高潮：读者们惊讶地发现，在“战士诗人”“作协秘书长”等光环与荣誉之外，郭小川原来曾忍受过令人难以想象的精神痛苦，并违心地写下一份又一份“检讨书”，进行“自我忏悔”。《检讨书》在世纪之交的出版，乍看起来有些“不合时宜”，毕竟郭小川是在一个特殊的历史时期写下这些文字的。但这份“不合时宜”，恰恰是《检讨书》的价值所在：21世纪的到来并不意味着对过去的遗忘，对郭小川这一代“诗人—知识分子”的精神进行考古，是非常必要的，它使得后代的读者拂去表面的风沙，直接注视20世纪50—70年代的历史。

《检讨书》既然是对以郭小川为代表的“诗人—知识分子”的精神考古，那它必然是不加掩饰、真实的。这对郭小川的家人来说，意味着一次又一次直面那段不堪回首的往事，内心的痛楚与纠结可想而知。对于负责编辑而言，出版《检讨书》不仅需要慧眼卓识，更需要发掘历史的勇气。因此，郭小川的家人和《检讨书》的编辑都是可敬的，是他们共同的努力才使《检讨书》得以面世。

一、清醒的“审父意识”：《检讨书》的出版缘起

在许多有关“十七年文学”的论述中，郭小川通常被视为“战士诗人”，他的诗作被认为是反映了个体“小我”与集体“大我”相融合的过程中，个体所遭遇的精神危机及其转化。比如洪子诚在《中国当代文学

史》中便说道："从青年知识分子到一名'战士'所经历的生活、精神变迁，既是郭小川的生活道路，也是他持续的诗歌主题。这一过程所包含的思想、情感矛盾、冲突，影响了他的诗中的那种自我解剖的抒情方式。"① 郭小川虽然表现了个体的心灵转型过程，但他却并不否认"人的情感与价值"，这种倾向在一定程度上导致了他在50年代后期与"文革"中屡被批判、多次被迫写检讨的命运。这些象征着诗人心灵痛史的检讨材料，在其去世20多年后，被其家人汇编成书，直接以《检讨书》命名。

谈到《检讨书》的出版缘起，首先不得不提及《郭小川全集》的出版。《郭小川全集》有12卷，由郭小川的小女儿郭晓惠担任执行编辑，郭小川的夫人杜惠及其儿子郭小林、长女郭岭梅担任编辑，历时两年共同编纂而成。除了诗歌、杂文、书信、日记等一般作家全集都会收录的体裁外，《郭小川全集》中一个令人瞩目的现象便是将郭小川的工作笔记、自我鉴定乃至"检查交代""批判会记录"等"非文学"的文体收录在内，归为两卷"外编"。与20世纪出版的作家全集、文集相比，这种现象其实是相对少见的，不仅是因为"外编"突破了以单一的文学作品统摄作家全集的模式，具有史料性、档案性；更是由于它在很大程度上是私人的、非公开的，能够重新建构郭小川的形象，还原历史（革命史与作家心灵史）驳杂的面目。但这就对编者的见识产生了一定考验：一方面，长期以来，郭小川是以"战士诗人"的正面形象出现在读者面前，《郭小川全集》"外编"对私人性、非文学性作品的收录，会不会因此损害读者对郭小川的印象？另一方面，很多知名人士的家人为了"避亲者讳"，往往不愿意公开史料，或者按照个人的想法干涉全集的出版。正如杨洪承所说："编辑现代作家全集，家属标准和专家研究者的意见往往相左。作家全集编辑过程中家（亲）属的参与和干预是一种悖论。一方面我们不可能失去家（亲）属的支持，一方面又十分反感他们过多的非学术意见。"② 因此，作

① 洪子诚：《中国当代文学史》，北京大学出版社，2007年，第70页。

② 杨洪承：《中国现当代文学史料的角度和史识问题——作家全集的编纂为例》，《文艺研究》2014年第7期。

家全集的出版并非易事，出版社编辑与作家亲属的眼界同样重要。

《郭小川全集》的责任编辑是广西师范大学出版社的龙子仲。据他所述，他介入《郭小川全集》的编辑，本是偶然：

我从我的一个朋友那里看到了约3万字的郭小川1957－1958年间的日记抄件。这只是他全部100多万字日记中极小的一部分。然而仅仅是这“极小”，就已然触动了我。因为那是一种对历史的个性化的体验。我想，历史经验与生命体验，是人文工作者对于一切人文现象的一种基本辨识。经验之进入体验，才是活的。[①]

龙子仲不仅是出版社编辑，也是资深的文学爱好者与研究者，著有《怀揣毒药　冲入人群——读〈野草〉札记》等书，所以他能够与郭小川日记中透露出的“历史的人性化的体验”产生共鸣，决定接下《郭小川全集》的编辑工作。郭晓惠在怀念龙子仲的文章中回忆了她和龙子仲沟通《郭小川全集》出版的场景：

1997年年底，子仲作为广西师大出版社的编辑兼文科室主任，和社长党玉敏先生、编辑郑纳新来到我家，希望能够出版郭小川的日记和书信。子仲说，他在桂林读到好友范肖丹、梁福根夫妇摘抄回去的几万字日记，感到非常有价值，遂向社里提出了这一选题。当时我父去世已逾二十年，我们在北京数次争取出版他的全集而不得机会，这次见到专程来访的出版社负责同志，我们立即表示希望出版全集，当时我们提出，稿费不是主要考虑，主要考虑一是质量上乘，二是合作默契。[②]

① 龙子仲：《尊重历史，服务研究——由〈郭小川全集〉引出的一些编辑观念的思考》，《出版广角》2000年第2期。

② 郭晓惠：《子仲与〈郭小川全集〉》，《你的生命宽广而绵长——纪念龙子仲》，广西师范大学出版社，2011年，第52页。

为了不负郭晓惠及其家人的重托，也出于客观呈现历史的责任感，龙子仲的编辑工作态度可谓是十分认真负责、实事求是的，据他的同事回忆，在1998—2000年两年左右的时间里，龙子仲直接编辑约550万字，与作者家属通话无数，其后作者家属将电话录音整理出来，案可盈尺①。他所持的是“临文主敬”的编辑原则，尊重史料本身的真实性，追求“全集要全”，不忽略私人文字和“被动写作”，比如郭小川的笔记、检查交代和批判会记录。正因为如此，《郭小川全集》才使一个更为完整的郭小川形象逐渐浮出水面。

《郭小川全集》能够顺利出版，与郭小川家人的大力支持也是分不开的。其中，郭小川的小女儿郭晓惠所付出的努力显而易见，她和其兄郭小林、其姐郭岭梅一样，希望通过《郭小川全集》的整理与出版，更好地理解父亲及其他所处的时代。但她在考虑要不要将父亲所有的遗稿都公之于世时，也曾有所顾虑：郭小川生前的起伏波折与最后的悲剧命运，对包括郭晓惠在内的家人而言，不啻为一段痛史；再者，郭晓惠也曾担心父亲书信日记的披露会给世人留下更多的话柄②。而龙子仲从追求历史真实的角度说服了郭晓惠，促使她最终下定决心将郭小川的日记、书信乃至检讨书公开出版。并且为了尽可能地保留郭小川作品原貌，郭晓惠及家人都同意对当年的语汇、行的排列、数字的写法不做规范性的修改，为谨慎起见，除必要说明外，也不对日记、书信加主观性的注释。对于笔记和检查交代等材料，郭晓惠及家人与龙子仲商量后，决定以“外编”的形式选编入集，挑选出与郭小川生平、创作和思想关系密切的部分，去掉重复，但也不影响各篇的完整性③。郭晓惠及兄姐的努力体现了一种可贵的、清醒的“审父意识”：他们不仅是挚爱父亲的亲人，也是希望客观面对史实的学

① 广西师范大学出版社：《龙子仲先生生平》，《你的生命宽广而绵长——纪念龙子仲》，广西师范大学出版社，2011年，第488－489页。

② 郭晓惠、龙子仲、张燕玲：《一份丰富的精神档案——关于〈郭小川全集〉的对话》，《南方文坛》2000年第3期。

③ 郭晓惠、龙子仲、张燕玲：《一份丰富的精神档案——关于〈郭小川全集〉的对话》，《南方文坛》2000年第3期。

人。郭小川所经历的岁月虽然已经远去，但他所留下的精神遗产却发人深思。

郭晓惠及兄姐的“审父意识”，在《检讨书》的出版中体现得更为明显。这本书可以视为《郭小川全集》的重要补充，收录了郭小川在1959－1975年期间写下的近30份“检讨书”，近20万字，全都是长篇文章。郭晓惠在《检讨书》的前言中谈到她第一次读到这些文字时的感受：“我心里一会儿发酸，一会儿发痛，一会儿又像是灌了铅似的沉重不已。”① 她称这些文字为“一种令人进行精神自戕的语言酷刑”：从内容上看，（郭小川）有一个从主动辩解，到违心承认，再到自我糟践的过程。“为了解脱过关，不得不一步步扭曲并放弃自己的人格立场。”② 可以说，与《郭小川全集》的两卷“外编”相比，《检讨书》更让人震惊，也更让读者感受到郭小川写下这些文字时所忍受的心灵痛苦。他为了在检讨中“过关”，甚至不惜自我诋毁，自我践踏。但即便是面对这样一段心灵痛史，郭晓惠及其家人还是选择遵从真实，将其公开出版，因为这些文字是属于郭小川本人的，他的诗歌、他的精神磨难，共同构成了中国特殊时期的文学图景，《检讨书》也成为21世纪文学生产中一份独特的个案。

二、“不合时宜”的书：《检讨书》与世纪之交的文学生产场

郭晓惠在《检讨书》的前言中，曾谈到书中的文章是被如何发现的：

父亲去世后，他遗留下来的文字材料中，有许多杂乱无序的稿纸，约有四五十万字之多，大部分是用拓蓝纸复写的抄件。我们以为是他参与的

① 郭晓惠：《前言·父亲的另一种文字》，郭晓惠编《检讨书——诗人郭小川在政治运动中的另类文字》，中国工人出版社，2001年。

② 郭晓惠：《前言·父亲的另一种文字》，郭晓惠编《检讨书——诗人郭小川在政治运动中的另类文字》，中国工人出版社，2001年。

一些事件的记录，或者“交代”中的自述自身历史，因而也未细看。在决定出版全集之后，对这些材料细加整理之时，才发现这是一堆可统称为“检查交代”的文字。①

由此可见，虽然郭晓惠及亲人出于“审父意识”与保存史料的愿望，最终决定将这些检讨材料出版，但由于“检讨书”的特殊性质，整理过程并不容易。首先，与《郭小川全集》中的“外编”稍有不同，《检讨书》完全是由“检查交代”性质的文字构成，在郭小川生前始终处于非公开状态，由于诗人的过早去世未及整理，很多稿子是杂乱无序的。其次，由于是“检讨书”，这些稿子的原件多已上交，保留下来的只是诗人用复写纸记录的抄件，其清晰度与原件不能相提并论。再者，“检讨书”并非客观的历史文章，且是诗人在极度紧张、焦虑的状态下写出的，目的是试图“悔罪”，部分叙述恐怕与事实有所出入。这些困难，不仅是对郭小川家人的考验，同样也是对出版社编辑的考验。

实际上，在21世纪初，要出版这样一部展现郭小川心灵世界的书籍，似乎并不容易。一方面，许多出版社和编辑要考虑书籍所带来的经济效益，他们会提前预判书籍面世后是否畅销，再决定要不要接手出版事宜；另一方面，出版社也会考虑书中涉及的敏感人物和事件所带来的政治风险。比如《郭小川全集》的出版和印刷过程，就不是那么顺利。郭晓惠与家人曾多方联系北京的出版社，未果。而广西师范大学出版社同意出版后，又遇到政治方面的压力。郭晓惠回忆道：

在后期制作和印刷过程中，全国形势收紧，社里曾决定只出版前六卷已经发表的内容，而把后六卷的私人文字暂时搁置。是子仲承诺甘冒离职的风险替社里承担责任，才使《全集》以完整的面貌进入印厂。到印厂

① 郭晓惠：《前言·父亲的另一种文字》，郭晓惠编《检讨书——诗人郭小川在政治运动中的另类文字》，中国工人出版社，2001年。

后，又接到社里的命令暂停印刷，于是子仲顶住了压力，使《全集》印制完成。[①]

《郭小川全集》的出版尚遇到许多波折，何况是《检讨书》呢？所以，就《检讨书》的出版来说，“慧眼识珠”是十分必要的，要知道，历史不是任人刻意打扮的小姑娘，需要有责任感和学识的编辑来挖掘真实。

《检讨书》的责任编辑是中国工人出版社的王小平女士，她曾因独到、大胆的出版见解而被称为北京文化界中的“侠女”。当她看到书稿之后，感到很惊喜，本能地觉得这是“一段保鲜了的活的历史，是中国知识分子生态状态的标本，是珍贵的历史资料”[②]。她和龙子仲一样，为郭晓惠及其亲人的“审父意识”感到敬佩；并且，她作为在郭小川诗歌影响下成长起来的一位读者，也希望通过编辑对郭小川进行“再解读”。所以她决定负责出版这本书：

> 作为一个编辑，我深深觉得这本书作为史料的重要价值，也很感动郭晓惠们的大度和责任感。书中开头部分的导语“面对诗人郭小川的检讨书，——一个曾经你给过我们无尽激情与梦想的战士诗人郭小川的另类文字，你会感受到重压之下良知的沉重呻吟，混沌中真诚的无力挣扎，和思想暴力下人格被摧折时的嘎嘎作响……此时，你是否会认为，我们的民族太需要做一次文化大检讨了?!”是我当时深切的感受，只是在语言上还是有所收敛。当时我们痛感，检讨文化是不敢或没有能力独立思考的中国知识分子的遗传基因，不认识到这一点，中国就不能发展进步。响鼓需要重锤，所以我们决定就用《检讨书》命名这本图书，以突出它的警世性。[③]

---

① 郭晓惠：《子仲与〈郭小川全集〉》，《你的生命宽广而绵长——纪念龙子仲》，广西师范大学出版社，2011 年，第 53 页。

② 王小平：《关于〈检讨书〉》，未刊稿。

③ 王小平：《关于〈检讨书〉》，未刊稿。

“语言上还是有所收敛”暗示着王小平编辑《检讨书》时的心情是十分激动的，她迫切地想让读者了解“战士诗人”郭小川的心灵痛史，从而反思中国知识分子的“检讨文化”；但同时也意味着，王小平对自己的语气还是有所克制，太多主观的情绪，不仅会在一定程度上影响读者的独立判断，而且也不利于图书通过审查。王小平认为，世纪之交的出版已经和20世纪80年代的出版氛围差了很多，但图书编辑们还是在千方百计地努力出版那些对社会发展有建设意义的好书。导致这种变化的原因，一方面是图书审查制度的严格化，另一方面是所谓的“畅销书”的冲击。据统计，2000年最畅销的文学类书籍以青春文学和网络文学为主，前者的代表作是韩寒的《三重门》《零下一度》以及《首届全国新概念作文获奖作品选》，后者的代表则是蔡智恒的《第一次亲密接触》《雨衣》。而这两种类型的文学作品，在21世纪开始后的二十年中，逐渐成为图书出版的主力军，对传统的严肃文学形成了有力的冲击。2000年非文学类畅销书主要为教育类和经管类，如《哈佛女孩刘亦婷》《富爸爸，穷爸爸》等。这在一定程度上说明，中国读者对书籍的需求日益多元化，也更倾向于选择有实用性、功利性的书。读书成为一种文化消费，甚至是娱乐消遣的方式。所以，如果将《检讨书》此类书籍的出版置于世纪之交的文学生产场域中，就会发现它似乎是“不合时宜”的，与大众文化影响下的“畅销书”之间存在一定距离。

不过，《检讨书》最终能够出版，也说明它存在一定的文化市场前景。王小平回忆，《检讨书》最初是被送到当时做个体出版的姚军岭手上，而姚军岭希望与她合作，所以她才在1999年中接触到了《检讨书》①。据有限的资料来看，姚军岭似乎是一个具有商业头脑的出版人，他的代表编作是出版于2002年的“一分钟系列”，如《一分钟推销》《一分钟经理》《一分钟最佳团队》等，他以敏锐的出版嗅觉，预估《检讨书》会赢得属于它的读者。这种判断是有一定依据的。2000年9月，人民文学出版社出

① 王小平：《关于〈检讨书〉》，未刊稿。

版了陈徒手《人有病，天知否：一九四九年后文坛纪实》，这本书记录了俞平伯、沈从文、老舍、丁玲、赵树理等作家在中华人民共和国成立后的命运遭际和心路历程，也收录了陈徒手研究郭小川的两篇史料文章《郭小川：党组里的一个和八个》《郭小川：团泊洼的秋天的思索》。该书刚出版不久，就与前文所提到的韩寒、蔡智恒等人的作品一起，也出现在2000年10月的畅销书榜上，短短半个月的时间便销售近万册。这说明在世纪之交的多元化文化生产场中，读者并没有因“文化快餐”的盛行而得到满足，通过阅读来追求历史真相，仍是许多有识之士的选择。陈徒手的著作曾被当时的评家盛赞为“客观、全面地复原了那一段历史，文字简练平实，风格严谨厚重，没有概念但绝不乏观点，写出了时代的复杂、人性的复杂，作品具有发人深思、令人震撼的力量”①。而稍后几个月出版的《检讨书》，恰好与《人有病，天知否：一九四九年后文坛纪实》中所记述的郭小川形象形成了互文，该书在2001年底获得“《南方周末》年度好书”称号，印证了姚军岭的出版判断。

总之，《检讨书》的出版虽然看起来有些“不合时宜”，但它却最终以“记载一段保鲜了的历史”的特点，在世纪之交的文化市场中获得了一席之地。不过，图书的销量和获得的荣誉只是证明它在出版方面的成功，它给读者和研究者所带来的影响则更为深远：在《检讨书》出版20年后的今天，我们怎样去看待它的历史遗产？怎样处理与它类似的文学史料？它对当下的图书出版，又有哪些启示？

三、二十年后，重识郭小川：《检讨书》的历史遗产

虽然《检讨书》是在世纪之交大众文化浪潮汹涌澎湃的文化语境中出版的，但它仍然拥有属于自己的读者。最早与《检讨书》产生共鸣的是同

① 《史料新书〈人有病天知否〉引人注目》，中国新闻网2000年10月12日，https://www.chinanews.com/2000-10-12/26/50262.html.

样经历过“文革”的一代知识分子。比如沙叶新就说道：“在中国，凡是在那风雨如晦、万马齐喑的年代生活过的人，他可能从没受过表扬，但不太可能没做过检讨；他也可能从没写过情书，但不太可能没写过检讨书。”① 沙叶新在文中历数各种“检讨奇观”，并认为郭小川的“检讨专集”极为真实地为历史提供了心灵磨难的铁证。沙叶新的论断显然带有自身经历的痕迹，他把《检讨书》视为一段心灵痛史。但也有一些普通读者，对《检讨书》的公开出版发出了质疑的声音：

郭小川当初写检讨，是为了出版吗？他愿意别人在他死后把他的检讨公之于众吗？已逝的郭小川有机会说明他当时“检讨”的具体背景情况吗？郭小川并没有害人整人的历史，后人有必要把他的软弱、身不由己和一时扭曲的灵魂大曝其光吗？同时代别的比郭小川更典型的“知识分子”是不是也一概要曝光？②

检讨书是个人对心灵的深刻挖掘，正如写给情人的信，那是不能公开的，一旦公开了，那就要讲究思想意义了。但检讨书一摆上桌面，就注定了要走世俗化路线，要求通俗易懂，百姓喜闻乐见。中国工人出版社出版了诗人郭小川“在政治运动中的另类文字”，书名就叫《检讨书》。是希望检讨书的文化再流传下去？还是权当历史的记忆吧。③

这两位普通读者的声音代表了两种典型的倾向：其一，很多人不愿意再提“文革”，认为“文革”已是历史中的尘埃，没有必要将郭小川等知识分子在特殊处境中写下的文字一概曝光；其二，有些读者也担心，将私人检讨文字公开，会不会无意中迎合了当下文学“世俗化”的趋势？这两种倾向其实不无根据。世纪之交的中国，虽然与“文革”的距离已经有20

---

① 沙叶新：《“检讨”文化》，《书摘》2002年第2期。

② 王乾荣：《碎语九则》，《文学自由谈》2003年第3期。

③ 朱力安：《检讨书》，2003年10月28日，http://ent.sina.com.cn/2003-10-28/0928222849.html.

少量出售。并且《检讨书》所讲述的历史是沉重的，它似乎不适合当下盛行的“流量化”书评模式，在豆瓣网图书条目中，有关《检讨书》的评论为个位数。难怪《检讨书》的责编王小平感叹道：“如今二十年过去了，如果今天我才拿到这部书稿，我还有能力把它出版出来吗？估计不行了。我不行了。”① 但我们能由此忽略《检讨书》的价值吗？恰恰相反，在“流量为王”的时代，真实、厚重的历史记述才显得尤为可贵，借助便捷的网络传播与深入的学术研究，类似于《检讨书》的书籍理应在出版方面重现生机。

《检讨书》中浮现的郭小川形象，也对21世纪以来的诗歌写作有所启示。与当下的许多诗歌作品相比，郭小川的“政治抒情诗”的写作技巧虽然显得有些过时，但他始终把“人”与“人民”当作引导自己写作的核心词汇，通过各种形式努力实践新诗的大众化与民族化，这可能恰恰是当下诗歌写作所缺少的。在这个新时代，“人”与“人民”的位置究竟在哪里？诗坛仍然呼唤郭小川……

时光荏苒，转眼二十年过去了。中国在这二十年中发生了翻天覆地、日新月异的变化，朝着社会主义现代化的方向稳步前进着。而郭小川，已经在寂寞中逝去了四十五年，他离这个时代越来越远，无法感受到如此迅速的变化。但他留给后人的精神遗产，却没有随着肉体生命的终结而消失，他的复杂的灵魂以《检讨书》的方式，永远地留存着。拂去表面的尘土，那段沉重的历史昭然若揭，但愿悲剧再也不要发生。

① 王小平：《关于〈检讨书〉》，未刊稿。

异域游历·寂然凝视·焦虑忧思

——新移民女诗人舒然的新诗现代性审美

□田源①

内容摘要：新移民女诗人是中国当代新诗坛的一道独特的跨文明景观，细腻繁复的女性视角与心理折射孕育诗歌世界的意识流诗学质素，舒然的新诗创作即为其中典范，她的两部新诗集《以诗为铭》与《镜中门徒》仿佛御风而行的快意人生，炽烈的现代诗学火种潜藏柔情含蓄的温婉心声。基于新加坡等异域游历轨迹，混杂本土的乡愁记忆拼接迁徙的地域风貌，悄然融化于寂静的风雪与黑夜，封闭的心灵愈发感到撕裂的隐痛，甚至引发了病态的忧郁幻想。热衷美术的舒然运用新移民女诗人的幽深语言，创造诗画同源的现代性审美质素。

关键词：新移民女诗人；舒然；新诗现代性；异域；焦虑

细品新移民女诗人舒然的诗集《以诗为铭》与《镜中门徒》，女性幽暗深邃的心理世界缓缓敞开，不禁被千丝万缕的神秘元素吸引，其中潜藏

---

① 基金项目：本文为国家社科基金青年项目“读者批评与‘颓废’诗学建构研究（1920－1940年代）”（项目编号：19CZW037）阶段性成果。

田源（1987－），男，重庆人，博士，四川美术学院通识学院副教授，硕士研究生导师，重庆市巴渝学者青年学者，西南大学中国新诗研究所特约研究员，主要从事中国新诗研究、民国文艺史料及20世纪中外文学关系研究。

着诗人独特的审美视域，移动的主体受到肉体感官与心灵感触的双重洗礼，逐渐展露出精密繁复的情感与精微辽远的思想。正如吕进先生为舒然诗集《以诗为铭》的序言所言："瘦削的音符，细腻的琴弦，凄婉的甜柔，美丽的疼痛，喧闹处的静静沉思，子夜时的热情开放。"① 理想化的诗歌语言借助谐和的现代音律，传递出甜蜜温柔的感伤，勾勒优雅痛楚的轮廓，游走于动静两端的有机统一，杂糅的现代张力昭示诗人渴求包容"一种更复杂的关于现实的感受而未能获得整体的和谐"②。

破坏完整经验的诗意栖息依赖现代社会的碎片架构，拼接的蒙太奇画面并非涂鸦的随意聚散。吕进先生和陈剑先生为舒然诗集《以诗为铭》所作序言里不约而同地表述"追风"的关键词。摘取《以诗为铭》里的"风"意向，诗人"从海风里苏醒过来"③（《一月的苏醒》），悄然"等丹桂开出饱满的情绪/你和秋风刚好赶来"④（《八月，丹桂的殇》），享受"暖风拂过耳际"⑤（《彼岸听香》），伴随"清风微扬，游走于心灵牧场"⑥（《着色人生》），畅想"种一缕春风吧/种一些祝福与希望"⑦（《种春风的人》）。

依照五辑诗章的层层推进，"风"中隐喻的意义愈发凝重，好似《御风而行》里诗人"追风的女儿"的自我定位，追逐、驾驭、回味的审美效果恰如诗歌结尾的"自在飘逸"⑧，灵动的现代性亦寄予"风"中，它既吹拂异邦他乡的游历足迹，又驻足静观并独自审视，进而幻化为忧郁的哀思与美好的向往。由此形成的女性化"心理意义上不断变化的模式"，诗人在于外部时空同轨并进的过程中衍生出"非必然而是偶然的世界的感觉"⑨。

① 吕进：《追风的女子》，舒然：《以诗为铭》，锡山文艺中心，2016年，第4页。
② ［英］彼得·福克纳：《现代主义》，付礼军译，昆仑出版社，1989年，第30页。
③ 舒然：《以诗为铭》，锡山文艺中心，2016年，第28页。
④ 舒然：《以诗为铭》，锡山文艺中心，2016年，第37页。
⑤ 舒然：《以诗为铭》，锡山文艺中心，2016年，第49页。
⑥ 舒然：《以诗为铭》，锡山文艺中心，2016年，第69页。
⑦ 舒然：《以诗为铭》，锡山文艺中心，2016年，第115页。
⑧ 舒然：《以诗为铭》，锡山文艺中心，2016年，第43页。
⑨ ［英］麦·布雷特勃莱：《现代化与现代意识》，刘若瑞译，袁可嘉等编选：《现代主义文学研究（上）》，中国社会科学出版社，1989年，第6－7页。

一、异域游历——现代性审美的动态轨迹

移民诗人的视野始终存在异域和本土的格局比照，跨越民族与文明的游历，彰显异质性文化谱系，构筑迥异的地理场域和风土人情。周德成先生在为诗集《以诗为铭》作序中说："舒然的诗有很明显的现代性和地方标志，包括了新加坡在地，和她移民前住过、去过、阅读过地方的痕迹。"① 行走的点滴足迹形成对异域世界的认知截面，通过诗歌描摹异域风情的瞬间感染力。

"乌节"无疑是舒然新加坡生活的核心地标，昔日种满热带水果树的果园，因为20世纪90年代初的植物病变得萧条冷清，废墟般的盛衰转化仿佛"是后期罗马帝国和拜占庭时代的希腊文学"②，传递出强弩之末的唯美音调。诗集《以诗为铭》里的"乌节"具有浓厚的漂泊色彩，如《一月的苏醒》里写道："当我转过乌节的拐角/雨树筛过来的阳光/和树上洒落下来的雨水/把我的思念洗得惨白/我是一颗流浪的橄榄"③，诗人或许在"乌节"的转角漫无目的，太阳雨的冲刷无法抹去"流浪"的脚印，反而借助浮萍般游历的足迹强化内心失落的伤感。"乌节"与祖国形成异域的错位影像《油菜花开》回溯"北京"的红叶，确定"狮城"新加坡的抉择，感叹道："在乌节的水泥地表/长不出倔强的玫瑰/金黄色是宿命的蛊惑"④。商业化钢筋森林滤除自然的泥土芬芳，金黄油菜花的遐想源自异域游历的感官折射。发酵的愁绪在《今夜，只读一个人的诗歌》里蔓延："今夜，我在乌节/只读一个人的诗歌/读滴水的屋檐/淋沥子夜的梦境/读渐行渐远的风帆/撑开永恒的思念"⑤。扬帆起航的每次远游，深化异域和

---

① 周德成：《无名诗话六则》，舒然：《以诗为铭》，锡山文艺中心，2016年，第19页。

② ［美］M·H·艾布拉姆斯：《欧美文学术语辞典》，朱金鹏、朱荔译，北京大学出版社，1990年，第5页。

③ 舒然：《以诗为铭》，锡山文艺中心，2016年，第28页。

④ 舒然：《以诗为铭》，锡山文艺中心，2016年，第28页。

⑤ 舒然：《以诗为铭》，锡山文艺中心，2016年，第90页。

祖国间的裂隙，传统起兴的诗艺融入异域游历的进程，参照系的图像溶解“在象征主义的印象主义方法和异国情调的培植中”[①]。

如果说《以诗为铭》的“乌节”相对零散，《镜中门徒》的“乌节”则愈发聚焦，诗集第一章命名“雨来乌节”，共辑录20首新诗，均来自新加坡的游历观察，南洋风情以更综合立体的面貌呈现在读者眼前。《雨来乌节》：“让它漂洋过海/逆流而上/抵达南海以北/以北以北的城”[②]，自北向南的海上航线，如大雁折返的飞行轨迹，诗人在繁华的乌节路感受“南国的冬月盛景如夏/色彩繁茂，翠绿耀眼”[③]（《南国冬月》），在游历途中“俯瞰呼啸而过的车流/俯瞰白驹过隙的流年/如有寒流袭击全身/颤抖在这岛国的冬天”[④]（《池上清音》），穿梭的车辆与流转的时光让游历的身躯起了寒战，从自然的四季更迭到人文的社会洞察，诗人在脚步的变化中调整视角，诠释新式楼房的造型风格：“它的神色是两面的/一面自带风情/一面背负烟雨”[⑤]（《南洋建筑》），建筑物与公共设施承载历史的沧桑巨变，游历的足迹也被记录进新的历史篇章，诗人在一处近百年的铁路通道经由“空荡而艰难的穿越/迈过砂砾，铁轨，枕木和杂草/尽头深处虽有密雾笼罩/但见双榆之间那颗月亮在偷笑”[⑥]（《写给武吉知马铁路桥》），艰辛的徒步跋涉，越过重重障碍，直达铁路纵深处，废旧驿站与轨道或许成为现代旅游爱好者的网红打卡地，撩烟恼雾的探索成为解剖“乌节”的常态，颇具浪漫主义的窥视、发掘和游历流露出的地方情调“就是他乡异国、远古时代、生疏风土的一切特征”[⑦]。

新加坡的“乌节”只是世界一角，诗人在更广阔的异域空间游走，获

---

① ［匈牙利］盖·卢卡契：《现代主义的意识形态》，李广成译，袁可嘉等编选：《现代主义文学研究（上）》，中国社会科学出版社，1989年，第154页。

② 舒然：《镜中门徒》，长江文艺出版社，2022年，第3页。

③ 舒然：《镜中门徒》，长江文艺出版社，2022年，第4页。

④ 舒然：《镜中门徒》，长江文艺出版社，2022年，第14页。

⑤ 舒然：《镜中门徒》，长江文艺出版社，2022年，第15页。

⑥ 舒然：《镜中门徒》，长江文艺出版社，2022年，第22页。

⑦ ［丹麦］勃兰兑斯：《十九世纪文学主流　第五分册　法国的浪漫派》，李宗杰译，人民文学出版社，1982年，第19页。

得更宏大的视角，诗集《镜中门徒》以悲恸的口吻回顾国际大都会巴黎的流血事件，《悲情巴黎》最后的三节诗歌：

一出劫难，是恐怖势力
向世界和平的残暴宣战
一场杀戮，是恨戾暴徒
对文明时代血洗的罪愆

悲情巴黎
沦为痛楚之都
弥漫的硝烟
是和平之土永远的伤痛

悲情巴黎
矗立铁塔般的刚强
捍卫正义之士
自由与神圣的信仰①

该诗的创作动机是为悼念2015年11月在巴黎发生恐怖袭击事件中殒命的死者，恐怖分子的暴力袭击打破了昔日巴黎的时尚氛围，无辜惨死的尸首似乎在控诉戕害的血污，整座城市都弥漫在阴森窒息的阴影里，难以名状的疼痛在身心撕裂，好似创造社诗人王独清早期巴黎留学的落魄无依："我漂泊在巴黎街上，/任风在我底耳旁苦叫；/我迈开我浪人的脚步，/踏过了一条条的石桥。"② 埃菲尔铁塔的坚毅守护，又对维和的希望充满生机，异域的游历见闻烘托现代主义中心城邦巴黎的"文雅、宽容、

① 舒然：《镜中门徒》，长江文艺出版社，2022年，第121－122页。
② 王独清：《圣母像前》，华东图书公司，1927年，第53页。

狂热、活跃、激进而又有节制”①。

作为城市文明的母体，自然的异域情景在诗集《以诗为铭》中呈现出沙漠的辽阔图景。诗人叹息生命如沙粒般卑微，“而简单的漂泊/亦如指尖的轻烟”②（《在大漠深处》），历经艰难的“从沙漠里归来的人风尘仆仆地说/‘其实，我没有什么梦想。’”③（《渔》），遥想途径月牙泉的“穿行在荒漠里的人/趁着月色”④（《泉幽》），漫步者沐浴“曙光带着昨夜的酒伤/探望那些往大漠里出走的背影”⑤（《星之哀伤》）。浪荡的足迹与中国象征派诗人李金发法国留学的影像颇为一致：“我愿长睡在骆驼之背，/远游西西利之火山与地上之沙漠”⑥，浪迹漂泊异域的轨迹暗含不为人知的辛酸。

乡愁固然是移民诗人的经典主题，它的生成与异域游历的失落心灵密切关联。诗集《以诗为铭》里思念故土的愁绪源于浪迹异地的瞬间，所谓“理想”“幸福”“快乐”的人生追求，都被归入“漂泊的理由”，转变为生存意义的托词，深处“异域的风霜渐紧/篝火忽暗忽明/在风衣里裹紧的/依然是发黄的片段”⑦（《在大漠深处》），寒冬与风沙的残酷环境让视线迷蒙，尘封的乡土记忆也被包裹进外衣，泛黄的过往经验被沙漠埋葬。远离恶劣的自然空间，喧嚣的闹市依然勾起故乡的回忆，诗人游走在新加坡“繁华游动，摇曳/异域的风情”，映入眼帘的“夕照是心扉，疼痛的背景/铺满不忍落幕的乡愁”⑧（《克拉码头的黄昏》），昔日卸货的小码头摇身一变，成为游客钟爱的商圈风光，夕阳西下的壮美天际却撕开了内心的离愁伤口，欲牢牢抓住又无奈消散，好似红日终将会沉入地平线。

诗集《镜中门徒》中的乡愁涤除凝滞的冷清氛围，具有希望的温情想

---

① ［英］马·布雷德伯里、詹·麦克法兰编：《现代主义》，胡家峦等译，上海外语教育出版社，1992 年，第 83 页。

② 舒然：《以诗为铭》，锡山文艺中心，2016 年，第 80 页。

③ 舒然：《以诗为铭》，锡山文艺中心，2016 年，第 113 页。

④ 舒然：《以诗为铭》，锡山文艺中心，2016 年，第 120 页。

⑤ 舒然：《以诗为铭》，锡山文艺中心，2016 年，第 123 页。

⑥ 李淑良：《给蜂鸣》，《语丝》1925 年第 15 期。

⑦ 舒然：《以诗为铭》，锡山文艺中心，2016 年，第 80 页。

⑧ 舒然：《以诗为铭》，锡山文艺中心，2016 年，第 64 页。

象，融入游历的循环圈。尽管“载不动的是乡愁/酒能解忧却又添烦愁/行道外归人达达的马蹄声不绝”[①]（《在贵阳》），借酒浇愁的沉重肉身在归乡的轻快节奏中舒缓开来，诗人乐观地告诉独处他乡的人：“失散的归巢之鸟/畅谈重聚的美好/孤单的你有理由坚信/下一个渡口胜利的归航”[②]（《致异乡人》），故乡的文化之根陪伴和支撑异域游历的足迹，大部分“游子的心声/归乡的向往/远行的船只/笃定的梦想/穿越暗礁/拥抱那夺目的光芒”[③]（《当爱伫立成一座灯塔》）。

二、寂然凝视——现代性审美的静态风景

异域游历引发强烈的感官刺激，游子同本土的离远，既促使连绵不断的浪迹，又在某些特定的瞬间回归安定，读者在诗意栖息的审美快感中领略宁静的风景，正如周德成为舒然诗集《镜中门徒》所作序言，诗人力图呈现“一种‘千帆已过’后的‘豁然开朗’、一种生活兼及生命状态的沉淀和洞悉”[④]。

静谧肃穆的雪景和静寂神秘的夜景构成静态风景的两种范式。《以诗为铭》里的雪景是对跃动光阴的覆盖，凝聚永恒的光彩，当“青春落在雪上，静染/流逝的时光。素年亢奋着/跳弹在生机勃勃的树梢”[⑤]（《素年》），年少轻狂的旺盛生命在雪的持续滋润中变得与世无争。初夏的“叶子丰腴着，骨头开始泛白/雪在冬天里的故事延续着她的脉搏”[⑥]（《六月，以诗为名》），严冬为四季之尾，生命以温和平顺的形式在雪中绵延赓续，从白骨到白雪，诗歌营造死寂的氛围：“当冬雪飘零/那里有蓝色的忧郁/

---

① 舒然：《镜中门徒》，长江文艺出版社，2022 年，第 87 页。

② 舒然：《镜中门徒》，长江文艺出版社，2022 年，第 65 页。

③ 舒然：《镜中门徒》，长江文艺出版社，2022 年，第 114 页。

④ 周德成：《迈向舒然的境界》，舒然：《镜中门徒·序三》，长江文艺出版社，2022 年，第 10 页。

⑤ 舒然：《以诗为铭》，锡山文艺中心，2016 年，第 26 页。

⑥ 舒然：《以诗为铭》，锡山文艺中心，2016 年，第 35 页。

在蓝色的墓边/祭奠蓝色的爱情”[①]（《蓝色的树林》），雪景即哀景，凝神观雪致使不堪岁月的掩埋。悄无声息的雪依然作用于诗人耳畔：“我听见白雪淹没红尘/蔷薇消逝了美丽/渺茫于江湖的烟水/独留叹息”[②]（《彼岸听香》），世俗的一切被白茫茫的雪遮蔽，凋零的花蕾暗示衰竭的生命，朦胧恬静的时间徒增一丝凄凉。窒息的“我们看那些雪花/穿越山水而来”[③]（《我们再相见，好吗》），仍无法获得解脱，即便是“沐过千年断桥的残雪/凝视　烟雨西湖里/那个渡船的人/不会渡我的一生”[④]（《青蛇》）。

诗集《镜中门徒》以动静结合的方式延续着悲怆的雪景。诗人“时而驰骋如鹰/徜徉高山与雪海”[⑤]（《居家女人》），尽管雄鹰翱翔隐约游子的涉足脚步，移动的张力衬托温润的雪山远景，一片银装素裹的海洋，唤起的“思念一旦如潮迭起/便有大雪纷纷飞落”[⑥]（《南国冬月》），心潮澎湃的想念源自祥和宁静的飘雪。雪景为诗人建起一处柔美的心灵港湾：“皑皑冬雪/降伏我的倔强/呵护自己/温暖整年的薄凉”[⑦]（《迷恋北方》），往日的温馨点滴汇聚于雪花堆积的壁垒之中，然而，这净土乐园的平衡再次被飞雪打破：“初冬的第一场雪/疼痛着大地/心如碎银子般/喷洒了一地……苍凉来自雪的发源地/白色是悲伤，是颤栗/是失血过重的终极秘密”[⑧]（《苍凉来自雪的发源地》），至亲奶奶的离世与无情纷飞的白雪契合，悲痛欲绝的震颤引发萧索衰亡的心灵碎片，复归于肃穆忧伤的雪景。

同纯净雪景形成对立反差的静态图景的是幽深夜景。诗集《以诗为铭》中的夜景密布幽暗芬芳的气息。夜间的“记忆忽暗忽明/夜来香轻轻地颤抖/于寂静中/翻阅深邃的皮肤”[⑨]（《夜来香》），弥漫的花香播撒至寂

① 舒然：《以诗为铭》，锡山文艺中心，2016 年，第 45 页。
② 舒然：《以诗为铭》，锡山文艺中心，2016 年，第 49 页。
③ 舒然：《以诗为铭》，锡山文艺中心，2016 年，第 88 页。
④ 舒然：《以诗为铭》，锡山文艺中心，2016 年，第 101 页。
⑤ 舒然：《镜中门徒》，长江文艺出版社，2022 年，第 34 页。
⑥ 舒然：《镜中门徒》，长江文艺出版社，2022 年，第 4 页。
⑦ 舒然：《镜中门徒》，长江文艺出版社，2022 年，第 100 页。
⑧ 舒然：《镜中门徒》，长江文艺出版社，2022 年，第 119 页。
⑨ 舒然：《以诗为铭》，锡山文艺中心，2016 年，第 56 页。

静时空的每个角落，渗透每一寸肌理，在幽静的内心深处感受“那夜/有清浅的笑意/掠过寂寥的小城/轻吻你梦中漂流的心”①（《那夜花开》），留有余香的花蕾抚慰僻静的晚间思绪，那划破天际的“雷响/零点时分的鼓点/穿透寂静的苍茫//子夜弥漫/薰衣草的芳香/美梦尚有余温”②（《子夜雷响》），冥想的火光跨越漫漫长夜：“每当风轻，每当夜静/你都会在月华烁烁的/溪水岸边，为我/钻木取火”③（《钻木取火》），回返至原始人夜间的篝火温情，依然不能抹去漂泊的寂寞，翻过暗夜的“今晨/这隔夜的茶水/已然冰凉/而我终究无法留住/曾有的芳香”④（《一夜》），消散的花香预示夜景的终结，冰冷的清晨以参照系的实验诗学技巧，诠释夜景的现代性审美意蕴“也意味着凄凉、黑暗、异化、解体”⑤。

诗集《镜中门徒》里的夜景更显幽暗与晦涩。游子于“二零一五年夏，入夜/皮肤下静流涌动/异乡的橄榄树/与我有着相似的音频和律动”⑥（《橄榄树》），在深邃的夏夜，异域浪迹的心弦如暗流翻涌，潜藏深沉的音律。诗人“秉烛夜游，大海泛舟/捞取一叶古诗/便是星星点点的镜子/照你的怀才不遇，伯乐空迹/或孤芳自赏/又惜无人识得此如花容颜”⑦（《镜中门徒》），微弱烛光点亮了黑夜，穿越古典诗词的镜中观照，失落的伤情令“她于黑夜里，褪去/果实纤薄的外皮，如同/褪去一件丝滑睡衣，吮吸/果实的汁液，蛊惑于它的妖冶”⑧（《诗歌这枚果实》），充满魔法的诗心让这颗光滑的果实妖娆，夜间的抽丝剥茧即自我的分裂，展开一幕幕艰深的幻象，诗人在静夜窥视“遁形黑夜的精灵/光阴也对你肃然起敬/深邃之

---

① 舒然：《以诗为铭》，锡山文艺中心，2016 年，第 60 页。
② 舒然：《以诗为铭》，锡山文艺中心，2016 年，第 61 页。
③ 舒然：《以诗为铭》，锡山文艺中心，2016 年，第 83 页。
④ 舒然：《以诗为铭》，锡山文艺中心，2016 年，第 99 页。
⑤ ［英］麦·布鲁特勃莱、詹·麦克法兰：《现代主义的称谓和性质》，王齐建译，袁可嘉等编选：《现代主义文学研究（上）》，中国社会科学出版社，1989 年，第 213 页。
⑥ 舒然：《镜中门徒》，长江文艺出版社，2022 年，第 24 页。
⑦ 舒然：《镜中门徒》，长江文艺出版社，2022 年，第 70 页。
⑧ 舒然：《镜中门徒》，长江文艺出版社，2022 年，第 71 页。

眼可读透数载春秋/唯读不透遥不可及的前世”①（《红狐》）悠悠千载与轮回转世的时空交替，利用夜的幻觉变得深不可测，甚至对于“夜深的人/顶上强烈的光/在山野如萤火虫的尾/冷冷/追寻陈年的鬼火”②（《最夜的臣妾》），鬼魅的零星火光在深夜闪烁，如果“白昼使我们对于事物的感觉是明朗的，夜则使我们模糊”③。死水般凝固的长夜让视线混沌不清，外面的“夜荒荒，无情的人打开窗/雨如散丝/无边无际的愁/飘进来/针扎在刚刚醒来的梦上”④（《夜》），无限的惆怅在夜的迷网中发酵，凌乱雨丝与扎心梦境是岑寂黑夜的多维演绎，寂然凝视的现代性审美扩展为诗歌接受过程中“神秘的内容、象征，和艺术感受力的扩大”⑤。

隐约含蓄的静态风景为读者审美构筑渴望探索、寻找真意和感染共鸣的现代诗学空间，诗人力图以陌生化手法从日常生活场域进入私密心灵花园，作为绘制白雪黑夜诗意画卷的艺术家，又呈现出缄默分裂的诗人品格。诗集《以诗为铭》夜间的“影子呼吸月光/身体被记忆拉长/叶子唱和/倾听枝桠摇动的沉默”⑥（《叶子与影子》），难辨斑驳树影与扭曲人影。诗集《镜中门徒》的主体形象更为浑厚，镜头聚焦“几只灰鸽停歇屋檐/凝滞若我/构成一幅静止的街景”⑦（《街景》），阴暗的鸽子隐喻雕塑造型般的诗人，滞留在固化的街道，驿动的心趁着“天未破晓/踏上你酣睡的躯体/探秘沉默的心声”⑧（《写给武吉知马铁路桥》），冰冷的钢架封锁昔日光阴，沉入谷底的心灵秘密有待揭晓。努力挣脱世俗牵绊的“坚忍的沉默/令生命更顽强/厚重的灵魂之下/不羁的青春在张扬”⑨（《青苔》）默默

① 舒然：《镜中门徒》，长江文艺出版社，2022年，第72页。

② 舒然：《镜中门徒》，长江文艺出版社，2022年，第80页。

③ 潇潇：《夜》，《新苗》1936年第3期。

④ 舒然：《镜中门徒》，长江文艺出版社，2022年，第82页。

⑤ ［俄］德·梅列日科夫斯基：《论俄国当代文学衰落的原因及其新流派（节译）》，李廉恕译，袁可嘉等编选：《现代主义文学研究（上）》，中国社会科学出版社，1989年，第337－339页。

⑥ 舒然：《以诗为铭》，锡山文艺中心，2016年，第57页。

⑦ 舒然：《镜中门徒》，长江文艺出版社，2022年，第18页。

⑧ 舒然：《镜中门徒》，长江文艺出版社，2022年，第22页。

⑨ 舒然：《镜中门徒》，长江文艺出版社，2022年，第112页。

生长的苔藓犹如坚毅沉重魂魄里无拘无束的韶华，自由飞舞的年少时光注定短暂，面对离世的朋友，鸦雀无声的周遭令“我沉默举起旗幡/为壮志未酬的你，送行”①（《壮志在茫茫风中——悼洪烛》），笔挺的大纛是迷茫的装置，诗人心如止水的“沉默是现代主义的一个本质因素，也是其发展的最远点”②。邈远彼岸的稀薄空气令诗人彻底迷失于长夜，语言也被完全消解：

今日我将失语
失语在黑夜里
这陨落的一天
我交付给了忧愁
辜负了伟大的光阴③

沟通渠道的割裂丧失了语言的交际功用，与世隔绝的孑然状态让诗人做出了主动屏蔽交流的选择，从“沉默”到“失语”，仿佛趋于黑暗的急速下坠，消磨时光的功绩，现代社会的芸芸众生“从本性上看是孤寂的，非社会的，不能和其他人产生联系”④，舒然预感封闭的语塞，自我存在的惆怅也被紧锁在死水般的漆黑夜空。

三、焦虑忧思——现代性审美的心灵写照

漂泊的足迹与静谧的环境，既以循环曲折的线条搭建起新移民女诗人的旅居框架，又以朦胧迷离的意象色彩渲染迅速变迁的周遭氛围，它们合

① 舒然：《镜中门徒》，长江文艺出版社，2022年，第125页。
② ［美］弗莱德里克·阿·卡尔：《现代与现代主义》，陈永国、付景小译，吉林教育出版社，1995年，第46页。
③ 舒然：《镜中门徒》，长江文艺出版社，2022年，第132页。
④ ［匈牙利］盖·卢卡契：《现代主义的意识形态》，李广成译，袁可嘉等编选：《现代主义文学研究（上）》，中国社会科学出版社，1989年，第139页。

力推向诗人的幽深内心，隐隐发作的焦灼痛感和不断转换的忧患思虑，萦绕在舒然诗集的字里行间。陈剑先生在为舒然诗集《以诗为铭》的序言中揣度“孤独”的主体征兆：“诗人太敏感了，相对着，也比较脆弱。外在的活跃、郎爽，是不是诗人内心孤独的反衬呢?”① 巨大反差在舒然的文艺创作中和谐共生，其内心状态在她绘画作品里同质化延展，正如秀实为舒然诗集《镜中门徒》作序里写道：“二零一七年我到新加坡出席诗歌节，有缘到过‘鼎艺轩画廊’，欣赏过她那些以色彩反映内心的抽象派作品‘Z系列’。我感到那些色彩是不安的，如有雨点打落其上。”②

诗集《以诗为铭》辑四命名为“怕被问及”，绵绵不灭的隐忧心绪暗藏悲剧。诗人的担忧源自普遍生灵的转瞬即逝，无奈地感叹：“有时候生命/渺小得如一粒沙/或　脆弱于一棵草”③（《在大漠的深处》），两个空格符号分别出现在“生命”与“脆弱”之前，诗行排列的间歇性停顿似乎成为行将断裂的隐喻，砂砾或野草般的卑微的生存形态混杂诗人的忧虑思绪，导向未知的毁灭结局。与其陷入焦虑的泥潭，不如净化一切痕迹，诗人选择“清理石头上的往事/清理月光里的诗意//清理内存/清理有关那人的记忆”④（《清理内存》），永恒的磐石与月亮被支离破碎的宿命分解，连同电脑存储的所有悲情文件，消散于人类的意识世界，被清空的回忆承载往昔辛酸点滴，不堪回首的卑污人生在被清除的瞬间仿佛获得暂时的清静。然而，那沉浸内心的苦闷在“莲开那夜　初八的伤痕/若西施的愁眉或/失散的预言……耳际回味传说的余香/相忘于江湖/那是我想要的随/大江东去”⑤（《初八的伤痕》），女性繁复的内心灼伤是焦虑碎片散落后的遗迹，穿越时空长廊的古典韵味只不过是朦胧美景的伤情一瞥。

誓言并非一诺千金，人们的甜言蜜语如过眼云烟转瞬即逝，诗集《以

---

① 陈剑：《追风　曼舞　歌诗》，舒然：《以诗为铭》，锡山文艺中心，2016年，第12页。

② 秀实：《居家女人的镜与闲情——舒然诗歌略谈》，舒然：《镜中门徒·序二》，长江文艺出版社，2022年，第8-9页。

③ 舒然：《以诗为铭》，锡山文艺中心，2016年，第80页。

④ 舒然：《以诗为铭》，锡山文艺中心，2016年，第81页。

⑤ 舒然：《以诗为铭》，锡山文艺中心，2016年，第82页。

诗为铭》辑四对承诺的描述兼具唯美与伤感的特色。“篝火/照不穿密密的白桦林/照不亮我们在夜里的话/照不见我喜悦的泪珠/性感而又透明……因你许诺，若我们失散/每当风轻，每当夜静/你都会在月光烁烁的/溪水岸边，为我/钻木取火”①（《钻木取火》），原始人席地围坐取暖的火堆已无法获得现代人的认同，微弱火光不具备穿透力、光亮度与温暖感，更无法洞彻女性喜极而泣的细腻内心，“钻木取火”的铮铮誓言搭配潺潺流水映衬的皎洁月色看似浪漫温馨，实则虚无缥缈。“虫虫枫林，在你的诺言里/红了又绿，绿了又红/在我的梦境，在屋檐下/听归来的燕子碎语”②（《虫虫枫林》），时光年轮是彼此分别的记录，枫叶色彩的渐变交替似乎循环着承诺的虚空。正如闻一多戏剧化的新诗《“你指着太阳起誓”》：“你走不走？去去！去恋着他的怀抱，跟他去讲那海枯石烂不变的贞操!”③ 世俗的“爱”最终无法战胜宿命的“死”而达到永恒，虚伪的诺言转变为短暂麻痹的焦虑心绪。

同虚幻诺言相匹配的是现实生活中人的孤独处境，它是现代性焦虑根源，犹如穆旦新诗：“你底，我底。我们相隔如重山!”④ 随着午夜手机声响起，“在凌晨的雾霾中/两个相向而行的背影/还未曾相逢，便各奔东西/人生不过是无数场赌注/一个阳光明媚的午后/显然离我们很远/因我们都是/倔强而骄傲的人”⑤（《凌晨一点的手机铃声》），素未谋面的两人在匆匆对视的瞬间擦肩而过，不屈的现代灵魂令自我身躯顽强且不可一世。即便是挨得很近的“卖画的人和卖茶的人/从南方流浪到北方/又北方流浪到南方//他们之间隔着一片海/隔断了后半生/但很多年前他们在一起/既不画画，也不喝茶”⑥（《画廊与茶馆》），饱经风霜的聚合暗含多变与偶然的现代性，天南海北的阻隔切断彼此交流的路径，印证现代化职业的随机属

---

① 舒然：《以诗为铭》，锡山文艺中心，2016 年，第 83 页。
② 舒然：《以诗为铭》，锡山文艺中心，2016 年，第 84 页。
③ 闻一多：《死水》，新月书店，1928 年，第 6 页。
④ 穆旦：《诗八章》，《文聚》1942 年第 1 卷第 3 期。
⑤ 舒然：《以诗为铭》，锡山文艺中心，2016 年，第 86 页。
⑥ 舒然：《以诗为铭》，锡山文艺中心，2016 年，第 87 页。

性。诗人憧憬并呼唤："我们再相见，好吗/在清水湾的竹林/我们弹一曲笑傲江湖/或者弹一曲广陵散/我们弹伏羲的伤或/孔子的痛/我们弹那些戏子的聚散/和我们的离合"①（《我们再相见，好吗》），鸾凤和鸣的期许里奏响圣人的伤痛音律，驰骋天地的闲适被埋没于聚合—离散的焦虑心间。

焦虑逐渐演绎为自我封闭的隔绝世界。诗人预感"马蹄声远/最后的一枚吻印/清冷的泪滴/迷失于子夜的漩涡//记忆耕犁泥土/新种开始萌芽/哀婉的琴声/悬浮于心房的檐角"②（《最后一枚吻印》），残存的希冀消散在迷离的黑夜涡轮，新的土壤无法更新旧的回忆印记，焦虑好似附着悬崖峭壁间的每个凄惨音符，撩拨哀鸣的心弦。诗人的神经在焦虑的刺激中衰弱，敏感的担忧剧烈深化，她"怕被蓝色月亮年复一年的审视/怕那一夜被风拉长拉长的影子/怕那一夜被踩的吱吱作响的青春/怕那一夜雪烧完了最后的图腾/怕那棵树的新芽是寂寞的再生/怕被问及信仰问及爱情"③（《怕被问及》）。陌生化的蓝月亮放出令人恐惧的光芒，精神寄托彻底被白雪埋葬，象征新生命的嫩绿树芽被异化为孤独的再造物。焦虑俨然已侵入每寸肌理，扭曲的心灵"把人分开，孤立起来，使他们垂头丧气，进一步在混乱中，在痛苦的感觉和感受的漩涡中陷入悲观绝望"④。

诗集《镜中门徒》沿着焦虑的女性心理轨迹，向梦境的忧思纵深领域延伸。辑五名为"当爱伫立成一座灯塔"，诗人的渴望未能形成一座照亮现实和指引未来的灯塔，相反，或许是焦虑的压抑引发梦中的回溯，进入忧郁的乌托邦。舒然遐想"酒醉的黄昏/文字烧成绯红的砖/砌成一座情感的城"⑤（《幸福之钥》），尝试用新的语言符码坚守温馨的精神堡垒，但是微醺的天际将外墙鲜艳的城邦包裹在梦幻的感伤之中。即便是恋人关系，也被小心翼翼地揣度与迎合："如果，你愿意/我在假日里掌握你的胃/那

① 舒然：《以诗为铭》，锡山文艺中心，2016 年，第 88 页。

② 舒然：《以诗为铭》，锡山文艺中心，2016 年，第 91 页。

③ 舒然：《以诗为铭》，锡山文艺中心，2016 年，第 93 页。

④ ［苏联］雅·艾里斯别格：《现实主义和现代主义》，陶春宝译，袁可嘉等编选：《现代主义文学研究（上）》，中国社会科学出版社，1989 年，第 272 页。

⑤ 舒然：《镜中门徒》，长江文艺出版社，2022 年，第 91 页。

么我会让紫茄和虾米/酝酿一个沸腾梦/叫芥兰与鱼仔/谈一场彻底的恋爱”①（《如果，你愿意》），蔬菜与海鲜的美味搭配只能暂时抚慰味蕾，充满厨艺的美食梦未必能满足心上人的需求，一厢情愿的推断在鲜香膨胀的美梦里化作泡影。

弥漫心田的想念也是忧郁梦的发酵剂。夹杂在“雨中的愁绪/混血得很美丽/后花园的蒲公英/全都飞上了天/那些闪亮的种子/将在不知名的旷野/洒下萤火般的思念”②（《一种情绪》），滴滴答答的雨声混合愁苦的忧思与纷飞的杂念，而播撒的“思念”原型乃是不断更迭的惆怅心扉。诗人的思绪贯通白昼：“昨夜的相思依旧高挂/卯时将尽/这硕大的月盘/亦不忍惜别”③（《相思高挂》），被悬置的“相思”与明月同步升降，即使破晓尾声，也难以割舍融合的美梦。诗人对亲人的追思在梦中更显苦楚：“过了清明/这才想起您/原谅我的悲伤/姗姗来迟//这不孝的外甥女/生涩的清泪滴往心里/日日夜夜/梦境里浸洗”④（《写给外婆》），错过祭奠时节，方才忆及外婆，迟到的悲哀伤痛源自生疏青涩的泪水，构成循环往复的阴冷梦魇。

凄清的梦中世界折射出迷惘无助的现实境遇。遥想“那个夜晚/我瘦成一首诗/在梦里吟唱东风破//那个梦里/你探视我的忧伤/吹响一支清远的笛”⑤（《落红成泣》），让人联想到周杰伦的《东风破》，它采用古典民歌曲调，其中一句歌词“你走之后，酒暖回忆思念瘦”从李清照的“绿肥红瘦”演绎而来，悠扬清脆的笛声是抚慰孤苦心境的一剂良药。但是“梦中可自由支配的记忆在觉醒生活中不能忆及”⑥，回返现实的“寂寞如她/蜗居逼仄的心房/忧伤地结茧，送别/每个黯淡的晚上”⑦（《释放》），百无

① 舒然：《镜中门徒》，长江文艺出版社，2022年，第94页。
② 舒然：《镜中门徒》，长江文艺出版社，2022年，第105页。
③ 舒然：《镜中门徒》，长江文艺出版社，2022年，第101页。
④ 舒然：《镜中门徒》，长江文艺出版社，2022年，第96页。
⑤ 舒然：《镜中门徒》，长江文艺出版社，2022年，第99页。
⑥ ［奥］弗洛伊德：《释梦》，孙名之译，商务印书馆，1996年，第12页。
⑦ 舒然：《镜中门徒》，长江文艺出版社，2022年，第103页。

聊赖的孤独令女性蜷缩在狭窄的心灵空间，任由忧郁伤感的情绪膨胀。黑夜的梦境自然而然地延展至白昼，“如我，每天都在白日梦游/如你，夜夜为谁眠……梦醒前，将那张老唱片/撕成两半/一半用来在夜深处怀旧/一半用来在路上煽情”[①]（《一半怀旧，一半煽情》），夜晚失眠与白日梦的游荡是苦闷挣扎的内心世界的象征，所谓清醒的念旧复古也成了被忧郁梦境煽动的伤情飘零的注脚。诗人用瓶的物象发出梦话：“渴求相续不了情/隐忍数度忧伤/辗转飘迫，只为/邂逅机缘……旷世亘古的爱恋/于胸中发酵/担心憧憬成为饱和/还没实现就将消亡”[②]（《瓶的呓语》），渴望的绵绵柔情在现实中无法赓续，“呓语”不是被梦操纵的胡言乱语，而是忧虑现实的肺腑感言，诗人以梦为媒介“重新把个人与他的无意识，把理性的或醒着的人与他本能的、梦境的、幻觉的生活联结起来”[③]，从而心灵镜像观照现实人生。

综上所述，舒然是一位细腻幽深的新移民女诗人，其新诗集《以诗为铭》和《镜中门徒》借助异国情调的旅居描摹，呈现出朝灵魂世界深度挖掘的内倾式的现代性审美特征。诗人的现代化抒写不是全盘西化的接受与组合，而是葆有强烈自觉的中国传统文化根基的诗学再生，新颖的诗人身份在于尽管“身处异国，且在一个被西方殖民文化统治过的地方，但她写的诗仍是传承中国诗的抒情传统”，有机整合后的诗句“甚至还出现有现代味道的对仗，和与古典相融洽的现代意象”[④]。舒然在诗集《以诗为铭》后记结尾将诗歌创作视为一项神圣事业，追求诗画合一的境界即是“小心地做梦，小心地结茧，小心地随光阴变幻，小心地等待振翅高飞”[⑤]，诗人对写诗的谨慎呵护，从一而终的守候与期许都符合从客体到主体的现代性

① 舒然：《镜中门徒》，长江文艺出版社，2022 年，第 102 页。

② 舒然：《镜中门徒》，长江文艺出版社，2022 年，第 110 页。

③ ［美］弗莱德里克·阿·卡尔：《现代与现代主义》，陈永国、付景小译，吉林教育出版社，1995 年，第 236 页。

④ 向明：《写诗自出机杼的舒然》，舒然：《镜中门徒·序一》，长江文艺出版社，2022 年，第 1 页。

⑤ 舒然：《春生霁色中》，舒然：《以诗为铭》，锡山文艺中心，2016 年，第 127 页。

迁徙，正如诗集《镜中门徒》的自我素描：“坚忍与执着/积攒初始原动力//豁达与宽容/锻造持久能量场//朴实的流年沉静谦和/守望于岁月温柔的梦乡”（《题自画像》），持之以恒的奋斗与从容不迫的风范塑造出诗人形象的坚毅、乐观、淳朴的品格，三节诗句诠释出异域游历的力量、寂然凝视的场域和焦虑忧思的灵魂，彼此交融的现代性审美维度，不禁让人联想到中国早期象征主义诗人李金发的《题自写像》：“昔日武士被着甲，/力能搏虎！/我么，害点羞。”同样接受文化殖民的过滤，李金发的自卑心理转化为舒然的含蓄风格，奋进与坚守的诗歌血脉传承中国诗人的文化风骨，以舒然为代表的新移民女诗人“对艺术问题具有一种敏锐的意识，一种不懈的自我意识”①。

---

① ［英］彼得·福克纳：《现代主义》，付礼军译，昆仑出版社，1989年，第34页。

论舒然诗歌中的时间意识

□沈远　谢应光①

内容摘要：时间是诗歌书写的本质，是诗歌艺术的重要内容。舒然的诗作《以诗为铭》和《镜中门徒》中均体现出了强烈的时间意识，不少诗句蕴含了对时间的体悟。时间亦是生命存在的形式之一，舒然诗作中折射出来的时间意识是多元的，在循环的时间中感受自然，体悟人生，在历史中享受闲适疏淡的诗人情怀，在现实中对抗焦虑，饱含对生命的希望，从而形成其独特的时间意识和生命体验。

关键词：舒然；《以诗为铭》；《镜中门徒》；时间；循环；历史；生命

舒然的诗作《以诗为铭》和《镜中门徒》中均体现出了强烈的时间意识，时间除了具有标示情思生发节点的意义，如《随车偶得》以“诗意，擦亮宝安/明媚丁酉岁末的冬天”开篇，《橄榄树》在点明“二零一五年夏，入夜”后才逐渐展开对橄榄树的书写，其本身也蕴含了丰富的认知和生命哲学，正如席勒在《美育书简》中所言“时间是人的存在的根本性规

① 沈远（1997－），女，福建漳州人，西华大学文学与新闻传播学院助理研究员，主要研究方向为现代中国文学与文化，中国现代诗学。谢应光（1964－），男，重庆人，博士，西华大学文学与新闻传播学院教授，硕士生导师，主要研究方向为现代中国文学与文化、中国现代诗学。

定”。人类对时间的思考归根结底是对生命的思量，“人类逐渐读出了生命的节律循环，于是人们用对时间的感悟来反观自身，四时不仅是自然生命生死兴衰的表征，而且更具有与人精神相参透的特质，这才产生了真正意义上的时间意识，即生命时间意识”①。舒然不少诗句蕴含了对时间的体悟，如“从宇宙的生命里射来/时间的光”“青春落在雪上，静染/流逝的时光”“时间是一条开往红尘的船”等。其时间意识还贯彻在诗篇的编排、诗章结构等方面。《以诗为铭》第一辑中收集了14首诗，每一首诗均是以标示时间的词语为题，大体上按月份的顺序编排。诗作内容的呈现亦多以时间为内在的逻辑顺序，如《御风而行》《蓝色的树林》《彼岸听香》按四季更迭的时序展开，《境湖》描绘了境湖一天中四个不同时间段的景象，《以爱为铭》写“我们”从相恋到相爱再到相守相惜的过程也内含了时间的递进，《母亲节》按“年少时－成长后－盛年时－不惑期”书写对母亲的思念。而与时间相关的意象更是不胜枚举，“春风”“黄昏”“夜”“月”等，通过这些意象描绘构筑起了诗人独特的时间意识。本文将从循环中的时间、历史中的时间、现实中的时间这三个方面加以论述。

一、循环中的时间

现代社会区别于农业社会的一大标志是时间观的改变，古代社会遵循封闭循环的圆形时间模式，而在“进化论”的影响下，现代社会形成直线式的时间观。正如李欧梵所言：“我认为西方启蒙思想对中国最大的冲击是对于时间观念的改变，从古代的循环时间变成近代西方式的时间直接前进——从过去经由现在而走向未来——的观念。”② 时间塑造人的思维，影响人对世界的认知方式，而无论古今中外，受宗教观念的影响多产生循环的时间感，如爱尔兰诗人叶芝后期受基督教影响，其诗传达出“一切都倾

① 李杰：《中国诗歌里的时间意识》，《学术探索》2004年第10期。

② 李欧梵：《中国现代文学与现代性十讲》，复旦大学出版社，2002年，第53页。

覆又被重造”的信仰，六世达赖喇嘛仓央嘉措是藏传佛教的传人，相信“心本无念，念随想生，此想虚妄，生死流转”的轮回观，其诗所言“在这短暂的一生/多蒙你如此待承/不知来生少年时/能否再次相逢”。同样受佛教的生死轮回观念影响，舒然诗歌中呈现出了一个又一个完整的时间循环系统。

昼夜更替、枯荣兴衰、四季轮回一直是中国古典诗词中吟咏的主题，如“露晞明朝更复落”“一岁一枯荣”“年年岁岁花相似”等，时间的无限轮回给古人带来了复杂的情思，或是“哀岁”，或是惜时。《以诗为名》这一辑中，以《素年》始，《周年》为尾，形成圆环，冬、春、夏、秋在此不断循环更迭，“我们把时间弯成曲线/用春秋围成周年的样子”。在这封闭的时间年轮中，诗人在四合院里看“炉火正红”，感受“女子的春天/铺天盖地而来”，看二月杏花绽放，三月草长莺飞，触摸六月的阳光，哀八月丹桂的“殇”，感谢九月的“大红叶子”。无形的时间孕育在了一草、一木、一花中，它们以自己生命的节奏来展现时间的轮换，“那些叶子和花儿/交替变换着季节”，“枯荣本是一道江湖/年尾已被年头替换”。事实上，尽管时间无限，而个体生命有限，但其实也不必过分伤怀，像古人那般悲春伤秋，享受当下的风景也是一种超然自得，正如无门和尚所吟诵的“春有百花秋有月，夏有凉风冬有雪，若无闲事挂心头，便是人间好时节”。况且，在时间加速流逝的现代社会中，要以一己之力逆时代大潮而行，周而复始感受自然亦实属难得，正如梭罗在《瓦尔登湖》中“向我们展示了一种追求完美的原生态生活方式，此时人与自然的交流成为可能，自然不再是一个抽象的概念，而成了一种具体可感的、具有生命力的存在”①。

这种循环的时间感也令舒然惊叹于人生际遇流转的美妙，无论是自己还是与朋友、恋人。“微信朋友像是自己的影子/逐日翻页年复一年/走着走着便快乐了/走着走着便悲伤了/走着走着便迷失了/走着走着便回来”，放眼看人的一生，就是在快乐与悲伤之间不断来回，即所谓“祸兮福之所

① 赵树勤、龙其林：《瓦尔登湖与中国当代生态散文》，《湘潭大学学报》2012年第1期。

倚，福兮祸之所伏”。佛教有“三生”说，即指前生、今生、来生，今生的结束并不意味着终止，而是预示是来生的开始，体现了一种循环的时间观，这在舒然的爱情诗中有集中的体现。《若·爱》一诗分为四节，将恋爱中的“你”和“我”分别喻为“海”和“沙”、“琴”和“音”、“河”和“萍”、“叶”和“花”。“海沙”相拥“轻舞千古激越的潮汐”，潮汐是有规律的周期性运动，寓意爱情千古不变，这与诗章末尾借“前生温暖的叶”和“来世重生的花”将爱情“托付亘古不变的轮回”相呼应。舒然诗作具有浓郁的古典氛围得益于此，真正的古典性“必须是个人内在延续着的、体验着的、永无结束的神秘经验……它和历史事件一样，在日历时间上是不可重复的，但在内在结构上，它却可以重复，具有原型的意味，既生疏又必需”①，绝非几个具有古典意味的意象或语句就可以概括。

循环的时间感也影响了人对世界的体验与思考方式。《疼痛五阙》中，诗人写道“老人说，不要去揭疼痛的伤疤”，要等它在自然的时间状态下愈合。可是，“旧的老得太慢了/新的生得太慢了”，故而引发了一种“疼痛感”，“疼痛是错了时间/该老的未老/该生的未生”。“疼痛”之于“我”来说不只是一种肉体触觉体验，而是时间错位的痛感。“终于可以与疼痛做一场游戏/清晨把它推到山顶/黄昏等它滚到山脚”，诗人像西西弗斯一样日复一日推动“疼痛巨石”，时间在循环，“疼痛”也难免复发，但这并不意味着克服疼痛的努力等于无用功，“每当我和它手牵手走过秋天/山路上每一片叶子就微笑”，一定程度上，与疼痛和解也是一种超脱出时间枷锁的尝试，在循环中前进，在螺旋中上升。《释放》中，在“周而复始的日子”里，“春蚕吐丝酣畅淋漓/她的茧却结得百孔千疮”，但这周而复始缠绕的茧没能将蚕束缚窒息，在循环中蚕获得了新生，“有种压抑叫作茧自缚/有种释放叫举重若轻”。当然，循环的时间感有时不免令人产生一种悲观虚无的心理，“上一刻的拥有/便是下一刻的失去”，得而复失，失而复得，兜兜转转，一切归零，这是舒然诗歌中略显消极的一面。

---

① 钟鸣：《秋天的戏剧》，学林出版社，2002 年，第 50－51 页。

二、历史中的时间

时间与历史相伴相随，时间走过的每一步都成为历史。舒然笔下的历史不似欧阳江河、梁平等人的诗歌那样厚重的历史感，也不像廖亦武诗歌中呈现出来的鲜明的反历史主义倾向，而是与柏桦、张枣相似，有着舒缓闲适的历史情怀，有古典和现代共时交错的意味，正如《画中人》中所写的，“我和你的相遇/不是隔着画面/而是穿越时空”，诗人不安于隔着故旧纸堆审视历史，或是让历史慢慢浸染现时事物，或是穿越时空与古人对话，古和今的界限趋于模糊。

组诗《周庄的回信》中，诗人择取了“桥”“船”“河”“老友”这四个物事进行集中描写，其中，“船”与“河”交织着现时和历史的记忆。过去的乌篷船“短途的是去打鱼、走亲戚/长途的是去经商，赶科考”，而“如今他们不坐船/步行或乘车，乌篷船/用来回忆他们的前生”。“河”被抽离了“沏茶”“浣纱”的实际用途，只剩下计算流转的时间这项功能，“午夜时月亮便会睡去/它在河里的影子总是醒着/等你”，“河”与“月”千古不变，可属于“我”的这段“月华”却无法裁剪留存，多少前人皆是如此，正如张若虚感叹的“江畔何人初见月？江月何年初照人?”《与鸿有关的五面镜子（组诗)》中，具有古典意味的“古铜镜”“照妖镜”“八卦镜”与洋溢着现代气息的“哈哈镜”“菱花镜”穿插在一起，“古铜镜”照出了苏轼、李白、柳永等“神”，“照妖镜”里面上演着“狐”与“牛魔王”的悲情，透过“八卦镜”，“我”看到了诸葛亮不为人知的心酸与哀怨。照出“七零八落”的青春的“哈哈镜”和陪“我”漂洋过海的“菱花镜”穿插于其间，古典与现时不断回转跳跃。五组诗的“镜”都暗含着与寓意旧时光景的“鸿”的关联，“鸿”或者是磨境之人或赠予之人，淡看镜中人或喜或悲，或者是镜中人的救赎，聆听发问的对象，故而总体上全诗笼罩在一种古典的历史氛围之中。

舒然诗作中更多的是与古人置身于同一时空中，融入同一历史时段中。《云想》中“我们和李白用它来煮茶/我们感恩地喝下它/像喝下当年月色酿造的酒/像诗仙看到的那首诗歌”，“它”或许是“秋雨”，或许是“远归人的泪珠”，或许是“云”，或许是其他什么，但这也许不是最重要的。我们置身于过去的历史空间中，“我们和李白”一起煮茶论诗，这与柏桦《在清朝》的“安闲和理想越来越深”的情怀相似，“在清朝/诗人不事营生、爱面子/饮酒落花，风和日丽”，这大抵也是舒然所期待的。《二月花》以眼下的紫薇花切入，带着霜叶的紫薇花承载着去年旅途的记忆。忽而，“来自杏花村里的人家/酒旗招展，楼台烟雨里/缅怀着前朝的才子和/来自长安的过客/杜郎的车，穿过扬州/穿过唐朝的驿站/穿过十丈红尘”。烟雨朦胧里，正是清明时节，杏花村酒旗招展，杜甫饮酒缅怀前朝才子和长安过客。而杜牧的车马经过扬州，“薄幸”之名难掩落魄之魂。在交错的时空中，诗人见到了前朝诗人的哀伤，怀才不遇的悲感，其无尽等待的命运与张枣《镜中》的那名女子如出一辙，“不如看她骑马归来/面颊温暖，/羞惭。低下头，回答着皇帝/一面镜子永远等候她/让她坐到镜中常坐的地方/望着窗外，只要想起一生中后悔的事/梅花便落满了南山”。《二月花》全诗不见“悲”字，却又言尽了悲感。《黄玫瑰月色曲》一诗的内容与其题形成巨大反差，诗题中的“黄玫瑰”与“月色曲”是现代诗歌的典型意象，但全诗并不对此集中描绘，开篇即从现在一步一步回溯到先秦的“静女”，诗章末尾忽而转回“今夜的月色/是黄玫瑰的前身”，旋即又继续溯回东周，最终停留在交错的时空中。《我们再相见，好吗》一诗更是穿越到魏晋和唐朝，分别与嵇康、陆羽相见交谈。“我们再相见，好吗/在清水湾的竹林/我们弹一曲笑傲江湖/或者弹一曲广陵散/我们弹伏羲的伤或/孔子的痛/我们弹那些戏子的聚散/和我们的离合//我们再相见，好吗/在青瓷茶馆/我们品陆羽的精神/或者绿蚁的冬夜/我们品仁者的山或/智者的水/我们看那些雪花/穿越山水而来”。无论是在竹林里弹《广陵散》，还是在青瓷茶馆里品茶，都享有一份闲适疏淡的美意，历史在舒然的时间观中是诗意呈现的，化去了历史本身的真实厚重感而存在。

三、现实中的时间

除了模糊朦胧的历史时间感，舒然一些作品中还有对现代时间的精准记录。现代社会发明了机械钟表，代替了以往通过自然物事对时间的体认，把时间切割成精准的分秒单位，也加剧了现代人的焦虑感，“钟声更多地与日常经验和世俗经验联系起来，成为日常时间中生命焦虑的来源”①。

由于“对‘黑夜’的抽象化思考是伴随着‘现代性’而来的，它是现代时间观的重要内容”②，舒然对现代时间的精准体认中集中在黑夜，其诗《子夜雷响》《凌晨一点的手机铃声》《凌晨三点半》都指认出了精确的时间点，相比之下，对白天时间的体认多是用模糊的时间概念来陈述。《子夜雷响》记录了“雷响/零点时分的鼓点”，“子夜”本是个相对宽泛的时段，但时钟的存在使得雷响发生的时间可以精确到“零点时分”这个点。现代人的经验多是看到“零点时分”才反推出“子夜”这个时间段，正如于坚《在钟楼上》所写的“人们同样地感受着黄昏　这个词不是来自树林的缝隙或阳光的移动/而是来自晚报和时针从前　人们判断黄昏是根据金色池塘　现在/这个词已成为古代汉语人们只说，这是吃晚餐的时间　七点钟见　先生”。诗人不愿被这零点时分的雷声吵醒，任凭“思绪如潮/在黏稠的思念里翻滚”，只想“在宋词的韵角中睡去”。诗人则是先断定为“子夜”时段再细化到“零点时分”，这潜藏了两种截然不同的认识思维。这种回避现代时间的意念在《凌晨一点的手机铃声》中抒发得更直白。“凌晨一点的手机铃声/划开一道人生/各种雨点声，汽笛声/各种离别，纷沓而至/如西凉的铁骑——入侵/你不是第一个受伤的人/也不是伤

---

① 马春光：《加速时代的时间体验和诗学呈现——中国新诗中的“钟表”书写》，《文学评论》2021 第 4 期。

② 牛艳莉：《从“黑夜”到“白夜”——论翟永明诗歌中的时间意识》，《当代作家评论》2019 年第 1 期。

得最重的人”。现代人对时间的利用可谓分秒必争，甚至昼夜不分，违背了自然规律。凌晨一点的手机铃声不止是惊醒了“我”，还划开了我与古人“日出而作日入而息”的生命节奏，“我”不得不被卷入现代社会的各种嘈杂声中，而“我”不是第一个，也不是最后一个，因为现代化社会加速的时间体验冲击着每一个人。这不是第一次，也不会是最后一次，所有人的生命都不得不被纳入现代化的轨道中。《凌晨三点半》中，“我”再次被卷入喧嚣中，甚而这次是“我”成为惊醒某人的“铁骑声”的一个分贝，出租车里“载着疲惫的身躯”，直到此刻“我”才得以回家。

这种焦虑感不止在黑夜中被放大，白天身处的环境也早被浸化。《忧郁之晨》中，诗人醒来感受不到“清晨入古寺，初日照高林”的幽静，而是看到“不远处的塔吊高悬于天/高悬一种挥之不去的忐忑”，高大危耸的“吊塔”是现代建筑建设的标志，韩东在《三月的书》一诗中亦写及“整个三月我都在读一本书/窗外的吊塔竖起来了，并开始工作”。任何人都无法阻挡“吊塔”的屹立，它不给人清净的氛围，又偷偷置换了读书写诗的草地天空，由冰冷的钢铁铸成的它给人一种压迫感，令人感到忐忑。焦虑进一步蔓延，故而“怕被问及信仰问及爱情”，“怕被问及”一切的一切，这在舒然后期诗作中越来越明显。同是写“四月”的诗，《以诗为铭》中的“四月”是舒然和她的影子独处的四月，划着乌篷船儿，撑着油纸伞在姑苏城外，“幸福如月光下银色的涟漪”。而《镜中门徒》中《迅疾而来的四月》却呈现出“户外，锯齿的割裂声/振荡我的胸腔/丝丝入扣的纠缠/白化的肺扼杀的呼吸”的景象，这种迅猛的现代化进程令“我”深感不适。春天本应像《以诗为铭》中欢呼的那样，“女子的春天/铺天盖地而来”，但在《一个主宰与被主宰的春天》中，“这个春天她逃亡了/从高楼的窗口凌空而下/翻飞成一只血蝴蝶/跌落一地腥红的悲伤”。《缸中锦鲤》中，锦鲤仿若现代人的化身，“只有七秒的记忆/没有时间谈爱情/谈宗教、谈信仰/没有时间关心鱼类”，“七秒”是个准确的时间量度，这短暂的时间块却给现代人带来了十足的紧迫感，“我是它的神”却“没有时间关注它”，这也意味着人失去了信仰的同时也被“神”抛弃了。在这样的“今日”里，“我”能选择失语，失语在季节（春天）里、光谱里、雾霾里、黑夜里，辜负了大好光阴。

在瞬间加速流逝的时间里，诗人更怀念“短暂变成永恒”的时刻，试图摆脱现代焦虑。《蝴蝶梦》中，“她掉入了蝴蝶的梦里”，化身为一只蝴蝶，“时光沙漏/请恩准她优雅地停留”，停留在梦里，亦是停留在永恒之中，“此刻/蝶与花一同寂静/我与她一并优柔”。《街景》中，舒然尝试从滚滚向前的时间洪流中划出一个凝滞的“午后”，“从现实中抽身，在时光里追忆/衣袂的热烈煽动不起此刻的风/几只灰鸽停歇屋檐/凝滞若我/构成一幅静止的街景”。不变既是短暂，也是永恒，韩东在诗歌《时间》中亦有所感，“一万年，一百万年/或者几天/更长或者更短/‘很久了……’或者就是/这一叹息本身”。“短暂变成永恒”的关键在于灵魂的独醒，不为庸庸碌碌的速潮所淹没，如《速写，此刻》所道“当生命矗立于精神城堡之上/每一刻诞下的都是神圣诗行”，又如诗人选择以一首诗来衡量时间与信仰，“一首诗的时间/让骑士驰骋漩涡中/让我坚守信仰/让蕃薯开出绿色藤蔓”。诗组成了诗人的生命，即便清晨所见之景可能令人感到不安，但诗人还是会在早起后读一组诗，“读不羁的青春和婉约的流年/读出源源奔流的生命之泉”，慰藉心灵。《居家女人》可谓是诗人内心的真实写照，“居家女人的八月/情怀放肆生长”，被困于家庭的女人，心里向往的是高山与雪海，渴望饮甘泉和清露，“居家女人，善于/豢养肉身，喂食灵魂/止视生命的过往/本真和虚无”，诗人尝试在繁忙的生活中葆有对心灵的“喂养”，释放焦虑。

事实上，诗人未曾妥协绝望，自始至终都满怀对尘世的美好祝福，如其在《我在乎》中所写的，她不仅“在乎每一个时辰/及时辰里的每一颗点滴”，还“在乎阳光普照的恩情”和“感恩的灵魂”，在时间向度中表现出对生命的热爱，无论是对自我“请许我花容月貌地活着/在每一个日子熠熠闪光”，还是对他人“用心触摸，祝福就可以永恒”，乃至万物“从宇宙的生命里射来/时间的光”，皆充满对未来的期盼与祝愿。和海子在《面朝大海　春暖花开》中发出的“陌生人，我也为你祝福/愿你有一个灿烂的前程/愿你有情人终成眷属/愿你在尘世获得幸福”真诚祝福相似，《以诗为铭》中也有诸多面向世人的“祝福”，“祝福所有陌生人/因我不知道你们缺失什么/所以，我只能祝你们马上/拥有一切（《马上》）”，“祝福所有人远离尘世的污染/获得纯净的友谊或爱情/恰如雨树下的阳光和空气/祝福每一个灵魂获得自由/无论来自哪块土地（《雨树的祝福》）”“善良坚韧的黄衣女子/带来最透明的祝福（《绿萝》）”“种一缕春风吧/种一些祝福与希望/种一些宁静与安详（《种春风的人》）”。舒然祝愿陌生人能马上拥有一切，祝愿所有人的灵魂纯净自由，祝愿整个世界宁静与安详。不仅希望世人能获得俗世的一切，而且憧憬世人拥有美好的精神魂灵。和海子不同，不是把祝福撒播给陌生人后自己背向世界，而是把自己当作这个生命世界中的一分子，热情地拥抱着这个世界，正如她在《着色人生》里写的“请许我以蓄积的热力/去刻画你旺盛的生命”。她笔下的未来是美好的，对世界满怀希望。

结　语

舒然诗作中折射出来的时间意识是多元的，这也侧面体现了其诗的深度。看似截然对立的时间观亦是可以在一个诗人的思想中共存的，“在叶芝的诗歌中既有衰亡意象的直线发展性，又有永恒意象的圆形循环性”①。“时间明显地是一种有组织的结构。过去、现在、将来这所谓的时间的三要素不应当被看作是必须凑合在一起的‘材料’的集合”，而应该“把时间性当一个整体去加以剖析。”② 舒然在《星之哀伤》中亦有所感，“时间是一条开往红尘的船/是秋水带走的月光/对饮的人，是交错的影子/慰藉彼此的过去、现在和将来”。其诗在循环中感受自然与际遇，在历史中享受闲适，在现实中对抗焦虑，在未来中充满生命的希望。从某种程度上来

---

① 杨升华：《末世论与叶芝诗歌中的时间观》，《西华师范大学学报》2021 年第 2 期。

② ［法］萨特：《存在与虚无》，陈宣良等译，生活·读书·新知三联书店，1987 年，第 154 页。

说，此刻、现在是诗人最努力想把握住的，“黄花菜在明日正午/盛开/现在/她们是最夜的臣妾”，不哀明日黄花，不期明日盛开，只看现在“最夜的臣妾”，故而其诗铺满了金黄的生命底色。

自画像·游子·生命：论舒然的《以诗为铭》

□杨蕾　谢应光①

内容摘要：诗集《以诗为铭》内容包罗万象，抒发了一位女诗人内心真挚而细腻的情感，每一首诗就像徐徐微风，撩拨人的心弦。诗人将生活诗化，不刻意的经营展现出诗人的真性情。在对自然万物的描写中，诗人将自己隐匿在意象背后，描绘出一幅幅自画像，达到物我合一的境界；在对遥远故乡的思念中，故乡化为浓浓的乡愁，吐露出孤独的游子心声；在对生命的思考中，时间、轮回及死亡在一瞬间变成了永恒的代表，展现了诗人对生命的热爱和敬畏。自然之美、乡愁之苦、生命之永恒在诗集中得到绽放，绽放出独特的诗歌魅力。

关键词：舒然；新移民诗人；自画像；游子；生命

《以诗为铭》的创作者舒然是一位诗人，也是一名画家，画家作诗不禁让我想起画坛大家吴冠中先生的“笔墨等于零”的论断。对于画家而言，笔墨脱离了具体画面，其价值等于零。诗人的诗歌也是如此，脱离了

---

① 杨蕾（1998－），女，湖南湘西人，西华大学文学与新闻传播学院助理研究员，主要研究方向：中国现当代文学与文化，中国现代诗学。谢应光（1964－），男，重庆人，博士，西华大学文学与新闻传播学院教授，博士，硕士生导师，主要研究方向：现代中国文学与文化、中国现代诗学。

作家丰富思想情绪的诗作也会变得平淡无奇。舒然，一个思想深刻、内心充盈、赤子心肠又对文学爱得深沉的女诗人，其诗作细腻、浪漫，生活仿佛被融入诗里，诗歌仿佛讲述的就是生活。过去与现在、思念与孤独、青春与梦想在诗人的笔下娓娓道来，诗人以丰富的才情，带给读者别样的审美体验。

一、细腻且生动：隐藏在自然中的自画像

朱光潜曾指出“每首诗的境界都必有‘情趣’和‘意象’两个要素。情趣是可以比喻而不可以直接描绘的实感，如果不附丽到具体的意象上去，就根本没有可见的形象”①。诗人有着敏感、细腻的内心，并且善于利用自然万物表现出来，在诗歌中诗人通过对意象的抒写从而将一个真实的自我展现在我们眼前。

（一）“太阳”下温暖幸福的女子画像

中国诗歌史上，“太阳”这一意象一直是不可忽视的存在，被赋予了众多意义。艾青笔下的太阳对立于众多苦难意象，表现出艾青对光明未来、民族解放的渴望；海子诗歌中的太阳，包含了光明与黑暗，暗示出强烈的生命意味，且呈现出从含蓄到热烈的变化模式；闻一多在《太阳吟》中通过歌颂太阳的耀眼反面折射出诗人的孤独、脆弱。舒然的诗集中也不乏“太阳”的出现。在“触摸阳光，于是阳光不再流浪，等待时间饱满的果实，如约而来，像六月的树一样挺拔，幸福，像纯净的水一样自然”（《六月，以诗为名》）里诗人将“阳光”比作“纯净的水”“六月的树”，触摸到阳光，诗人感觉到温暖，在这里“阳光”便是“太阳”的化身，诗人赋予它纯净、美好之意。同时，“阳光”也是诗人自己的化身，阳光不是高高在上的存在，而是温润如水，能够带给诗人安慰，洗涤诗人灵魂，展现出一位纯洁、温柔的女子形象。在“在太阳底下，翻晒每一行诗的酒

① 朱光潜：《诗论》，安徽教育出版社，1997年，第45页。

气，看自己醒了的模样，说一些自己也不懂的道理”（《周年》）里“阳光”已经具象为“太阳”。诗人让诗歌接受太阳的普照，其实就是自己接受太阳的普照。太阳被拟人化，比作可以指点迷津的高人，此时的太阳又被高高抬起，不似阳光般柔软，它警醒着诗人，表现出一位会时刻自省的诗人形象。在“油菜花复制太阳，泥土的芬芳。感恩，最初的爱恋”（《油菜花》）中，“油菜花”因为接受太阳的照射，也获得了太阳的意义。诗人随后又转而对爱恋充满感恩，这里其实是诗人对“太阳”的高度赞美。太阳的存在，可以让诗人窥探自己内心的本真，感受最深刻的灵魂，从而获得感恩的体会。我们也可以看出诗人内心深处是温暖、细腻的，诗人甚至直接“感谢每寸阳光无私的洗礼”（《雨树的祝福》），以此毫无保留地赞美太阳。由此可见，不管是“太阳”“阳光”还是象征太阳的“油菜花”，诗人都赋予它们与积极、温暖与幸福相关的情感。诗人通过反复歌颂“太阳”，描绘出了一个时刻保持积极向上、追求幸福的女子自画像。

（二）动植物中优雅深情的女子画像

诗人不仅仅通过“太阳”这一意象来表现自己的内心情感，还通过创作直接以自然中的动植物命名的诗歌，来向读者展现真实的自己。我们也可以通过剖析诗歌中的动植物形象，窥探到诗人的自画像。如《蝴蝶梦》中的“她掉入蝴蝶的梦里，化身一只蝴蝶，在花树上。时光沙漏，请恩准她优雅地停留。此刻，蝶与花一同寂静，我与她一并优柔”。诗人此时化身为一只蝴蝶，渴望在时光之中优雅地停留，蝴蝶飞了太久需要暂缓休息，诗人也在漫长的时光中感觉到疲惫。诗人描绘出一位带着倦容的优雅女子来暗指自己。绿萝本身就有坚韧、善良的象征意味，在诗歌《绿萝》中的“善良坚韧的黄衣女子，带来最透明的祝福”诗人从柔弱的蝴蝶化身成了坚韧的绿萝，随后诗人写道“不必远行，一树红梅，端坐在故乡的神经末梢，看缘起缘灭，人来人往，微笑着守望绿萝的深情”。红梅端坐在故乡的神经末梢，证明红梅使得诗人更加思念故乡，这一树红梅却守望着绿萝的深情，这里便看得出来诗人坚强地接受着由于对故乡的思念带给自己的苦楚，并且愿意带着善意一直这样饱含深情地去祝福和思念故土，展现了一位坚韧、深情的女子形象。《夜来香》中“夜来香轻轻地颤抖，于寂静中，翻阅深邃的皮肤。纯美浪漫的爱情，转角处仓促的别离，刻骨的泪滴，恰若夜来香花开的谜”。诗人一改乐观的形象，夜来香只会在半夜释放香味，而诗人只能在黑夜中独自排解爱情中离别刻骨的痛，“以低垂的优雅，释放它隐忍的忧悯”。读到这首诗，我们能看到一位隐忍、敏感却坚强的女子形象，尽管有太多不可言说的感伤，但是诗人会用一种隐忍的方式自愈，我们离她的内心更进了一步。“绿蝴蝶穿过窗户，夜夜，来探访。她呼吸，旧房子的余温，她悬浮，悬浮着，不可落地的秘密，悬浮着化不开的等待”（《绿蝴蝶》）中的绿蝴蝶也是诗人的化身，我们可以从这首诗中看到一位在夜晚而思绪泛滥的女性形象，“美人蕉躲进季节，眺望小小的窗扉”（《美人蕉》）。把自己比作“美人蕉”的诗人就像李清照的“倚门回首，却把青梅嗅”中娇羞等待的女子，恋爱中的少女姿态立刻活灵活现地展现在我们眼前。不得不说，诗人确实在她的诗篇中让我们感受到了女性独特的心理世界，不同于郭沫若的气势辉煌，而是生动细腻的快乐与疼痛、喧闹中的宁静与淡然。

《以诗之铭》中饱含了诗人的情思，在诗人的笔下，自然万物都成为有生命且具有特定意义的事物。这些自然之物不仅仅代表了诗人内心的情感，还象征了一个由自然万物而构建的精神世界，一个窥探本真的树洞。当从凡尘俗世中抽离出来，关注到花草树木，诗人也放松地待在自己创造的世界中，感受到了最真实的自己，获得了轻盈的灵魂。“山河天眼里，世界法身中”（王维《夏日过青龙寺谒操禅师》），自然与诗人的心灵融为一体，达到了物我和谐的境界，由此，也达到了在自然中对本真的追求。

二、忧愁与孤独：流浪于海边的游子

故乡是每个人都回不去却渴望回去的地方，“乡土想象就是作家在一定的运作机制下，对乡土的一种观照方式，在这种观照中，表达了作家的情感与思想”[①]。故乡之于作家，不仅是一种曾经的栖息地的空间表现，还是一种文化上的情感共同体。舒然作为一位移民诗人，曾经居住的故乡如今和自己隔着整个南洋，她就像无数游子一样对故乡表达无尽的思念，甚至在夜半梦回的时候，诗人柔软的内心中满是数不尽的孤独。

（一）直抒胸臆的愁苦与无奈

余光中的《乡愁》中的“乡愁是一湾浅浅的海峡，我在这头，大陆在那头”诉说出多少游子的心肠？故乡对于游子来说是心之所向，却只能出现在梦境中，只能用来回忆，此间愁苦之情在游子心中自然是不言而喻了。舒然诗中一句“从海风里苏醒过来，故乡已在遥远的北方”（《一月的苏醒》）抒写的是她无数次梦回后对故乡思念，微微的海风带着湿意本应该让人感觉到舒适，而对于远离家乡的舒然来说，这新加坡的海风吹得人更加惆怅，从睡梦中醒过来故乡在海的对岸，而诗人徒劳地遥望北方的故土以诉相思。从上文的分析中，我们可以勾勒出诗人坚韧而又善于隐匿自己情绪的形象，但这乡愁之思在诗人的诗歌中却难以掩饰、无法释怀。如诗人在《二月二》中写道：“南洋的海水咸了，那是游子的眼泪”，这句诗中眼泪从内心涌出，那种刻骨铭心的思念却只能被南洋隔断，这滴泪表现的不仅是舒然心中思念故乡的愁苦，更代表的是无数游子思乡的泪。诗人继而又感叹“给它多加了几滴盐”。这般思乡之苦却只是给这汪洋增添了几滴盐，诗人通过无奈的自嘲直接将思乡的愁苦渲染到了高潮。这样无奈却又不得不离家的愁苦之情，不禁让我想到胡适那句“只恨我十年作客，归来迟暮，到如今，待双双登堂拜母，只剩得荒草新坟，斜阳凄楚”（《胡适留学日记手稿本》）。为了更好地生活而不得不离家求学，学成归来后却只能面对父母的新坟悔恨，同样塑造出了一位茕茕孑立、孤独落寞的文学青年形象。或许正因为诗人的乡愁之深刻，所以她才会在诗歌中不加修饰地直接大胆抒发自己对故乡的思念之情。

---

① 禹建湘：《乡土想像：现代性与文学表意的焦虑》，湖南人民出版社，2008 年，第 4 页。

（二）借物抒发的孤独寂寞

诗人不仅直抒胸臆表达自己的乡愁，也常用他物来寄托自己的思乡之情。李白用“举头望明月，低头思故乡”，杜甫用“露从今夜白，月是故乡明”来借月亮表达思乡之情，诗人在诗歌中也用“月”来展现乡愁：“予我以思乡的红盘，盛蓝蓝的海水和泪，盛我焦渴的思念，圆圆的月饼和愿望，一年一度，咀嚼不忍碰触的，乡愁。”（《月》）这思乡的红盘或许可以看作一颗赤子之心，这颗赤子之心里盛满了我的思念与泪水，每逢佳节倍思亲，中秋节诗人咀嚼着圆圆的月饼，抬头看到的月却不是记忆中故乡的月，顿时这月饼就像自己不忍触碰的乡愁，咀嚼只觉得更加伤心罢了。诗人这首《月》不直接用月亮来表现自己对故乡的思念，而是描写出月圆之夜望月过程中心境的变化，思念被反复提及，遥望故乡的孤独被展现得淋漓尽致。正因为孤独在心中久久无法释怀，所以诗人才会反复在诗集中抒写，诗人写道“那夜，有清浅的笑意，掠过寂寥的小城，轻吻你梦中漂流的心”（《那夜花开》）应该是诗人谈及故乡时仍然带着清浅的笑容，这符合诗人隐匿自己情绪的形象，不愿意向他人展示自己的孤独和落寞。繁华的新加坡在诗人心里也不过是寂寥的小城，在这城市中自己漂流的心无处安放，“孤独，如影随形，于星河交汇的帷幕里，品味情感的质问”（《那夜花开》），此时星星被赋予了情感，星星在夜空中看起来很美，群星一起闪耀化作星河，但每一颗星仍是孤独的存在。所以我们可以猜测诗人所说的“情感的质问”应该是对自我短暂的否定，诗人质问自己离开家乡远在异国，看起来过得衣食无忧，是否真的值得？是否曾经后悔？是否会觉得孤独难耐呢？唯美的夕阳之下也被诗人用来表现内心的孤苦，“夕照是心扉，疼痛的背景，铺满不忍落幕的乡愁”（《克拉码头的黄昏》）夕阳之景是绝美的，但自古以来就有“夕阳无限好，只是近黄昏”的感叹，所以夕阳也会带给人们一种美好事物转瞬即逝的怅然若失。在诗人心中夕阳大片的黄色背景将乡愁也染色，让诗人的内心疼痛起来。正是因为诗人细腻的感情，所以诗人又写下《怕被问及》，不愿过多地向别人表达自己的孤独，选择隐藏自己内心的伤感。这种乡愁是刻骨铭心的，诗人并没有将它描写得多么宏大，而是潜藏在心，回味起来满是淡淡的惆怅。但诗人终究是一个积极如“太阳”般的女子，她会把孤独转化为祝福，虽然身处新加坡，但仍然关注着祖国的时事，“北京的两会，在默哀声中开幕，主题是我们的梦想。所有善良慈悲的心，等待和平、安好”。纵使乡愁让诗人孤独难耐，但诗人始终关心着故乡的一切，也和故乡有着一样的梦想——和平、安好。

在诗人的诗歌里，孤独大多因为思念故乡，而故乡是回不去的，诗人就让思绪在思念故乡的时候慢了下来。借着对乡愁的诉说，诗人发现了能够找到故乡的途径——诗歌。于是诗人在诗歌中诉说孤独，就像是孩子依偎在母亲的身边撒娇一样，孤独也由此构成了诗人温柔、优雅诗风中一道独特的风景。诗人的诗歌也在这抹思念故乡的孤独与忧愁中获得了更大的圆满。

三、渺小却饱满：孕育在时间、轮回与生死的永恒生命

生命一直是哲学思考的重要部分，尼采用“超人”学说和“永恒轮回说”，实现了生命与灵魂的升华，肯定了生命的伟大。“生命”在诗歌中也常被提及，曹植曾用“天地无终极，人命若朝霞”来感叹生命的转瞬即逝，余秀华在“活着，如一截影子，从天空落尽水里，一辈子在一起的人无法相爱，独自成活，是谁让我们对这样的人生说：不!”中用爱情来触及生命最本质的情感欲望，引发读者的强烈共鸣。《以诗为铭》中除了细腻的温柔和淡淡的孤独，也蕴含了深刻的生命观，表现为对生命的思考以及对永恒的追求。

（一）肯定生命之热烈伟大

先来看这首《在大漠的深处》：“有时候生命，渺小得如一粒沙，或脆弱于一棵草，而简单的漂泊，亦如指尖的轻烟，至于理想、幸福或快乐，只是一个漂泊的理由，一个为生命的存在而找寻的借口。”庄子说“人生

如梦”，生命的可贵就在于它的短暂和渺小，但我们为自己构建了许多理想，让自己觉得快乐和幸福，这是为什么呢？诗人在这首诗中认为这是为生命的存在找到理由，简单地活着不一定能找到生命存在的意义，而怀抱理想才能加重生命的重量。诗人在这里将“生命”看作“轻烟”，看起来仿佛并没有表现出对生命本身的重视，反而看轻了生命本身的意义。但是，只要仔细阅读下去就会打破这一猜测。让我们来看到《着色人生》：“请许我以蓄积的热力，去刻画你旺盛的生命。轻风微扬，游走于心灵牧场，思绪欢畅，驰骋于色彩海洋。着色人生，放逐自由、光荣、梦想；着色人生、传递志趣、信仰、冀望。”诗人一改之前淡淡的叙述模式，徐徐微风猛然掀起波涛，诗风变得热烈起来。诗人在这首诗里赋予生命多重意义——生命并不是如轻烟一般无足轻重，而是无比旺盛、灿烂的。诗人也由此呼喊人们应该有志趣、信仰和希望，自由地生活以享受轻盈的灵魂。在“隔岸的灯火，温暖的眼神，提示生命，活的清晰”（《克拉码头的黄昏》）中，“隔岸的灯火”是来自故乡。诗人从故乡的温暖中走出来，提醒自己对生命要抱有敬仰，要理解生命的意义，活得清晰，这也表现出诗人对于生命的重视。

（二）歌颂生命之美与永恒

诗人对生命的敬仰引申出对永恒的思考，而永恒如何展现？诗人将永恒涵盖在对时间、轮回和死亡的抒写里。“森林，覆盖她的脸庞，从宇宙的生命里射来，时间的光。”（《秋日幻觉》）“森林”就有无数的生命暗含其中，从植物到动物，有着强烈的生命意味。“她”指的是诗人本身。“时间”在这里出现可以看作是生命的隐喻，是生命与宇宙幻化的秘密呈现。“森林覆盖着她的脸庞”，表示出诗人被强烈的生命意识包围着。在这对生命的敬仰中，宇宙的广袤无垠更是代表了强大的生命力，从时间里透出光来，整首诗歌都暗涌着一股强烈的生命的颤动。尼采用“永恒轮回说”肯定了生命的意义，永恒轮回是得到太一的普遍，“超人”代表个体生命得到更深进化的可能，通过“超人”和永恒轮回，生命的容量得到深刻扩展。在《若·爱》中，诗人也探讨了前世今生，“你是前生温暖的叶，我是来世重生的花，预约的相逢，托付亘古不变的轮回。”生命坠入轮回的空间，而“岁月沧桑消蚀不了，心的容颜，悲欢离合更改不了，爱的誓言”。在诗人这里，生命在亘古不变的轮回中得到了永生。在《周年》中诗人更是将轮回和时间结合起来，“我们把时间弯成曲线，用春秋围成周年的样子……于是每一个日子，都有年轮生长的声音”，时间可以被弯曲，环绕着生命，年轮生长暗含着生生不息的活力，对应着强大持久的生命力。诗人在描写轮回和时间的过程中看到了永恒，生命之美在诗人的诗歌中也得到绽放。诗人对生命的思考还隐藏在生与死之中，“银杏树丢下一片片金黄的秋天，所有的冬日，都站立了，它们再一次以死亡的方式相拥。泥土，是所有故事的母亲，孕育我们饱满的未来”（《金色时光》）。死亡总是在讨论生命的时候被提及，尼采说“我示你们以成就之死，那对于生者是一个刺激和期许”，“我如是愿意者死，使你们朋友为我之故而更爱大地”①。诗人海子的诗歌中也存在生与死的苦斗，写出充满希望的《面朝大海，春暖花开》却倾心于死亡的海子，在追寻生命的意义又求而不得的情况下做出的自杀选择，让他的诗歌充满了对生命的感激和探寻。诗人将树叶的死亡比作与泥土相拥，为死亡赋予了美的意义，死又变成了另一种情况的重生，此时生命无疑不再是“指尖的轻烟”而是“饱满的未来”。死亡都不再害怕，那么便走到了永恒的维度。生命是渺小而短暂的，诗人却用永恒拔高了生命的高度，让生命获得了最大的意义，这也体现了诗人对伟大生命的敬仰和重视。

结　语

诺瓦利斯说：“诗歌是对感情、对整个内心世界的表现，因为诗的语言就是那种内在力量的外在表露。”② 在舒然的诗歌创作中，一言一语都饱

---

① 尼采：《查拉斯图特拉如是说》，余鸿荣译，北方文艺出版社，1988年，第74－77页。
② 刘小枫：《诗化哲学》，华东师范大学出版社，2007年，第67页。

含深情，一词一句都体现出诗人对生活的思考。《以诗为铭》对诗人自己，对大众读者而言，都有着积极的意义。对于诗人而言，以生活入诗，在诗歌中诗人可以宁静地感受自我，扩展自己生命的意义，让自己排解深深的乡愁所带来的孤独感，给予自己以精神上的鼓舞；对于读者而言，读舒然的诗总是能够为其中自然细腻的情感而动容，能够在这物欲横流的时代为自己带来一丝清新舒爽的风，从而慰藉心灵。相信诗人诗歌中对自然万物的细腻描写、对乡愁孤独的反复抒写、对永恒生命的热烈赞美，将引领她创作出更多优秀的诗篇。

西贝、舒然诗歌的共性与新诗“诗歌性”的思考及重建

□郑升①

内容摘要：西贝《静守百年》《月亮河·天空城》、舒然《以诗为铭》《镜中之门》等诗集显示出二人的写作是有明显区别的，但在运思、语言、旨趣以及境界的民族性、古典性或者说传统性方面具有共性。这一共性的启示和意义关联一个熟知却又往往被忽略的问题：诗歌性。即：诗歌之所以为诗歌、新诗之所以为新诗、好诗之所以为好诗，以及今天是否需要诗歌，如何读诗写诗的问题。真实、真诚而又真切地面对物与我、生活与生命、知识思想情感与语言，以及古典与现代、民族与世界，并注意“间性”，应当是关注并重构当代新诗“诗歌性”的一种积极的态度、思路和路径。

关键词：海外移民诗人；西贝与舒然；共性；诗歌性；重建

考察华语诗坛，需要着眼国内，也需要关注域外；需要留意精英，也需要发现民间；需要有一个合适的参照系或者说坐标，也需要在尊重作者和文本的基础上适度挖掘、阐释和建构，有相互间的参照，也有历时性与

---

① 郑升（1979－），男，陕西汉中人，博士，重庆工商大学文学与新闻学院副教授，主要从事中国诗学、散文理论批评研究。

共时性视角的统筹，则会有新的发现和认知。西贝、舒然就是近年来有特色、有一定影响的两位域外华语青年诗人，前者寓居澳洲，先后出版诗集《静守百年》《月亮河·天空城》，后者定居于新加坡，先后出版诗集《以诗为铭》《镜中门徒》。

两人的教育背景、成长经历、人生境遇和作品内容、表达及风格有着明显不同，如西贝研修数学、计算机等专业，其诗偏于沉郁，多忧思、悲悯和形而上的隐喻，“正是这种哲理化的思考所显示的形而上的心智趣味和形式化的表现方式所内含的凝练简洁，最为恰切地表现出西贝那种特有的将数学与诗歌融为一体的审美感悟方式。这也是西贝之成为西贝的最为主要的特色所在。”（周可语）；舒然擅琴棋书画茶艺，典型的文艺范，其诗偏于清雅，多明丽、灵动和瞬间的沉思，“没有随意的走笔，没有多余的技巧，她写得内向，写得收敛，她的诗是微风掠过心灵的竖琴发出的一串柔美乐音，短暂，而又在读者心上留得久长”（吕进语）。然而，合格的、优秀的乃至伟大的诗人诗作总有一些共性的地方，西贝、舒然诗作除过差异性，亦有一些共通的东西，如浓郁的母语意味、汉语诗歌的传统、中国情感与表达，以及古今沟通、日常生活女性视角的审美化等等。若将这些“共性”置于当代华语诗坛流变的大背景下，则有许多启示和意义，如“现在的诗歌怎么呢”“现在的某些诗歌越来越令人诧异令人不解”“什么是好的诗歌”“我们是否还需要诗歌”的读者之问、时代之问就关联一个基本的、重要的问题：诗歌何以为诗歌，新诗何以为新诗，好的诗歌是什么？……笔者称之为“诗歌性”。本文立足于西贝、舒然诗歌共性的启示与汉语新诗“诗歌性”建构的相关问题，略呈管见。

一

如何面对古典与现代、民族与世界以及相关的众多名篇佳作？这是新诗作者们创作上后出转精、后出转新得以实现的宝藏，也是巨人笼罩、出新艰难的沉重压力，但也是一代代诗人不断探索、推陈出新的不竭动力和引力所在。作为诗的国度，这样一种“影响焦虑”在汉语诗歌园地中尤为明显，宋人如何突破创造出诗歌巅峰的唐人？高山仰止中的宋人既不断接续先秦汉唐诗风，又通过理趣、以文为诗、点铁成金、夺胎换骨等方式建立起新的诗风。之后的元明清同样如此，既有赓续，又有属于自己时代的新诗作。近现代以来，时代、语言和文化转型，但诗歌演变总体不出古典与现代、民族与世界“离合”的轨道，“白话诗”“新格律诗”“象征主义诗歌”“现代主义诗歌”“新民歌”“朦胧诗”“第三代诗歌”等等的此消彼长从不同角度呈示了“赓续—新变—赓续—新变”这样一种相反相成而又相辅相成的汉语诗歌演进之路。对此，汉语古典诗学早在诗歌萌发期就给出了朴素的思考，并在以后的发展中不断演化和完善，遂成“通变”的诗学观传统，引领或助益一代代汉语诗歌作者积极地面对古典与现代、民族与世界这一命题，即使在特定阶段会迷失或疏离，但终究会回归、重建和崛起。

身处当代，早年生活在国内，后移居南洋的西贝、舒然一直视诗歌写作为生命旨趣的一部分，这样的成长经历意味着她们对于古典与现代、民族与世界的诗歌佳作不会很疏离、很陌生，她们的诗作有不少篇目也体现了这一点：不同程度接续了汉语诗歌的“通变”传统与精神。西贝诗集《静守百年》中有“古词新韵”专辑，如《菩萨蛮·枫》：“丹枫泣露清秋后，石桥相送风挥柳。流水忆江南，曲终皆不还。轻歌随曼舞，几顾云天路。飘叶落霞红，归程一梦中。”《浣溪沙·望海楼》：“风满津门望海楼，运河三岔汇春秋。百年烟火几多仇。狮子林桥崛起处，金刚虹架卧龙舟。浩然天水正东流。”诸诗的意象选取、韵脚设置、场景聚焦、情感表达既有当代色彩，亦有古典气息，显示了她在研习与熟悉汉语古典诗词方面的心力。舒然的《二月花》：“紫薇淡淡地笑着/说是去年的霜叶/和旅途的记忆/年纪和你一般大小//来自杏花村里的人家/酒旗招展，楼台烟雨里/缅怀着前朝的才子和/来自长安的过客//箫声因何而起/杜郎的车，穿过扬州/穿过唐朝的驿站/穿过十丈红尘”，《御风而行》：“御风而行。乘我于白水河畔。野水鸭踩动金粼粼的波光，隐于蒹葭。惊起回眸的笑语，银铃般洒落。我和我的童年，呼吸绿油油的空气。飞翔，如归巢的鸟儿。自在飘逸。”这些诗作或化用古典诗句，或重章叠句，均灌注着古今意象沟连、古今情思沟通的努力与情致。

需要注意的是，“通变”的诗学传统不仅强调代际承续与创新，亦强调“通晓”与“变通”。《易经》“通变之谓事”“参伍以变，错综其数，通其变，遂成天下之文”。《文心雕龙》“文辞气力，通变则久，此无方之数也。名理有常，体必资于故实；通变无方，数必酌于新声：故能骋无穷之路，饮不竭之源”。诸论揭示了知晓文学演化行实的重要。就新诗写作而言，尽可能了解、熟悉前代诗歌演变的历程和各阶段（各民族）诗歌佳作，就是“通其变”，也是“新声”得以出现的一个重要因素。这方面，西贝、舒然两位诗人是有留意的，如西贝诗：

也许有一些鱼

也许有一些鱼
曾想逃离大海
也许有一些鹿
曾想逃离山峦
时间过去了
鱼留在海里
鹿留在山中
人留在门外
有一面小镜子
藏在疲惫的心里
最后一颗珍珠
是她为自己哭泣

流放

春天的风刮得飞沙走石
风铃发了狂似的乱响
你的眼因为花粉症
不停地流泪
又红又肿
年复一年
背着同一个包
去偿还欠下春天的债
而春不胜寒
最后的柴草燃尽了
剩下的
只有你的肋骨
走吧
你用血液燃烧
追逐风里的神话
你奔驰
而喘息的一瞬
却在风中绝望

当它来临

当它来临
你看到风暴
在生命的水瓶里震荡
雷声从远处滚来
沉在瓶底

漫天的雨水
而你的瓶
正在枯竭
当它来临
你的脉搏
早已被沙子和盐感知
长眠或遗忘
已不再黯然神伤
风暴正在停止
以一种慈祥的神情

渡口

晚霞照着月亮河的渡口
河面像闪亮的丝绸
一只摆渡的小舟
在水面上穿梭
就像妈妈的熨斗
熨着水面细细的波纹
熨着大河长长的衣袖
水不停地流
风不停地把河吹皱
渡船不停地熨着波动的彩绸
从冬到春、从夏到秋……

品读这些诗篇，或在急速、畅达而又流转的旋律、节奏中，或在“鱼、鹿、人，海里、山中、门外、珍珠、背包、肋骨、当它来临、渡船”的象征隐喻里，或在“有一面小镜子　藏在疲惫的心里”“最后的柴草燃

尽了　剩下的　只有你的肋骨”“风暴正在停止　以一种慈祥的神情”“就像妈妈的熨斗　熨着水面细细的波纹　熨着大河长长的衣袖”这样的妙想、炼句与丝丝痛感、忧伤的温柔里，隐约有屈骚、中晚唐诗、昌耀边塞诗、艾略特诗、冰心小诗的意味，而又出之以“西贝式”的表达。

同样，舒然诗作或在意象择定，或在诗歌的“三美理论”实践，或在“我”的个性书写，或在诗风的清雅飘逸方面，呈示出她对古今、中西诗歌的某些流变是关注和熟悉的，比如以下这些诗作：

蓝色的树林

我钟爱——那一片蓝色的树林
那里有蓝色的梦
蓝色的忧郁
以及蓝色的爱情
当早春来临
那里有蓝色的精灵
在蓝色的秋千下
描述蓝色的梦境
当夏夜舒展
那里有蓝色的湖泊
在蓝色的光影里
发散蓝色的旖旎
当秋风渐紧
那里有蓝色的蔷薇
在蓝色的路边
收集蓝色的足迹
当冬雪飘零
那里有蓝色的忧郁

在蓝色的墓边
祭奠蓝色的爱情
我钟爱
那一片蓝色的树林
那里有蓝色的梦
蓝色的忧郁
以及蓝色的爱情

彼岸听香

我听见清水湖的笑靥
飞燕的舞袖
飘落在胸口的气息
香气四溢
我听见黄花地的离歌
情人的碎语
滴落在脸庞的泪滴
香气四溢
我听见飞鸿越过山野
枫叶浸染的丛林
收获不留影的空虚
独余孤寂
我听见白雪淹没红尘
蔷薇消逝了美丽
渺茫于江湖的烟水
独留叹息

今夜，只读一个人的诗歌

今夜，我在乌节
只读一个人的诗歌
读滴水的屋檐/淋沥子夜的梦境
读渐行渐远的风帆/撑开永恒的思念
今夜，我在乌节
只读一个人的诗歌
读情人的月光
浇灌褶皱的心田
读力透纸背的墨韵
晕染生香的情怀

显然，无论是出于有意或无意，自发还是自觉，西贝、舒然的诗作直接或间接体现出她们对走近古典诗歌、现代新诗佳作及其精神是下了工夫的。于是，她们的作品无论是传统的格律诗，还是自由的现代诗，在运思、韵味、表达上与母语古典诗、现代新诗和部分西方自由诗有相通的地方，其中蕴含的“通变”精神和诗学追求既是她们的共性，也是两位诗人及其作品至于当下新诗写作，至于“诗歌何以为诗歌”之“诗歌性”叩问的一个启示与意义。

二

当下有一个很好的热词叫“内容为王”，浓缩了人们对空疏与浮躁的不满，对质实与沉潜的希冀。如果说“通变观”提醒我们从历时性、共时性以及知识、思想与情感诸方面不断夯实作为诗人的学养和修养是重要和紧迫的，则“文质彬彬”“修辞立其诚”的“诚”文学观及其赓续、重建同样必要。关于“文质”“诚”的阐释，中西方文论有许多洞见，如《周易》《论语》《孟子》《庄子》《中庸》之“诚”思想及历代注疏，西方之柯勒律治、里尔克、马丁·布伯、德勒兹等相关论述，不再赘述。笔者在此要表达的是：我们正处在新媒体时代，跨界、密集、迅捷而又碎片化、零门槛的时代特点使得诗歌写作更为驳杂，一方面是人人都可以写诗，诗歌写作似乎越来越容易；一方面是好的诗人诗作越来越少，或者说好的诗人诗作日渐陌生难以确认；一方面，我们似乎都能谈论诗歌，动动鼠标键盘，许多诗歌的知识信息纷至沓来，拿来主义空前便利；一方面，我们似乎又很难说清楚诗歌何以为诗歌，新诗何以为新诗，好的诗人诗作的边界与标准在哪里？现在诗歌不好读不爱读，甚至有些作品很怪异却也被冠以诗歌的名义出版、发表或者研讨……。这意味着“诗歌性”的命题在微时代、新媒体时代需要挖掘、阐释和重建，这些关联“诗歌性”的命题，也就是诗歌之所以为诗歌，新诗之所以为新诗，可有一些内在的规定性和属性？答案与路径也许有很多，“诚”的诗学观及其重建当是应有之义，包括真实、真诚和真切三个维度。

“真实”表明诗人诗作在面对“物与我”“主体与客体”这样一类存在时的积极态度与相应的发现和体察；“真诚”意味着诗人诗作发现并忠于心灵，忠于物我交融、情景交融的内心，行于当行，止于当止；“真切”凸显诗人诗作在言意之间的匹配、妥切方面遵循了、发展了、丰富了“美的规律”。换言之，“三真”的认知、体悟与践行是“诚”文学观传统在微时代、新媒体时代至于“诗歌性”发掘与重建的体现。西贝、舒然的诗歌有不少作品显示了对真实、真诚和真切的坚守与丰富。西贝诗集中“静寂”“风景”“草木”，特别是“身世”一辑，以“艺术真实”的方式直抵孤独、寂静、隐秘、怅惘、沉重、伤痛这样一些“个性的”又是“共性的”的经验与体验，如《玻璃中的女子》“目光停在伤口上/她漠然的眼睛/因此　有了忧郁的光芒”，《荧屏》“饥渴/天昏日暗/凝视的褐色羊眼/只是在回头的一刻/见蒿草已高过了屋檐”，《当轮到我们》“怎样去打扫和退还/那些空旷的房间/一只蟋蟀/跳上月光的凉台//边缘之外　众说纷纭/桌椅被重新放置/灭掉最后一盏灯/空白的墙壁/回音　触到了/无边的　黑暗的丰腴”，《寂静的贝诺克尔街》“寂静的贝诺克尔街　红瓦阁楼上的窗子/砰的一声被吹开/风探进一只冰凉的手/翻动屋里凌乱的纸页/就象伸进腹腔的铁器/翻来覆去　查看有毒的细胞”，《水龙头》“水龙头/滴滴答答/在寂静的夜里哭泣//没有人能止住它/它固执地哭着/就象有一种痛苦/难以忍受/就象是伤口在流血/无法愈合”，《形体的秘密》“颈状的瓶/花朵/是一些叠起的菱形/它们的阴影交织/小心翼翼/想借强化的光线/穿透一条幽闭的通道/而时光疲惫/且局促不安/凝聚在堆起的颜色中//……穷极了所有的方式/难于启齿/永恒的迷团/而沉静　简约　淡到极致/构成一个温柔慰藉的空间”，《沉重的往事》“有一种往事很沉重/突然浮现时/时间会一下子停止/假如你那时正在舞蹈/手便僵滞地停在空中/心　忽地沉坠/跌人无底的黑洞”等诗作，极其真实、真诚和真切，阅读这些作品，你会沉静下来，同时也不禁悲悯疼痛，这是个体存在、生活、生命的另一种真相，需要勇气、经验、想象和语言的浸染、整合与修饰，因而在“艺术真实”和“写给受苦之人”的过程中成就“个性化”“陌生化”的品第。

至于舒然，她对诗歌的态度同样有着“三真”的意识和品格，“我始终认为，诗歌是不可亵渎的，每一首都有它自己的温度、力度和深度。我本人从事的是艺术工作，故游走‘诗歌与艺术’，穿行‘原乡与热土’，在‘故乡和信仰之间的旅行’是我对自己诗歌创作的真正解读。我小心地做梦，小心地结茧，小心地随光阴变幻，小心地等待振翅高飞……”[①] 这是舒然的心声，她的许多诗篇也是心声的自然流露。《二月二》中“南洋的海水咸了/那是游子的眼泪/给它多加了几滴盐”，《六月，以诗为名》中“每一个美好的清晨，都有喜悦的露珠/等待时间饱满的果实，如约而来”，《御风而行》中“追风的女儿，穿越竹林。萌动的情愫，音符般放肆生长，黄花遍野，摇曳唇角的脉搏”，《彼岸听香》中“我听见黄花地的离歌/情人的碎语/滴落在脸庞的泪滴/香气四溢”，《金色时光》中“我们在冬日的书签里温酒冬眠/等每一个梦都自己苏醒/我们把过去磨砺成金黄的沙砾/

① 舒然：《以诗为铭》，锡山文艺中心，2016 年。

织成一朵朵金色的时光”，《怕被问及》中“怕在夜里太早醒来/怕黑白的梦境迷失在蓝色树林　怕那些蓝色的网蓝色的雾　怕那个年轻虚伪的男人说出誓言/怕找不到来时的路和归宿/怕被问及树和刻在树上的名字”，《知画》中“你想画的正是我无法触摸的/所以，你只能画隔断我们的海　像这个冬天的裂缝”，《在台湾最高峰喝咖啡的女子》中“一个喝过高海拔热咖啡的女子/登上了武岭高峰/一个登上武岭高峰的女子/还向往另一座高峰”等诗句，清新、坦诚、真切，有诗情画意的建构，有诗人主体真实体验的流露，同样在“艺术真实”和“写给富乐之人”中实现“个性化”“陌生化”的诗境营造。

古典有言：“诗者，志之所之也。……情动于中而行于言”（《诗大序》），“诚者，天之道也；思诚者，人之道也。至诚而不动者，未之有也；不诚，未有能动者也”（《孟子·离娄上》），“诚者自成也，而道自道也。诚者物之终始，不诚无物。是故君子诚之为贵”（《中庸》）。当代学人亦论：“艺术天才无他长，即能保持其诚、发挥其诚而已。艺术家之忠于艺术而不外骛亦是诚。”① “诚不只是一种精神状态，而且还是一种能动的力量，它始终在转化事物和完成事物，使天（自然）和人在流行过程中一致起来。”② 可见，诗歌是用语言来传达生命的兴发感动，而物我的兴发、沟通与交融，以及语言的选用，都需要“诚”的发生与力量，西贝、舒然的不少诗作体现了“心物交感”“妥切用语”之“诚”的作用及魅力。

三

整体而言，汉语新诗无论怎样演化，“物”“我”“言”的关系问题依然是本质性命题。20 世纪 90 年代以来的汉语文坛、学界兴起“主体间性”

---

① 贺麟：《儒家思想的新开展》，《中国社会科学院学者文选·贺麟集》，中国社会科学出版社，2006 年，第 8 页。

② 杜维明：《中庸：论儒学的宗教性》，段德智译，生活·读书·新知三联书店，2013 年，第 88 页。

理论思辨，除却具体争论，就“主体间性”理论的积极意义来讲，其所揭示的主体之间、客体之间、主客之间平等、对话、交融、兼蕴混沌、多元共生而又多元一体的“中间状态”“过渡地带”对于寻思“诗歌性”是有建设意义的。这样一种理论视角和主张助益人们对一元论、二元论保持警惕，避免了傲慢与偏执，让文学创作和研究多了一份“同情心”和“中和之美”。前者赋予诗人在“观物取象”“写气图貌”时持有“虚静”“温润”“悲悯”的心态和目光，有助于最大可能地设身处地，减少性别、历史、阶级和文化方面的前认知、前理解至于创作的限制；后者赋予诗人在“立象尽意”“言志缘情”时常怀“朴素”“宽广”“兼蕴”的品格与境界，有助于最大限度地发现、唤醒、预示、建构日常生活的美善与未来的意义。这意味着好的诗人、诗作不可能偏于一尊，而应当是“间性”的状态与样貌：新中有旧，旧中有新，雅中有俗，俗中有雅，尊体走向破体，破体又靠近尊体，即使以自由体为鲜明标识的白话新诗也多因韵律和节奏而更像诗歌，更成为诗歌。试看西贝的诗作：

神马

一幅头戴光环的神马
贴在墙上
它用忧患的眼
示意你的命运
雪白的马
头上
光环闪耀
你对它说
你会快乐
而它知道发生的一切
神明的马

在黑夜
充满怜悯
垂下它的眼睫

你常常痴迷地揣测
它身后的星团银河
它由来的地方……二十年后
当你重新面壁
头戴光环的神马
教你深呼吸
静坐

陶醉

黄昏
音乐
从被晒成褐色的
棕榈树的手臂滑落
硕大的羽毛
荫影拂动
温情压痛泥土
玻璃的暖房
几近完美
像一个水晶盒
通透
不经意间
昭示了未来
人

离去或留下
花
枯萎或盛开
暮霭的紫雾
正在消退
接下来的
是笼罩万物的宁寂
抚平叹惜以及无边的思忆
饮尽最后一杯酒
陶醉
归去
……

沿着铁道

沿着铁道
荒地蔓生着野草
那些小小的纤细的花
开在草的手臂上
就那样日里夜里
在风中摇晃
火车一列列驶过去
故乡遥远的消息啊!
泥土震颤着
唤醒温柔的回忆
还有傍晚的虫鸣
在散弃的砖石和瓦片下……
沿着铁道

两侧围着生锈的铁网
只有长长的夕阳
把草的手臂伸向铁轨
让列车带上她的乡梦

这些诗中的“物”与“人”相互倾诉、相互启示、相互触动、相互生发，是“物色动人”与“以心化物”的结合，而其中的诗思、诗法和意象颇具特色，正如周可所论：“西贝的诗歌创作在形式技巧上则显示出了一种日趋简约化的态势。意向单纯而富于哲理的深度，用词干净而又相当准确到位，并不作肆意的铺陈和张扬，却有一种伸缩自如的张力。她的每一首诗几乎都是由一个极为单纯的意象构成，如‘杯子’‘野莓’‘铁轨’等等，但是几乎每一个单纯的意象又常常包含着一个彼此分离又相互聚合的意象结构，这一点不仅表明了诗人审美感知方式的独特性，同时也体现出她驾驭生活物象的能力。”① “几乎每一个单纯的意象又常常包含着一个彼此分离又相互聚合的意象结构”是西贝诗的特色，一种属于“间性”的特色。

舒然诗集中同样不乏具有“间性”特质的作品，如：

一月的苏醒

从海风里苏醒过来
故乡已在遥远的北方
在我失神的眼瞳里
海鸥是坚强的精灵
整个南洋空无一人
在海鸥的眼瞳里

① 西贝：《静守百年》（附录），中国青年出版社，2016 年。

我是一棵孤独的棕榈
当我转过乌节的拐角
雨树筛过来的阳光
和树上洒落下来的雨水
把我的思念洗得惨白
我是一棵流浪的橄榄

月色

我想，她是必须来拜访你的人
也是必须来温暖你的人
像是今夜的月色
我想，你听得见澜沧江的涛声
也听得见茶马古道的铃声
像是今夜的月色
如果阳光有情，如果雨露有情

就能养育每一片有心事的叶子
我想，如果山水有情
就能载得起这一夜的月色

因为你，我种下了忧郁

因为你，我种下了忧郁
捡拾的红豆锁进了木屉
即使春风
也难以吹入它的心
因为你，我种下了忧郁

冲泡的那道热腾香茗
已消失它的氤氲
啜饮的芬芳转瞬飘离
因为你，我种下了忧郁
害怕阳光穿透窗棂
捕捉我
虚弱如小草的呼吸

知画

你画不出最美的画
就像我写不出最美的诗
你画不出板栗树上飘走的叶子
白河里的水草，飞鸿的爪痕
最远的星星和红色的雪
你画不出清水湖上静止的波纹
泥土里的虫子，无邪的记忆
午后的阳光和童年的霜
你想画的正是我无法触摸的
所以，你只能画隔断我们的海
像这个冬天的裂缝

显然，这些诗篇中的意象经过了物我之间对话的过滤与沉淀，或诗画合一，或情理结合，并辅以铺排、重章叠句、内在流转节奏等古典诗歌笔法和清雅、妥当语言的加持，便有了清新、柔和而又流畅的诗美。

余　论

汉语新诗已走过百余年历程，“在过去的100年里，新诗艺术的发展经历了太多的曲折，在‘破’与‘立’之间纠缠不清，而‘破’的力量似乎更大，导致人们对新诗艺术越来越茫然。‘破’后之‘立’更重要，也更苦难。在新的100年里，新诗艺术探索的主题应该转向‘立’”①。确如蒋登科先生所论，在很长一段时期内，趋新求变的主潮、西学东渐的迅疾、时代剧变的密集导致我们快速地奔跑，或无暇仔细审视与消化，或消解多于建构，诗歌何以为诗歌、新诗何以为新诗、如何读诗写诗等肯綮性问题尚有待进一步梳理、接续和建构。在此意义上，西贝、舒然两位海外新移民诗人的诗歌虽未尽善尽美，但在寻思、重建汉语诗歌性，以及当代女性诗歌书写日常生活所具有的诗心、诗思、诗语、诗韵、诗境等导向方面，无疑具有建设意义。

---

① 蒋登科：《在新诗艺术探索中激活优秀的传统》，《文艺报》2020年12月11日（002）。

“双相”与“微末”：论西贝诗歌的“临水”姿态

□黄英豪　魏巍①

内容摘要：澳华诗人西贝的诗歌创作并不意在成为民族、国家、阶级等宏大领域的载体，在其诗歌创作中，保持类似于水仙之神纳蕤思（Narcissus）的“临水”姿态，将诗歌引入更为纯粹、更为智性的沉思之境。诗人的“临水”姿态通过“双相空间”的技艺特质建构显现，对“双相空间”的体用与“象限结构”的塑造使其诗歌呈示出独具智性的理路。在澳大利亚的“土著文化”影响下，西贝的创作模糊“现实”与“梦境”之间的界限，通过对日常景观的解析，她以其“临水”姿态观视己身，并在原本相互对立的“双相空间”中建筑其私人的“微末”空间。但“临水”姿态却缺乏与外部多样语素的交流，这导致诗歌与社会历史之间同步的缺席。

关键词：澳华诗人；西贝；临水姿态；双相空间；私人体验

对于海外华人诗歌，诸多研究理路倾向于探究诗人们在异域文化空间中如何利用母语创作诗歌以建构己身的身份认同，如张枣在“流亡”的状

① 黄英豪（1995－），男，浙江瑞安人，西南大学中国新诗研究所硕士研究生，主要从事新诗研究。魏巍（1982－），男，重庆酉阳人，西南大学中国新诗研究所副教授，硕士生导师，主要从事新诗研究。

态下，在个人生活困境中遭遇文化认同危机："它的背后又着着实实地隐藏着某种焦虑甚至恐惧，一种对不幸的朦胧的迷惘。这种焦虑或迷惘有时被诉诸抒写者因为担忧自己与文化母体之间出现的分离而产生的被阉割的感觉。"① 诗人在"流亡"的状态下，可将其视为"一个语言事件"，张枣因寻找陌生化远离母语环境，前往德国时所作的《刺客之歌》暗示张枣将母语作为行刺的"剑"，而在流亡的过程中，母语继而为"盾"，与母语之间的关系更为"隐私"且"亲密"。反观西贝的诗歌创作，诗人并不试图建构母语的"诗歌帝国"，如吕进所说："在喧哗的世界里，她宁静地守护着自己的内心。她不拒绝对日常生活的表达，而是从表达里显示出，她从寻常事物里寻找诗美的能力，寻找心灵的栖居地的能力。"

西贝诗歌不意在成为民族、国家、身份认同、阶级等宽大领域的载体，而倾向于建构属于自己的宁静空间。在"空间"中，诗人意在观视己身，这种诗歌姿态类似于希腊神话中的水仙之神纳蕤思（Narcissus）的"临水"姿态。1922 年，瓦雷里在《水仙的断片》中认为水仙之神是"诗人对其自我之沉思"② 的象征，梁宗岱阐释《水仙的断片》时提出这一诗歌"寓诗人对其自我之沉思，及其意想中指创造之吟咏"③。水仙之神的"临水"姿态由此跳脱出"自恋"的狭小阐释空间，将诗歌引入更为纯粹、更为智性的沉思之境。

一、"双相空间"的技艺特质

"临水"姿态意味着"双相空间"的建构，在镜子还未出现之前，原始情境中，人类依照水面完成对自我的建构，拉康镜像阶段理论认为："我们只需将镜子阶段理解成分析所给予以完全意义的那种认同过程即可，

---

① 李振声：《季节轮换："第三代"诗叙论》，复旦大学出版社，2008 年，第 101 页。

② 吴晓东：《临水的纳蕤思　中国现代派诗歌的艺术母题》，北京大学出版社，2015 年，第 4 页。

③ 梁宗岱：《梁宗岱译诗集》，湖南人民出版社，1983 年，第 73 页。

也就是说主体在认定一个影像之后自身所起的变化。”① 这一自我空间的产生背后隐藏着诸多具有想象性投射，即在自我空间的塑成过程中，诗人在于周边生活细节、场景的互相冲击中日渐丰富更加接近自我想象中的“宁静处所”。

但与寻常意义上空间的自我建构不同，西贝并不带有明确的“建构己身”痕迹。在《玻璃中的女子》一诗中：

玻璃中的女子
修长身着华丽时装

优雅的手势
占据显著的位置
一个纤细的指尖折断了
露出石膏的白骨

玻璃中的女子
目光停在伤口上
她漠然的眼睛
因此有了忧郁的光芒

诸如“玻璃”“瓶子”“镜子”等类镜的反光日常物件在西贝诗歌中频繁出现，通过反射的透明层，诗人的目光凝视着反射镜像内部的影像，并通过影像凝聚自身体认的光晕。在这首诗歌中，以第二节为中间节点，对折形成第一节与第三节诗歌的对称。第一节中，“女子修长，身着时装”的语调重心在后者，即“华丽时装”，在日常生活中，玻璃中的女子塑像

① ［法］拉康著，褚孝泉译：《拉康选集》，上海：生活·读书·新知三联书店，2001年，第90页。

本身就只是一种装饰品，用来凸显时装之华丽的辅助物品。但是在第二节的中间节点中，视点凝聚到优雅的“手势”上，再缓缓移动至“折断的指尖”，在“伤口”出现的瞬间，女子的眼睛从“漠然”到“忧郁”，“忧郁”意味着女子获得了“生命力”。西贝接受采访时言及，她认为“模特过于完美就过于苍白，女人的命运只有在受伤之后才显示出生命力”①。

类似的双相空间也体现在《红蜘蛛》中：

一只透明的红蜘蛛
在水晶瓶里
象一颗遗落的红珠
它一动不动
蛰伏在瓶底
红色　潜藏某种玄机

当你把瓶翻转
并对它说　回到花园里吧
它便悬在空中　然后
顺着一根丝回到瓶底

那是一根纤细的银丝
一次又一次地重复
终于　使你不忍再去劝说

甚至使你相信
那透明的红魂

① 据SBS电台记者周骊采访语音，2015年12月22日，https://www.sbs.com.au/chinese/mandarin/zh-hans/audio/xi-bei-and-her-poetry.

带着某种宿命的痛苦
固执留守水晶的坟墓

通过红蜘蛛在“水晶瓶”这一宿命空间中的反映：无论是翻转还是正立，红蜘蛛在由于位置的翻转而构成的对称象限中，始终守护着自我空间的完整性，即使这是一种“宿命的痛苦”，红蜘蛛依然固执并不退半分。“红蜘蛛”与其说是一种“实物”的描绘，不如说是“隐秘”空间中“固守”的折射。《形体的秘密》通过插在“颈状的瓶”中“花朵”的形态揭示出它对“沉静、简约淡到极致”以及“温柔慰藉的空间”的构筑渴望。

《当轮到我们》却显示出新的建构“双相”空间的形式：

当轮到我们
怎样去关闭
白色或黑色的盒子
怎样去留存
最好的隐秘的部分

最后一刻的完整酮体
竟然曾是如此冷漠
手持蓝色的玫瑰
白纸遮住脸

当轮到我们
怎样去打扫和退还
那些空旷的房间
一只蟋蟀
跳上月光的凉台

边缘之外　众说纷纭
桌椅被重新放置
灭掉最后一盏灯
空白的墙壁
回音　触到了
无边的　黑暗的丰腴

双相空间不仅可以借助镜像，也可以在时间的前后两个相应维度中彰示，“灭掉最后一盏灯”前后，两个空间却显现出两种状态，在“灭掉”之前，空旷的房间需要“打扫和退还”，但是在“灭掉”之后，回音触到的是“无边的黑暗的丰腴”。值得注意的是“回音”同样蕴含着双相空间的建构历程，由“音速”产生的空间形塑兼具“时间”与“空间”维度。

双相空间结构的围塑使得西贝的诗歌充斥着智性色彩，诗人围绕着双相空间将日常景观分解成蕴含丰富的哲理性诗思，如《结晶》中，整首诗歌的结构与盐水湖受到太阳蒸发产生“盐”“水”分离的过程相互契合，以诗歌的第二节为分界点，第一节中“盐”水分离，水归于云层；第三节中盐水湖干涸，只剩下苦涩的结晶，两节的结构对称形式与“漂移的云层”“苦涩的结晶”意蕴对称形成双重“双相空间”的呼应。

对于西贝来说，或许“双相空间”的塑造是一种对日常生活解析的游戏，但在《也许有一些鱼》《芦花》等诗歌中，“双相空间”并不完全因日常细节而产生的微小遐想，其中更浸透着对澳洲移民的“女性独立空间”的在地性探索。对于“镜子”，约翰·伯格在《观看之道》中揭示男性窥视视角将女性物化并迫使其“他者化”：“镜子纵容女人成为其的同谋，着意把自身当作景观展示。”① 在中国的古典文化语境中，叶嘉莹指出：“从古代的《诗经》到《礼记》，照镜是对自身的反省。到唐代的诗人演化成女子之爱美，女子之爱美是对美的追求。如果说女子是容貌的

① ［英］伯格著，戴行钺译：《观看之道》，广西师范大学出版社，2015 年，第 71 页。

美，那么美女象征圣君贤臣，就是才德之美，所以簪花就是爱美，爱美有一个象喻的意思，就是要追求才德的美，‘簪花照镜’是你自己对于自己美的认识和肯定。”① 所谓“才德之美”依旧隐含着“男性视角”的评价体系。

但是在西贝的诗歌创作中，诗人对类镜语象的建构并未掺杂着男性视角窥视的危机，反而持有“临水对镜”的姿态，建构起其自身的微末与憩静空间。这也就意味着，“双相空间”并不仅仅是对现实事物的模仿，而是创造性的行为模式。即“如果你愿意拿一面镜子到处照的话，你就能最快地做到这一点，你就能很快地制作出太阳和天空中的一切，很快地制作出大地和你自己，以及别的动物、用具、植物和所有我们刚才谈到的那些东西”②。如《芦花》一诗：

池塘里的水变凉了
月光也变得冰凉
芦花高高地开在小滩上
四周是环绕的山风——

池塘像一个明镜
芦花垂向水面
她银色明亮的羽毛
因为夜的露珠而凝重

风从遥远的地方
吹进芦花的池塘
陌生的山外

① 叶嘉莹：《迦陵说词讲稿》，台北：大块文化，2013 年，第 265 页。
② ［古希腊］柏拉图：《理想国》，郭斌和、张竹明译，商务印书馆，2011 年，第 597 页。

风的故事
怎样快乐或悲伤
月亮在水中破碎了
然后重又聚合
又破碎了，再一次聚合
……

风也必定感到痛苦
天空的脸因为用力都扭曲了
深藏那个痛苦的疑问
芦花无声无息
一任风尘遥远
散尽她绒绒细小的花絮

《芦花》一诗是为女性所作，特别是为“在这个大动荡、大变迁的移民时代，她们留守家中，独自养育儿女，工作奔波”的女人们所作，女人们并非如同电影 *Phenomenon* 中的女主人公丽丝那般美貌，“她们已经因辛劳而憔悴。她们像秋天原野上的芦花，遍地开放着，而人们视而不见，只在声讨着罂粟花的妖冶，然后说所有的花都是淫荡的”①。西贝出于对“芦花”般女人的怜惜与同情（甚至她自认也是芦花女人中的一员），同样形塑“双相空间”，通过池塘的明镜属性，营造了两个时间与两个空间向度，显现出典型的四象限结构：

在风吹入“芦花的池塘”之前，“月光冰凉”“池塘冰凉”，芦花凝重而寂寞。在风吹入芦花的池塘之后，池塘倒影中，“月亮破碎又聚合”“天空因用力而扭曲”“风感到痛苦”，实际上，诗人在描绘“月亮”“风”“天空”的“快乐与悲伤”，也就是在表述芦花的坚韧与痛苦，风吹入

① 庄伟杰主编：《人生廊桥梦几多》，海峡文艺出版社，2002 年，第 221－222 页。

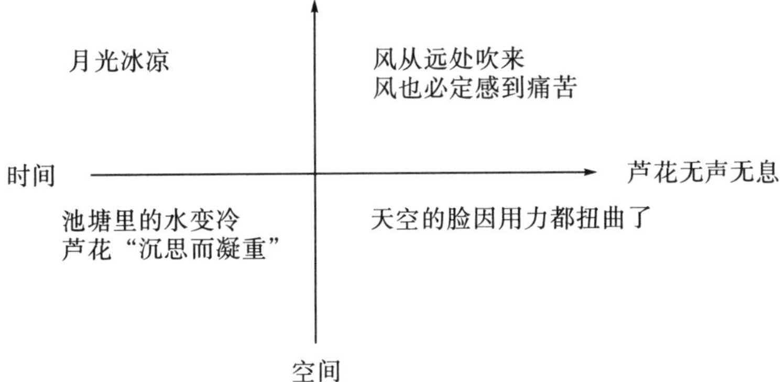

“芦花的池塘”造成的“镜面扭曲”正预演着“芦花”的心理状态与自我空间的营造。或许因为西贝是数学系出身，移居澳大利亚之后，又长时间从事计算机方面工作，因此她在诗歌中对“双相空间”的体用与“象限结构”的塑造成为一种自然与得心应手的技艺，这与其“临水”姿态的呈现缠绕成相生相成的关系，在拓展“镜像”语象的诗艺发展中，西贝创建出其独特智性又具别样美感的理路。

二、梦的呈示与“独立空间”

梦实际上是另一种“双相空间”的呈现方式，因为“梦境”具有与“现实”的天然对立性（或者说是对应性），“梦境”与“现实”同样是一组镜像关系。在中国传统诗歌语境中，“梦”意象被广泛使用以表达诗人自身情感状态，如李商隐《无题》“庄生晓梦迷蝴蝶，望帝春心托杜鹃”，苏轼《江城子》“昨夜幽梦忽还乡，小轩窗正梳妆，相顾无言惟有泪千行”，温庭筠《商山早行》“因思杜陵梦，凫雁满回塘”等等。甚至在诸多现代诗人如徐志摩、废名、戴望舒、海子的诗歌中也回响着“梦”的荡音。但西贝在诗歌中对“梦”的使用情景却有所不同，梦不再是作为现实遗憾的补充物而呈现，甚至“梦”在其诗中起到统摄性的作用，不仅打通现实与虚幻之间的界限，更进一步，诗人在现实中建构起由“梦”主导的独特空间。如在西贝诗歌中频繁出现的“白日梦”意象，《抽搐的梦》中：

迷途的山坡下
掩蔽着一个石亭
台阶铺满落叶
紫色的藤萝
遮盖了它的圆顶

夏日的中午
是挥之不去的倦意
小河过膝
树林涉水而来
频频失重挟带爱的叹息
睡意站不住脚
踩着圆滑的绿苔青石
踉踉跄跄
有如风中的蚊子……

你在抽搐中惊醒
吃力地回忆梦里的暗示
象一个木偶
追溯牵动的绳子

全诗描绘了夏日午后午觉的梦中情境，诗人并未在诗中揭示现实所处的环境，正如结尾一节点明的：“现实”作为木偶，“梦的追溯”牵动着诗中人物对“梦境”空间的回忆，全诗带着“趋梦”的语调。再如《塔》一诗：

继续等待

荫蔽的石塔

青色的白日梦

紫藤蔓遮掩门拱

窗帘　经久地挽成结

拧住古老褪色的日光

继续等待

山脚的墓地

象一只巨兽在膨胀

匍匐而来　它隐隐的喘息

在耳畔　夜的空气更具共鸣

空寂的塔　回音荡起另一种禅意

诗歌呈示出“塔”状的诗形结构，借助“青色的白日梦”点名与现实时空隔绝的“塔”的“继续等待”的迟滞状态，在独立的沉静空间中反而“荡起另一种禅意”。诗人在《夜之妖》《梦游》《无根的植物》《散落的珠子》《晚夜的花朵》《睡眠之果》《红蜻蜓》等诗歌中也都模糊了“现实”与“梦境”之间的界限，通过对日常景观的解析，西贝以其“临水”姿态观视己身，并在原本相互对立的“双相空间”中建筑其只属于她自己的“微末”空间。

西贝对“梦”的处理或许与其澳大利亚的移民环境相关，澳大利亚的土著文化中有“梦幻时代（Dreamtime）”一说，意指在万物初生之时，祖先神灵塑造万物与山川河流，但在世界成形之后，祖先神灵并未消逝，而一直保持着永恒的力量，并影响着世界万物的生长与生存，以“梦幻”的精神之力持续滋养着现实，意味着物质世界与精神世界中并不存有明显的界限之分。

因此，“梦”在土著文化中带有统治性的地位，万物皆由梦起，皆由梦生，西贝诗歌中的“梦”语象的运用也有相似之处。如其自身所述，“心理自由或对于环境有相对独立性的人是自信和自制得多的。美国的心理学家马斯洛说过，对于自立性的人，支配他们的是内部的潜能和自然平静的倾向，而不是社会和环境的因素。在我们周围，的确有一些人，他们很少有自我意识，从不在意别人怎样认为自己，他们既不怎么渴望也不怎么敌视别人，他们不太需要他人的赞扬和慈爱，他们不那么汲汲于荣誉和奖赏”①。或许因为对“心理自由”的渴望，西贝在“梦”与“双相空间”中塑造出只属于她自己的“独立空间”。

三、余　论

西贝自己并未对诗歌做出整体性书写的规划路线，如其讲述她为何高中毕业之后未曾选择中文专业，反而选择了数学专业：“文学有很多政治在里面，数学比较纯粹，可以不和人来往，有笔和纸张就可以做学问，上学之后也喜欢写诗”②，在回忆起 80 年代中国大陆诗歌激昂的年代时，西贝认为自己的诗歌创作不同于其“激情”的时代特征，而是呈现出对“微小”与“平常事物”的偏爱。类似的创作姿态恰恰反证了西贝创作的特质：在“临水”姿态中建构“隐秘”与“微末”空间。

又一方面，临水姿态却缺乏与外部多样语素的交流，这导致与社会历史之间同步的缺席，无论是女性自我空间的塑成还是个体价值的体认，是与社会制度、环境、历史追寻等元素紧密联系的。如波伏娃所说：“足以损害很多女性作家的是她们对自己的爱，那种爱毒化了她们的诚意，限制了她们自己，降低了她们的才干。”③ 对“临水”的专注意味着对自我认同

---

① 庄伟杰主编：《人生廊桥梦几多》，海峡文艺出版社，2002 年，第 218 页。

② 据 SBS 电台记者周骊采访语音，2015 年 12 月 22 日，https://www.sbs.com.au/chinese/mandarin/zh-hans/audio/xi-bei-and-her-poetry.

③ ［法］西蒙·波娃：《第二性——女人》，桑竹影、南珊译，湖南文艺出版社，1988 年，第 419 页。

的不懈追求，但“这种追求一直会受到挫折，因为永无休止地追问‘我是谁’”[①]。这也导致西贝诗歌中从不缺少过于“隐秘”与充斥着“私人性体验”的调式，但“追问的挫折”导致的是纠缠的痛苦，吊诡的是，诗人自身却享受这种“痛苦”：“相对于巨大永恒的时空，死其实多么微不足道，倒是生命才是一个奇迹；因了苦痛和不完美，生命才更奇异。”[②] “临水”姿态导致的悖论正如西贝在《诗的莫比乌斯带》中书写的：

但有一条诗的莫比乌斯带
让两者在不经意间相遇
那里没有分隔的边界
只要径直走下去
你就能走近真相或真理

① ［英］安东尼·吉登斯：《现代性与自我认同》，赵旭东等译，生活·读书·新知三联书店，1998 年，第 198 页。

② 庄伟杰主编：《人生廊桥梦几多》，海峡文艺出版社，2002 年，第 215 页。

西贝《静守百年》的三重解读：忧郁、哲思与古典

□刘姗珊　谢应光①

内容摘要：西贝诗集《静守百年》有着明显的特质——温柔、细腻、忧郁。法国思想家朱莉娅·克里斯蒂瓦的忧郁美学，为解读西贝的诗歌提供了一条“捷径”，这种忧郁的“自恋之爱”使得西贝诗歌中的主客体从忧郁的整体氛围中被解剖出来，透过新的角度反观自身。同时，她的教育背景和文化背景更多地赋予了诗歌以一定的理性和哲思，显得诗歌不再完全沉溺于一种主观的情感世界中，对思想和哲理有了纵深地探讨。再者，中国古典诗词的格律也深刻地影响了西贝的诗歌创作，使得西贝的诗歌呈现出“古词新韵”的面貌。

关键词：《静守百年》；西贝；忧郁；哲思；古典

西贝的这部诗集《静守百年》，充盈着“古典式温柔”。诗人虽然身居异国他乡，但是在她的诗歌中，异域的风情被融化在古典细腻的诗风中，留下情感上的共鸣，震荡在同根同源的民族血脉里。在《静守百年》的序

① 刘姗珊（1996－），女，西华大学文学与新闻传播学院中国语言文学专业2020级研究生，研究方向为：现代中国文学与文化、中国现代诗学。谢应光（1964－），男，西华大学文学与新闻传播学院教授，博士，硕士生导师，主要研究方向：现代中国文学与文化、中国现代诗学。

言中，吕进先生说“诗的天空理所当然地应该更多地属于女性”，因为女性“最善于张开想象的翅膀”，是“情感的富有者和守护者”。笔者认同吕进先生对女性主体的重视和对女性主观精神世界在诗歌创作上的肯定，但是同时笔者也认为，在当下社会，诗歌作为维护人类心灵净土的神圣事业，无论性别，它属于每一个对诗歌满怀敬意的人。西贝的诗歌，落笔在《静守百年》，温柔细腻和忧郁的特质表现得十分突出。同时，理性的哲学思维和古典的传统内蕴也在诗歌跳跃的律动中回响。

一、“丧失之物”式的忧郁和审美升华

西贝的《静守百年》，一如陈剑先生在序言中说的那样：“她的诗行中透析着淡淡的哀愁和忧思，恰似那山涧潺潺的水流，清凉中透着些微的寒意，但遇上斜阳，你就发现水珠，都孕育着彩虹。”西贝在诗歌中透析的这种忧郁，清凉而且微寒，在忧郁的外表之下，实则暗藏乾坤。一首诗就是一滴水珠，一滴水珠中蕴藏着彩虹，那么每一首诗歌也注定绽放出不一样的光芒和色彩。无数的水珠汇成河流山涧，无数首的诗歌也就汇成了《静守百年》。

（一）《静守百年》与“丧失之物”的契合

法国思想家朱莉娅·克里斯蒂瓦对“忧郁”的考察方式——把忧郁这一概念放入文学艺术创作与审美中进行考察——笔者觉得比较适用于对西贝《静守百年》“忧郁”特质的解读。她认为，忧郁是自我边界的游离，主客体模糊不清的临界状态，适宜主体摆脱常规象征意义的束缚，透过新的角度反观自身。朱莉娅·克里斯蒂瓦的这种忧郁美学在一定程度上延续了弗洛伊德的主要观点——这种忧郁的主观情绪是一种“自恋之爱”。简单来说，就是将之前过多的投入在客体的目光转而投在自身的主体情感上和被认同的丧失之物上。在西贝的诗歌中，这种忧郁情感的投射比较明显，比如：

玻璃中的女子

玻璃中的女子
修长　身着华丽时装
优雅的手势
占据显著的位置
一个纤细的指尖折断了
露出石膏的白骨
玻璃中的女子
目光停在伤口上
她漠然的眼睛
因此　有了忧郁的光芒

悬浮液

悬浮液
细小的油珠
漂浮在水中
它们　永远
不会溶于水
任凭你怎样搅动
它们悬浮着　漠然
带着游离的孤独

西贝的这两首诗歌中的忧郁情绪十分明显，但是所“认同的丧失之物”上有一些不同。我们可以看出，无论是《玻璃中的女子》还是《悬浮液》，这其中的主观的情绪都落在了自身主体的感受维度，诗人对这种“丧失之物”的客体有内在的认同和吸收，才会生出这样“忧郁”的情绪的内蕴。

现在，我们可以分析一下这两首诗歌中的“丧失之物”的客体。第一首《玻璃中的女子》的客体其实非常明显——玻璃橱窗中的人偶，不过，我们注意到了它的一个特点——“一个纤细的指尖折断了，露出石膏的白骨”，这是这首诗歌中“丧失之物”的客体。这个特点被诗人敏锐地捕捉到了，因此吸收这种丧失的客体进入到自身，产生了一种持续的认同情绪，共鸣产出为诗歌。第一首诗歌的“丧失之物”的客体比较直观，但是第二首诗歌的“丧失之物”就比较隐晦，可以说，第二首诗歌《悬浮液》有表层和深层的两种客体存在。第一层的客体实际上比较明显，客体就是“悬浮液”本身。诗人注意到了“悬浮液”与水分离，“永远不会溶于水”的事实，这个事实就是表层含义中的客体；第二层就是暗指诗人西贝自身背井离乡，游离在外的孤独感受。这首诗歌写于1992年5月，属于诗人早期的作品了，可以推测，可能是诗人初到澳大利亚的时候写的这首诗歌。语言和文化上的迥异、环境的陌生使得诗人觉得自己与周遭崭新的世界格格不入，正像是“悬浮液”和水，“它们（诗人自己）悬浮着，漠然，带着游离的孤独”。这种表层的客观事实和深层次的内心体悟就是作者认同的客观对象的“丧失之物”，内化作情绪上的共鸣，然后倾诉为诗歌。所以，《静守百年》的诗歌和朱莉娅·克里斯蒂瓦忧郁理论中“丧失之物”的客体在一定程度上是契合的。

（二）“忧郁升华”与审美愉悦

朱莉娅·克里斯蒂瓦的忧郁升华的观点包括两个层面，其中第一层升华的含义与其“过程中主体”的整个理论相连，这一层的理论笔者先暂时不谈，因为和我们目前的论述关系不大。“第二层含义指忧郁状态向艺术形式的转化。”[①] 第二层的升华理论明显适用于文学文本的创作和解读，与诗歌艺术创作的关联更加具体化。联系西贝在《静守百年》的诗歌创作来看，如：

① 彭瑶：《朱莉娅·克里斯蒂瓦的忧郁美学理论》，《当代外国文学》2019年第1期。

发散与收敛

这就是孤独
把悲哀
唱成一支歌的方式
太阳的光　强烈地发散
在聚焦镜下
收敛成一个光点
无声地穿透落叶
冒出一缕轻烟
这就是绝望
把梦想
烧成一堆灰烬的过程

也许有一些鱼

也许有一些鱼
曾想逃离大海
也许有一些鹿
曾想逃离山峦
时间过去了
鱼留在海里
鹿留在山中
人留在门外
有一面小镜子
藏在疲惫的心里
最后一颗珍珠
是她为自己哭泣

文学艺术能给未经语言释义的原始身体驱力、知觉与情绪提供可附着的中介，使之通过艺术形式显现，表达一定意义。这种艺术力量的升华可以使得艺术本身成为具有疗愈作用的愉悦感受，即使是忧郁本身。克里斯蒂瓦相信，带有忧郁特点的文学艺术创作，将有望使创作者与审美者透过一定距离感知“母体之物”（克里斯蒂瓦忧郁升华美学的核心观点）[①]。我们还可以在西贝的《静守百年》中举例说明：

蓝色的忧郁

有一些船，鼓足了风帆
最终不能越过日午
桅杆倾斜了
滚动的宝石
破碎的杯子
以及飞迸的珊瑚蓝色的海面
抹去唇上最后一丝微笑
那首忧郁的歌
带走了那么多人
又有那么多人
依然在唱

沉重的往事

幸亏岁月已老
往事正在淡漠
天际也不再那样清晰

① Kristeva, Julia, *Black Sun: Depression and Melancholia*. New York: Columbia UP, 1989.

记忆像断了线的风筝
飘来飘去……

《蓝色的忧郁》这首诗歌，所描绘的内容可能是一艘在日间航行的船，在海上遇到了一些不幸的事情导致船上的精美珍贵的货物涌进湛蓝的大海里的事情。其实这首诗歌的主要内容还是带上了“丧失之物”的特性，但是，在诗人诗歌内部的升华中，这种事实本身赋予的深层悲伤内涵被淡化和诗化，从而在诗歌中表现出来的一种忧郁，这忧郁“带走了那么多人，又有那么多人，依然在唱”。这就不仅仅是在说冰冷的事实了，更像在事实的层面上揭示了一种规律和道理，不过确实以这种诗意的语言表达了出来，在审美的层次，使得读者大众感受到了审美上的愉悦。从事实的悲伤到诗意的忧郁，再到审美境界上的愉悦，这其中的感受客体实则是发生了一个转变：看客——诗人——读者，所以，我们可以说，“忧郁升华”不仅仅是全部依赖诗人或者说是作家，它还可能借助事实本身和读者的二次审美实现“升华”的最终过程。

《沉重的往事》可以看出，这件“往事”对诗人来说并不太美妙，不然也不至于使得诗人想起来这件事就觉得“手便僵滞地停在空中，心忽地沉坠，跌入无底的黑洞”。但是，所幸岁月已经老去，这种令人窒息的沉重往事也在被记忆淡忘，说不定“记忆”这只断了线的风筝，哪天就悄然无息地飞走了，这“往事”也就随之烟消云散。在诗中，我们不必探究诗歌原本描绘的是何种事实，这是考古学的任务，不是诗歌的。诗歌的任务，是传递一种美，这种美，是心灵上的审美触动和震撼。当你读懂了这首诗歌，体会到了诗人想要表达的情绪共鸣，即使这种情绪是忧郁的，那么，当这种忧郁的情绪倾诉于诗歌，从情感的宣泄走向诗意的抒发从而达到审美效能，这种审美的境界也是愉悦的。因此，笔者可以说，西贝的诗歌创作和朱莉娅·克里斯蒂瓦的美学思想，在忧郁中达成了共识，在《静守百年》中相互交融渗透。

二、理性思维与时空哲思

理性和数学思维的渗透以及对时空的独特感受，是诗人西贝在《静守百年》这部诗集中表现出来的第二种特质。这种特质总体上带有理性哲思的意味，使得西贝的诗歌不一味沉溺于周遭环境带给诗人敏感脆弱的感受，反而令诗歌具备了成熟的气质和内涵。

（一）理性、数学思维的渗透

西贝从数学专业出身，再到信息网络技术，在“0”与“1”的世界中，培养了诗人自身的理性气质。但是，从小爱读诗歌的西贝，在专业之外依旧坚持了诗歌的梦想。这二者的融合，令“书卷气”和“理科气质”交织相映，脱离了对于表象的迷恋，进入到抽象的内部世界。例如：

荧屏

月转星移
谜底始终没有揭开
黑洞内外纠结着
无穷个 0 和 1 以及
永远也走不出的循环

小白鼠

小白鼠长大了
就要被剪破肚子
因为小的时候
人把某种抗体
注入它们的体内

……观测鲜红的血沉淀
透明的抗体浮出
你蓦然想到
从痛苦中分离禅的过程
玻璃的量杯
其中百分之一是抗体
百分之九十九
是小白鼠浓稠的血

这两首诗歌中的数学、理性色彩十分明显，林兴宅先生在《文明的极地》中说："数学体现了简与繁、有序与无序的辩证统一，体现世界内在的多重的奥妙联系。它所追求的目标正是宇宙的和谐——美。"① 而且，数学和诗歌都是高度抽象与高度具体的统一，它们都可以"一"中寓"万"。而当诗人通过敏锐的感官感受到世界的美时，他实际上就发现了世界的某种秩序、某种和谐性，就进入了科学的境界。这个时候，诗人本身就是一个直觉的科学家。数学和诗歌的不同，在林兴宅先生看来，"只在于诗是用感觉经验的形式传达人类理性思维的成果，而数学则用理性思维的形式描述人类的感觉经验。艺术是以美启真，科学是以真本美，方式不同，实质则一"。因此，西贝在《荧屏》和《小白鼠》这两首诗歌内容的表达方式上，采取了数学的思维方式，使得诗歌在形式上是诗歌的，内容上却是理科式的。西贝的诗歌中显露出来的数学思维和逻辑，在某种程度上和诗歌的本质合二为一，在精神的高度上，实现了共生。

（二）时空交错的哲思

西贝的诗歌，表现出了比较明显的时间和空间的哲学思维，这种时空交错带来的关于现实和历史的纵深的感受，使得诗人从浅层的事物表象透视到了潜藏在深处的哲思。时空是一个浩大的概念，穿越古今、突破地

① 林兴宅:《文明的极地——诗与数学的统一》,《文学评论》1985 年第 4 期。

域，但是表现在西贝的诗歌中，却有一种深邃的魅力。如：

白杨林

白杨　树干林立
压缩的空间
纵深的距离
那么多眼睛和嘴
阅尽一切　缄默无语
诉说和请求的能力
转化为他们站立的方式
沉默　沿两个方向伸延
向上是眩目的光圈
向下是脚趾的探寻
穿透深不见底的黑暗
苍然静寂的森林
怎样才能承受真相?
破译的密码
写在银灰色的树皮上
深深浅浅　静守百年

卡西格里

十年过去了　风景依旧
女主人和她的狗
在花园里坐着
宁静　光芒里
弥漫着宇宙的灰尘

黑格尔认为，整个自然均处于时间治下①。西贝的《白杨林》和《卡西格里》表现了这种在时间流逝中的哲学智慧。在西贝的诗歌中，时间的流逝不是带着喧嚣和狂躁浩浩汤汤地奔腾而过，而是一种静默的坚守和逝去。“阅尽一切”的白杨树，承受住历史真相洗练，在百年的岁月中，终究化成了一位沉默无言的见证者，这是岁月给予的智慧，也是时光留下的寂寞。所有的风霜经历在树皮上的痕迹，使得这白杨树像是一个睿智的老者，阅尽人事沧桑，寂寞却豁然通透。这种通透是时间赋予的魅力，时间虽然沉默，但是也是深邃的。“深深浅浅，静守百年”的这种静默的力量，即使无声无息，也携卷着强大的时间洪流坚定地流逝，留给我们的只是树皮上的深深浅浅的沟壑，见证了岁月光阴的斑驳。

在《卡西格里》中，时光虽然没有像白杨树那样经历百年，但是呈现的却是另外一种时间的样态：十年中的风景依旧，仿佛一切都没有变化，遛狗的女主人还是在庭院中坐着。这看起来似乎凝固了的时间和场景，使得笔者不由自主地将其和水晶球类比。水晶球里的世界在我们看来就是一个缩小了的并且凝固的时空，只有当水晶球里面的小雪花纷纷扬扬地飘起来，这个小场景才显得那么温馨真实。《卡西格里》这几句诗，让我不由得有这样的感受：这种在宁静美好的现实应该是温馨的，但是也留给笔者一种虚幻的感受。这“风景依旧”的岁月里，察觉不到时间的存在，可是宇宙中弥漫的灰尘也将这种“凝固”打破，虚幻和真实也就在此对立起来了。

形体的秘密

穷极了所有的方式
难于启齿　永恒的迷团
而沉静　简约　淡到极致

---

① 余玥：《直观的自然或概念的自然？——谢林与黑格尔早期自然哲学中的时间问题》，《哲学研究》2020 年第 12 期。

构成一个温柔慰藉的空间

瓶

瓶　依旧能放回原处
只是不能再有水
月光下　瓶里溢满
银亮的空虚　它们
水一样从裂痕渗出
浸透了房间的地板和墙壁——

空间，从哲学角度去衡量，就是具体事物的组成部分，是具体事物具有的一般规定，眼睛可以看到、手可以触到的具体事物，都是处在一定空间位置中的具体事物。但是，诗歌话语中的空间，有的是我们能够看得见的，有些确是我们需要扩大我们的感受力去感受到的。《形体的秘密》和《瓶》，就是构建了一个需要我们发挥感受力去体会的空间。《形体的秘密》的这种“沉静、简约、淡到极致的温柔慰藉空间”，是基于“颈状的瓶”所联想到的疲惫、羞愧、疼痛等负面情绪而产生的。这种空间其实更像是“保护伞”，将所有的负面情绪抵挡在这种空间之外，为这“颈状的瓶”的“形体羞愧”营造一个喘息的场所。其次，在《瓶》中，这种空间感充盈在了实体的房间中，通过月光的银亮，使得这个破掉的瓶子得到了另外一种价值的实现——虽然不能装水，但是却将月光“浸透了房间的地板和墙壁”。

因此，我们可以知道，西贝诗歌中的时空内涵，并没有过多地追求诗歌在体量和容量上的浩大，反而是用小诗体现着丰富的内涵：时间的浩瀚被西贝巧妙地化解在诗歌意象寄托中，空间的广袤被表现在普通小物的抽象哲理中。这种见微知著的感染力和创作力，是诗人诗歌创作的重要内容和特点。

三、对中国古典诗词经验的借鉴与传承

西贝的诗歌创作和中国古典诗歌的传统脱离不了关系，换一种说法来讲，可以认为西贝的诗歌是脱胎于中国古典诗词的。这二者之间紧密的联系，不仅是诗歌意象、审美内容和思想的相似，更直观地表现在“古词新韵”这一部分的诗歌创作中。

（一）诗歌内容中的传统色彩

西贝的《静守百年》，是一部很雅致的诗集。可以看出，西贝虽然常年生活在海外，文字笔触下也不少异域风景，但诗骨诗魂却是传统的。“少小离家老大回　乡音无改鬓毛衰。”这种根植于血脉中的乡土记忆，会随着诗人的漂泊变成创作的根脉，时时回荡在诗歌的深处。在前面论述中，笔者认为诗人这部诗集的主基调是忧郁，我们也可以推测，这种忧郁可能更多地来自诗人异国他乡的这种漂泊和诗人个人的生活经历，但是这种游子的漂泊生活，难免会生出思乡的情绪，然后衍生出乡愁。我们可以举例说明：

一床旧被子

一床旧被子
难已取代的
温暖熟悉的气息
褪色的柔软的棉布
因日久变得越发细薄
某夜　脚抽搐时
棉布被撕裂了
那极其轻微的声音
竟把睡眠惊醒　随即

有洁白的棉花……无法割舍的　是旧被子
那温暖熟悉的气息
那贴在皮肤上的
温柔细薄的惬意
即使它已不能缝合
破的丝丝缕缕……

诗人诗歌中的这床旧被子实际上早就失去了保暖的功效，它的棉布都已经变得细薄，但是这床旧被子赋予诗人的那种温暖熟悉的气息却是她不肯割舍的原因。当由于某种不可抗力的因素导致这床旧被子被撕裂，使得诗人深夜辗转反侧，思绪翩飞。旧被子带给诗人的感受是"温暖熟悉"的，从诗人的自身处境来看，这种感觉更多的是家人带给她的。这也是诗人在外多年而舍不得丢弃的原因。布条撕裂的轻微的声音竟然可以惊醒诗人，可以想见这床旧被子对诗人而言究竟是多么特殊和重要。重要的是旧被子本身吗？我想不是的。重要的是这床旧被子所承载的诗人对乡土对亲人的思念，这是一种精神上的寄托，所以才显得这床旧被子弥足珍贵。

其次，我们还可以从另外两首诗歌中找到这种乡愁的蛛丝马迹：

沿着铁道

沿着铁道
荒地漫生着野草
那些小小的纤细的花
开在草的手臂上
就那样日里夜里
在风中摇晃
火车一列列驶过去
故乡遥远的消息啊！

泥土震颤着
唤醒温柔的回忆……黄昏已晚
有家的人都已经回家去了
沿着铁道
两侧围着生锈的铁网
只有长长的夕阳
把草的手臂伸向铁轨
让列车带上她的乡梦

无根的植物

无根的植物
死水之岸　青苔
漫无边际地伸延……浓绿的　绵绵不绝的遗恨
无枝无叶无根……伞菌目　同是无根的一族
象精灵下凡……更有无根的水草
在海面编结串串音符……美人鱼在海底不停地弹着琴
歌里歌外　漂泊的游魂
唱着叶落归……

在《沿着铁道》这首诗中，诗人西贝在漫步铁道的时候由火车飞驰而过想起了远隔重洋的故乡，傍晚时分，清冷的火车小站里，“有家的人都已经回家去了”，只有诗人自己在夕阳的映照下，把思念寄托在来来往往的列车上，期盼带上她的“乡梦”驶向远方。《无根的植物》这首诗，从题目上来看，就似乎可以意识到“无根的植物”是在说诗人自己，她将自己比作这种植物。无论是青苔、伞菌目还是水草，都是“无根”的一类，是漂泊的物种，这和诗人的人生处境和情感完成了共鸣，使得诗人最终发出“漂泊的游魂，唱着叶落归根”的声音——这是乡愁的最浓烈的声音，叶落归根也是许多中国人内心深处的寄托。

除乡愁之外，还有诗歌中对于宇宙的幻想。中国对于宇宙的幻想和探索，古来有之。“遂古之初，谁传道之？上下未形，何由考之？冥昭瞢暗，谁能极之？冯翼惟象，何以识之？”屈原《天问》为几千年中国史写下了向星空探索求知更是向人生和宇宙发问的第一篇。历代的诗人们对星空的浪漫想象也在一代代地进入更雄奇、更深邃的领域——“天外一钩残月带三星”“春星带草堂”“羲和敲日玻璃声”。诗人对于宇宙天空的想象古来有之，对于宇宙世界表现出来的哲思，也展露了其博大的胸怀和气魄。诗人西贝有着和传统文人一致的对星空的向往，但是不同的是，天文在诗人眼中慢慢褪去了神秘的面纱，显示出了一种理性力量和诗性色彩交织的特质。

神马

你常常痴迷地揣测
它身后的星团银河
它由来的地方
神的居所　那里的星宿
多过地球所有的沙粒
巨型的气体云
把人间千年的蹉跎
卷进星河一瞬的旋涡

在《神马》中，我们可以看见西贝自身爱好中对于天文的痴迷，这种痴迷和诗性的想象力合二为一，使得将卷卷星河拉入诗歌的世界中，在诗歌中思考人间“千年的蹉跎”和星河“一瞬间”的漩涡。宇宙时间和地球时间的不对等，在诗歌诗意地表达中展露无遗。这种对宇宙世界的思考也同样表现在《囚笼》中：

囚笼

散着原木的气息
木纹舒卷
锯末纷纷扬扬
锯齿迸发出火星
主人用精密的尺
精确地丈量计算
……锯齿迸发出火星
巨大的工作台就象库柏带
不断喷吐出彗星和陨石
蚂蚁
一边仰望玻璃外的星宿
一边找寻金黄的钥匙

再者，《静守百年》也表露出了中国现代诗学的诗歌创作思想。1937年，金克木提出了“新智慧诗”的概念，“以智慧的头脑极力避免感情的发泄，而追求智慧的凝聚”。这种“新智慧诗”的特点就是“不使人动情而使人深思”。西贝的诗歌在一些诗作上有着这种“新智慧诗”的“智性”色彩，但是并不单纯地透视哲理，也饱含诗人的情绪和情感。如：

木苹果

你轻轻地
抚去上面的尘土
思绪回到欲望的起点
顺着木质简单的纹理
进入果实寂寞的深处

对日常可见的木苹果摆件，透过它的纹理，诗人看见了古旧的外表下的沉静。这种静默的力量感染到诗人，掸去灰尘的同时，思绪却进入到果实的深处，探究欲望和静默力量的对抗。

（二）形式上对古典诗歌的致敬

从形式上来看，西贝的《静守百年》中对于中国古典诗歌的借鉴和模仿非常明显。“古词新韵”这部分的诗歌，基本上都使用词牌和曲牌，比如《天净沙》《山坡羊》《菩萨蛮》《如梦令》等，都是我们耳熟能详的古典诗词的牌头。但是笔者也发现，诗人对律诗的模仿和借鉴寥寥可数，这可能是由于词和曲在形制上更加贴合了现代新诗写作的诉求，在形体上更加切合现代诗。我们可以简单地举一些例子：

林麓白衣飘曳，云袖轻遮天野。静夜梦如约，四季醒来凋谢。白雪，白雪，长睡玉园仙界。

——《如梦令·雪》（其二）

风清云寂，林深如许，静山止水河相忆？树萋萋，草离离，猎人归隐无踪迹，空谷回音秋梦里。羊，已睡去；天，已老去。

——《山坡羊·猎人谷》

竹篮雪豆南瓜，野梨番薯红麻。户外秋声雨打，烛光灯下，素餐粗米清茶。（其一）

梦中告老还乡，闲赋青瓦白墙。绿水依山荡漾，流连惝恍，柳笛停止时光。（其二）

瓦罐旧土新陶，木瓢泉水芭蕉。向隅锅台碗灶，茶熏香绕，至今乡渴难消。（其三）

——《天净沙三首·乡思》

《如梦令·雪》（其二）的词牌格律我们可以看出来诗沿用了古制，单调三十三字，七句五仄一叠韵，用来表现雪所塑造的如梦如幻的境界。《山坡羊·猎人谷》单调四十三字，五仄韵，两叠韵，两叶韵，这是《山坡羊》曲牌中的北曲的形制，展现了诗人所见的猎人谷中萧瑟空荡的景色。同样，《天净沙》也是属于北曲的曲牌名，要求五句四平韵一叶韵，具体可以参考马致远的《天净沙·秋思》，这也是《天净沙》曲牌中比较杰出的代表作。西贝的这三首《天净沙》表达的还是思乡的情绪，而且和马致远的《秋思》的写作构思有着相似部分，也可以看出作者对于中国传统古诗词的在精神和文化上的认同。

结　语

因此，透过西贝的《静守百年》中忧郁特质、哲思色彩和传统因素的解读，我们可以看出，诗人的确是一位具有深度的当代诗人。女性身份不是西贝作为诗人的标签，但是这种身份所具备的敏感的内心，却赋予了她更多的视角和感受。从中国传统诗歌中汲取养分滋润知识内蕴的深度，这或许也为中国传统文化在世界的传播提供一个新的平台和载体。

知性与感性的交融

——论西贝的诗歌创作

□王梦笛　向天渊①

内容摘要：科学理性思维的进入，丰富了现代以来新诗的审美维度。理性哲思与感性抒怀是澳大利亚女诗人西贝诗作中的精神气脉：实物意象和科学思维的灌注具化了诗歌中的孤独意识；抽象和象征手法的运用描摹出了女性的成长与欲望、美丽和伤痛；客观对应物的发现传达了诗人的宿命观和悲悯情怀。中西诗艺与理科学养的融合凝成了西贝诗歌睿知慧雅的独特诗美。

关键词：西贝诗歌；理性；孤独；女性；客观

自 19 世纪维新运动以来，西方现代科学知识、技术和价值观念广泛传入中国，科学理性思维不仅推动了中国的科技和工业化现代化的发展，也引起了人们的处事习惯和行为方式的嬗变，这种深远的思维影响自然会反映在文艺创作之中。新诗至诞生始便受到科学思维的强力推引，胡适对革新语言、用白话写现实等做法的推崇，40 年代的现代诗歌崇尚象征与玄思

---

① 王梦笛（1997－），女，湖北宜昌人，西南大学中国新诗研究所硕士研究生，主要从事中外诗歌比较研究。向天渊（1966－），男，重庆巫山人，博士，西南大学中国新诗研究所教授、博士生导师，主要从事比较诗学研究。

的风格，都与时代科学思潮的发展紧密相关。就如在卞之琳的诗歌创作中，不仅频繁地出现了天文、物理、考古等自然科学的术语（比如《归》中写望远镜，《距离的组织》中提到罗马灭亡星，《候鸟问题》中的无线电和音波）；而且凝结了诗人对相对性命题的哲学思考，智性特征极为显著。学者王泽龙认为："科学主义的理性化思潮形成了对中国诗歌感性思维方式与直觉体验传统诗思方式的冲击。古典诗歌的感性抒情为主的诗思传统开始向现代汉语诗歌知性重理或情与理互渗，感兴与知性结合的诗思转变。"① 那么，如今改革开放已然三十多年，姑且不论西方科学的引进，国内自身的工业与科技正飞速发展，国际交流繁盛且普遍。科学理性思维在创作中更为自如的出入，同时携带着后现代的反问与惶惑，呈现为当代新诗先锋性的多重特征。

诗人西贝，1983 年毕业于南开大学数学系，在天津担任过助理工程师和数学教师，后留学并移居澳洲，取得信息网络技术硕士，且从事相关工作。吕进先生认为，读诗与写诗都是西贝"在理科之外滋润心灵的需要"②，在周可先生参与编写的《海外华文文学史》中对西贝的介绍也说"从西贝这份简单的履历表中，我们的确很难找到丝毫浪漫诗人的影子"③。两位学者都讶异于西贝的专业和工作与诗歌创作的巨大鸿沟，而唯一的交织集中在数学领域——在第六届华文诗学名家国际论坛上，西贝发言探讨诗歌意象的特征时，采用数学中的拓扑学概念解释意象的纵深走向；又引荐数学解析几何中的"纤维丛"空间来分析诗歌的意象丛④。拓扑学中的"莫比乌斯带"也曾直接做了诗人创作的一首诗歌的名字——《诗的莫比乌斯带》，此外诗人还有一些其他具有数学思维的诗作。这也是吕进和周

---

① 王泽龙：《科学思潮与现代汉语诗歌形式变革》，《兰州大学学报（社会科学版）》2017 第 5 期。

② 吕进：《洁白的完美与遗忘——〈静守百年〉序》，西贝：《静守百年》，中国青年出版社，2016 年，第 17 页。

③ 周可：《澳大利亚华文文学（第五节）》，陈贤茂：《海外华文文学史（第三卷）》，鹭江出版社，1999 年，第 517 页。

④ 西贝：《诗的多维空间和意象构造——兼介中澳的文学交融》，《星星》2017 年第 32 期。

可教授所谈及的。然而除此之外，对于西贝而言，科学亦是生活本身，因而她的诗是在科学与理性的大地上滋润孕育出的绚烂之花。在《诗歌与医学》一文中，诗人极为细致地追溯了诗歌与医学古今中外纠缠不断的关联，并相信诗歌与医学一样对人类社会有着治愈的功效，甚至走得更快更开阔："在人间的康复之路上诗歌有时能走在医学的前面，照亮比医学领域更为广阔的天地，成为比手术刀听诊器更有效的工具，用博爱、醒悟、真、善和美消除世间的种种愚昧、仇恨和恐惧，让智慧之光抹去所有人心头的阴影，为他们带来信心和希望，为人类从亚健康走上健康，从痛苦走向幸福而谱写更多新的篇章。"① 诗人也有好几首与医学相关的诗作，比如《月亮》《路面》《你立在雪中》，月光和雪的颜色都与医院有着微妙的联系。在诗集《静守百年》中，我们可以发现更多具有科学思维的意象，比如《瓶》《杯子》中的硅酸盐物质（玻璃、陶瓷）、《悬浮液》中油与水不互溶的物理现象、《荧屏》中的电子设备……因此，除了数学，理性的思维逻辑可以看作西贝诗歌一以贯之的精神气脉，而与此同时，女性特有的细腻感知与情绪的敏锐体察化为诗中的深思与哀歌，二者的有机融合使得西贝的诗歌呈现出一种睿智而又感性的俊雅风貌，知性之美游走于字里行间。

一、孤独的具象化

学者赵鑫珊说："哲学家、科学家和艺术家都是一些大孤独者。"② 孤独是文学创作的母题之一，这毫不意外地成为西贝诗歌创作的灵感来源。较为特别的是，西贝以她的理性诗思将这一抽象的情绪进行了创造性的具化和实物化，使其具有一种冰冷的质感。"一张苍白的石膏的脸/……你走上阁楼/在突降的沉寂中/听到它低声说/不要开灯/不要驱赶我的阴影"

① 西贝：《诗歌与医学》，《星星》2018 年第 11 期。

② 赵鑫珊：《哲学与当代世界》，人民出版社，1986 年，第 201 页。

（见诗歌《面具》）①，孤独弥漫在阁楼里石膏面具幽闭的心灵之中；“硕大的静物　伊甸之果/经久的遗忘/……思绪回到欲望的起点/顺着木质简单的纹理/进入果实寂寞的深处”②，诗人眼中的木苹果，并不是一个无生气的平常饰物，而是一个被习惯性漠视，但仍拥有欲望、渴望温暖与关注的孤独个体。与此类似的有寂静夜中哭泣的水龙头（见诗歌《水龙头》）。诗人还有一首名为《瓶》的诗：

当拎起地上的瓶
它拦腰断裂了
玫瑰和水　四散淌出
而玻璃破裂的地方
圆润光滑　竟找不出
受伤的痕迹

或许　玻璃的种族
本来就难为一体
只在熔融中
互相磨合　厮守
直到有一天
精疲力竭　訇然崩溃——

那些内部的挣扎
热胀冷缩　日夜交替
阳光在透明的宫殿
穿行　无声无息——

① 西贝：《静守百年》，中国青年出版社，2016 年，第 33 页。
② 西贝：《静守百年》，中国青年出版社，2016 年，第 36 页。

仿佛有过

一个轻微的声音

轻似冰块落水时

那最初亦是最后的呻吟——

瓶

依旧能放回原处

只是不能再有水

月光下　瓶里溢满

银亮的空虚　它们

水一样从裂痕渗出

浸透了房间的地板和墙壁——①

玻璃瓶上的每一个分子，在磨合厮守的时候感到精疲力竭直至崩溃，他们挣扎、抗拒着这种相融的状态，正是对于孤独的习惯和享受使得分子无法忍受与同类相融为一体，瓶的摔碎是个体的迸裂和呼吸。然而，那些分子当真的脱离集体成为个体时，却有了新的延绵不断的空虚。在这些诗中，我们可以发现，诗人选择的象征物的独特之处：苹果是木质的、石膏面具和玻璃瓶由无机矿物质构成、水龙头则是金属制品。对无生命的人造物的发现和思考，并挖掘出与人同质的孤独意识和内在的精神相通性，有赖于诗人对物质的经久关注和分析探究的科学兴趣。此外，西贝还有两首在物理现象之中发掘孤独感的诗作，一首是《悬浮液》：

悬浮液

细小的油珠

漂浮在水中

---

① 西贝：《静守百年》，中国青年出版社，2016 年，第 37 页。

它们　永远
不会溶于水
任凭你怎样搅动
它们悬浮着　漠然
带着游离的孤独①(p42)

另一首是《发散与收敛》：

灯光是发散的
灯罩使光收敛
由阴影的边界
光成为一些形状
这就是孤独
把悲哀
唱成一支歌的方式

太阳的光　强烈的发散
在聚焦镜下
收敛成一个光点
无声地穿透落叶
冒出一缕轻烟
这就是绝望
把梦想
烧成一堆灰烬的过程①

① 西贝：《静守百年》，中国青年出版社，2016 年，第 44 页。

油不溶于水、光的聚焦与发散，这对于大多数人来说是过于普遍而近乎无视的生活常识，出身或专注于科学领域的人才会对此展开更深一步的观察，以从简单的物理反应之中发掘出更深刻的原理。但仅仅只有科学思维是不能够转化为诗的——油珠悬浮状态的孤独无依却又固执漠然；光被收敛成为一个固定的形状，有了阴影与边界因而感到孤独，光圈近似一只悲哀之歌；光被聚焦灼烧了落叶，就像个人的野心强烈过甚而终究烧尽了激情和梦想。如果没有对生活和情感深切的经历和体察，绝不可能将常识性原理与人生的追求与孤独意识相关联。

众观西贝的“孤独诗作”，科学元素的融入和书写增强了“孤独”的可触性，也丰富了诗歌的表达，使其具有了深邃的哲理性。同时，有趣的是，我们可以发现西贝的孤独体验大都具有相似的内核：被遗忘的石膏面具拒绝他人的到来、被遗忘的木苹果内心盛满欲望和寂寞、玻璃分子不堪忍受胶着的姿态却陷入孤独的空虚、收敛的灯光将自己隔绝开来，正如《悬浮液》中的表达：“带着游离的孤独。”[①]游离姿态自然不是物质本身的，而是诗人性情的投射。这一点在诗人自述中便有体现：“我小时候是个非常害羞的孩子。因为这样的性格，渐渐地我躲进个人的精神天地之中，爱上文学作品。还是在我上小学的时候，我就喜欢写诗，当然，那些都是些涂鸦之作。后来我爱上数学，就是因为数学是可让我一个人静静地思考的学问，……而写诗是我的爱好……”[①] 而后诗人远赴澳洲求学，个人的害羞加之陌生的环境自然会加重这种旁观者的心态。游离一方面让人被忽视和遗忘，因而感到孤独和落寞，在诗作中表达自己的欲望之声；然而另一方面，自身亦习惯并享受着这种孤立的状态，若是突然或持续性地与他人产生近距离的关联，便像玻璃分子一样产生不适想要挣扎出圈，但逃出囚禁之后的空虚却是不可避免的了。这种感受并非只存在于诗人内心，它也抒发了人类普遍性的情绪体验。人们在咀嚼孤独与渴望孤独之间反复横跳，在享受依赖和逃离束缚之中来回撕裂，寂寞挣扎终其一生。

① 千波：《西贝和她的诗》，《华联时报》（澳大利亚）1995 年 5 月 12 日。

二、物与女性的同质化

澳洲华文学者何与怀先生在评价西贝的诗歌时用了“阴气”一词，并非贬义，他意在说明西贝诗歌中柔和委婉的特性①。陈剑先生在给《静守百年》的序中也说“西贝的诗很具备所谓女性主义写作的意涵，指的是西贝诗歌的特质是情感细腻、委婉、温馨、充满怜悯、柔情似水”②。二位学者都着眼于西贝诗歌展现的女性气质，而较少关注到诗作内容与女性的相关性。事实上，西贝有较多歌咏物的诗歌，都包蕴着女性柔软的形体、多情的内心和悲哀的命运。《无花果熟了》：“无花果　梦里也在长大/而她是太晚熟了/黄昏露出疲倦的微笑/妈妈　无花果是甜的吗?”③ ——这是少女初长成人时的懵懂与期待；《玉米成熟了》：“被祝福的/是田野的稼禾/醇厚深远的土地/成熟缄默的玉米/……/密密的轻纱帐/闷热　让人窒息/汗水湿淋淋的/剥开赤裸的玉米/心　一阵颤栗”③(p113)——这正喻指着女性身体的成熟与初次交付，羞赧而热烈，与此类似的还有《沉醉的柠檬树》：

沉醉的柠檬树
在充满香气的夜晚
睁着迷乱的眼睛

她的密叶和鼓胀的果
在天堂的风里颤抖
她无力拒绝　也无处逃避

---

① 何与怀：《静守百年：试探西贝意象》，《语言与文化论坛》2019 年第 4 期。

② 陈剑：《叶尖水珠透析的生命——〈静守百年〉序》，西贝：《静守百年》，中国青年出版社，2016 年，第 23 页。

③ 西贝：《静守百年》，中国青年出版社，2016 年，第 118 页。

沉醉的柠檬树
浸在梦幻的蜜液琼浆
仿佛欢乐与歌声永驻

当太阳重又升起
柠檬树　低下她的头
漫长的白昼　毫不经心
提示着她想忘却的昨夜之梦③(p127)

柠檬树丰满的肢体与迷醉的神态，无疑是一个成熟女性沉浸在性幻想与性愉悦中的欲望告白。丁玲笔下的莎菲是现代文学中最早大胆表达生理欲望的女性形象之一，中国的女性文学经过三四十年代的发轫，80年代林白、陈染等作家推向高潮，直至今日的持续发展（翟永明、安妮宝贝等），昔日的话题禁忌不再，但身体书写的偏颇与误区（将女性身体作为一个吸睛点和消费点导致低俗化表达，偏离了女性立场的本意）也随之浮现。西贝的诗作较好地把握了张扬女性的生理美、抒发性欲望与节制话语之间的关系，诗作中虽然有大胆的欲望自白，但由于假借了植物的沉静与清丽，加上语言的细腻和柔软，使得诗歌拥有了纯粹洁净的底色，女性性成熟的大胆热烈与人们所更能接受的温柔羞涩便颇为奇妙地融为一体，性的舒张得以放置在一个更为可控的区域内。

在诗集《静守百年》中，西北多用"她"代指自然物质，女性的身影便潜藏在他物之后：期待春日缠绵麦冬草（见《麦冬草》）、在清水中曼妙舞蹈的紫菜（见《紫菜》）、美丽清甜却有毒的野莓（见《有毒的野莓》）、乳汁里混合爱与死、承载重负满心伤痕的钟乳石（见《跟随一滴水》）……西贝的诗写出了女性的天真与性感、爱欲和伤痛。少女的梦、女人的情、母亲的泪都浓缩在对物的关照之中，女性成长的典型性阶段通过描摹象征物的形式表达出来。正如吕进先生说："以心观物，是西贝写诗的基本方式。心智技能无论写内心状态，写身世，写风景，还是写草木，她的运笔方式多是现实的心灵化。用唐代诗人王昌龄的话，她是在“以心击物”，然后使“物皆著我之色彩”（王国维语）①。物与女性的同质化，并不是物化女性的意思，而是想说明西贝在他物中管窥女性的美与哀的智慧。没有深厚的学理思想和逻辑思维的支撑，在物象中勾绘女性的轮廓不会如此举重若轻。邓程在论述新诗象征派的理性主义本质时，即指出：“象征的方式是比喻的方式，此物与他物的联系是概念的联系，其联系则有先验性、神秘性，也就是用理性的方式达到超验的目的。”② 可见，西贝对象征手法的熟稔使用也是一种理性思维方式的呈现。周可教授在分析西贝的《玻璃中的女子》和《杯子》这两首诗时对西贝的抽象化做过精密的剖析：“对女性命运及女人自我身位的哲理性思考，而不是一般的情绪性体认；借助于象征的巧妙运用所完成的对诗歌表现方式的超验性追求，以及简洁、明晰如同数学方程式一样的形式构架……无论是橱窗中漂亮的模特还是托盘里精致的杯子，都是西贝感知女性现代命运的具有高度象征意味的具体形式（类似的形式还有‘没有种子的植物’‘有毒的野莓’等等），它们在西贝精神世界中出现并占据着一个显著的位置，以至于最终成了诗人进行女性自我定位的最佳坐标。”③ 对物进行抽象和分解，再以自身情感化之，是西贝书写女性的独门蹊径。

三、宿命意识和悲悯情怀的客观化

T·S. 艾略特在其诗学论文《哈姆雷特》中提出“客观对应物”的重要观点：“用艺术形式表现感情的唯一方法在于发现一个‘客观’对应物；换句话说，就是找到一组客体，一个情景，一连串事件，它们将成为该特

---

① 吕进：《洁白的完美与遗忘——〈静守百年〉序》，西贝：《静守百年》，中国青年出版社，2016 年，第 14 页。

② 邓程：《新诗象征派的理性主义本质》，《重庆社会科学》2003 年第 5 期。

③ 周可：《澳大利亚华文文学（第五节）》，陈贤茂：《海外华文文学史（第三卷）》，鹭江出版社，1999 年，第 522 页。

定情感的表达公式。这样，一旦出现最终形式必然是感觉经验的外部事实，该特定感情即被唤起。”① 西贝诗作中的象征物与艾略特所说的客观对应物非常相似，都是用一个蕴含深意的他物唤起人的思考与感情。陈剑先生也认为“西贝的诗具有西方诗歌象征主义的倾向。这可能来自艾略特《荒原》的影响”②。西贝诗歌底色大都是悲哀的，生命总是宿命般地直向死亡。许多评论者都提及的《小白鼠》：“小白叔长大了/就要被剪破肚子/因为小的时候/人把某种抗体/注入它们的体内/……/小白鼠被剪开了/血流进玻璃的量杯/白色的尸体/像用过的包装袋/堆在垃圾箱”③，白鼠的成长是为了养殖抗体，死亡是不容置疑的归宿，西贝用冷峻的笔法写出了一个生命消逝的残酷。《蜗牛》《琥珀》等诗篇亦然，昆虫们努力地生存，却猝不及防地死去。此外，还有一首名为《红蜘蛛》的诗作，红蛛的死亡宿命似乎是一种吊轨的自我选择：“当你把瓶翻转/并对它说/回到花园里吧/它便悬在空中　然后/顺着一根丝回到瓶底/那是一根纤细的银丝/一次又一次地重复/终于　使你不忍再去劝说/甚至使你相信/那透明的红魂/戴着某种宿命的痛苦/固执留守水晶的坟墓。”③(p34) 红蛛的执着与南辕北辙的生命悲哀让人惋惜，然而诗人最终尊重了它的意愿。从西贝对弱小生物的命运慨叹之中我们也可以看出她的悲悯情怀和人生态度，即死亡之哀不是一种激烈的痛的表达，而是平静的、淡然的遗憾与接受。诗人似乎是一个佛家的信徒，除了宿命式死亡，她也反复书写生命的轮回、接受命运的安排，如诗歌《曼陀罗》《再生的草》《实线与虚线》，就像失明的水哼着歌自我疗救（见诗歌《失明的水》）。诗人对红蜘蛛、小白鼠、蜗牛、蚌等卑微生命的关注和怜悯，最终也反问到人生。无论物或人，都被历史和时间推向不知名的未来，既然意外和走向无法控制，我们能把握的只有当下的

---

① ［英］T. S. 艾略特：《哈姆雷特·艾略特诗学文集》，王恩衷编译，国际文化出版公司，1989 年，第 13 页。

② 陈剑：《叶尖水珠透析的生命——〈静守百年〉序》，西贝：《静守百年》，中国青年出版社，2016 年，第 22 页。

③ 西贝：《静守百年》，中国青年出版社，2016 年，第 59 页。

生活，那么知足与接受便是最佳的方式了。在《形体的秘密》一诗中，“形体”是人生物身体的抽象化，而时光与花朵的联系又将时间观念具体化。形体所需要的只是最基本需求的满足，沉静、简约、淡到极致所构成的一个温柔慰藉的空间则是诗人的一种生命理想。诗人的宿命意识和悲悯情怀一方面体现了柔和淡然的女性特质和共情心理，另一方面通过象征物的形式客观化，呈现出非个人化的倾向，由此它脱离了浅白的情绪流露，上升到一种万物同一的哲学思考和超脱意识。殷红在梳理现代女诗人的智性建构轨迹时认为：“她们以丰厚的现代文化知识为依托，立足于女性特有的生命体验和感悟方式，对人的生命存在和自然宇宙人生进行着形而上的探索。这些以生命的沉思、人生的体悟和哲理的思辨构筑的诗本体，或隐或显地保留了女性思考世界的方式。”① 毫无疑问，西贝虽移民海外，但诗歌所呈现的思辨特质仍可视为中国现代女诗人智性建构传承与发展中的一支。

四、结　语

作为澳洲华文的代表诗人，西贝将中国传统的感性抒情、西方的象征智性与自身的理学素养这三者融会贯通，浇铸出宁静娴雅又睿智多思的诗意美学，并能从中体察出禅意和哲理的深层意念。在新诗发轫之期，周作人便指出新诗正当的道路就是“融化”：“……象征实在是其精意。这是外国的新潮流，同时也是中国的旧手法；新诗如往这一路去，融合便可成功，真正的中国新诗也就可以产生出来了。”② 在新诗发展的百年之途上，融会的方式从未过时，反而凝聚精气使诗歌源源不断获得滋养。立足大洋彼岸的诗人西贝，受惠于此，也必能反哺于此。

---

① 殷红：《现代女性的诗之思——论现代女诗人诗歌文本的智性建构》，《北方论丛》2004年第5期。

② 周作人：《扬鞭集序·谈龙集》，北京十月文学出版社，2011年，第43-46页。

儿童诗集《月亮河·天空城》的多维价值论析

□刘思怡　梁笑梅[1]

内容摘要：西贝作为海外华文世界里充满生机与活力的澳大利亚女诗人，并未囿于时空地理因素的限制，在异质土壤上怀揣着母语表达的诉求与愿望，发出充满个性化的独特声音。她驾驭文字的能力娴熟、观察生活的视角多元，其作品也由此呈现出多样化的风貌。不同于诗集《静守百年》中通过“蛇”“蜥蜴”“红蜘蛛”“灰烬”“祭品”等意象构建“透着些微的寒意”[2] 的诗歌世界，她的儿童诗集《月亮河·天空城》则以女性特有的温婉与细腻，依托自我的日常生活体验与童年记忆，结合儿童的审美情趣，在母体文化底蕴的支撑下构建出灵动的儿童诗歌世界。《月亮河·天空城》以儿童为本位，兼顾成人群体阅读的创作模式，在形式与情感的交织下构建出多维的价值，2021 年获第八届“上海好童书”奖。

关键词：西贝；《月亮河·天空城》；儿童诗；自然；记忆

---

① 刘思怡（1999－），女，四川广安人，西南大学中国新诗研究所，硕士研究生，主要从事中外文学比较研究。梁笑梅（1967－），女，重庆人，文学博士，西南大学中国新诗研究所教授，主要从事现代诗学研究。

② 西贝：《静守百年》，中国青年出版社，2016 年，第 18 页。

中国诗歌文化有着悠久的历史、丰富的艺术形式与充盈的诗歌篇章，然而真正有意识为儿童所作的诗歌却相对较少，正如茅盾所说“在百花园中，儿童诗是个嫩芽”①。新文化运动时期，在胡适、郭沫若、汪静之、叶圣陶等先进人物的大力倡导下才有现代意义上的儿童诗。进入新时期以来，儿童诗的创作与批评在金波、郑春华、张秋生等作家的研究下取得丰硕成果。直至现在，儿童诗作为具有稚拙美、纯真美、荒诞美和质朴美的文学，对于儿童从语言到人文素养的培育具有不可或缺的功能价值以外，还不可避免地承载着成人群体的自我情感体验与创作主题的鲜明个性。旅居澳大利亚的女诗人西贝在《月亮河·天空城》里沉入童年的内部世界，以儿童的心灵和眼光把握诗歌的生命艺术，诗作在自然的语言、明快的节奏、浪漫的意象与蓬勃的想象中，用女性化书写为读者的阅读体验提供了广阔的空间。

一、保持童心：童诗美学的重要特质

保持童心需要“与童年对话”，创作主体反观自我童年的过程为童诗精神创造视域倾注强烈的情感内驱力。儿童文学的童年情态是作家童年情结自然流露的结果，是作家童年情结外化而成的特殊审美意象系统……由此构成了儿童文学所特有的率直、活泼、稚气、浪漫等美学基调”②，童年情态作为儿童文学美学特征的一种表现形式，存在于创作主体的潜意识并为其生发创作冲动。西贝曾提及《月亮河·天空城》的由来归功于她的母亲：诗人幼年随父母下放农村，在河边的村庄里，她常背着妹妹到河滩玩耍并写下许多分行的句子。在诗人旅居澳洲二十多年后，母亲仍旧鼓励其将幼时的经历形诸诗作。在张文中为《月亮河·天空城》所作的序中，论及诗作里的许多题材源自作者幼时居住的乡村河畔、儿时玩伴、奇妙梦

① 王华杰：《儿童文学论》，湘潭大学出版社，2009 年，第 104 页。

② 汤锐：《现代儿童文学本体论》，明天出版社，2009 年，第 216 - 217 页。

想、幼稚童心及深情母爱等，可见童年的“图式”早已融入西贝的思想情感与审美价值取向。童诗要求诗人同童年氛围与经验对话，然而儿童单纯的感知型审美心理活动在一定程度上制约着文学审美的发展，因此儿童文学在具备童年情态审美表象系统的同时，需要灌注成年思悟的深层美学内涵。西贝在儿童审美表象系统与成人深层内涵的相互协调中，形成“携着童年的梦、少年的情、成年的悟”① 的创作心态。

西贝笔下的童诗世界在大自然与童心的相互交融中，以其细腻的女性化书写呈现出蓬勃的生命力。儿童作为人生的初始阶段更为亲近大自然这一生命源泉，二者的亲密关系成为童年记忆不可或缺的部分。“童年的记忆往往是和大自然联系在一起的，大自然是童年记忆永不褪色的‘背景’”②，然而儿童与成人感知大自然的体验有所不同，“对于成人来说，太阳照亮的只是他的眼睛。但对孩子来说，太阳却能透过他们的眼睛照进他们的心田。如果一个人是挚爱自然的，那么他的内在感官与外在感官也总是息息相通的，纵然他已进入成年，但其童心仍然未泯”③，西贝意识到儿童与大自然的融合关系，在童诗创作的过程中多处展现出儿童与大自然浑然一体的和谐状态。在《柳树姑娘》中，西贝从儿童充满幻想的心态出发，赋予自然界万物灵性与生命。“柳树”在西贝营造的想象世界里具备生命意识与女性化形态，契合在儿童的思维中生命平等的普适性审美体验，描摹出儿童与自然界平等和谐的天人关系，“她睁开惺忪的眼/对着河水梳妆”，“黄昏卸去她的头饰/长发在夕阳里飘荡轻垂”，“她静静地在梦中沉睡/每根头发串着一串泪水”，儿童在“我向思维”与“自我中心状态”的指引下将内在感官投射到外在事物，“柳树”拟人化的行为体现出儿童将自我同化于其所观察的环境中。西贝以温柔细腻的女性姿态表现儿童对大自然所产生的共情心理。“春天”“夏天”“秋天”与“冬天”分别

① 金燕玉：《中国童话史》，江苏少年儿童出版社，1992 年。

② 焦荣华：《论教育学视野中儿童与大自然的关系》，南京师范大学硕士学位论文，2007 年。

③ 参见范圣宇《爱默生集》，花城出版社，2008 年，第 35 页。

对应一日的“清晨”“中午”“黄昏”与“夜”，时间线完整地串联着诗歌的故事情节，“柳树”从清晨“睁开惺忪的双眼”到中午“头上缀满翡翠”，继而在黄昏“卸去她头上的装饰”，最后在漫长的夜中“沉睡”，“柳树”的枝条化作女子的头发，女子从早到晚的状态映射季节的更替，将“柳树”在四季的真实形态巧妙地融于一天复现。“晚风”“翡翠”“夕阳”“梦”“泪水”等意象营造出温柔的诗意化气息，“柳树”的动态美在细节化、情节化与女性化的书写中充满生命意义。陈剑先生在谈及西贝的诗歌特质时，认为她的诗歌情感细腻、委婉、温馨，充满怜悯、柔情似水，突出女性坚韧而温柔的特质。西贝在《月亮河·天空城》中融入女性的观察视野与日常生活经验，构建出“超自然”的童诗世界。

西贝在开掘童趣上有其独特的尝试：体现在对意象的有意选择与运用旧体诗进行童诗创作。西贝认为“诗人需要探索自己内心的深处，把那些复杂得难以言说的感觉和体验，借助于意象，来间接地传达其多维的深层的蕴涵……诗人选择意象的渠道来捧出自己的灵魂”①，在诗人塑造的纯真而奇特的意象背后，隐藏着其关于童趣的独特见解与诗人品格。在《月亮河·天空城》中，“红蔷薇”“月亮河”“鸟巢”“小粪球”“红树林”等意象跳脱儿童诗歌常用的普泛化意象，在新奇的具象化意象氛围中流露出作者的个人经验与独特气质。此外，西贝在创作过程中，采用旧体诗的形式融入“朗朗上口”的音韵。“小小露珠哪里来？/晶莹发亮让人猜。/只能看，不能摘，/朝朝滋润百花开。”运用清新浅近的语言巧妙地将童心与童趣拓展至旧体诗的体制。正如西贝所说：“我很喜欢诺米克斯诗集的名字‘显著的透明’”②，她的诗作中不乏“透明”的意象。其将平近自然的意象、语言融入旧体格式，呈现出澄澈与通透的艺术效果。西贝的诗作在去伪存真、力避雕琢的同时，为诗歌注入新鲜的气息与深邃的内涵。

---

① 西贝：《诗的多维空间和意象构造——兼介中澳的文学交融》，《星星》2017年第32期。
② 西贝：《诗的多维空间和意象构造——兼介中澳的文学交融》，《星星》2017年第32期。

二、西贝“童诗”的形式美

儿童诗歌作为儿童审美趣味与成人审美理念的联袂，在融入创作主体意志的同时更加注重反映儿童的心灵世界与现实需要，“从儿童出发，用儿童的眼睛看，用儿童的耳朵听”①，需要作家有意识对书写方式进行选择。高尔基认为：“儿童的精神食粮的选择应该极为小心谨慎……真实是需要的，但是对儿童来说，不能和盘托出，因为它会很大程度上毁掉儿童”，由于儿童的知识经验、生理机制与心理因素相对不成熟，需要作家“通过艺术的形象化的审美愉悦来陶冶和优化儿童的精神生命世界，形成人之为人的那些最基础、最根本的价值观、人生观、道德观、审美观，夯实人性的基础”②，西贝的童诗指向儿童自身并考虑受众的接受能力，为打开童诗的创作空间提供更多的可能性。

童诗之美展现在独特的语言、节奏与韵律的表现上，“由声律效果所造成的音乐性与由词义唤起的视觉形象相统一，便能使作品产生视觉和听觉两方面的审美效果，给儿童读者带来多方面的美感享受”③。从儿童读者的接受层面出发，诗句语态过于曲折、意象趋于晦涩与逻辑走向难辨导致生化的问题，阻塞儿童思维的连贯性，而自然明快的语言、节奏与韵律对于丰富童诗的情感表达与诗歌音乐美的复现具有延展意义。西贝的美学认知正是建立在尊重儿童本位意识的基础上，通过本真、自然的语言与轻快、和谐的音韵深化同儿童认知的契合度。闻一多在《诗镌》中提出“三美”理论：“诗的实力不独包括音乐的美（音节），绘画的美（辞藻），并且还有建筑的美（节的匀称和句的均齐）”④，在西贝的童诗中得到呼应，在《梦的尾巴》里，“绒绒”“悄悄”“圆圆”等词语的叠韵增进语音和谐

① 王瑞祥：《儿童文学创作论》，浙江大学出版社，2006 年，第 13 页。
② 王泉根：《高扬儿童文学“以善为美”的美学旗帜》，《中国儿童文学》2004 年第 3 期。
③ 方卫平、王昆建：《儿童文学教程》，高等教育出版社，2004 年，第 81 页。
④ 闻一多：《诗的格律》，开明书店，1948 年，第 249 页。

的表达效果，每节首句以“梦，是……”为开头，尾句以“我多想揪住梦/它的尾巴”结束，每段为五句，节与节的整饬形成回环复沓的美感。在《小雨靴》中，“大大小小的水洼”“红红的小雨靴”“叭嗒、叭嗒、叭嗒”等叠音词与词语重复的巧妙运用呈现出调皮、舒缓的情感色调，每节通过第二句与尾句押“ɑ”韵，鲜明的节奏与自然的韵律强化语言文字的音响效果，在灵活的句式中营造格律的美感。西贝在句式上的有意安排还体现在《小风筝》《宝塔山》与《松塔》里，通过“宝塔诗”或“变形宝塔诗”的诗形结构营造一种视觉上的节奏感：

宝塔山

山，
高高，遥遥。
绿松衣，银雪帽。
碧云缭绕，白雾缠腰。
直立顶天地，高耸入凌霄。
山路弯弯曲曲，悬崖陡陡峭峭。
等我长大攀顶峰，插上红旗飘啊飘。

《宝塔山》的诗形如宝塔，从一字句塔尖开始，向下逐层增至七字句的塔底。除第一行外，每行两句，由一组对仗构成，呈现出结构整齐、声韵和谐的艺术效果，这种“形”“神”兼备的艺术形式生动地描摹出人与自然的亲近关系。自然的语言、节奏与韵律构建出西贝童诗循环往复的美感，视觉上能嵌入观众的心灵，听觉上能抓住听者的耳朵，浅近的风格结合丰富的内涵也便于儿童念诵、传唱与记忆。

情由事显、以动写静成为塑造童诗之美的重要途径，“童诗之所以提倡有一定的情节性，是因为这一年龄阶段的读者喜欢幻想，有好奇心……即使是写抒情诗，也不能沉湎于静态的潜意识的体验，而是将感情‘外化’成为行动，通过动作，通过物我情感的交流来表现他们多彩的内心世界”①。在《松塔》中，通过“松树妈妈”与“松果”的拟人化情节，展现松子掉落、松树长成的自然现象：“松子们”如同孩子居住在阁楼，风吹落后“松树妈妈”用落叶盖住松果。诗作营造出亲子间浓浓的爱意，自然规律裹上温情的外衣。游戏精神作为儿童文学美学特征和审美基准的重要体现，彰显着儿童文学的个性及美学品格，儿童以游戏的心境接近文学、参与诗歌，通过游戏性的情节与动作切入童诗暗合儿童的心理机制与审美追求。童诗的情节区别于小说故事等叙事性文体的情节，“不是像小说故事那样完整具体，而是若断若续，若有若无，充溢于情节之间的仍是浓郁的抒情性”②，西贝的童诗从儿童的视野出发，以情节化的动态笔触去体验与描述生活。“在夜晚的月亮河堤/小刺猬长长地叹气/狗狗走过来/和它坐在一起/小刺猬声音细细/头垂得低低/‘我身上长满了刺，/我没有朋友、没有友谊’……在晨曦中悄悄隐去/狗狗问小刺猬：/谁说你没有朋友？/谁说你没有友谊?”（《小刺猬》），儿童思维的“泛灵性”生成儿童世界更多的想象空间与感性意识，在儿童眼中分不清现实世界与幻想世界，动物与植物有着同自己一样的生命与情感。西贝尊重儿童通过万物人格化的眼光观望世界，以“小刺猬”与“狗狗”为叙述主体，注入童话的色彩，在动物关于友谊的对话情节中完成对生命的礼赞与对世界的爱意表达。此外，西贝在《冰雹》《牵牛花》《鲨鱼岛》《柳树姑娘》《鸟巢》等诗歌中均赋予叙述对象以动态特性与人格色彩，万事万物进行生命与情感的沟通与交流，儿童在接受过程中与诗歌世界实现双向互动从而提升其审美愉悦。

① 金波：《我们心中的宝库》，北京少年儿童出版社，1992 年，第 257 页。
② 金波：《我们心中的宝库》，北京少年儿童出版社，1992 年，第 255 页。

三、西贝“童诗”的情感美

西贝“童诗”朴素的外在艺术形式中内隐儿童的多面式情感体验，其以“同情”为纽带完成创作主体与儿童的精神共鸣。泰戈尔认为生命才能了解生命，精神才能了解精神。西贝的童诗以儿时记忆为基础，在“亲情之爱、家乡之爱、生命之爱”的表达中找寻与反映儿童共同的情感诉求。对母亲的依恋作为儿童情感世界的重要组成部分，成为《月亮河·天空城》的一大主题。西贝以“给妈妈的歌”为名对亲情集中书写在《妈妈和秋天》里，“妈妈”化作“秋天的太阳”“秋天的风”“秋天的月亮”与“秋天的房子”，以暖融融的“蓬松的棉花”、秋风里柿子树沉甸甸的“果实”、眨着慈爱眼睛的“月亮”、装满柴米的有着红彤彤炉火的“房子”等意象烘托母亲温暖、深沉的爱意与厚实的安全感。在《假如》中则侧重展现孩子对母亲的深切眷恋，“假如大地都是白纸/海水都是蓝色的墨汁/我会在地上写满‘妈妈’/那是我最爱写的字”，孩子的爱与大自然相结合营造出天真自然的浪漫感。出于孩子与自然亲近的关系与想象的心理状态，在西贝的诗中“妈妈”这一角色不光是狭义的人类妈妈。在《松塔》里“松树妈妈用落叶盖住松果”，以妈妈和孩子的亲密呈现松树与松果的关系，西贝为大自然披上有爱的外衣。此外，西贝在《银色的小马蹄》《小海螺》《枫叶红了的时候》等童诗中以稚子之声对婆婆、爸爸、姐姐等亲情表达深深的怀念。乡愁在浓浓的“亲情之爱”里显示其存在意义。“一个又一个遥远的故事/在山的那边，海的那头/妈妈温和的眼睛/含着无尽的乡愁”，故土即母亲，母亲即故土，故乡记忆作为绕不开的情感沉淀于“童心”里。

诗集还通过对副文本的运用，协调与深化儿童读者同诗歌文本之间的关系，《月亮河·天空城》大量运用插画，通过“图文合奏”方式丰富视觉效果，从而生发儿童的“再造想象”，以优化儿童的阅读情感体验。热拉尔·热奈特指出“副文本如标题、副标题、互联型标题；前言、跋、告读者、前边的话等；插画……为文本提供了一种（变化的）氛围，有时甚至提供了一种官方或半官方的评论”①。副文本对于正文本具有呈现、理解、接受和传播等增强效果，插画作为副文本的一种形式，对于儿童阅读参与感与创造力具有直接的启蒙作用。西贝和编者在了解儿童的这一特性的基础上采用“童话卡通风格”的插画，以直观的审美体验深化儿童的记忆，如《海的女儿》的插图根据诗歌内容构建拟人化的“卡通风格”，诗作中“海贝”“海星星”“海马”等意象具体可感地展现在插画上，通过拟人的姿态赋予动物以人的表情，有意贴近儿童所认知的世界。正如杜布罗夫卡·库塞维奇表明儿童不喜欢抽象艺术，克里斯蒂娜·卡利奇发现儿童对插画的喜欢源于其中丰富的色彩以及所看到的熟悉的内容。四位插画作者借助插画中色彩与线条所形成的强烈视觉效果，帮助儿童理解所接触的内容，进而沉浸入诗歌世界。此外，诗集的插画充满故事性，《小海螺》的插图勾勒出一幅女孩面对大海吹奏海螺的画面，诗歌中“海的气味”“阵阵的涛声”“大海的音乐”与“美丽的小海螺”以具象的姿态清晰、生动地呈现在读者面前。在这本儿童诗集里，儿童通过插画可以更好地理解故事化情节，根据插画的视觉表现与自我想象进入充满童趣的诗意空间。

《月亮河·天空城》呈现出成人审美理念与儿童审美情趣相结合的和谐状态。西贝从儿童的心理需求出发，注重儿童的天性与情趣，结合自我童年记忆、体验与情结，探寻儿童与诗歌的内在关联。其诗歌在表现大自然、回归童心、关注亲情与生命等方面展现出独特的审美价值，让读者全身心地获得愉快的美的享受。

① 转引自史忠义：《热奈特论文选·批评译文选》，河南大学出版社，2009年，第58页。

跨界艺术特质生成的歌词理念
——以两岸歌词观的异同为例

□晨枫①

内容摘要：与我国近现代歌曲相伴相携、同步发展的歌词艺术，虽然经历了百余年的发展历程，但对于歌词艺术内在本质特征的理论研究却始终滞后，甚至长期处于近似空白状态。进入新时期之后，随着歌曲艺术的持续繁荣，这一问题逐渐引起了关注，但在歌词是否从属于音乐还是可以成为独立艺术品种的问题上，始终难有结论。有幸的是，在我国台湾校园歌曲、流行歌曲强势影响我国歌坛的20世纪八九十年代，我们聆听到了关于这一问题的某些独特的认识与见解。将同祖同根同血缘同文化的海峡两岸在不同传播语境下产生的并不相同的歌词理念加以比较，会有助于我们对跨界于文学与音乐两个领域的歌词艺术独有品质、个性特性以及艺术规律的遵从，从而厘清某些偏颇的认知。

关键词：歌词；文本歌词；音乐文学；跨界艺术

面对改革开放以来的我国歌坛，谁也无法否认的一个事实是，以侯德健、罗大佑、李宗盛等为代表的我国台湾音乐人与以庄奴、琼瑶等为代表

① 晨枫（1939－），本名王仲源，男，陕西蒲城县人，国家一级编剧，词作家、歌词理论家，中国音乐文学学会原副主席，主要从事歌词史和歌词理论研究。

的我国台湾歌词作家的大量歌曲与歌词作品，曾经征服过数以亿计的内地歌迷与歌曲爱好者们。可以毫不夸张地说，从20世纪80年代初到整个90年代，像《龙的传人》（侯德健）、《我们拥有一个共同的名字——中国》（叶佳修）、《东方之珠》（罗大佑）等台湾校园歌曲、流行歌曲唱红了内地歌坛，几乎达到了耳熟能详、家喻户晓的程度，其对于内地歌坛的创作产生的影响是深刻而巨大的。

台湾与内地虽则同属我国版图，且同祖同根、文化同源，但由于社会体制、经济形态以及文化语境等的差异，使其在文化产品的特质上，存在着某些无可否认的区别。而这些区别体现在歌词领域里，包括歌词创作的基本理念、创作方式、价值取向、传播形式和表现形态等创作机制的各个方面。这一点，只有当我们走进我国台湾歌词艺术领地的历史与现实之后，才会找到一种值得我们深刻思考的。

未曾谱曲演唱的歌词，无须多探讨其文类或文学价值

人所共知的是，与内地的近现代史不同，从1895年中日甲午战争之后，战败的清朝政府将澎湖列岛和台湾一并割让给日本，从此开始，台湾经历了一个直到1945年抗日战争胜利为止长达五十年之久的日本占领时期，也称“日据”时期。就音乐文化而言，就在这一时期开始不久，日本的古伦美亚唱片公司在30年代就进入了台湾，它在将日本流动式走唱形式的“那卡西”风格音乐带进台湾的同时，也直接促进了台湾传统民歌的收集整理工作，出现了以周添旺作词、邓雨贤作曲、本土歌手纯纯演唱的《雨夜花》为代表的一批“闽南语歌谣”作品，有的甚至曾经传播到内地并产生影响。而与此同时，自20年代末开始在上海起源直到40年代中期的将近二十年时间里，以王人美、周璇、白光、姚莉等为代表的歌星们，将诸如黎锦光的《夜来香》、姚敏的《春风吻上我的脸》等一批“时代曲”通过唱片发行与电影播映唱进了台湾，再加上香港邵氏兄弟影片公司

拍摄的一系列黄梅调电影的持续进入台湾，使得这两种音乐在不断强势影响着台湾歌坛。于是，50年代初，台湾开始出现了由本土歌星紫薇演唱、本土作家周兰萍创作的《绿岛小夜曲》等流行歌曲作品。而到了60年代中期，随着美军全面介入越南战争，台湾作为美军对越作战的后勤基地，在美军大量进入台湾的社会环境下，小酒吧、夜总会与美军俱乐部的驻唱歌手们，也将西洋音乐，包括鲍勃·迪伦等的呼唤反战、平等、和平、民权等的摇滚音乐一起，带进了台湾，这就进一步为台湾歌曲的创作趋向多元化奠定了坚实的基础。

就歌曲传媒来看，50年代开播的台湾正声广播电台“我为你歌唱”栏目的设立，以不断向社会推出新歌和歌手的方式，拉开了台湾流行歌曲广泛传播的序幕。尤其是60年代初，台湾首家电视台——台湾电视公司开播后，在招牌栏目“群星会”制作人慎芝（歌词代表作《我只在乎你》）的鼎力扶持下，坚持不懈地连续推出一批富有台湾社会风情的歌曲与歌手，促使华语歌曲出现了一个极度繁盛的时期，其消费市场迅速扩展至东南亚以及全球华裔地区。到了70年代初，随着作家琼瑶的小说接连被搬上银幕后，琼瑶与刘家昌的电影歌曲也在歌坛持续发酵，形成了以刘家昌、古月（左宏元）、汤尼（翁清溪）、庄奴、邓丽君为代表的台湾流行歌曲强大的创作与演唱阵容，也拉开了台湾流行歌曲全面繁荣，并逐渐在全球华人世界里掀起巨大风潮的序幕①。

还应当特别指出的是，同样是处于70年代初的台湾，“民间社会从战后长久的政治禁锢之中日益骚动，党外政治运动出现，新的文化与思想运动开始绽放光芒，一个新时代开始直面社会现实，并且凝视本土。于是，年轻人在白色恐怖下被噤声了二十多年后，终于可以发出自己的声音，‘唱自己的歌’，这是所谓的‘民歌时代’”②。于是，1975年6月6日，由当时台湾大学农化系硕士生杨弦发起的“现代民谣创作演唱会”，在台北

---

① 王赞元：《再现群星会》，台湾商周出版，2007年，第35页。

② 张铁志：《台湾音乐的小清新与小愤怒》，见《台湾最美的风景是人》，中信出版社，2013年，第213页。

中山纪念堂举办。这场演唱了诗人余光中的《乡愁四韵》《民歌手》等作品的演唱会，立即在整个台湾引发了巨大震动，也就此拉开了台湾“民歌运动”的帷幕。

翌年，在淡江学院举办的西洋民歌演唱会上，刚刚从海外游学归来不久的该院学生李双泽，突然意外冲上舞台，大声质问：“为什么唱的都是西洋作品？我们自己的作品在哪里？”随即，他当场摔碎手中的可乐瓶，并激愤地大喊“唱自己的歌”，接着便唱起了1948年脱离日据时代不久出现的台湾闽南语创作歌曲《补破网》，从而造就了震撼整个台湾思想文化领域的“淡江事件”的发生。

此举引发的震动非同小可，它直接促使“唱自己的歌”的星星之火以燎原之势迅速蔓延。1977年，以吴楚楚、李寿全、苏来、邱晨、王梦麟等为代表的一批当时身在高校的台湾大学生们，成了这场“唱我们的歌”与“中国现代民歌”运动的生力军，而台湾的大学校园，也自然成了哺育“我们的歌”的最早的摇篮以及台湾流行歌曲长河最早的源头。此后的五六年间，台湾的“校园歌曲”呈现出一派热浪澎湃、气象万千的繁荣景象——各种演唱会、比赛会此起彼伏，一批词曲作家、金牌歌手与经典名歌也纷纷问世，“歌林”“海山”“洪建全”“新格”等唱片公司也趁势而为，将这些作品与歌手即时以唱片方式推向社会，台湾歌曲艺术商业化旅程也就此开始迈步前行。随后，由吴楚楚等人创建的“飞碟”与“滚石”等顶级唱片公司，也于80年代初相继问鼎歌坛，进一步将在民歌运动中涌现出来的一批优秀音乐作品与音乐人才引向了市场化的运行轨道。

当然，从80年代中期罗大佑在“之乎者也”中喊出了对台湾现代社会的反思，到80年代末期以林强的《抓狂歌》为代表的“新闽南语歌”的出现，使台湾歌坛经历了一段以非主流音乐元素、社会写实主义的歌词用闽南语演唱的阶段，更有90年代初台湾青年以叛逆姿态为特征的地下音乐的兴盛。进入到21世纪，一种与从剧烈到平和的台湾社会形态相协调的小清新的音乐与文学作品又随之而来，并步入彰显个性的“唱自己的歌”的独立音乐之路。此后，这些在心态上归于平静的都市民谣类型的作品，实际上成了校园民谣的变种。

正是这种完全市场化的艺术生产机制，摆脱了政治和人为因素的介入与干扰，一律将歌手新制作的歌曲唱片直接推向市场，让千百万歌曲文化消费者们在鉴别中选择、在选择中消费，按照唱片的市场销售情况并经过听众票选，构成真实反映作品艺术水准与受欢迎程度的歌曲排行榜，形成了台湾歌曲销售与创作竞争机制相互适应的、在市场竞争中获得繁荣与发展的必由之路。在这一点上，台湾相比内地不仅起步早，而且运作规范，于是就孕育出了这样令人意外的现象：仅有 3.6 万平方公里面积、2300 万人口的台湾，却在唱片的销售量上创出十几万、几十万甚至近百万的惊人业绩，并一直拥有着东南亚、韩国、日本等广阔的海外市场。特别值得提及的是，正是这种良好的文化生态环境，吸引了不少外籍音乐人、作曲家、作词家、歌手得以在这里发展。这其中的奥妙，除了中华民族音乐文化固有的深厚底蕴与无限魅力之外，作品从创作到编曲到演唱、再到制作直至销售这一整体链条中所存在的自由竞争生发出来的活力——唱片的发行量不仅决定着唱片公司的命运，而且决定着参与创作、演唱与制作的所有人员的实际利益及其艺术成就、社会声望。对此，台湾作词家陈乐融曾这样感叹道，“如果有人被我的歌词感动，我要谢谢很多人，包括歌手、作曲、编曲、制作和老板，他们让我加入了一个‘集体创作’，每个人都有贡献”①。我想，作为一名歌词写作者，能够如此笃诚无忌地从心底里生发出这种真实体会与深切感慨，对于内地的同行们来说，应当是既十分新鲜又值得深思的。

在市场化的运行过程中，一批优秀歌手拥有了自己众多的听众，他们的唱片可以通过市场大量销售，并从中获得经济与社会的双重效益，而为这些歌曲创作歌词的作家们的生存空间，只可能存在于歌曲的生产流程之中，也就是说，只可能作为由唱片公司、作曲者、歌手、市场共同构建的歌曲文化产业的链条之中的一个环节而存活。这样，也就自然产生了这样

---

① 陈乐融：《我，作词家》，华文出版社，2011 年，第 8 页。

一种现象，即在台湾，脱离开唱片产业之外的歌词，不可能拥有自己生存空间，故文本歌词与专事文本歌词的作者几乎是不存在的，当然也不会有专门供歌词作者发表纯文本歌词的刊物出版。正是这种完全市场化歌曲生产方式，使得台湾的作家们对于歌词的理解同内地并不一致，这其中一个最为鲜明的标志便体现在对于歌词本质的理解上——在台湾的作家看来，唯有谱曲演唱后出现在歌曲中、成为歌曲不可分割的一部分时，其真正的社会价值与艺术价值才可能最大限度地被展现出来，也才能被称作真正意义上的歌词。

这种歌词理念，显然是源于他们在创作实践中的心灵体验——他们非常看重歌词创作本身的艺术生产特征及其所产生的实际社会价值，而对于歌词在理论上的探讨与研究却较为淡漠。也因此，他们才明确地认为，歌词就是“合歌的文字”，“你可以把它写得极为艺术，也可以让它更俚俗”。“歌词没配上曲，作者仍可以说它是词，外人看来格式也像词，但终究不是‘歌词’。”“有配上曲谱，但没人编曲演唱，或从没公开发表，其实也跟个人日记、信简差不多，无须多探讨它的文类或文学价值。”① 这一关于歌词艺术的理念，就从根本上否定了离开音乐甚至不曾成为声音形态的、只是以文字形式存在的书面歌词的存在价值，也颠覆了内地相当多的歌词从业者们对于歌词的通常认识。

歌词是音乐文学，是一种可以独立存在的艺术

与内地相比，我们如果从歌曲发展的历史脉络上不难看到，在歌曲创作实践中所反映出来的对歌词理念的认知与台湾可以说大致相同，但在发展进程中也存在某差异，而这些差异大约从 20 世纪 50 年代中期开始一直蔓延至今。

① 陈乐融：《谢谢与你们的歌词结伴同行》，《我，作词家》，华文出版社，2011 年，第 12 页。

百余年的中国近现代歌曲，自晚清时期在新式的小学新开设的“乐歌”课堂上兴起的“学堂乐歌”开始，到中华人民共和国成立之前的将近五十年里，歌词基本上都是同音乐旋律联袂生成的，即歌词以作为歌曲的组成部分在被谱曲演唱后，再通过演唱会、广播、电影、唱片等传播渠道走向社会。其中除了赵元任、萧友梅、黄自等的艺术歌曲的开先河者们，选择了部分白话诗人们的诗歌作品谱曲之外，其他无论是20年代黎锦晖的儿童歌舞，还是三四十年代上海流行歌曲，即使是在长达十四年之久的抗日战争全民唱歌的特殊环境中，歌词可以说都是同音乐结合之后以歌曲的形态出现并供大众欣赏或演唱的。这期间，几乎没有任何一种以文本形式出现的歌词报刊问世，更没有一本歌词集子出版。其中最值得玩味的现象是，在二三十年代出版的一些简谱或线谱歌曲图书中，作者的署名不是“某某作词，某某作曲”，而是“某某作歌，某某制曲”，这种表述本身就再明白不过地反映了当时社会对于歌词的认识，即歌词是歌，它是与歌相辅相成的，是被融合在音乐旋律之中的，可以称为歌诗，这一点，恰恰是对我国从《诗经》开始的绵延数千年的诗歌艺术传统的一种承续和延展。

情况的变化出现在中华人民共和国诞生后的50年代初，当时，开始出现了既有同音乐旋律一起产生融合在歌曲中的，也有因为等待作曲家谱曲而先期以文本形式单独出现的。究其这一两者共存的现象的出现产生的直接原因，大约主要有以下几个：

其一，一个由人民当家做主的中华人民共和国的诞生，使得整个中国社会发生了翻天覆地的根本性变化，那时，从城镇到乡村，从厂矿到校园，到处都在除旧布新、百废俱兴中呈现出一派生机勃勃的崭新景象，每个人都无不为赢得翻身解放获得新生、为中华民族终于以前所未有的精神风貌巍然屹立在世界东方而兴高采烈、欢欣鼓舞。他们热血澎湃的内心涌动不息的激情无时无刻都想化作呐喊，化作诗行，去倾情呼喊，热诚赞颂，也更想要化作歌声放声高唱。这正如《毛诗序》所说，“情动于中而形于言，言之不足故嗟叹之，嗟叹之不足故歌咏之”。正是这种社会急切需求的文化语境，促使大量歌词在当时还十分匮乏的印刷工具和单调的发行手段条件下，先于音乐而自然地、自觉地产生出来，被谱成歌曲，并伴随着秧歌舞、红绸舞在亿万民众中演唱、传播开来。

其二，在战争年代里，部队的文艺宣传工作中一直有一支专门从事以宣传、鼓动为目的的包括剧本、曲艺等文学演唱脚本的作者，这些作者绝大多数也都从事歌词创作。由于歌词所具有的便捷、及时的宣传功能，就使得他们所创作的歌词往往是为了宣传鼓动所需，就必然是先写出文本歌词，尔后谱曲。而正是这些作者中的不少人在中华人民共和国成立后，成了供职于部队和地方各级演出团体的专业作家——在他们不断依据形势发展配合中心宣传任务所创作的歌词作品不可能全部被谱曲时，大量文本歌词便会应运而生。而为了给这些等待谱曲的歌词以合理的地位，就只能一味强调它的独立审美价值，于是，“一首好歌词就是一首好诗”“我把歌词当诗写”等等歌词艺术观也就随之而来。

其三，在20世纪五六十年代的社会情境下，各种政治运动纷至沓来，使得歌曲往往成为各种群众性宣传活动中最响亮的号角。而一些音乐刊物为了能够使所发表的歌曲迅速及时配合当时宣传的需要，便采取内部编印歌词刊物的方式，将一批歌词直接发给作曲家们去谱曲。这些作者中除少数是专业演出团体的作者外，其中绝大部分则是喜欢从事文本歌词的业余作者。久而久之，围绕着一批刊物便产生了一批以歌词觅曲谱的歌词作者，这便为文本歌词的持久存在创造了赖以生长的丰沃土壤。

这种独特的歌词创作生态环境，使得内地的文本歌词创作拥有了厚实的生存根基。而在80年代之后，借助于改革开放给文艺创作事业所创造的空前宽松与空前优越的氛围，又使得从事文本歌词的队伍获得了一个前所未有的迅猛发展，作者人数也急剧增加。如果说此前各地各级的音乐家协会、群众艺术馆（有的称文化馆）随着歌曲杂志编印的歌词刊物还属于内部资料性的话，那么1980年创刊的、由中国音乐家协会主办的专门刊发文本歌词的杂志《词刊》的问世，则为文本歌词在内地的公开发行与独立生存，签发了一份合法的通行证，也就成为我国近、现代歌曲史上第一份专业文本歌词刊物。此举非同小可，令人惊叹的是，随着《词刊》的问世，全国各省、市甚至地级市所编印的内部歌词报、词刊犹如燎原之火，迅速出现，其种类之多，难计其数，有的省比如河北，80 年代后期开始的一段时间里，就曾有过包括省音乐家协会及石家庄、秦皇岛、沧州、承德、邯郸等市、地区甚至连三河县等，其所编印的歌词报刊竟达八种之多，文本歌词创作活跃的势头由此可见一斑。所以，至少在那段时间里，同被谱曲后以声音形态传播向社会的歌词相比，这种文本歌词的数量始终是占据绝对比重的，其产出与消费之间的失衡态势令人咋舌。

就这样，随着文本歌词的大量涌现所掀起的风潮汹涌而来，在大半个世纪的大部分时间里一直伴随着歌曲持续发展的歌词艺术，忽而展现出了前所未有的一派壮美风光。这使得一些歌词作者自我感觉良好，甚至有些飘飘然了。他们一方面觉得无论是诗歌还是音乐，都有各自名正言顺的名分，比如诗歌作者可以被称为诗人，而歌词作者呢，相形之下就显得没有“地位”可言了。于是，他们投书《词刊》编辑部，以“一首好歌词就是一首好诗”为据，认为歌词应当姓“诗”，歌词作者也应当是诗人；但也有与其对立的意见，认为歌词应当姓“歌”，因为歌词自身并不具备独立性，只有存在于歌曲之中才能真正体现自己的艺术价值。一场歌词姓“诗”还是姓“歌”的争论便就此而被引发出来。

争论归争论。但最终的结论是要以具有科学的、符合歌词这个横跨诗歌与音乐两大门类的特殊跨界艺术自身的艺术规律的基础上才可能得出，对此，显然当时的理论高度与深度还难以达到，所以那场结论也只能不了了之。

但事情到此远未止步。80 年代中期，随着中国音乐文学学会在北京的成立，音乐文学这一特殊文体就被热捧起来。有人为提高歌词的所谓社会“地位”，根本不去回首我国从《诗经》开始一直延续了数千年的韵文史，更不知晓早在 1935 年复旦大学教授朱谦之先生就已经出版过他在该校的讲义《中国音乐文学史》等基本历史事实，索性将音乐文学与歌词等同起来，公开主张“歌词就是音乐文学”。有的甚至将征集而来的从未谱曲演唱过、只是体现在文本上的歌词汇编成册，以《××音乐文学作品选》为书名出版发行。有的为给歌词张目，不惜狂妄地发表《歌词的辉煌与诗歌的哀鸣》的文章，对诗歌极尽讽刺、挖苦之能事，甚至毫无根据的扬言，将来的歌词最终将取代诗歌，成为文学领域的一大门类等等。

歌词真的能够对诗歌取而代之吗？

其实，这种关于诗歌与音乐关系的争论，也就是诵诗与歌诗的争论，随着白话文文学从晚清和民国初年的出现，就一直持续不断，包括梁启超、鲁迅、俞平伯、穆木天、龙榆生、钱锺书等，都发表过各自不同的见解。比如，穆木天就主张，“诗歌是应当同音乐结合一起，而成为民众歌唱的东西”[①]。但钱锺书则反对将“以诗合乐”看成是中国诗的前途与方向，致使诗成为音乐的附庸，认为“诗应该借鉴音乐的境界，但不能强和音乐的旋律”[②]。请注意，这一争论只是在作为单纯“书写—阅读”的诗与音乐的关系对诗歌发展所起的社会作用这一前提下展开的，它对于只是为音乐而写的歌词是否都可以天然合理地跻身于“书写—阅读”的诗之行列毫不相关，只能显示出对于歌词艺术一种不自信的心理状态。况且关键问题又在于，本来就脱胎于知识分子传统文学形式的“五四”以来的新诗，同普罗大众之间接受兴致的差异是不可能轻易消解的，如果一定要用大众一听就懂的歌词去替代被称为“文学中的文学”的“书写—阅读”的诗，那无异于是一厢情愿，其结局也会不言而喻。

仔细分析就不难发现，这种毫无原则与脱离基本事实依据地片面夸大歌词能动作用的观点，正源于某些人将融入歌曲中经过演唱的歌词与只是出现在书面上而与音乐无关的纯文本歌词的作用完全等同了起来，从而井底之蛙般盲目地夸大了文本歌词的作用，使自己陷入一个大大的误区。须知，仅仅只是为读或诵而写的阅读诗，是可以由作者自主完成的，具有完全的独立性；而为歌唱而作的歌词，则必须依靠音乐、演唱和欣赏者的共同参与才可能真正实现其自身的文化价值。也由此，几乎所有传播四方、

① 穆木天：《关于歌谣之创作》，《穆木天诗文集》，时代文艺出版社，1985 年，第 290 页。

② 潘建伟：《钱钟书的诗乐关系观及其诗学意义》，《中国现代文学研究丛刊》2020 年第 7 期，第 128 页。

风靡天下的歌词，正是借助于音乐旋律又以歌曲演唱特有的听觉功能，才拥有了一种特殊社会效果，得以进入千家万户。这一点，不仅如古代的《诗经》《楚辞》《乐府诗》《宋词》《元曲》，都因为音乐而为我们保留了大量经典的诗歌杰作，进入20世纪，田汉的《义勇军进行曲》、光未然的《黄河大合唱》等继续延续着这一传统，即使到了今天，像崔健的《一无所有》入选谢冕、钱理群先生主编的《百年中国文学经典》、罗大佑的《现象七十二变》入选陈洪主编的《大学语文》等，也仍然是由音乐将那些真正优秀的唱诗被保留了下来，成为现代诗歌的一部分。据此，那些与音乐毫不相干的、只是一味躺在纸面上的文本歌词，它除了具有诗歌的外在形式、可以诵读之外，当然不可能被诗歌所接纳，充其量只能是一种等待作曲家遴选的半成品。

很显然，两岸作者对于歌词艺术本质认识的分野正在于，歌词，究竟是经过谱曲演唱后成为歌曲重要组成部分的那类文字作品，无论是谱曲的还是虽则未曾谱曲但以分行形式出现的貌似诗歌的那类作品？

科学的歌词艺术理念只存在于文学与音乐的跨界互动之中

其实答案应当十分清楚，那就是在任何时候、任何情况下，我们在谈到歌词时都不能、也不应该离开音乐，这应当是我们看待歌词的一个基本出发点，否则，就意味着离开了歌词艺术的本质。对此，只要我们认真、静心地叩问我们的前人，再放开眼界看看域外音乐发展中与文学的关系，也就不难找到答案。

早在将近两千年前，东汉史学家、文学家班固就在《汉书·艺文志》中以“诵其言，为之诗，咏其声，为之歌”① 对诵诗与歌诗的不同特点进行了明确的辨析，其中诗歌与歌咏的关系则是二者区别的关键。再看西

① 班固：《汉书·艺文志》，中华书局，1962年，第1708页。

方，文学在音乐中的地位也同样是十分清晰的，“在优秀歌剧中，文学作品不仅获取了第二次生命，而且在相当程度上独立于原著。比如在威尔第的作品中，剧中的莎士比亚作品形象并非文学原型的丝毫不差的再现”①。“语言与音乐结合以后，当然大大地丧失了它的独立性，而服从于旋律的发展。语言的典型特质在音乐中往往是减弱了……而在音乐中保存了语言的全部魅力。”② 很明白，文学语言一旦融入音乐旋律之后，便诞生了另一种崭新的听觉艺术——歌曲（声乐），而歌曲实际上不仅保存了文学语言、即歌词本来的艺术魅力，而且发展、甚至是升华了这种艺术魅力，也才使得歌词这种本来是小众的韵文成为大众的艺术，从而广为人知。那么，在这种情况下，再一味去强调作为文本歌词自身的独立性，显然已经没有什么意义了。这一点不仅被我国近现代歌曲发展历史所证实，也同样在今天的歌词理论界获得了认同。

从“20 世纪华人音乐经典第一曲”即 1903 年正是问世的“学堂乐歌”开山之作、沈心工先生填词的《体操—兵操》开始，我国的近现代声乐艺术经历了将近 120 年的发展历程。而这一个多世纪的发展历史轨迹中，作为诸多艺术门类中一个十分特殊的、在诗歌与音乐互动之中最终是以声音形态出现的歌词，始终是作为其同音乐旋律、演唱者与接受群体共同构成的声乐艺术形态所记载而存在于世的。我国近现代歌曲发展初期，包括沈心工的《体操—兵操》《燕燕》《铁匠》以及李叔同的《祖国歌》《春游》《送别》等在内的大量“学堂乐歌”作品，作者都是将自己创作的文本歌词填入美国、德国、英国、日本以及我国民族民间音乐的旋律之中才得以成为歌曲而融入了社会、进入了历史。直到现代，依旧如此，其中最典型的实例，莫过于光未然与冼星海的经典名作《黄河大合唱》。1939 年初，年仅 25 岁的诗人光未然完成了 400 余行的朗诵诗《黄河吟》，并在延

① 吉维·奥尔忠尼启则：《莎士比亚与音乐》，转引自《作家与音乐》，人民音乐出版社，1983 年，第 6－7 页。

② 吉维·奥尔忠尼启则：《莎士比亚与音乐》，转引自《作家与音乐》，人民音乐出版社，1983 年，第 9 页。

安窑洞中举办了一次特殊的朗诵晚会，博得了响彻整个窑洞的热烈掌声。掌声中，星海激动地站了起来，一把将诗稿抓在手里，表示一定要把它谱好。而为配合谱曲，诗人将长诗改为八个部分，其中一部分朗诵诗作为衔接性的“说白”被保留了下来。就这样，一部原本被作为独立的朗诵诗，因为同音乐联姻而被推上了舞台，最终成了一部不朽的民族音乐史诗，回荡在一代又一代华夏儿女的心灵深处。这一点正如诗人何其芳所说，“我们从来没有遇见一个工人或者一个农民或者甚至一个知识分子记得一首朗诵诗，而且能够照样唱出，然而冼星海同志的一个普通曲子却流行在各个地方，各个阶层的人民中间”①。这进一步确凿地证实了我国近现代歌曲的歌词从起源开始就是与音乐相伴而生的真实生存状态。虽则此后百余年的歌曲发展征途中，也一直存在倚曲填词与依词谱曲的两种不同的歌曲创作方式，但并不存在与音乐不发生任何关系的纯文本歌词被作为诗歌艺术而获得社会广泛认知的实例。

因此，真正意义上的歌词史，只能是由那些被历史发展进程中不同时期、不同时代所认可的、刻录着历史前进脚步与人民大众心声的声乐作品中的文字部分构成，歌词作家的成就也只能同作曲家的成就同生共存。至于那些同音乐从未发生过关系的、只是存在于文本层面的所谓歌词，只能作为一种形似诗歌的文字，被记录在作者的个人艺术创作的档案中，无论如何也难以进入歌词艺术的历史。这个严酷的事实，恰恰凸显了歌词作为一种跨界文学所具有的与众不同的独特品相。

尽管长期以来内地存在着将文本歌词认为是歌词基本存在方式的观点，但从80年代、特别是90年代进入市场经济以来，随着歌曲的直接面对文化市场使得词曲创作、编曲、演唱、制作、传播与销售这一链条的形成与第一批音乐人、股份制唱片公司、签约歌手及创作型歌手的出现，基于对歌曲艺术自身生产规律的共同认知，内地的作家、评论家、音乐人也

① 傅宗洪：《试论“延安——歌咏城”的起源语境》，《艺术研究与评论》（二），四川大学出版社，2013年。

与我国台湾、香港的同行们，对歌词本质的理解在理念上也产生了一些所见略同的见解，这其中最为鲜明的当属西华师范大学傅宗洪教授、四川大学教授陆正兰教授、中国新诗研究所研究员童龙超先生与词曲作家陈小奇先生等所秉持的观点。

90 年代就进入歌词研究领域的傅宗洪就明确指出，“和其他的文学种类相比，歌词的传达方式不是‘说’，而是‘歌’，它的接受方式不是‘看’而是‘听’。这就注定歌词永远是一种‘另类’的文学样式。理想境界的歌词都不是叙说的，而是歌唱的。因此，从歌词诞生的那天起它就和音乐结伴而行甚至浑然一体”①。陆正兰则认为，歌词的特殊性在于它是“为传唱而作的词”，它必须依靠“歌众”来完成其流程，没有得到传唱的歌词为未完成的文本②。而童龙超先生也这样说道，“歌词最基本的存在，其实是在诗歌与音乐的关系里，在诗歌与音乐的互动中，在诗歌与音乐的跨学科里。诗歌与音乐既是歌词赖以存在的语境，也是歌词得以发生、自身属性得以形成的源泉……它的理论理所当然地构建于诗歌与音乐两维及其关系之中”③。基于其丰富词曲创作实践的陈小奇先生对此似乎表述得更加鲜明，“我一向认为，刊物发表的歌词只是文本上的歌词，不是真正的歌词。真正的歌词必须是通过作曲家作曲、演唱家演唱推向社会之后，才能成为真正的歌词”④。其实，这一早已被我国数千年诗歌史所证明的观点其所以今天被再次强调，恰恰是改革开放以来歌曲艺术在逐渐面对市场并向着市场化过渡中所引发的生产流程、传播方式等等方面的深刻变化后，给理论层面上带来的一种必须面对的必然结果，是歌曲发展到今天对于其中歌词社会价值本质的一种客观诠释，也是对成为歌曲组成部分的入乐文学语言融入音乐旋律之后演变为一种诉诸听觉艺术的一种理论引领，它恰

① 傅宗洪：《大众诗学视域中的现代歌词研究（1900—1940 年代）》，中国社会科学出版社，2016 年，第 7 页。

② 陆正兰：《歌词学》，中国社会科学出版社，2007 年，第 257 页。

③ 童龙超：《诗歌与音乐跨界视野中的歌词研究》，人民出版社，2016 年，第 3 页。

④ 陈小奇：《在 2011 年〈词刊〉编委会上的发言》，《词刊》2012 年第 1 期。

好体现出了两岸学界对于歌词艺术本质理解的一致性。

不难看出，两岸在歌词理念上存在的某些分歧的关键正在于，究竟是立足于音乐的世界里去看待歌词，还是脱离开音乐只是一味面对作为纯文本的歌词来看待歌词，这才是唯一的结论。

吟唱中的新诗写作

——梁上泉音乐文学创作习惯初探

□赵心宪①

内容摘要：本文仅就梁上泉音乐文学吟唱创作习惯做初步探讨，尝试为全面阐释相关创作的基础理论构想打开思路，同时深入探寻民间音乐传承规律性认知的路径。本文主要涉及以创作主体日常生活中曲调运用的民间音乐特点来分析无名曲“唱着写”新诗的梁先生音乐文学创作习惯；与“文人民歌”民间音乐行为类同的吟唱音乐基础理论及其实践应用分析；吟诵音乐行为的美学阐释；与梁先生音乐行为相关的，吟诵调、吟咏调到吟诵调词曲生成过程中的散板音乐风格、声情范畴等学术问题。

关键词：吟诵；吟唱；文人民歌；音乐文学；新诗写作

探讨梁上泉先生音乐文学创作习惯的形成及其文化内涵，是我多年前写作《梁上泉音乐文学创作的民间影响》一文期间，即拟定的学术项目选题，当年还草拟了一个多维度切入选题的全方位诗学研究计划。后来因为解决区域民俗学应用问题去了，竟一头扎下去，差点今天都未能抽出时间精力来完成这一计划。

---

① 赵心宪（1948－），男，重庆綦江人，重庆第二师范学院教授、巴渝文化名人研究所所长，研究方向为中国现当代文学、民族文化、民间文艺。

20 世纪 90 年代上半叶，我与梁先生诗学对话比较频繁，在来往密切的信息沟通中，让我注意到先生特别的创作习惯——“唱着写”。那时他家在重庆市歌舞团宿舍的 8 楼，按照预约好的时间登门访谈，总会见到先生左手拿着一个巴掌大的四方小本子，右手指间夹住一支笔（或铅笔，或彩色笔），嘴里喃喃，哼着什么。说，“啊，准时！等一会儿哈，就这一句。”之前电话联系中商定的访谈话题，估计打开了先生尘封的记忆，我从南岸区的学校宿舍，赶到渝中区八一路，不到一个小时，梁老师还在兴头上，提笔正写着什么。1993 年初夏，随先生回达县北山老家，收集传记资料，乘火车，换汽车，一路上都聊得很开心。其间他经常掏出巴掌大小本，写下几句，好像加强记忆似的，而且边哼唱，边写，以短句子为主，有时就几个单词。问：“总是唱着写吗?”答：“习惯了，好多年了，50 年代初，在成渝铁路工地上搞创作时养成的吧。到写新诗成了诗坛的‘角儿’，就再也不想其他可能感觉更好的调动情绪的方法了。”

《能歌的诗——梁上泉歌词印象》是梁先生特别推荐给我的诗学论文之一，因为“唱着写”的好奇与追问，让传记写作的话题，不经意间纵深直入创作主体的审美经验层垒，及其深邃、感性的个性化诗美空间。这样，梁先生视我为音乐文学的“忘年交”。为此，21 世纪初梁先生专程到我家好多趟，体验我在学校的工作环境，建议新的写作计划，还送来一部书稿的拓蓝纸誊写件《梁上泉抒情歌词选（1951—1986)》。书稿目录后的序言部分，装订的就是吕进先生《能歌的诗》手稿原件（每页 400 字的稿签纸)。梁先生特别嘱咐我，有空时对照‘目次’两种铅笔字留下的标注，吟唱、玩味、品评，有想法就可以和我联系，争取这本书能早点正式出版。”

书稿目录标注加红五角星和三角形的作品，是谱曲推出歌坛反映好的或比较好的，如《茶山新歌》《峨眉酒家》《小白杨》《月落歌不落》《山区运粮队》《我的祖国妈妈》《望月》《梦里红花朵朵开》《小放牛》《石榴树》《九寨沟风光令人醉》《切莫忘》《绿宝石之歌》《不会忘》等共 14 首。全书 166 首单曲作品以时间为序，分为“孔雀的家乡”（16 首)、“草原的路”（19 首）、“绿色的界碑”（17 首）、“送你一个春天”（21 首）、“我住长江头”（13 首）、“我的祖国妈妈”（15 首）、“我的吉他”（22 首）、“花冠与宝石”（5 首）、“山城风光如画”（组歌，9 首）、“红岩英烈赞”（电视剧插曲，5 首）、“西湖之恋”（声乐套曲，6 首）、“长城”（清唱剧，9 首）、“神奇的绿宝石”（声乐叙事套曲，9 首）各栏目。但这部《梁上泉抒情歌词选（1951—1986）》最终未能如愿出版。

如果比较 2010 年重庆出版社出版的《小白杨——梁上泉词作歌曲选》[1]“目录”，本书的栏目设计，让作品的音乐属性类型化彰显。第一辑歌曲，89 首，前六首即《小白杨》《我的祖国妈妈》《茶山新歌》《峨眉酒家》《月落歌不落》《山城的花冠》；第二辑影视选曲，《红岩英烈传》等 10 首；第三辑歌剧选曲，《你叫我怎么说》等 31 首；第四辑合唱曲选，《红红的岩啊青青的松》等 8 首；第五辑叙事套曲，《九寨沟风光令人醉》等 8 首；第六辑交响合唱，《中国命运交响曲——重庆谈判》的《中国向何处去》等 8 首。全书编目，尊重音乐编辑的专家建议，同时保留了梁先生的想法，《能歌的诗》作为唯一诗学文献入编书后“附录”，为读者深入欣赏、研究作品，保留了一个特别的音乐文学美感认知通道。

本文仅仅就梁上泉音乐文学吟唱创作习惯做初步的探讨，尝试为全面阐释梁上泉音乐文学作品的基础理论构想打开思路，同时探寻深入民间音乐传承的规律性认知。思考尚待深入，欢迎批评指正。

一、“唱着写”无名曲的曲调运用

把梁先生“唱着写”的曲调运用音乐行为，在很长一段时间里都说成是“自度曲”，这的确是个人想当然的命名。自由地哼唱即“自度”，关联的曲调不就是“自度曲”吗？类似张岱《陶庵梦忆》所记，杭州西湖春日踏青，游人们口头哼唱着的无名小曲。翻阅中国音乐史文献，发现这个望文生义的理解误差太大了，至少，动态复杂的音乐行为，竟被我武断凝固为物化的音乐作品，似乎是现在一眼就看得出的问题。

“自度曲”一词，最早出自《汉书·元帝纪览》：“元帝多才艺，善史书，鼓琴瑟，吹洞箫，自度曲，被歌声。”自度曲内涵明确的使用，可见于《白石道人歌曲集》中收录的，附有旁谱14首的自度曲。例如《长亭怨慢》“小序”云：“予颇喜自制曲，初率意为长短句，然后协以律，故前后阕多不同。”姜夔自度曲，中国音乐史评价很高，被视为800年前音乐与诗歌完美结合的中国艺术歌曲代表作。细读姜白石对个人自度曲创作过程的简要说明，内涵实在丰富。词作在先，曲谱在后，自己作词，然后自己谱曲，这是一层意思；初“率意为长短句，然后协以律”，是说“长短句”的词体，因为创作激情使然，是率意为之，不假思索，凭感觉选择的，为情驾驭，音律来不及细细推敲，以免削足适履，形式禁锢内容，违背创作初衷，这是第二层意思；顺应诗情表现的需要而率意为词，并非轻率抒情，而是就近选择情感表达的长短语句，然后协律以强调音乐曲调创作的讲究，努力达成歌诗音乐美境界，这应该是第三层意思；第四层意思是“故前后阙多不同”的理解。为什么前后阙不同？姜白石14首自度曲，除了《秋霄吟》三部分构成，以乐句串联的形式结构全曲，其余的都是两部分组合，所谓“双片”。因为自制曲，为声情所需，运用不同的音乐表现手法，创造出不同的曲式结构，以平行、对比或即兴的自由体结构，让“前后阕”音乐表现多姿多彩。总之，成为自度曲创作主体，必须能够谱曲。

细读《小白杨——梁上泉词作歌曲选》，为梁先生词作谱曲的曲作家，诸如士心、施光南、金干、杜鸣心、张鲁、舒铁民、曾繁柯、薛峰等有60余位，其中名家多位。让笔者特别留意的是，注明“梁上泉填词”字样的词作只有三首：女声独唱《花花扇儿摇》（阆中民歌曲调）、女声小合唱《情哥到我家》（川北民歌曲调）和表演唱《螃蟹呀螃蟹，一个也跑不脱》（四川民歌曲调），占这部《词作歌曲选》全部作品的不到2%，几乎可以忽略不计；并且没有一首标注“梁上泉词曲”字样的作品，也就是说，没有梁先生自己谱曲的词作。这当然说明梁先生的音乐文学创作，不是先有曲谱，然后“倚声填词”完成词作的；也不是后来自己谱曲的作品，不然哼着的“无名曲”，因为曲调来源清楚，就是“有名曲”曲谱了。例如，网络上随时可查，名气很大的四川阆中民歌曲调《花花扇儿摇》，比对不同演唱视频的歌词，与梁先生词作长短句何其相似：“太阳当头照呃，/就像哟火在烧，/满破谷子都搭完了，/树下来歇歇稍，/花花扇儿摇，/花花扇儿摇。/心都哟凉快了，/拿起扁担把谷子挑，/一同下山坳，/花花扇儿摇，/花花扇儿摇。”[1] P102－103

我随梁先生一同回达县北山老家，不管路途多么辛苦，先生都很兴奋，不断哼唱着无名曲。为了北山采风目标更集中，问题意识更清醒，出发前的案头准备，可以看出梁先生着实下了一点真功夫：不仅收集了厚厚一堆有关巴山民歌的图书资料，曲谱更没有少听，《万源民歌》《城口民歌》《通江民歌》《南江民歌》《巴中民歌》等，当地文化部门的内部出版物，算是通览过，没留死角。但是，印象中与梁先生口头的无名曲，我似乎总是对不上号。与巴山民歌似曾相识的曲调，总觉得耳熟，诸如五声音阶的旋律行进与骨干音的不断浮现，像这又像那，却不可能坐实曲调来源地的大致方位，很让人自信心受损。标准答案肯定在梁先生那儿。记不清楚这方面后续的专题对话、访谈搞了好多次，在北山乡的半个月，几乎天天都问到相关话题；返渝后，书稿写作过程中，也常常与梁先生电话恳谈。相关主要话题内容，最后写进了《诗美创造的过程描述》“总论”部分的第三章：“俗化雅化，雅化俗化——与民间文艺关系初探。”[2] 现在来看，这本书稿的“初探”，对梁先生音乐文学创作风格形成的两个核心论断，是比较重要的。

1. “从幼年时期民间歌谣不自觉的文化启蒙，到中学时期对民间歌谣比较自觉的接受欣赏，早年梁上泉与民间文艺关系的阶段性特点，与其审美意识的形成关系密切。”[2] P51 伴随诗人新诗创作生涯的无名曲哼唱，音乐美的自我欣赏，成为梁先生音乐文学创作的原生动力之一，恐怕这在国内，甚至世界华人诗坛也是很少见的。

2. 20 世纪 50 年代初，梁上泉诗人军旅七年曲艺创作的题材运用，弥补了其童年民间音乐美的经验库存；文工团创作员身份赴各地有意识的民歌学习、收集、整理与运用，进一步延伸到区域民俗音乐文化美的环境；“而更重要的是，梁上泉50年代的新诗成名作诞生于他尽情地吸收民间文艺营养的这个时期，民歌是促使其新诗创作起步的催化剂之一”[2] P60。

无名曲“唱着写”新诗的习惯，成为梁先生音乐行为最让人费思索的表现。先生有很强的曲调即兴创作能力，回北山乡老家山路上，眼前的山、水、人、物，还有连类而及的事，都有口头无名曲伴随，可谓张口就来，让人匪夷所思，而且从不在大家面前引吭高歌，一展歌喉。问为什么？说，这个调调应境而生，感觉有了，就可以哼唱了；配词却讲究，一个字、一个词，或者一个金句的偶然浮现，不是感觉逮得住的，先记下来，成为词作最后成形的起点。“我的功夫不是记谱，而是触发作曲家的音乐感觉，得到一个可以表现音乐才能的机会。”事实上，笔者从来没有看到过梁先生记谱的手稿，甚至，词作旋律的简谱标记也从未见过。我多次尝试记下先生无名曲的简谱，均未成功，因为老是转调，才确认是宫调，又变成了羽调，好像徵调，又回到了宫调，看到先生哼唱无名曲的自得神情，只能放弃询问。我可以确认的逻辑起点是，无名曲“唱着写”是曲调在先，“长短句”词作在后，为词作最后完成谱曲的创作任务则留待作曲家的兴趣和灵感去完成了。这与姜白石自度曲的音乐动机与写作程式明显不一样，这其中的艺术文化内涵如何破译呢？

二、无名曲“唱着写”的“文人民歌”解读

“文人民歌”是秦德祥先生在2010年为论证“音乐视野下的古典诗词吟诵”特征，创新提出的一个音乐美学术语。从雅俗音乐美的形态关联，“文人民歌”为破译梁先生的音乐文学创作习惯，开启了重要的学理思路。笔者以为，梁先生无名曲“唱着写”的音乐文学创作习惯，与“文人民歌”音乐行为类同。

秦德祥先生长期研究吟诵音乐的基础理论和实践应用，从1991年开始，就启动了目的明确的吟诵艺术实践资料采集，在大量收集、录制、整

理、研究吟诵实录音响资料的基础上，2001 年为吟诵音乐下了一个内涵初步界定的定义，十年之后的 2013 年，再下一个内涵界定明确的定义。“文人民歌”说 2010 年提出的时候，秦先生的吟诵音乐美术语内涵已经明确了，其理论价值值得深入领会。本文有必要重温先生《吟诵的“文人民歌说”》[3]的行文思路、主要观念和争议辨析的要点。

这篇国内音乐界有广泛影响的论文由三部分构成，第一部分“学科细分中的吟诵”，与第三部分“研究吟诵必须打破学科隔阂”前后呼应，解说文学、语言与音乐三个学科交叉的吟诵音乐现象。秦先生认为偏执于单一学科维度，中国音乐史数千年历史中诞生、发展的吟诵音乐传统，是不可能搞清楚它的本体特征的。讲究学科细分是西方文化的产物，古典诗词文的吟诵，属于中国传统文化范畴，“传统文人观念中，旧式教育里，就是‘读’的问题（读诗、诗词，读文章）或‘念’的一种方式。如今，按学科细分而论，它是文学、语言、音乐三门学科的综合”[3]，于是单一学科研究吟诵音乐事项，就成了问题。1924 年赵元任先生出版的《新诗歌集》，成为百年来最早跨学科研究中国传统吟诵音乐事项的专著，意义重大。其中现代音乐思维方式的应用，可以帮助我们确认中国民间音乐的美学价值。这样，秦德祥先生论文的第二部分“吟诵与民歌”的阐释内容，就非常值得细细琢磨了。

“文人民歌说”提出得比较早，内涵的学理阐释却没有适时跟上，引起音乐界较大争议。2010 年的上述专论核心部分，希望全面说明“文人民歌”术语的基本内涵，也是秦先生吟诵音乐美学理论系统建构的关键步骤之一。文人小众化的古典诗词文吟诵，与大众化民间音乐的民歌行为，如何有机融合为“文人民歌”的音乐事项，在于雅俗共生五个方面的中国音乐史内在规律所造成的历史机缘。

1. “在历代传承中逐渐成型”，是吟诵与民歌的共同特点，而且原创者根本找不到，但体现出普通民众，也包括文人知识分子的“口头音乐创作才华和水平”，成为“历代祖先智慧和创造力的结晶”。

2. 吟诵与民歌的主要传承方式都是一样的：口耳相传，并在传承过程中不断演变（这就是新千年初20年，全国从上到下，非物质文化遗产活态保护传承不断传播的核心理念之一。口耳相传的动态不是文本相传的静态，说与听的动态中接力，造成传承过程的变异，成为吟诵和民歌亘古不变的传承规律——引者）。

3.“吟诵与民歌的传唱，都不以乐谱为依据。”我们所见谱面物化后的吟诵或民歌，不是日常生活中的原生活态，而是民间音乐采录者一次性的乐谱记录文本。日常生活中的民歌演唱者，或古诗词文吟诵者，每一次音乐行为都可能有区别，或环境、或气氛、或情绪、或状态……或发挥得好一些，或相反，与乐谱的文本记录存在种种不同。所以，民间有“吟诵像唱山歌”的比喻，这是直觉上认同吟诵与民歌的音乐本质一样。

4.“吟诵与民歌同样，主要取‘倚字声行腔’方式形成曲调。”一支大家熟悉的曲调，在演唱过程中，往往采用依靠旋律（倚声）填词的方式，创作新的作品，而且允许曲调发生一定的变异，“同样典型地体现出中国传统声乐作品的旋律生成规律”。

5.“吟诵与民歌一样，具有当地民间音乐风格的特点，吟诵音调多与当地民歌、小调、戏曲等互相交融，在一定程度上存在着共生关系。”换言之，吟诵主体习惯的音调特征，与其所在区域的民间音乐是“共生”的，方言的语音基础、发音的地方特点及其语调的约定俗成，民歌、小调与戏曲就是吟诵的母体。所以，秦先生把方言视为民间音乐支系吟诵音乐存在的前提。

音乐行为的吟诵与民歌当然不是一回事，最大的区别在于吟诵属于小众文化、雅文化的阳春白雪，民歌属于大众文化、俗文化的下里巴人，文化传播层面不能混淆。论其二者的共生关系，目的不在于清楚不同之处，而是生成不同音乐形态民间音乐母体的遗传基因是什么，应该如何去辨识。秦先生认为，“文人入仕之前，多在民间读书，他们的吟诵音调，当然属民间歌曲（此处的一词是广义的，泛指有词有曲的，演唱的民间声乐作品——原文所注，引者），但其创作与表演的主体是文人，不是普通民众，属特殊阶层。在不少地区的农民和个别乡村中，也能见到吟诵。是这种文人民歌向社会辐射，波及其周边普通民众的结果，是吟诵的边缘现象，而非核心部分”[3]。《中国民间音乐集成》多省市卷收录的“吟诗调”（或吟诵调），只是简单的四句体七绝、三字经等启蒙读物，就很少见到八句体律诗的音调资料。说明“文人民歌”的术语，主要只是以音乐美学视角，审视吟诵的一种比拟的说法，寄希望于对其本质特征的认识，“并非正式定名或定位”。但笔者认为，秦先生的“文人民歌说”，虽然还说不上是学术内涵周延的音乐美学定义，但为解释梁上泉先生无名曲“唱着写”的音乐文学创作习惯，开启了学理探讨的思路。

梁先生童年时期深受巴山民间音乐熏陶，北山乡的村寨民俗音乐环境、保国民小学校园音乐的影响，积淀在先生音乐天赋的潜意识深层；而达县城中学时期的音乐教育（包括语文教师李冰如严格的吟诵训练）与民间采风，造就了梁先生深厚的民间音乐素养，大量的民间曲调吟诵记忆，给创作主体“无名曲”冲口而出的特异表现，《诗美创造的过程描述》一书有较大篇幅翔实的阐述，这里就不再赘述了。专家有关诗歌与音乐结合的、中国艺术歌曲的音乐史论断，值得我们进一步思考下去：“我国最早的诗歌都是唱的，诗与歌同源，吟与唱同胎，所以我国古代称诗歌为‘歌诗’。这是中华诗词的特有现象。我国春秋和秦汉时代，歌曲以民歌为主体，民歌都是词曲同时产生的，而自南朝梁代唱歌的人‘杂用胡夷里巷之曲’加工创作或改编了一些长短句的曲词，这便是最早的‘词’。自梁而唐，填词渐成风气，于是歌曲创作总是先有音乐而后填词，自此古人称填词为‘倚声填词’。填词高手被称之为‘倚声家’。每一个词牌都有一个旋律，我国古代词牌上千，但两万多首宋词常用词牌只一百左右。形影同在，词乐格律只有这么多，很多词乐因无资料保存而失传。”[4]梁先生不是“倚声家”，他从不记谱，也不是民歌手，但歌词创作过程中，“唱着写”无名曲的吟诵音乐习惯，总让他与诗歌女神邂逅获得灵感，这其中的美学原理是什么？

三、“唱着写”无名曲的吟诵音乐美学解读

梁先生音乐文学创作“唱着写”无名曲的吟诵习惯，细究其美学渊源的确不一般，中国音乐史的吟诵音乐传统继承问题，是首先需要学理认识到位的美学难题。

访谈梁先生保国民小学时期的音乐课印象，先生脑海中几乎一片空白，说不出个究竟，唱歌课和国文课的朗读，校园回忆中没有多少可说的。达县城初高中时期的音乐活动，梁先生却有鲜活生动的细节记忆。一个是现代音乐知识的系统学习、体验，学校的音乐名师王抒情功不可没；二是国文教师李冰如严苛的诵读训练，引人入胜的示范培养。自己打小民歌音调的熟悉，吟诵练习起步很快，不断得到老师的嘉奖，这极大地激发了他古诗词文吟诵的兴趣。加之旧体诗词音律入门较顺、练笔佳作迭出，被李先生视为学校难得的诗坛新秀，师生情谊胜似父子。因为吟诵口传心授的民间音乐传统，李先生有精彩动人的吟诵启蒙示范，学理上，却没有给梁先生更多的知识和启发，只是真切地感觉到，吟诵与民歌似乎生来并不隔膜，而且有亲缘关系，让人愉悦的吟诵，不靠谱子，都是语句的“声口”唱出来的。

梁先生因为中学时期古诗词文的吟诵训练，感觉到小众化的吟诵音乐与大众化的民歌曲调有血缘关联，相关音乐美学的知识，却是可以用来清楚阐释的。例如，汉族民歌体裁分类的一般常识。秦德祥先生将吟诵确认为汉语古诗词文特有的音乐形态，就在于，汉语在世界语种中独一无二的音乐性。“号子、山歌、小调”三分法，在国内传统汉语民歌体裁分类中流行，可以清楚看到小调类中吟诵调的位置：号子类有搬运号子、工程号子、农事号子、船渔号子、作坊号子等五小类；山歌有山歌、田歌、猎歌、放牧山歌等四小类；吟诵调、谣曲、时调则属于小调类。不过专家指出，以上吟诵调的小调类归属，违背了分类学的基本原则。主要问题在于，小调有较多后期艺术加工，吟诵调则是一次性的音乐形态。小调或者

流传全国，或者一定地区，例如巴山小调。一般来说，小调的曲调比较流畅，结构也还工整；唱词因由艺人传授和唱本传播而相对稳定，格式多样，富于变化，长短句的形式比较普遍。非对偶的三句、五句等结构，及多段词的反复也是较普遍的，并且常常喜欢用四季、五更、十二月、花名等形式联缀；“曲式结构以二句和四句的单段结构为多，仍因歌词格式多样富于变化，并用衬字、衬句扩充音乐结构，以加强感情表达；大多有器乐伴奏”[5]。

因为以上特点，专家建议，为了更准确地认知吟诵调日常生活中的朴素音乐形态，可将号子列入“做唱调”子类而不单列为大类。因为大类“做唱调”的“做”，有很强的概括性，标示着种种“做的事正在进行时”。“做唱调”依据歌者边唱边做的“事”，因事得名，可依次类分为五个子项：号子、叫卖调、哭调、儿歌、摇儿调、吟诵调。号子小类，就可以再依据劳作的工种，分为搬运号子、工程号子、农事号子、船渔号子、作坊号子等五个小小类。总之，“做唱调”无法作为歌曲独立存在，因为“是兼有‘做什么功用’的民间歌调”。民歌三大类的修正版，号子的上述小类之外，加上山歌四小类（山歌、田歌、猎歌、牧歌），小调两小类(时调、谣曲)，民歌的音乐美学属性就简单、明了，比较好理解了。具体而言，吟诵调音乐记谱与古诗词文的吟诵行为不可分，方言、语调与地方语音习惯是一个音乐行为本身的内容，古诗词文吟诵的“做”，每一次都不可能如机械复制般完全一样。因此，严格的音乐学视角的“民歌体裁分类中，任何一种类别的特征定义，都是由音乐形态与观演场合的双重因素决定的，缺一不可。两个因素统一观照，才有决定意义，强调其双轨制，就找到了它们同一类别的依据”[5]。秦德祥先生说，“文人民歌说”就是一个比拟的说法，如果此说再延伸强调一下，既包括“文人”吟诵古诗词文的音乐形态，还加上“观演场合”的音调效果，吟诵调民歌的音乐美学属性当然就更清楚了。

其实，秦德祥先生很明白“文人民歌说”学理还不周延的地方在哪里。三年后的2013年，再发《吟诵定义及文化定位之我见》[6]一文，这是秦先生2012年10月，在全国“吟诵高端论坛”上演讲的整理稿，专题讨论音乐美学视角，吟诵的学术定义及其文化内涵。全文三部分的前两部分，从文学、语言与音乐三者不可分的汉语文音乐内涵，分别考订吟诵的“诵”，与吟诵的“吟”的音乐表现，以及其二者的区别与联系；比较国内公开出版的《现代汉语词典》几个版本词条释义、名家相关说法之后，秦先生接着界定自己的吟诵定义；在此基础上，第三部分讨论古诗词文吟诵的审美文化定位就顺理成章了。秦先生的吟诵定义文字非常简明：“吟诵是一种，介于诵读与唱歌之间的，汉文古典文学作品口头表现的艺术方式。”[6]这个定义，对于理解梁先生无名曲“唱着写”的音乐文学创作习惯，很有帮助。秦先生阐释吟诵音乐美学特征的基本观点，主要围绕“吟诵”音乐事项的两个词素分别展开。

一个即吟诵的“诵”。音乐角度阐释有三个要点：1．“诵”就是“发音短促，字与字或音与音之间距离紧密”的意思，用自然语音或音乐之音进行，都是“可诵之诵”，过去有“和尚诵经”“吟诗诵文”的习惯用法。2．吟诵中的“诵”，“是在各字发音长短方面相对于‘吟’而言的”，即“字对应于音调中的一个音”或几个音，总长度较短，“一拍”之内，音域较窄，通常只用简谱1－5有限的几个音。3．以诵为主的吟诵，古代是一种读书方式，“诵”是吟诵的基础，吟诵的“根”。例如赵元任留下的吟诵录音资料就表明，吟诵节奏近似自然语音的读，但主要采用音乐之音表现，其中还“夹杂某些自然语音的音素”。

另一个吟诵的“吟”，是搞清楚吟诵音乐美学特征的关键。秦先生认为，“吟”有韵有调，这个“调”是曲调，而把“有韵调”理解为“成音调”，更符合吟诵音乐的动态表现。研究采录的国内各派吟诵音响资料，“吟”的发音长短，与诵比较而言“成音调”的三种情况是要注意分析的。1．古诗词文中的一个字配上一个长音，“这个长音的长短，虽不一定是多少拍，总要比‘诵’音略长一些”。2．上述情况“长音的尾部滑向较低的音，一般是低下一个小三度”，当然，也有低下去更多音的情况，甚至“低下去的音比原音更长”，再加上“花音”修饰，唱的味道浓一些。

3. “诗文中的一个字配以多个音，这个音构成一个音调片段。因为‘吟’主要用于‘平声字’这个音调片段，通常是由高音渐渐地或曲折地向低音进行。”[6]

传统文化、小众文化与地方文化，秦先生认为，这就是吟诵音乐审美文化汇流的三个主要方面，即吟诵音调生成的源头：“古典诗词的作品，书面形成的文字是固定的，但口头形式的读，不同地方，因为方言的不同而音调不同。读书音调的音乐化，便形成了吟诵音调。吟诵者通常不谙音乐，甚至根本不知道‘音阶’，更遑论曲调，他们的吟诵音调从何而来的？回答是，从前辈那里学来的。而前辈的前辈又是从何学来的？就是从他们耳熟能详的当地民歌、山歌、号子、小调、戏曲、曲艺，乃至民间器乐中，不自觉地汲取了养分，因为各地吟诵音调，无不具有当地民间音乐的风格。”[6]

上述吟诵音乐美学源头的学理探讨很精彩，实例确证其实更容易。名家演唱的梁先生音乐文学作品视频，诸如郭淑珍演唱的《茶山新歌》《月落歌不落》，阎维文演唱的《峨眉酒家》，郑绪岚演唱的《采忙忙》（20世纪中华歌坛名人百集），吴雁泽演唱的《巫山情歌》，胡松华、德西美朵演唱的《切莫忘》（电影《神奇的绿宝石》插曲），甚至廖昌永演唱的《周恩来在重庆》主题歌，等等，都可以品出吟诵音乐旋律特有的曲调趣味。这其中埋藏着多少中国音乐史的学术资源呢？

四、需要深入思考的几个相关话题

关于中国音乐史，蒋孔阳先生有一个著名论断：“我国古代最早的文艺理论，主要是乐论，我国古代最早的美学思想，主要是音乐美学思想。”[7] P8吟诵相关的文学、语言与音乐三学科关系问题，一个知识系统的整体观念引导下，音乐基础学科修养的重要性不言而喻。

梁先生无名曲“唱着写”的音乐文学习惯，吟诵音乐美学的阐释方向把握住了，却还需要可操作性的具体化。王安国先生这样分析过吟诵技法在现代音乐创作实践中的成功应用："音乐作品创作中，有意识地将吟诵应用到音乐作曲中，作曲家参照吟诵方法，把音调和语调适度或极度夸张，进行艺术处理，使处理后的音调和语调不仅具有音乐美感，而且极富吟诵的独特音乐美。"[8]事实上，梁先生无名曲"唱着写"的音乐文学吟诵习惯，非常个性化：无名曲中的"长短句"正在生成过程中，似喃喃自语的吟诵往往有调无词，然后，可能为一个词吟咏而拖腔，也可能因为一个成形句子的终于诞生而吟唱。非常巧合的是，盘石先生把吟诗与歌曲创作的曲调美，细分为吟诵调、吟咏调和吟唱调三类，并有分类依据的详细阐释[9]。

笔者曾经希望，用简谱留下梁先生无名曲"唱着写"的曲调旋律，虽然徒劳无功，却注意到其中运用散板旋律腔调的特别抒情功能。梁先生将他自编的歌词集称之为"抒情歌词选"，无疑散板抒情美的形式表现是比较看重的。关于吟诵"散板"式抒情的音乐行为特征，郭沫若先生就形象地描述为"无乐谱的自由唱"[10]。有研究者认为，中国诗学范畴存在两个核心，"意象"范畴之外就是"声情"范畴[11]，笔者深以为然。如果"声"的表现就解说为音乐，"情"的抒发是为文学，汉语言文化传统的音乐性本体认识就非常重要了。这或者可以成为上文引述蒋孔阳先生关于中国音乐史著名论断的注解。当然会让我们更加重视，梁上泉先生音乐文学创作习惯的学术研究。

参考文献：

[1] 梁上泉. 小白杨——梁上泉词作歌曲选［M］. 重庆出版社，2010.

[2] 赵心宪. 诗美创造的过程描述［M］. 巴蜀书社，2009.

[3] 秦德祥. 吟诵的"文人民歌说"——音乐视野中的古典诗词吟诵［J］. 中国音乐，2010（4）.

[4] 严峻. 姜白石和他的自度曲［J］. 光明日报，2020 年 9 月 4 日 16 版.

[5] 钱茸. 吟诵调在民歌分类中的归属［J］. 音乐研究，1993（4）.

[6] 秦德祥. 吟诵定义及文化定位之我见［J］. 中国诗歌研究动态，2013（1）.

[7] 蒋孔阳. 先秦音乐美学思想论稿 [M]. 人民出版社，1986.

[8] 王安国. 当代音乐作品创作中的吟诵调 [J]. 音乐研究，2003 (6).

[9] 盘石. 吟诗与歌曲创作 [J]. 音乐研究，1993 (2).

[10] 郭沫若. 戏的念词与诗的朗诵“序”[M]. 洪深著，中国戏剧出版社，1962.

[11] 刘方喜. “声情”：汉语诗学基本范畴的新发现及理论启示 [J]. 南阳师范学院学报（社会科学版），2004 (1).

并置与交叠的“诗意”：方文山歌词探秘

□刘田①

内容摘要：方文山的歌词语言如诗，意境深远，或空灵轻婉，或繁复迷幻。其手法更是独特，呈现出并置与交叠的“诗意”。并置的诗意即比喻式或类比式意象并置产生的诗意和诗行并置产生的诗意。交叠的“诗意”有即意象的交叠（具象与抽象的交叠、具象与具象的交叠）和古今场景的交叠产生的诗意。并置或交叠的各方相互嫁接，生枝开花，精妙绝伦。而种种并置与交叠的“诗意”竟大都与比喻有关（或是比喻，或暗藏比喻，或是比喻的转化），是比喻创造了诗意。方文山通过并置与交叠的各种情形，将语言的诗意发挥到极致，这是方文山对传统语言表达、诗意语言表达的继承、彰显和扩大。丰富多彩的并置与交叠手法以及语言本身的诗意和极具节奏的韵律，营造了方文山歌词丰富的诗意和音韵。

关键词：并置；交叠；“诗意”；方文山歌词

---

① 基金项目：本文为海南省社科联项目“汉语语言和中西诗歌中并置与交叠的‘诗意’研究”［项目编号：HNSK（ZC）20－21］成果之一。刘田（1966－），女，河南汝南人，海南师范大学文学院副教授，文学硕士，研究方向为中西古今诗歌。

方文山与周杰伦是当今流行乐坛一对相辅相成的搭档，方文山的歌词在周杰伦的乐曲的推动下红遍南北西东。

方文山，1969 年 1 月 26 日出生于台湾花莲县，是当代著名流行歌词作者。周杰伦，1979 年 1 月 18 日出生于台湾新北市，是当代著名流行音乐人。他们当初各自签约吴宗宪的音乐制作公司。方文山，一个古典而略带嘻哈意味的情感写手；周杰伦，一个深情而略带嘻哈意味的歌手和音乐制作人。他们携手将历史与现代、典雅与嘻哈糅合，在流行乐坛掀起全新的浪潮。抛却其嘻哈的内容，专注其经典的中国风歌曲，如《东风破》《菊花台》《青花瓷》《千里之外》《烟花易冷》（又名《伽蓝雨》）、《兰亭序》等，确实让人听之如入幻梦。

方文山经典的中国风歌词语言如诗，意境深远，或空灵轻婉，或繁复迷幻。其手法更是独特，呈现出并置与交叠的“诗意”。

一、并置的“诗意”

（一）比喻式或类比式意象并置

说到意象并置，大家并不陌生，如“枯藤老树昏鸦，小桥流水人家”“楼船夜雪瓜洲渡，铁马秋风大散关”等，这是传统诗词中的意象并置。

意象并置的概念源自美国意象派创始人艾兹拉·庞德的诗《地铁车站》：“The apparition of these faces in the crowd；/Petals on a wet，black bough（人群中这些面孔的幻影；/湿漉漉的黑树枝上的许多花瓣）。”对于这首诗作者后来回忆说，在努力寻找能够表达像在地铁车站的突发情感那么可爱的文字时，出现了一个表达的方程式，将这首诗由最初的三十行改为十五行，最后确立为两行，并认为“这种‘一个意象的诗’，是一个叠加形式，即一个概念叠在另一个概念之上”[1]。这里的“概念”（idea 思想；概念）是含意象的概念。这样，由一个意象的“概念”叠加在另一个意象

① 《外国现代派作品选》第一册（上），上海文艺出版社，1983 年，第 130 页。

的"概念"之上，就形成了意象的叠加。这种意象叠加即意象并置或蒙太奇意象并置，即如同电影蒙太奇的创作方法。

庞德最后将这首诗确立为两行与他所受的中国诗歌的影响分不开，因为庞德翻译并改写了许多中国古典诗歌，而在中国古典诗歌中这类诗句颇多。如最与《地铁车站》相似的"玉容寂寞泪阑干，梨花一枝春带雨"（白居易《长恨歌》）。又如："花枝草蔓眼中开，小白长红越女腮"（李贺《南园十三首》）；"娉娉袅袅十三余，豆蔻梢头二月初"（杜牧《赠别二首》）等。在这些诗句中，花与容或花与人形成了暗喻或类比结构，呈现蒙太奇式意象并置，二者幻化叠加，浑然融合，影影绰绰，互映其美。这种复影的叠加效果，在李白的诗句中达到了极致："云想衣裳花想容，春风拂槛露华浓。""一枝红艳露凝香，云雨巫山枉断肠。"（《清平调词三首》）既写花又写人，以至于复合到将人隐去，难以分解是花是人：既是花又是人。以上这些诗句都是比喻式或类比式意象并置，或为两句之间，或为李白的花与人并置的隐含：交叠、合一。

再看庞德的这首诗，很显然它就是一个去掉比喻词的比喻而已，但诗人不把它与比喻相涉，而是认为是一个方程式，"一个叠加形式"，诗人因此为"意象"下的定义是，"'意象'是这样一种东西，它表现的是一刹那时间中理智和情感的复合"。从诗的最后生成看，实际上就是眼前景象（意象）与经验中的景象（意象）在意识里的瞬间"复合"（瞬间的"合成物"："complex"）（complex a. 合成的；复杂的，综合的 n. 复杂；合成物），"正是这种'复合'在一瞬间的表现，引起了那种突然得到解放的感受；那种摆脱时间限制和空间限制的感受；那种突然成长的感受"①，也即摆脱了表达的困境。

不管庞德理论上的称谓如何，这类内含比喻或类比的诗句（比喻式或类比式意象并置）在古今中外的诗歌中无处不在，这是人类语言最原初的诗意。

---

① 王明治编：《欧美诗论选》，青海人民出版社，1990年，第355页。

在方文山的歌词里，这类比喻式或类比式意象并置俯拾即是，如“瓶身描绘的牡丹一如你初妆”“而你嫣然一笑如含苞待放”“如传世的青花瓷自顾自美丽/你眼带笑意”“你隐藏在窑烧里千年的秘密/极细腻　犹如绣花针落地”（《青花瓷》）；“夕阳余晖　如你的羞怯似醉”（《兰亭序》）；“一身琉璃白透明着尘埃你无瑕的爱”（《千里之外》）等。比喻的两者之间都有一种潜在的并置关系，因比喻（因并置）而产生诗意。

比喻式或类比式意象并置实是一种语言的蒙太奇：将两者类比地放到一起。方文山深谙此道，或是独立的一句（如“而你嫣然一笑如含苞待放”），或是中空［中间留空］而并置的诗行（如“夕阳余晖　如你的羞怯似醉”［比喻的诗意之外，又因诗行的中空而架构诗意的空间］），或是紧密排列而并置的诗行（如“一身琉璃白透明着尘埃你无瑕的爱”［比喻的诗意之外，又因诗句的紧密排列而构筑繁密的诗意］）。而在这些比喻式或类比式意象并置里，已交织着诗行并置了（如末两例）。

（二）诗行并置

诗行并置即两句诗或三句诗并置在一行之中，有时抑或是一句诗与句中的一节的并置。诗行并置一般不超过三句，再多就超过了诗行所能承受的限度。

在方文山的歌词中，上述三种情形的诗行并置均有呈现（当然，并不是只有方文山运用此法，参见拙文《并置的“诗意”：诗行与语汇》①）。

两句诗的并置如：“雨轻轻弹　朱红色的窗”“花落人断肠　我心事静静淌”（《菊花台》）；“梦偏冷　辗转一生”“雨纷纷　旧故里草木深”（《烟花易冷》）；“夕阳余晖　如你的羞怯似醉”“悬笔一绝　那岸边浪千叠”“青石板街　回眸一笑你婉约”（《兰亭序》）；“天青色等烟雨　而我在等你”（《青花瓷》）；等等。两句诗之间有一空格，因这个空格（诗句之间的空隙）而共筑诗意。对于“天青色等烟雨　而我在等你”这种情形，方文山本人曰“对仗”：“我用‘天青色等烟雨’此句来对仗较为白

① 刘田：《并置的“诗意”：诗行与语汇》，《海南师范学院学报》2006年第3期。

话的下一句‘而我在等你’”；“我先用‘帘外芭蕉惹骤雨门环惹铜绿’这段文言词句以景入情，然后再承接较为白话的下一段‘而我路过那江南小镇惹了你’以为对仗”①。其实是二者形成了并置的“诗意”。

三句诗的并置，如《千里之外》中的并置，几乎每一行都是三句诗的并置：“屋檐如悬崖风铃如沧海我等燕归来/时间被安排演一场意外你悄然走开/故事在城外浓雾化不开看不清对白/你听不出来风声不存在是我在感慨……天在山之外雨落花台我两鬓斑白……一身琉璃白透明着尘埃你无瑕的爱/你从雨中来诗化了悲哀我淋湿现在/芙蓉水面采船行影犹在你却不回来/被岁月覆盖你说的花开过去成空白……我送你离开千里之外你无声黑白/沉默年代或许不该太遥远的［按：‘的’应为‘地’］相爱/我送你离开天涯之外你是否还在/琴声何来生死难猜用一生去等待。”三句诗紧密排列，繁密的诗句产生行间繁密的诗意（但因诗句本身的空灵，整首诗的意境却是空幻、缥缈、荡逸）。

一句诗与句中的一节的并置，在方文山的歌词中，多是一句化为两节。如“我听闻　你始终一个人/斑驳的城门　盘踞着老树根”“缘分落地生根　是我们”（《烟花易冷》）；“徒留我孤单在湖面　成双”（《菊花台》）；“篆刻的城　落款在梅雨时节/……/卷轴上始终画不出的　那个谁”（《泼墨山水》）。

一句诗与句中的一节的中空并置与两句诗的中空并置效果一样：中空而架构诗意的空间。而独立的一节也往往形成强调（如上述“是我们”“成双”“那个谁”），或形成节奏，或构成诗句或诗节的整饬（如《雨巷》中“撑着油纸伞　独自/彷徨在悠长　悠长/而又寂寥的雨巷”，其中独立的句中的一节如“独自”“悠长”，既与前句架构诗意的空间，又形成强调、节奏以及诗句和诗节的整饬）。

两句诗的中空并置，或一句诗与句中的一节的中空并置，因为中空而

---

① 匿名：《方文山对青花瓷歌词是怎样解释的呢?》（内容为方文山的文字）https://zhidao.baidu.com/question/2265616657609085268.html，最后访问日期：2021 年 2 月 1 日。

架构诗意的空间和音韵内涵。中间的空格就如同绘画中的留白一样产生诗意的空间。留白是中国绘画特有的美学呈现方式，其作用即给人以更多的想象空间。在中国哲学尤其是在道家思想中一向认为世界万物有无相生，从虚空中来，向虚空中去。在有限的空间中以留白的方式营造出对自然空间的丰富联想。清代绘画理论家笪重光曾说："虚实相生，无画处皆成妙境。"① 诗行并置中的空隙——小小的空间里，也正可产生诗意的空间妙境。

诗行并置，并置的是画面、场景、意态、事件（或抽象事件）等。如"夕阳余晖（画面） 如你的羞怯似醉（意态、画面）""青石板街（场景） 回眸一笑你婉约（画面）"（《兰亭序》）；"天青色等烟雨（事件） 而我在等你（事件）"（《青花瓷》）；"我送你离开（事件）千里之外（场景）你无声黑白（意态、画面）""一身琉璃白（画面）透明着尘埃（画面）你无瑕的爱（抽象事件）""琴声何来（事件）生死难猜（抽象事件）用一生去等待（事件）"（《千里之外》）等。并置的诗句之间整体形成了诗意，后一句不能挪开即不能跨行，否则即是诗意的破坏。并置的诗句之间相互映衬，相得益彰，诗意就在留白的空格中或繁复的排列中产生了，或构成行间诗意的空间，或形成行间诗意的繁复、饱满，两两或三三，互为支撑一个诗意的时空。

方文山的诗行并置，并置的诗句之间有很强的跳跃性，如电影场景般跳接叠映。他本人也曾说："我的歌词不那么平铺直叙，一句句地连接不是那么理所当然，我可以跳接。"② 由于诗句间跳跃性的存在，听众需要把多个镜头组合在一起，发挥想象力，赋予那些并置的画面、场景、事件等以灵动的逻辑。

方文山的诗行并置，并置的诗句之间借行间韵将句子巧妙勾连，使并置的诗句之间毫无生涩、硬接之感。是行间韵（当然还有尾韵，见下文）

① ［清］笪重光：《画筌》，人民美术出版社，1987 年，第 7 页。

② 侯柠柠：《方文山：有一种写词的风格叫做跳》，http://ent.163.com/edit/020516/020516_ 120558.html，最后访问日期：2021 年 2 月 1 日。

推动文字顺利前行，使诗句如行云流水般自然。

诗行并置也如传统的意象并置（如“小桥流水人家”那样）和比喻式或类比式意象并置那样，是蒙太奇的手法，是直接、省简的手法，省略了连接词和描述语言（自然诗句之间更不需要连接语言）。画面、场景、事件等的跳跃并置，构筑整体的行间“诗意”的参照互映和行间“诗意”的空间和意境，产生 1 +1 大于 2 或 1 +1 +1 大于 3 的艺术效果。

二、交叠的“诗意”

（一）意象的交叠

1. 具象与抽象的交叠、具象与具象的交叠

意象的交叠在方文山的歌词里有独特的呈现，如：“梦醒来是谁在窗台把结局打开/那薄如蝉翼的未来经不起谁来拆”（《千里之外》）：“打开”和窗户、“结局”交叠（打开的是窗户，也是“结局”），“拆”和“蝉翼”、“未来”交叠（可拆的是蝉翼，也是“未来”。“薄如蝉翼的未来”暗示斑驳、脆弱的未来，渺茫的未来）。“月色被打捞起　晕开了结局”（《青花瓷》）：“晕开”和水波、月色、“结局”交叠（晕开的是水波和月色，也是“结局”。水波、月色和结局三者交互成诗意：淡逝的结局）。“我一生在纸上被风吹乱”：“纸”和“一生”交叠（吹乱的是纸，也是“一生”）；“雕谢的世道上　命运不堪”：花和“世道”交叠（凋谢的是花，也是“世道”）；“我一身的戎装　呼啸沧桑”：风和“沧桑”交叠（呼啸的是风，也是“沧桑”）（《菊花台》）。“一盏离愁孤单伫立在窗口”：“一盏”灯与“离愁”交叠；“一壶漂泊浪迹天涯难入喉”：“一壶”酒与“漂泊”交叠；“岁月在墙上剥落”：墙皮和“岁月”交叠（剥落的是墙皮，也是“岁月”）；“枫叶将故事染色”：“枫叶”和“故事”交叠（染色的是“枫叶”，也是“故事”。故事和枫叶皆美艳或美艳凄然）（《东风破》）。“繁华如三千东流水，我只取一瓢爱了解”“让回忆皎洁”（《遇见》）：“一瓢”水与“爱”交叠（爱柔情似水）、“回忆”与月光交叠。

"才舍得将缘分归隐"(《九色鹿》):"缘分"与"归隐"交叠。这些意象的交叠多是具象与抽象的交叠,以具象抒写抽象的"诗意"。或者,这些句子都暗藏比喻:打开的窗户如打开的结局、吹乱的纸如吹乱的一生、一盏如离愁的灯、岁月如墙皮剥落、回忆如月光皎洁、缘分如归隐般隐藏。

再如:"篆刻的城　落款在梅雨时节/青石城外　一路泥泞的山水　一笔凌空挥毫的泪/你是我泼墨画中　留白的离别/卷轴上始终画不出的　那个谁"(《泼墨山水》)。其中,"篆刻的城　落款在梅雨时节""凌空挥毫的泪""留白的离别"等,也都体现着交叠的诗意。一座城从空中看(如电视中所见)如篆刻,线条、图案醒然。既是篆刻,则是图章。既是图章,则盖在落款处。而"落款"之"落"又叠合着"坐落""落在""落下"之意。"篆刻的城　落款在梅雨时节",实际就是一座城坐落在梅雨季节里。而"凌空挥毫的泪"则既是雨(挥毫泼墨、瓢泼大雨:雨水),又是泪(泪如雨水);"留白"既是画中的留白,又是人生中的留白("离别")。这样的意象交叠("篆刻"与"城"、雨和"泪"、"留白"和"离别")使语言显得非常有诗意,也使整首歌词的意境古典而唯美,如古意的一幅画。不过这里的意象交叠不再是具象与抽象的交叠,而是具象与具象的交叠,即两种场景或两种物象的交叠:城市和篆刻的图章;凌空挥毫的雨和泪;人生的离别和绘画中的留白。或者,这里的种种情形("篆刻的城""凌空挥毫的泪""留白的离别")也只是一种比喻(隐喻或暗喻)或比喻的转化(城如篆刻、泪如凌空挥毫的雨[凌空挥毫的雨如泪]、离别如留白),一如之前的比喻式或类比式意象并置是一种比喻,但有着交叠的"诗意"。(关于比喻的转化,如电视剧《大侠霍元甲》片尾曲歌词:"星辰点点似花朵　无声开放在心里",转换成方文山笔法即"花朵的星辰　无声开放在心里"。"花朵的星辰"即比喻的转化,直接呈现交叠的诗意,超越了寻常的比喻。)

以上这些具象与抽象的交叠或具象与具象的交叠,或是由字词的勾连(如"打开""吹乱"等的勾连)或是由字词的隐含(如"灯""壶""雨"["凌空挥毫的泪"中]等的隐含)所引出的。人们一般从修辞上去解读方文山歌词的语言特色，或说是突破了传统语法规范，打破了词与词之间的常规搭配（如名词、量词的错位搭配，即表示具体事物的词语与表示抽象意义的词语搭配，如“一盏离愁”“一壶漂泊”“一瓢爱”等；主语和谓语的超常规搭配，如“岁月在墙上剥落”中“岁月”与“剥落”的搭配，“薄如蝉翼的未来经不起谁来拆”中“未来”与“拆”的搭配等）；或说是词类活用等。

方文山的用词除个别确系词类活用外，如“那饱满的稻穗，幸福了这个季节”（《七里香》）中“幸福”的名词动用，“你发如雪/凄美了离别”（《发如雪》）中“凄美”的形容词动用等，大多不是词性活用可以解释的，如“梦醒来是谁在窗台把结局打开”“我一生在纸上被风吹乱”等，这些既不是词的活用，也不是词的超常规搭配，而是抽象与具象的交叠（暗藏比喻）（而“篆刻的城”一节则是具象与具象的交叠［暗藏比喻或是比喻的转化］）。

说到超常规搭配，其实今天的日常语言也在不断地生成这种搭配，如“美女一枚”（电视剧《微微一笑很倾城》中的台词），连剧名中的“倾城”也是动词性词组化为形容词。又如，中央一台天气预报中“晴暖余额不足，周末北方降温，南方再现降雨”之“晴暖余额”等。这样的超常搭配很有一种语言的新颖的诗意效果，这是因为它们都复合了两种事物（如“美女一枚”复合了“美女”和通常的“一枚”之物，而不再是美女一个的单纯含义；“晴暖余额”则是天气的晴暖与数字的“余额”复合），因而产生了交叠的“诗意”。

超常规搭配在古诗词的通感中表现最为突出，如“春意闹”“绿匆匆”等。“春意闹”是北宋宋祁《木兰花·春景》中的词句：“绿杨烟外晓寒轻，红杏枝头春意闹。”“绿匆匆”是宋代陈克《豆叶黄·粉墙丹柱柳丝中》中的词句：“粉墙丹柱柳丝中，帘箔轻明花影重。午醉醒来一面风，绿匆匆，几颗樱桃叶底红。”“春意闹”“绿匆匆”既是通感，也是非常规搭配，也是“诗意”的交叠：“春意闹”是无声与有声、抽象与具象的交叠；“绿匆匆”是色彩与速度的交叠（仿佛瞬间绿了）。又如“香雾”（唐代杜甫《月夜》中的诗句“香雾云鬟湿”)、“香云”(宋代范成大《南柯子·怅望梅花驿》中的词句“香云低处有高楼”)、“风片”(明代汤显祖《牡丹亭》中的句子“雨丝风片”)等也是通感,也是超常规搭配,别有一番交叠的“诗意”。

方文山歌词超常规搭配的本质是“诗意”的交叠。或如搭桥:借助于一个字词勾连具象和抽象(如“梦醒来是谁在窗台把结局打开”中的“打开”勾连窗户和“结局”;“我一生在纸上被风吹乱”中的“吹乱”勾连“纸”和“一生”等);或如撤桥:抽去连接具象和抽象的桥梁,将两者直接放在一起(如“一盏离愁”等);或如两种场景或两种物象的交叠(如“篆刻的城”等)。“诗意”的交叠如偷梁换柱,甚至不是偷换,而是直接抽去了梁柱,抽去了榫卯,别有一番“诗意”的美妙。

2. 古今诗词中的意象交叠

其实,这种“诗意”的交叠在中国古诗词以及现代诗中早已有之。如类似“梦醒来是谁在窗台把结局打开”的:“双手推开窗前月”“开窗放入大江来”等(两句中的交叠不是如方文山的具象与抽象的交叠,而是具象与具象的交叠,其一是不可行之具象:即月、大江)。类似“一盏离愁”“一壶漂泊”的:“一枝红艳”“一枝春”“一枝春欲放”“一株雪”“一株青玉”“一群东风”“半轮秋”等。

“双手推开窗前月”是故事中的对子(“双手推开窗前月,一时击破水中天”),传说是苏轼的妹妹苏小妹出的上联(推开的实是窗或窗前月的景象)。

“开窗放入大江来”是宋代曾公亮《宿甘露寺僧舍》中的诗句:“枕中云气千峰近,床底松声万壑哀。要看银山拍天浪,开窗放入大江来。”诗人躺在床上,如身处云峰之间、松涛之上。“开窗”句气象非凡(但放入的实是大江的景象),这一写法与杜甫《绝句》中的诗句“窗含西岭千秋雪”相仿。杜诗写的是静态,曾诗写的是动态。虽然动静不同,但都是窗与窗外之景的诗意交叠。而曾诗的前两句亦是诗意之交叠:“枕中”与“千峰云气”、“床底”与“万壑松声”,因为二者不是实有共存的。

“一枝红艳”是李白《清平调词》中的诗句：“一枝红艳露凝香，云雨巫山枉断肠。”“一枝红艳”即一枝红艳的花：抽象的“红艳”代替具象的花，也正如抽象的“离愁”代替具象的“灯”，直接凸显抽象的神髓。

“一枝春”是宋代陆凯《赠范晔》中的诗句：“江南无所有，聊赠一枝春。”“一枝春”实是一枝梅花，一枝梅花与春天交叠（隐藏了梅花的实体形象，正如“一盏离愁”隐藏了灯的实体形象）。“一枝春”亦如“一盏离愁”那样，是具象与抽象的交叠。这种隐含具体物象的诗句，既是诗意的交叠，又赋予抽象以具象的诗意（如赋予“春”以“一枝”梅的诗意），或赋予具象以抽象的诗意（如赋予“一枝”梅以“春”的诗意）。

“一枝春欲放”是李清照《减字木兰花·卖花担上》中的词句：“卖花担上，买得一枝春欲放。”“一枝”与“春欲放”搭配（既有抽象的春，又有具象的欲开放的生动景象），实是写买得一枝将要开放的梅花。这样的语句既超越传统语法规范，又极富有生动的诗意。

“一株雪”是苏轼《东栏梨花》中的诗句：“惆怅东栏一株雪，人生看得几清明。”“一株雪”指的是东栏一株开花的梨树。这里是两个具象的交叠：雪与梨花（隐藏了梨花）。（另有宋代吴潜《霜天晓角》：“且唱东坡《水调》，清露下，满襟雪。”“满襟雪”则隐藏了月光。唐代白居易《赠同座》：“春黛双蛾嫩，秋蓬两鬓侵。”［春黛：指女子的眉毛。“秋蓬”则隐藏了花白凌乱的头发］）

“一株青玉”是白居易《庭槐》中的诗句：“一株青玉立，千叶绿云委。”“一株青玉”也是两个具象的交叠：槐树与青玉（隐藏了槐树）。

“一群东风”是新月派诗人邵洵美的诗《季候》中的诗句：“最后见你是我做的短梦，梦里有你还有一群冬风。”“一群东风”不再单单是东风，而是复合着动物或人的“一群”的意象和生机，是有生命的存在。

“半轮秋”是李白《峨眉山月歌》中的诗句：“峨眉山月半轮秋，影入平羌江水流。夜发清溪向三峡，思君不见下渝州。”具象的“半轮”月与抽象的“秋”交叠（具象与抽象搭配又成具象，化抽象为具象，是含着抽象的——具象的意象和“诗意”：具象与抽象交叠的意象和“诗意”）。

3. 意象交叠与比喻

以上这类诗句、词句不是词的搭配问题，而是隐藏实物（即原实物：花、梅花、梨树、槐树、月等）更显诗意的问题——是诗意之交叠。

其实，这里的多处交叠也是一种比喻（隐喻或暗喻）。如“一株雪”即一株花开如雪的梨树；“一株青玉”即一株如青玉的槐树（两个比喻在原句中为隐喻或暗喻）。“一枝春”即：一枝梅即是春天（隐喻或暗喻）。

方文山“一盏离愁”“一壶漂泊”的诗意不正是陆凯“一枝春”的诗意吗？隐藏实物的“灯”“酒”，代之以比喻的“离愁”“漂泊”：一盏如离愁的灯、一壶如漂泊的酒。方文山“凌空挥毫的泪”的诗意不正是白居易“一株青玉”的诗意吗？隐藏实物的“雨”代之以比喻的“泪”。

事实上，语言的诗意很大一部分即来自比喻，来自修辞（比喻、夸张、拟人等）。比喻可以说是人类语言第一修辞、第一诗意（亦如前述：比喻是人类语言最原初的诗意），无论是整体的构思，还是一句的诗意，比喻即是诗。整体的构思如《诗经·硕鼠》等。一句的诗意，如诺贝尔文学奖获得者墨西哥诗人帕斯《瓦斯蒂克妇女》中的诗句：“一只鹰在她的腹上展开翅膀”（“一只鹰”是人体体毛特征的暗喻）。诺贝尔文学奖获得者智利诗人聂鲁达《二十首情诗与一首绝望的歌》中的诗句：“薄暮，我把忧伤的网/撒向你海洋般的眼睛。”（第7首；后句中一个明喻）“你的乳房像白色的蜗牛。/一只阴影的蝴蝶来到你的腹部入睡。”（第8首；两句一个明喻，一个暗喻）宋代王观《卜算子·送鲍浩然之浙东》中的词句：“水是眼波横，山是眉峰聚。”（两句两个暗喻）且比喻可大可小，即不管是否对等，只管神似。如帕斯《很多日子中的一天》中的诗句：“你的身躯是一粒钻石。”（一个暗喻）唐代刘禹锡《望洞庭》中的诗句：“遥望洞庭山水翠，白银盘里一青螺。”（后句中两个暗喻，分别喻指洞庭湖和君山）比喻用的正是两种物的对照特征，诗意也由此产生。

方文山的用词语义之翻新，用的正是传统诗词中即已有之的交叠的“诗意”（当然，其亦有创新，如前述与传统诗词不一样的交叠内容：“勾连”的内容）。意象的交叠（具象与抽象的交叠［暗藏比喻］、具象与具象的交叠［暗藏比喻或是比喻的转化］）使其语言变化莫测，出人意料。

意象的交叠也是语言的蒙太奇，是语言极致的蒙太奇（由并置到交叠［或重叠］），是极简的语言，虽然极简，却造化了诗意——亦是比喻之再造升级。

4．意象交叠之“影响”与流行

当然，并非只有方文山这样写词。如刘珂矣、刘凯作词，刘珂矣演唱的歌曲《人间一两风》中的歌词：“窗下煮日出日落一碗”“窗下煮四季三餐一碗”“但愿总有人间一两风，偏偏填我十万八千梦”等纯粹是方文山笔法。其中“但愿”两句重复了六次（可见作词人自感的诗意和欢喜）。百度百科上《人间一两风》歌词后自注：“‘但愿总有人间一两风，偏偏填我十万八千梦。’改编自上河 Lin”。网上有说是歌手上河 Lin 的“总有人间一两风　填我十万八千梦”，也有说“总有人间一两风　填我十万八千梦”是游戏《王者荣耀》中“李逍遥”的一句台词。不管是“总有人间一两风，填我十万八千梦”，还是“但愿总有人间一两风，偏偏填我十万八千梦”，这几句话确是极富有诗意：交叠的诗意（自然，前者似乎更有情理）。若句中的“两”换成“股”便不能有此诗意：因为不可能的风之“两”而有了无限可能的风之诗意：“一两风”的诗意（不可能之外，陌生和新颖的诗化效果也在其中）。这是方文山的笔法，也是方文山的影响吧。

但依旧这样的诗意也还是另有出处——依然是古代诗歌就有的诗意，如宋代蒲寿宬的诗：“芳郊望无际，逐草任西东。世上千场梦，人间一笛风。”“一笛风”暗含的是“一笛曲”（隐去了“曲”而换作了“风”），一笛曲吹奏的是世上千场梦，梦吹在风里，也散在风里。“一笛风”本该是“一笛曲”，却不是“曲”而胜似“曲”，这样的错位搭配——交叠的诗意真是美丽至极。

又如歌曲《这世界有那么多人》（王海涛作词，2022 年的春晚上歌手韩红演唱了这首歌）：“这世界有那么多人/人群里敞着一扇门/我迷朦的眼睛里长存/初见你蓝色清晨……/晚风中闪过几帧从前啊/……/远光中走来你一身晴朗/……/笑声中浮过几张旧模样/留在梦田里永远不散场。”

“人群里敞着一扇门”，这是不可能的（这是幻觉的重叠，也是诗意的重叠）；“一身晴朗”“蓝色清晨”，这是通感了（自然是有阳光或也可无阳光；宁静的清晨如大海安宁。也正如歌曲《真爱舞起来》［又名《真爱起舞》］中的“真爱蓝成了一片海”，也是通感，也是比喻［真爱象大海一样蓝］：画面直呈）。“几帧从前”，大家一看即懂（从前的记忆如几幅画）。“浮过几张旧模样”，浮过的是记忆中的几次模样（而不是几张旧照片；模样如照片一样定格：模样与“照片”交叠）。这样的诗意交叠如画、如照片，清晰而美幻。

方文山开启或传承了这样的手法，诗意交叠的表达手法，而今这种手法已大肆流行，语言的诗意已到了这般迷幻而甘甜的地步。语言还能有再超越此等手法的诗意吗？

（二）古今场景的交叠

古今场景的交叠即当前情景与历史情景或历史文明、神话故事等的交叠，时空交错。如《青花瓷》《爱在西元前》《兰亭序》《北欧神话》等。

《青花瓷》将男女之情与青花瓷上的山水和人物相嵌相映，将当前人的情景和历史上制瓷人的情景融为一体，实现时空的交错、互映。思的是瓷上美人还是现实中美人？思者是词人还是制瓷人？“素胚勾勒出青花笔锋浓转淡/瓶身描绘的牡丹一如你初妆”“在瓶底书汉隶仿前朝的飘逸/就当我 为遇见你伏笔”“色白花青的锦鲤跃然于碗底/临摹宋体落款时却惦记着你”——如是制瓷人思心中美人。“釉色渲染仕女图韵味被私藏/而你嫣然的一笑如含苞待放/你的美一缕飘散 去到我去不了的地方”“如传世的青花瓷自顾自美丽/你眼带笑意”“你隐藏在窑烧里千年的秘密/极细腻 犹如绣花针落地”“在泼墨山水画里 你从墨色深处被隐去”——如是词人思瓷上美人。“天青色等烟雨 而我在等你/炊烟袅袅升起 隔江千万里”“天青色等烟雨 而我在等你/月色被打捞起 晕开了结局”“帘外芭蕉惹骤雨门环惹铜绿/而我路过那江南小镇惹了你”——如是现实情景，是制瓷人的现实，还是词人的现实？则完全由其后的内容决定。当其后为

“就当我　为遇见你伏笔”时，则是制瓷人的现实（“天青色等烟雨　而我在等你/炊烟袅袅升起　隔江千万里/在瓶底书汉隶仿前朝的飘逸/就当我　为遇见你伏笔”——“你”是制瓷人心中的美人；前两句是制瓷人的现实）。当其后为“如传世的青花瓷自顾自美丽/你眼带笑意”时，则是词人的现实（“天青色等烟雨　而我在等你/月色被打捞起　晕开了结局/如传世的青花瓷自顾自美丽/你眼带笑意”）。当其后为“在泼墨山水画里　你从墨色深处被隐去”，则既是制瓷人的现实，又是词人的现实，即在“帘外芭蕉惹骤雨门环惹铜绿/而我路过那江南小镇惹了你/在泼墨山水画里　你从墨色深处被隐去”一节中，制瓷人的现实和词人的现实合一了，制瓷人现实中的美人、词人现实中的美人和瓷上美人合一了。总之，在《青花瓷》里，词人和制瓷人合一、瓷上美人和现实（词人和制瓷人的现实）中的美人合一，词人、制瓷人、瓷上美人、现实中美人统一在叠合的时空之中。

关于《青花瓷》，据方文山自己说，他在收集创作素材的过程中，一句“雨过天青云破处，这般颜色做将来”激发了灵感，写下副歌的第一句“天青色等烟雨”。“雨过天青”一句，据传出自五代后周柴世宗之口。陶瓷中最上等的颜色便是这天青色，但因天青色颜色单一，不足以形容爱情的诡谲多变，方文山并没有选此作为题目，而最终以《青花瓷》为题。在写下“天青色等烟雨”一句后，没多久就又顺手写下副歌第二句“而我在等你”，于是副歌第一行即孕育而出：“天青色等烟雨　而我在等你”。句中一连用了两个“等”字，是强调爱情里最无力的无奈就是“等待”。换个散文式的说法就是：“这天气的变幻莫测，哪里是我们平凡人所能掌握的呢？想看到纯净被雨洗涤过的天青色，就只能耐心地等待雨停，就如同我也只能被动而安静地等待着不知何时才会出现的你。”①“天青色等烟雨”这一点睛之笔，将青花瓷的“青”（“色白花青的锦鲤跃然于碗底”，色白

---

①　方文山：《青花瓷——隐藏在釉色里的文字秘密》，作家出版社，2012 年，第 113－116 页。

花青是青花瓷的特征，而非天青色瓷器的特征）与烟雨过后天放晴时的天青色之美和“而我在等你”的情感美轮美奂地融合，并反复咏叹，使美与情的意味缠绵旖旎，让人沉醉依迷，既在现实场景中，又在古今时空的穿越中。

关于《青花瓷》还有一些题外的话。《青花瓷》在春晚唱出后著名收藏家马未都先生曾非常率性地指出过该词出现的两处错误。第一处是“天青色等烟雨　而我在等你”。天青色是汝窑的瓷器颜色，不是青花瓷的。第二处是“在瓶底书汉隶仿前朝的飘逸”。马未都说，青花自诞生之时迅速成为中国瓷器的霸主，700 年来无人撼动，可瓶底从未书写过汉隶，仅在明崇祯一朝某些青花器身偶写过隶书。后来方文山就此事作出回应说，“我想用这几个字象征一个朝代，‘书汉隶’有朝代的感觉，而如果我写‘书草书’，这样的发音说出来会感觉很奇怪”，而且，马未都与方文山聊过之后才知道，方文山作《青花瓷》开始的时候要写的就是汝窑，而天青色是汝窑的颜色，但是，用《汝窑》来当歌名就有怪怪的感觉，所以，方文山把歌名改为了《青花瓷》。而听歌的观众里，具备专业素质的人实在不多，所以也不会有人来质疑这个词是否正确。的确，听众被方文山的词打动，而且文学在很多方面它可能因为形式上的美感而对一些专业知识作出了妥协，所以很多歌迷认为马未都这种做法是“吹毛求疵”①。可见，《青花瓷》之美和受人喜爱，词美、曲美让人可以忽略其真，爱而不顾其他。而事实上《青花瓷》也获得台湾 2008 年第十九届金曲奖最佳作词人奖。

《爱在西元前》（西元前即公元前）则把当前人的情景融入到远古的文明之中：“你在橱窗前/凝视碑文的字眼/我却在旁静静欣赏你那张我深爱的脸/祭司神殿征战弓箭是谁的从前/喜欢在人潮中你只属于我的那画面/经过苏美女神身边/我以女神之名许愿/思念像底格里斯河般漫延”，并用

① 《马未都曾指出方文山〈青花瓷〉两处错误，结果被周杰伦粉丝骂翻了》，https://baijiahao.baidu.com/s?id=1581311022655362832&wfr=spider&for=pc，最后访问日期：2020 年 6 月 9 日。

古老的文字刻画爱情："我给你的爱写在西元前/深埋在美索不达米亚平原/几十个世纪后出土发现/泥板上的字迹依然清晰可见/我给你的爱写在西元前/深埋在美索不达米亚平原/用楔形文字刻下了永远/那已风化千年的誓言/爱在西元前/爱在西元前"。方文山把当前人的情景与历史、文明、文字相融，构筑叠合古今、穿越古今的爱情，其中又很有意味地穿插一句"一切又重演"，将远古文明中的爱情重演在今天，而结句又结在"爱在西元前"，又将当前的爱情重置到远古的西元前，赋予爱情以穿越时间的魔力，借以表达亘古、恒久、穿越的爱情，穿越历史长河、文明长河而不断上演的永恒的爱情。该词获得台湾 2002 年第十三届金曲奖最佳作词人奖提名。

《兰亭序》的灵感来自东晋书法家王羲之的书法作品《兰亭集序》（又名《兰亭序》）。书法作品的《兰亭序》并无爱情的内容（《兰亭集序》记述的是王羲之和友人雅士会聚兰亭［今浙江绍兴市西南］之事），但方文山借助一个"真"字便将爱情融入其中："真迹绝　真心能给谁"，一个"真"字便勾连出了真心和爱情。又借"墨香不退与你同留余味"，将古帖与爱情同味：墨香不退，爱情不退（爱情永不褪色，爱情永恒）。爱情的对象"你"不仅凭空而出，而且又如前朝的一则遗梦："我题序等你回。"谁题序？谁等待？是书法家王羲之还是词人？其中的时空交叠依旧是当前情景（"真迹绝"）与历史情景（"题序"）的交叠。《兰亭序》将"兰亭临帖，行书如行云流水"的临帖之事与爱情的心事（"无关风月　我题序等你回"，"情字何解　怎落笔都不对/而我独缺　你一生的了解"）叠合，在古今时空的穿越中构筑爱情的旷味之境。

《北欧神话》也试图将当前人的情景与神话故事相融："被遗忘的神话里有谁的曾经，我们的泪变成故事里的风景"，"被遗忘的神话里有谁的曾经/我们的命运被改写成了作品/那誓言跟那时间比要怎么赢/你说永远等我的话　在飘零/我们的爱情　斑驳成了古文明/北欧古文明的灰烬　在苏醒/一句听不懂的咒语　还我们的爱情"，"被遗忘的神话里有谁的曾经/我们的命运被改写成了作品/那誓言跟那时间比要怎么赢/你说永远等我的话在飘零”。今人的爱情与古文明、与神话交织“不清”，别有一番诗情。

方文山在历史场景与现实场景的叠合中，表达古今人共有的情感渴望、情感梦想。词人是要使他刻写的爱情在古今的时空、古今的文明中交叠、永恒。交叠的时空如同迷宫，使人的思绪穿梭纡萦。而这一手法在古诗词中则较少见到，这是方文山的独创，将交叠的“诗意”发展到极致的独创。

三、语言本身的诗意

除并置与交叠的各种情形构筑诗意外，方文山歌词的诗意还体现在语言本身的诗意上，即语言的形象、画面、哲理和押韵（押韵也是诗歌语言的一个重要成分）等。即使是在诗行并置中，那些并置的诗句本身也大多兼具了语言本身的诗意，也就是说，其诗行并置也不是简单地将口语化的语句并置到一起（例句见上亦见下）。

方文山歌词语言本身的诗意俯拾皆是，如：“夕阳余晖　如你的羞怯似醉”“青石板街　回眸一笑你婉约”（《兰亭序》）；“一身琉璃白透明着尘埃你无瑕的爱”（《千里之外》，此句中也藏着一个比喻）等。这些句子既是语言本身的诗意，大多也是诗行并置所产生的诗意。又如“窗台蝴蝶像诗里纷飞的美丽章节”（《七里香》），既有语言的诗意之美，又有行间韵（“蝶”“节”）的音韵之美。“谁在用琵琶弹奏一曲东风破/枫叶将故事染色结局我看透/篱笆外的古道我牵着你走过/荒烟漫草的年头就连分手都很沉默”（《东风破》）：忧伤凄美的诗意很古风，很有画境。

语言本身的诗意还体现在复沓手法的运用上（复沓即字词或句子或诗节的重复），如：“天青色等烟雨　而我在等你”（《青花瓷》）重复了四次；“梦醒来是谁在窗台把结局打开/那薄如蝉翼的未来经不起谁来拆”（《千里之外》）重复了两次；而“我送你离开千里之外你无声黑白/沉默年代或许不该太遥远的相爱/我送你离开天涯之外你是否还在/琴声何来生死难猜用一生去等待”一节（《千里之外》）重复了三次；“悬笔一绝　那岸边浪千叠”（《兰亭序》）重复了四次；“而我独缺　你一生的了解”（《兰亭序》）重复了三次。复沓手法的运用既加深了歌词的抒情效果，又增强了歌词的音乐性，使诗意更加美轮美奂。

语言本身的诗意还体现在巧化典上，如：“北风乱　夜未央/你的影子剪不断/徒留我孤单在湖面　成双”（《菊花台》）化典多处，从《诗经·小雅·庭燎》中的“夜如何其？夜未央，庭燎之光。君子至止，鸾声将将”，到曹丕《燕歌行》中的“明月皎皎照我床，星汉西流夜未央”，再到李煜《相见欢·无言独上西楼》中的“剪不断，理还乱，是离愁，别有一番滋味在心头”，以及李白《月下独酌》中的“举杯邀明月，对影成三人”等。“旧故里草木深”（《烟花易冷》）让人想到杜甫《春恨》中的“国破山河在，城春草木深”。“一生行走望断天涯/最远不过是晚霞”（《千年之恋》），让人想到马致远《天净沙·秋思》中的“断肠人在天涯”和晏殊《蝶恋花·槛菊愁烟兰泣露》中的“昨夜西风凋碧树。独上高楼，望断天涯路”等。

语言本身的诗意还体现在语言的哲理上。如“而我独缺　你一生的了解”（《兰亭序》），此句描述爱情世界里的情景，让人欣然，也正如莫言的诗《你若懂我　该有多好》：“从阴雨走到艳阳，我路过泥泞、路过风。/一路走来，你若懂我，该有多好。”一个人爱另一个人，总希望那个被爱的人理解他（她），对他（她）有更多的了解。又如“一生行走望断天涯/最远不过是晚霞”（《千年之恋》），沧桑的路、远美的景和暗影的人如在眼前，如眼前的一幅画，语言既美又富有哲理意味。

语言本身的诗意还体现在语言的音韵节奏上。方文山的歌词几乎句句都在音韵上，或是行间韵，或是尾韵（含交错的尾韵）。如《千里之外》的行间韵和尾韵，行间韵即“海、来”“排、外、开”“外、开、白”“来、在、慨”……，每一行都有行间韵，且行间韵又与尾韵相同，并且一韵到底；尾韵即“来、开、白、慨……白……爱、在、来、白……白、爱、在、待”等。又如《兰亭序》的行间韵，如“夕阳余晖　如你的羞怯似醉”“雨打蕉叶　又潇潇了几夜”中的“晖、醉”“叶、夜”；尾韵：

“水、碎、美、谁、醉、味、回、对、眉、睡、怼、非”等（重复的字略去），交错的尾韵：“碟、叠、解、灭、约、夜”（重复的字略去；首节中看似孤立的一个“碟”字［“黄酒小菜又几碟”］，也对应着下文的“叠”“解”“灭”“约”“夜”）。《烟花易冷》的行间韵（具体字略，体现在句子中）：“梦偏冷　辗转一生”“雨纷纷　旧故里草木深/我听闻　你始终一个人/斑驳的城门　盘踞着老树根”“缘分落地生根　是我们”“伽蓝寺听雨声　盼永恒”等；尾韵：“本、轮、魂、门、身、深、人、根、深、村、们、人、狠、分、真、门”，交错的尾韵：“等、筝、等、城、等、城、生、等、城、恒”。

无论是行间还是句末，千回百转，兜兜转转，增增添添，也要押上韵。方文山喜欢文字的饱满，喜欢“多写几个字或换另一种写法能令它更饱满”①，其用意既有诗意的饱满，又有押韵的方便和音韵的大珠小珠的斑斓。尽管有时候也不免有太炫之感，但因画面和语言的诗意以及朗朗上口的音韵，总也让人细细琢磨，频频流连。当配上周杰伦曼妙的曲，就更显繁复、空灵、飘荡、摇曳了，更有曲中经典语句、乐句的反复咏叹，就更抵诗乐的“琼楼玉宇”之境了。

结　语

无论是意象并置（比喻式或类比式）、诗行并置所构筑的并置的“诗意”，还是意象交叠、古今场景的交叠所构筑的交叠的“诗意”，筑成的都是文字的诗意和时空的梦幻，并置或交叠的各方相互嫁接，生枝开花，精妙绝伦。

方文山曾言所做歌词的最大特点是“跳”②，无论是意象并置、诗行并

---

① 方文山：《我最钟意〈菊花台〉》（读者原创版_ 新浪博客），http://blog.sina.com.cn/s/blog_ 474a358f010009u6.html，最后访问日期：2021 年 2 月 1 日。

② 都市女性丽人博客：《方文山歌词赏析》，http://blog.sina.com.cn/s/blog_ 14ecf8c780102y38d.html，最后访问日期：2021 年 2 月 1 日。

置之间的跳，还是意象交叠、古今场景交叠之间的跳，通过跳使得各种意象、画面、场景、意态、事件（或抽象事件）、时间、空间等交互叠映，形成并置或交叠的“诗意”。方文山通过并置与交叠的各种情形将语言的诗意发挥到极致，这是方文山对传统语言表达、诗意语言表达的继承、彰显和扩大。

方文山歌词中丰富多彩的并置与交叠手法以及语言本身的诗意和节奏韵律，营造了歌词丰富的诗意和音韵。周杰伦曾如此描述自己的曲和方文山的词：“我的曲如果没有方文山的词，不会中（受欢迎［或获奖］之意）；方文山的词如果没有我的曲，也不会中。”① 周杰伦的曲为方文山的歌词插上了音乐的翅膀，使其繁复缤纷的“诗意”、并置与交叠的“诗意”得以飞翔，飞向人心更远的地方。

---

① 南都周刊：《方文山：我和周杰伦掀起“中国风”热潮》（娱乐新闻_ 中国娱乐网），http://news. yule. com. cn/html/200809/18988_ 3. html，最后访问日期：2021 年 2 月 1 日。

现代歌词与现代汉诗融通的可能性

——以大陆新民谣歌词中的诗化现象为例

□奚炜轩①

摘要：新民谣音乐的流行已经成为当下中国社会最引入注目的文化景观之一。而在流行表象下，大陆新民谣以歌词的诗化现象映射出现代歌词与现代汉诗融通的可能性。大陆新民谣的诗化存在两种策略：一是直接征用古典诗词/现代汉诗文本或对文本进行个人化改编；二是在创作新民谣歌词时有意识地向现代诗写作范式靠拢。新民谣的诗化生产是诗歌与音乐共同作用的结果，体现出艺术的跨媒介性，既有利于探寻现代汉诗新的审美标准，也能赋予现代歌词新的生长力量。

关键词：新民谣；现代汉诗；现代歌词；跨媒介性

引　言

2005年，民谣歌手小河在北京798艺术街区策划举办“新民谣音乐会”，以音乐创作主体的身份对这种产生于2000年之后且有别于此前校园

---

① 基金项目：本文系江苏省研究生科研与实践创新计划项目“中国当代新诗的‘音乐性’问题研究”（项目编号：KYCX21－0014）阶段性成果。奚炜轩（1998－），男，江苏南通人，南京大学中国新文学研究中心硕士研究生，主要从事中国当代诗歌研究。

民谣的音乐类型进行自觉命名①。2006年，同为民谣歌手的张晓舟在深圳体育馆组织了一场名为“重返大地——2006中国民谣音乐周”的音乐会。次年，中国第一个原创音乐节“迷笛”音乐节开始设立专门的民谣舞台……“民谣年”之名屡屡出现于各媒体之口②，乐评人李皖将这一时期的新民谣发展现状描述为：“2007到2009年，民谣场景突然在两岸三地大爆发，成了这两年流行音乐领域最受瞩目的事件。此时，曾经的民谣歌手纷纷推出新作，新的民谣歌手如雨后春笋，民谣从暗流汹涌到了地表。”③

目前，学界对大陆新民谣的研究多从传播学或亚文化研究角度展开，而不论立足于何种角度，都离不开对新民谣歌词文本的分析。已有研究者注意到了新民谣歌词中的诗化倾向，例如廉明静指出“新民谣是所有音乐形式中最乐于雕琢文本的诗意情怀的，许多民谣歌手均以‘民谣诗人’‘行吟诗人’的形象自居”④。然而遗憾的是，在对新民谣音乐歌词诗化现象的研究中，鲜有研究者能将新民谣的诗化歌词真正置于当代诗学的视野下进行考察，歌词与现代汉诗的关系依然模糊不清：新民谣的诗化歌词与现代汉诗能否相互融通？如果可以，既然现代汉诗在文化地位上处于边缘境地，在当今属于小众文学⑤，那么新民谣诗化歌词的流行性又能否将现代汉诗拉回大众视野？这些问题的存在意味着新民谣音乐的歌词文本仍具有极大的挖掘潜力。本文将围绕大陆新民谣歌词文本的诗化现象，首先对大陆新民谣的概念做出界定，继而分析新民谣歌词的诗化策略，最后探讨

---

① 孙苗音子：《当代大陆新民谣艺术特征及其兴起的原因探析》，《北方音乐》2018年第21期。

② 2006年、2007年、2010年、2013年等年份都曾被冠以“民谣年”之称，参见孙苗音子：《当代大陆新民谣艺术特征及其兴起的原因探析》，《北方音乐》2018年第21期；张慧喆：《大陆新民谣——从“大众”到“民间”的意义》，《文学与文化》2014年第4期。

③ 李皖：《民谣，民谣（一九九四—二〇〇九）：“六十年三地歌”之十（下）》，《读书》2012年第5期。

④ 廉明静：《大陆新民谣的文化传播研究》，湖南师范大学硕士学位论文，2018年。

⑤ ［美］奚密：《现代汉诗：一九一七年以来的理论与实践》，奚密、宋炳辉译，上海：生活·读书·新知三联书店，2008年，第1页。

如何定位新民谣的诗化歌词与现代汉诗的关系，力图从艺术的跨媒介性角度呈示出现代歌词与现代汉诗融通的可能性。

一、“大陆新民谣”的概念界定

正如“校园民谣”的概念来自大地唱片策划人黄小茂1994年策划出版的学生歌作专辑《校园民谣Ⅰ》[①]，“新民谣”这一概念同样源自音乐创作/制作群体的自我命名，但这一命名行为所赋予新民谣的内涵及价值却并非稳定且明确的。在当代语境下，“民谣”与“民歌”的概念分别指向何处，“新民谣”又如何承担起“新”之前缀，都是首先需要讨论的问题。

从词的构成角度来看，“民歌”与“民谣”都属于现代汉语的复合词，不过二者相关的概念却并非是现代才产生的。我国古代典籍中对“歌”与“谣”常常分开阐释，如《毛诗》认为“曲合乐曰歌，徒歌曰谣”[②]，《尔雅·释乐》同样认为“徒歌谓之谣”[③]。所谓“徒歌”，即指没有器乐伴奏，相较于“乐歌”而言更加原生态的人声歌唱或吟诵，顾颉刚对此解释道：“徒歌是……里巷间妇人女子贩夫走卒发抒情感的东西，他们在形式上所要求的只在声调的自然谐和，不像士大夫与乐工们有固定的乐律可以遵守。”[④] 但随着时间的推演，“歌”与“谣”不再是一组对立的概念，“歌”逐渐以更强大的词性包容力将“谣”囊括其中，一如清代学者杜文澜在《古谣谚》中所论：“谣与歌相对，则有徒歌合乐之分，而歌究系其总名。”[⑤]“歌”与“谣”的概念逐步合流，因此，朱自清认为“中国所谓

---

① 大地唱片公司搜集了1983年到1993年十年间的学生民谣作品，在1994年4月以盒带的形式发布该专辑，专辑制作人黄小茂对“校园民谣”如是描述：“这盘专辑里的歌，都曾经是校门里的人和已经走出校门的人自己写的……每一首歌都是对他们自己青春的纪念。”参见苏静主编《知中·民谣啊民谣》，中信出版社，2016年，第116页。

② 程俊英译注：《诗经译注》，上海古籍出版社，2014年，第144页。

③ ［晋］郭璞，王世伟校点：《尔雅》，上海古籍出版社，2015年，第91页。

④ 顾颉刚：《论〈诗经〉所录全为乐歌》，《顾颉刚集》，中国社会科学出版社，2001年，第138页。

⑤ ［清］杜文澜辑，周绍良校点：《古谣谚》，中华书局，1958年，第4页。

歌谣的意义，向来极不确定：一是合乐与徒歌不分，二是民间歌谣与个人诗歌不分”[1]。在20世纪20年代中国的“歌谣运动”中，“歌谣”一词也成了对民间音乐文学的概括。“民间歌谣包括民歌和民谣两部分”[2]，现代汉语“民歌”“民谣”中的“民”都旨在强调其民间属性——以民众为创作主体及传播对象。今天人们所谈论的“民歌”多指由人民集体创作的或作者不明的，带有鲜明的民族特色、地域风格，较好地延续了原始曲调或以民族唱法演唱流传的民间歌曲，例如江苏民歌《茉莉花》。尽管继承了古代“谣”之曲调自然和谐、抒发真情实感、来源于民间的特点，现代文化工业中的“民谣”也不再是古代没有器乐伴奏的“徒歌”，而是成为现代流行乐中的一个音乐类型。

所谓“新民谣”一词来自2005年前后音乐创作主体的自我命名。大陆新民谣的前身是90年代的大陆校园民谣（以高晓松、老狼等人为代表）与城市民谣（以艾静、李春波等人为代表）——前者多表达青春感伤之情，后者常抒发对中国90年代城市化、现代化进程的乏力感[3]，并受到更早之前的台湾民谣与美国民谣运动的影响。同校园民谣和城市民谣相比，新民谣在音乐风格上有对其前身的延续之处，如乐评人李皖所论，“民谣最核心的东西有两个，第一是弹唱，第二是讲述”[4]，即以叙述性口吻和吉他弹唱为主要演唱形式，关注现实生活，注重对民间歌谣资源的利用，旋律兼容了传统和现代的声学乐器与声效，例如近年来的新民谣作品也在最初口琴、木吉他、手风琴等配器的基础上融入了更富有律动与渲染力的电声乐器[5]。此外，同摇滚乐相比，新民谣音乐不追求对听众生理上的（特别是听觉上的）冲击，节奏更为平和，在唱腔上也有别于摇滚乐式的呐

① 朱自清：《中国歌谣》，复旦大学出版社，2004年，第4页。

② 钟敬文：《民间文学概论》，高等教育出版社，2010年，第173页。

③ 乔焕江：《大陆新民谣：前历史与今面向》，《艺术广角》2014年第1期。

④ 李皖：《民谣，民谣（一九九四—二〇〇九）：“六十年三地歌”之十（下）》《读书》2012年第5期。

⑤ 雷作安：《中国当代民谣音乐的概念及审美文化内涵》，山东大学硕士学位论文，2019年。

喊、嘶吼，而更体现李皖所说的“讲述”的感觉。

在有关新民谣概念的界定中，许多音乐人都表达了对新民谣“民”之内核的理解。民谣歌手何大河认为，“新民谣突出的是这个‘民’字，它属于老百姓自己的东西，很轻松，很随意，它来自生活，唱的也都是生活”①。值得注意的是，新民谣音乐也是中国当代音乐的底层叙事声音之一，来自社会底层或边缘的新民谣音乐人怀抱一把吉他，穿梭于地下通道、酒吧等公共空间进行演唱，例如周云蓬在获得大众认可之前便过着居无定所的生活，且因双目失明而处于边缘人的境地。他在一篇关于新民谣源起的文章中表达了新民谣“走向更深远的土地和内心”和“自由诚实地歌唱”的创作精神②。如果说，“走向土地和内心”指新民谣音乐在内容上对生活本真面貌、对乡土、对内心情感世界的询唤，那么“自由诚实得歌唱”则暗示了新民谣音乐拒绝与商业合流的特质。这一点主要体现为新民谣创作主体的独立音乐人身份，即拒绝流行音乐产业中的经纪人制、签约制的包装，不隶属于大型唱片公司或经纪公司，独立完成音乐的制作甚至宣发，从而能在五光十色的商业社会里保持较纯粹的创作立场与鲜明的个性色彩。

由于现代文化产业以及科技的发展，大陆新民谣音乐的“新”在传播方式上也体现得尤为明显。90 年代校园民谣最初都是以实体唱片的形式进行广泛传播的，而千禧年以来的新民谣音乐又被称作“酒吧民谣”，多在酒吧、Live House 等公共表演空间内被演唱，具有地下演出的性质。第一场以“新民谣”命名的音乐会便发生北京三里屯的“河”酒吧。而 2006 年以后，得益于豆瓣、人人网等社交网络/论坛平台的兴起，新民谣音乐获得了在互联网上快速传播的渠道。2013 年以后网易云音乐、QQ 音乐、虾米音乐等互联网音乐平台进一步推动了新民谣音乐的数字化及传播，加

① 郑寒月：《新民谣举起民谣复兴大旗（民谣在路上之三）》，《人民日报》（海外版）2010 年 6 月 24 日。

② 周云蓬：《江湖夜雨十年灯——新民谣的孩提时代》，《春天责备》，上海文艺出版社，2010 年，第 219—220 页。

之各大电视台音乐选秀节目的助力①，部分新民谣音乐跨入流行音乐的行列。另一方面，新民谣音乐的“新”也意在从时间上与90年代的民谣划清界限，前十三月唱片公司的音乐总监张然指出：“‘新’大概是根据年份划分的，因为是当下的民谣，再加上前一阵民谣没那么蓬勃，最近才又热起来，所以才叫‘新’。”②

此外，新民谣音乐的“新”还在于其明确地体现了与诗歌展开互动的倾向，借助诗歌来追求歌词的文学性。对古典诗词和现代汉诗的翻唱、改编，已经成为新民谣音乐生态中引人瞩目的现象。例如在2020年初新冠肺炎暴发的背景下，新民谣女歌手程璧便将日本援华物资上的标语“山川异域，风月同天”与《黄鹤楼》（崔颢）、《送柴侍御》（王昌龄）、《送日本国僧敬龙归》（韦庄）等唐诗结合起来，编曲为新民谣作品《山川异域，风月同天》，以舒缓的吉他伴奏深情地唱出对中日两国人民友谊的回顾与盼望疫情早日结束的美好心愿。程璧本人在接受媒体采访时也表示：“诗歌始终贯穿在我的创作中。”③

综上，笔者试对“新民谣”概念做出如下定义：首先，中国大陆的新民谣是源于20世纪90年代大陆校园民谣与城市民谣，并受到20世纪台湾民谣与美国民谣运动影响，在2005年后逐渐发展、流行起来的，以吉他为主要伴奏乐器，以弹唱为演唱形式的一种流行音乐类型；其次，新民谣继承了古代“徒歌”自然、朴质的演唱特点，演唱者的唱功（如音域、音准、气息控制等）并不重要，“更多强调情感的质朴和声音的本真无修饰，甚至在演唱过程中的小瑕疵成为新民谣歌手可供辨识的重要特征”④；第

---

① 例如在2013年湖南卫视音乐选秀类节目《快乐男声》中歌手左立使民谣歌曲《董小姐》成为当年的流行曲目。在由中央电视台打造的《中国好歌曲》节目上，莫西子诗、赵雷等民谣音乐人先后于2014、2015年两季节目中登台，此后赵雷更是于2017年在由湖南卫视打造的《歌手》节目中凭借民谣作品《成都》走红，获得了全民讨论的热度。

② 郑寒月：《新民谣举起民谣复兴大旗（民谣在路上之三）》，《人民日报》（海外版）2010年6月24日。

③ 杜绿绿：《飞地对话程璧丨青山一道同云雨，明月何曾是两乡》，《飞地》2020年2月10日。https://m.enclavebooks.cn/new_article.html?id=38284。

④ 杜雪雁：《亚文化视角下的大陆新民谣研究》，南京师范大学硕士学位论文，2019年。

三，在传播方式上新民谣既依赖大众媒介，呈现出数字化趋势，也强调现场传播，在商业模式上则具有独立音乐的特点；最后，新民谣音乐充分关注现实生活和私人情绪，追求歌词的文学性，“以诗化的语言表达直白真诚的情感”①。

二、大陆新民谣音乐中的歌词诗化策略

在新民谣歌词的诗化现象中，新民谣音乐人如程璧曾谱写过如北岛的《一切》、西川的《夜鸟》等，蒋山曾编曲、演唱过海子的《面朝大海，春暖花开》《德令哈》，周云蓬则凭借《不会说话的爱情》一歌的歌词获得“人民文学奖诗歌奖”。透过这些案例可以发现，大陆新民谣音乐中的歌词诗化路径主要有两条：一是对诗歌文本直接征用或改编，包括对中国古典诗词和现代诗歌文本的直接征用；二是民谣音乐人在创作歌词时有意识地向现代诗歌写作范式靠拢，体现出向诗歌文本回归的倾向。

（一）援诗入歌：新民谣音乐对经典文本的征用

在新民谣音乐对现代汉诗的直接征用或改编中，张枣的诗往往备受青睐。以张枣的成名诗作《镜中》为例，程璧、周云蓬、钟立风等新民谣歌手都对《镜中》进行了新的编曲与演唱。对比程璧版（2019 年）和周云蓬版（2014 年）的《镜中》歌词，尽管二者都取自张枣的同名诗作，我们可以发现程璧最大限度地还原了张枣的诗歌文本，以《镜中》原诗作为歌词，仅在副歌开始和结束部分加入虚词“啦啦啦”作为过渡，调节情感。而周云蓬则对张枣的《镜中》进行了个人化改编，以期将自己关于这首诗、关于生活的理解传递给听众。

我在镜中等你归来，
坐在镜中望窗外，

① 金梅：《中国当代民谣音乐的美学研究》，山东大学硕士学位论文，2017 年。

想起一生后悔的事情，
梅花就会落下来，
我在镜中等你归来，
坐在镜中看云天，
想起一生后悔的事情，
梅花就会落满南山，
镜子照镜子，
很多的镜子，
所有镜中都要有你，
一个小影子，
一个老影子。①

周云蓬取消了张枣原诗中戴着面具出场的“皇帝”这一抒情主体，甚至另一个出场比重更大的抒情主体“她”也被周云蓬替换成了“你”。从“一面镜子永远等候她”② 到“我在镜中等你归来”，原诗弥散的抒情主体变成了固定的、个人化的“我”。于是，无论是演唱者还是听众，都能在情感上将抒情主体与自己关联起来。此外，周云蓬版《镜中》不仅取消了“她”，也不再描写女性形象，使诗歌在可能的女性主义立场之外产生新的语言张力，诗/歌词的抒情话语不受性别限制——既可以是男性的，也可以是女性的。同样，“你”的意义也不单单指向恋人，还可以指向自我，歌词结尾的“一个小影子/一个老影子”便可解读为向自身的生命历程投以观照，并呼应了个人化的抒情主体。

周云蓬的改写体现了歌词在符号学层面的外向语义主导特征，即从发送者到接受者的情感呼应③。雅克布森认为，每个符号都有不同的主导因

① 周云蓬：《镜中》，网易云音乐，http://music.163.com/song/28993141/?userid=356018140.
② 张枣：《春秋来信》，十月文艺出版社，2017 年，第 3 页。
③ 陆正兰：《歌词学》，中国社会科学出版社，2007 年，第 44 页。

素，并随之呈现出不同的性质，以诗歌为例，“诗性即符号的自指性”①，即指向文本自身，而承担了演唱任务的歌词则将主导落在发送者（演唱者）的情感与接受者（听众）的反应上②。因此，周云蓬版《镜中》歌词里“皇帝”和“她”的退隐反映出自指性的减弱，体现了周云蓬改写时对接受者反应的关照，有意去降低听众理解歌曲内涵的难度。因为作为歌词时《镜中》需要通过歌手演唱来获得艺术价值上的自足，而歌词被演唱时又属于一次性的声音艺术，听众无法像欣赏“书写—阅读”式诗歌一样对文本反复阅读。

从程璧和周云蓬对张枣诗作《镜中》的音乐改编可以看出，新民谣音乐在援诗入歌的过程中存在两种做法：一是尊重原始文本，纯粹为诗歌谱曲；另一种是在不破坏原诗主要意象和主题的前提下，对诗歌文本进行个人化改写。然而这一改写行为又涉及歌词与现代汉诗在抒情主体、语义主导方面的一般性差异，但不能否认的是，无论是纯粹谱曲还是个人化改写，都对现代汉诗有着积极的意义。奚密曾指出，“对于现代诗来说，这种诗人和读者的同质性（homogeneity）已不再是个可以成立的前提……读者可能是大众，可能是少数有文学兴趣的现代知识分子，也可能是为数更少的诗人群”③。李建吾则认为纯诗诗人作品远离大众的原因便是“诗的不能歌唱”④。而当新民谣音乐人直接征用或适当改写现代汉诗并为之谱曲时，诗歌也从中获得了新的传播途径与生机，公众的审美注意力也被重新引入诗歌的王国。例如在程版和周版《镜中》的网易云音乐评论区里，时常可见听众分享他们对诗歌的理解或向并不了解原诗的陌生听众科普诗人张枣，现代汉诗、新民谣音乐和评论区听众所分享的感受，共同构成了一

① ［俄］罗曼·雅克布森：《语言学和诗学》，赵毅衡主编，《符号学文学论文集》，百花文艺出版社，2004 年，第 181 页。

② 陆正兰：《歌词学》，中国社会科学出版社，2007 年，第 44—45 页。

③ ［美］奚密：《现代汉诗：一九一七年以来的理论与实践》，奚密、宋炳辉译，上海：生活·读书·新知三联书店，2008 年，第 12 页。

④ 李健吾：《〈鱼目集〉——卞之琳先生作》，《咀华集·咀华二集》，复旦大学出版社，2005 年，第 61 页。

种新颖的情感景观。

（二）以诗作歌：新民谣音乐中的现代诗创作

除了对经典诗歌文本的直接征用或改编，新民谣音乐诗化的第二条路径是词作者在填词时便赋予歌词一种来自现代汉诗的美学认证。当新民谣音乐人的填词行为可以置换为现代诗的写作行为时，歌词在演唱功能外拥有了案头阅读的诗学价值，从而获得了进入现代汉诗版图的资格。

作为一种听觉艺术，歌词普遍追求的是浅显明白而非深奥复杂的语言风格。“歌词必须在有限的时间内展现它的情感诉求”①，因此歌词通常并不会像诗歌语言一样，刻意追求陌生化的审美效果，词作家乔羽表示："歌词的文学性正在于语言生动准确，而不是从书本上寻找辞藻，把歌词写得文绉绉的……生僻和晦涩，是歌词的大忌。”② 不论乔羽观点是否正确，其表述至少说明了避免歌词的晦涩已成为一种音乐共识。

就新民谣诗化歌词而论，它们虽然并不反对浅显、明白的语言风格，但也决不以此为桎梏。需要说明的是，难言、晦涩的意绪也并非现代诗的第一要义，而是这种意绪蕴藉在文本中，呈现出一种含混（ambiguity）的效果来。燕卜荪认为，当指的东西并不清楚明了，且“即使对原文没有误解也可能产生多种解释的时候，作品该处便可称之为含混”③。诗歌美学的制造与接受意味着含混制造出阅读的障碍使读者不得不向经验求助。对于现代歌词来说，含混的机制同样可以发挥作用。以新民谣歌手宋冬野在2013 年发行的《斑马，斑马》为例，歌词里的“斑马”即是含混机制的产物。由于能指模糊，“斑马”既可以隐喻离开的恋人，也可以理解为历经沧桑后的自况。歌曲正是在这样的开放阐释中获得了表意的张力，唤起了听众的情感共鸣，或失恋的悲伤，或失意的落寞。尽管我们无法据此将《斑马，斑马》的歌词视作一首合格的现代汉诗，但在新民谣音乐的诗化

---

① 陆正兰：《歌词学》，中国社会科学出版社，2007 年，第 56 页。

② 乔羽：《乔羽文集·文章卷》，新华出版社，2004 年，第 149 页。

③ ［英］燕卜荪：《朦胧的七种类型》，周邦宪等译，中国美术学院出版社，1996 年，第 101 页。

历程中，仍有一批歌词通过运用现代诗学的隐喻手法、意象拼贴，在含混的效力下具备了一种现代汉诗朦胧/晦涩的诗语特色①。

隐喻是现代汉诗最重要的语言，强调喻旨和喻体的远距。如奚密所论，“传统诗学中的比喻，是两个本质上相同的事物之间的联系，而现代汉诗中的隐喻凸显的是事物之间的不同、差距、张力。在实践上，喻旨（隐喻的意义）和喻体（隐喻的意象）结合，常常发生意外，甚至是惊讶的效果”②。在新民谣音乐诗化的第二条路径中，词作者常常运用现代诗学的隐喻，以加强文本的诗性。

唐映枫是另一位以歌词的诗化品质得到大众认可的新民谣音乐人，在词作《弥留（*Blind sight*）》（2019 年）中，隐喻加强了歌词的现代诗品质。整首歌词选取了黄昏时分的城市地铁站口作为抒情场景，表达了想同平庸生活对抗，却又陷入迷茫的复杂心境。“黄昏像是乌鸦的眼/凝视这角落/生活/从四面涌向我”③，黄昏和乌鸦的眼睛这一组来自不同语境的事物被唐映枫巧妙地并列在歌词开头。乌鸦的眼睛带给观者被凝视的压迫感，而在日本文化中，乌鸦又具有神鸟的身份。因此当唐映枫以乌鸦的眼睛来比喻黄昏时，黄昏这一抽象的时间意象获得了实体意义，以一种神性的姿态凝视被生活困扰的抒情主体“我”，并将听众/读者一并引入观察者“黄昏”的视角——对自己的生活展开审视。

除了诗学隐喻外，新民谣音乐人在歌词中还运用了意象拼贴的手法，在意象的联结上呈现出非连贯性，充满跳跃、异质感，充分发挥意象之间的暗示功能。这也正是现代汉诗的诗语特色，即在意象组合时可以省略连

---

① 在现代汉诗的大环境中，朦胧/晦涩虽然不应被视作一种鉴别诗歌质量的标准，但也确实作为诗歌的一种美学品质而客观存在着。参见臧棣：《现代诗歌批评中的晦涩理论》，《文学评论》1995 年第 6 期。此外，得益于音乐本身的情感力量，新民谣歌词的朦胧/晦涩仅是一种外在的诗学品质，尚不足以形成类似朦胧诗的“听懂/听不懂”的论争。

② ［美］奚密：《现代汉诗：一九一七年以来的理论与实践》，奚密、宋炳辉译，上海：生活·读书·新知三联书店，2008 年，第 87 页。

③ 唐映枫：《弥留（Blind sight）》，网易云音乐平台，http://music.163.com/song/1331352126/?userid=356018140.

词、介词，意象之间可以不依赖中介而拼贴组合起来。相反，一般歌词意象组合不及诗歌灵活，相比于跳跃性，词与句的连贯更加重要①。意象的拼贴也使新民谣歌词进一步拉远了与日常语言的距离，而更贴近现代诗形——新民谣歌词诗化生产的另一特征即在于其意象搁置了逻辑思维的线性顺序并且跳跃地描画情绪②。拼贴手法带来的碎片化效果隐喻了外在世界的不稳定和多样性，就新民谣歌词中的意象拼贴来说，这种拼贴的本质在于两种经验间的跳跃，以及这种缝隙所带来的多义指涉。以唐映枫的《我纷扬的世间》（2018 年）一歌为例：

昨夜你对我说，来探清生活的底
这是轻薄之一，乏味人生的执迷
不再讶异，那些夜航、情人及岛屿
野火一季，荒了玫瑰、酒瓶与自己③

整首歌的歌词表达了对生活意义的困惑，这些困惑关于爱情、孤独或时间，拼贴的手法在这里主要用来拟出个人行动与心境在时间、空间内的流转、变化。如果说“夜航”和“岛屿”尚可视作同一语境，那么情人又何以与二者并置？读者需要在语言的缝隙里自建联系——夜晚的航行经过海上一座座岛屿，如同生命里那些分分合合的爱情。离去的爱人与航船临时停泊的岛屿发生意义上的联系。同样，“玫瑰”是爱情的传统隐喻，而酒瓶则是爱情理想破灭后借酒浇愁行为的象征，于是在意象的拼贴与暗示下，我们仿佛看到了一个为爱情所苦，对人生充满迷茫的青年形象。

需要指出的是，无论是诗学领域隐喻的使用，还是意象的跳跃、拼贴，都只是构成了新民谣诗语特征中朦胧、晦涩的维度，且朦胧/晦涩并

---

① 陆正兰：《歌词学》，中国社会科学出版社，2007 年，第 76 页。

② 高蔚：《“纯诗”及中国化研究》，华东师范大学博士学位论文，2006 年。

③ 唐映枫：《我纷扬的世间（The Festival of Insignificance）》，网易云音乐平台 http://music.163.com/song/512063676/?userid=356018140.

不能代表新民谣诗化歌词中所有的审美维度，但它确立了部分新民谣歌词向现代汉诗特定的美学品质靠拢的特点，并在语言风格上悖于现代歌词普遍的浅显、直白的风格。同时，隐喻与意象拼贴也不仅仅是新民谣歌词诗化生产的表现方式，它们还构成了新民谣诗化的具体特征。

三、跨媒介：新民谣诗化歌词的定位方式

一般来说，无论诗歌、音乐还是绘画，艺术的形式和意义往往需要依赖媒介才得以呈现、传播，媒介“不仅是打通艺术家内在思维与艺术创作外化的通道，而且是连接艺术家与欣赏者、艺术生产与艺术接受、艺术品与世界的中介环节”①。例如诗歌以远离日常语言的诗语作为媒介，彰显诗语作为艺术形式的美学意义，而音乐的媒介策略则是依赖乐音及乐音艺术组合的作用。尽管诗歌和音乐是两种不同门类的艺术，但是二者除了同为时间的艺术，在艺术媒介上也存在着共性，如朱光潜认为诗与乐的相似之处在于二者都以声音为媒介，不同的是诗的声音必须伴随意义，而音乐的声音保持其节奏与和谐的要素即可②。而所谓“跨媒介性”（intermediality）在艺术实践中指两种或两种以上媒介之间的交互性与融合性，“它经常发生在不同艺术媒介之间，尤其是空间艺术之间（比如绘画与雕塑），时间艺术之间（比如诗歌与音乐），以及空间艺术与时间艺术相互仿效、彼此融通的时刻”③。借助“跨媒介性”的相关概念，我们将更好地理解新民谣诗化歌词的定位。

① 艺术媒介至少包含三种向度，分别为物质媒介、符号媒介和传播媒介，对应着艺术的质料、形式与载体。参见周计武《艺术的跨媒介性与艺术学理论的跨媒介建构》，《江海学刊》2020 年第 2 期。

② 朱光潜：《诗论》，《朱光潜美学文集》（第 2 卷），上海文艺出版社，1982 年，第 109 页。

③ 本文所使用的“跨媒介性”概念是广义上的，用来描述艺术实践中的跨媒介现象。

中国诗歌一直在文学性与音乐性①二者的来回共振间摸索前进，正所谓“律其词谓之诗，声其诗谓之歌”②。诗与乐相互融通，前者借助乐的韵律、声调将文本内在的情感以整饬的形式、和谐的节奏歌唱出来，加强诗中情感的表达效果；后者以诗为载体，通过语言的形式赋予抽象的乐音以实在的内容，将非语义性的乐音唤起的情感引向以诗（歌词）为中介的具体想象③。朱光潜认为，“诗”与“歌”存在同源性，即“诗歌、音乐、舞蹈原来是混合的。它们共同的命脉是节奏。在原始时代，诗歌可以没有意义，音乐可以没有和谐，跳舞可以不同姿态”④。但因为中国文化的书面中心主义，中国古代诗歌从最初的“诗”“歌”一体逐步分离。朱光潜将诗歌的演变历史分为有音无义、音重于义、音义分化、音义合一四个时期，最终“诗不复文字以外的音乐”⑤。即便有乐谱的存在，作为一种声音的艺术，音乐（如曲调）的保存、流传难度仍要远远大于以文本形式存在的诗。今天的汉乐府诗在最初“诗”“歌”一体时的功能即为乐府音乐的歌词，但由于其脱离音乐独立流传至今，从而变成了无法入乐的“徒诗”。又如今天有关现代汉诗的讨论中，作为复合概念的“诗歌”往往只被人们注意到前半部分，即“书写—阅读式”的诗。

在现代汉诗的理论建构过程中，尽管鲁迅曾指出现代汉诗应具有歌唱

---

① 本文所讨论的音乐性并非指诗歌文字本身的音乐性（朱光潜）或诗歌本身的“语言音乐性”（松浦友久），即诗歌语言中带有若干形式化的音乐节奏或音调，而是指外在的音乐（朱光潜），或诗歌的“乐曲音乐性”（松浦友久），即附着于歌辞可供歌唱的音乐性。参见朱光潜《诗论》，《朱光潜美学文集》（第2卷），上海文艺出版社，1982年，第206页；［日］松浦友久《中国诗歌原理》，孙吕武、郑天刚译，辽宁教育出版社，1990年，第268页。

② 陈仲子：《音乐与诗歌之关系》，王宁、杨和平主编《二十世纪中国音乐美学文献卷（1900—1949）》，现代出版社，2000年，第59页。

③ 傅宗洪：《大众诗学视域中的现代歌词研究：1900—1940年代》，中国社会科学出版社，2016年，第17页。

④ 朱光潜：《诗论》，《朱光潜美学文集》（第2卷），上海文艺出版社，1982年，第16页。

⑤ 朱光潜所论的“音义合一”指“诗人有意地求在文字本身上见出音乐”，质言之，诗的歌唱性已然丧失，诗可诵而不可歌。参见朱光潜：《诗论》，《朱光潜美学文集》（第2卷），上海文艺出版社，1982年，第201—206页。

性，“诗须有形式，要易记，易懂，易唱”①。但从现代汉诗发展的历程及现状来看，新诗的歌唱性始终落后于文学性，甚至对追求纯诗的诗人而言，诗与诗歌代表着两种不同的诗学观念，纯诗的内涵之一即取消歌唱性，在李建吾看来，纯诗“歌唱的是灵魂，不是人口”②，歌唱性于纯诗诗人而言仅仅是一种隐喻，他们不容许乐歌置身其间，人们也“几乎看不得纯诗一派的诗人使用‘诗歌’这个词”③。质言之，诗人在创作时并不以歌唱性为标尺，“诗”与“歌”的分离“已然是一个客观存在的总体趋势”④。与此同时，更具有“易唱”品质的歌词也往往被排除在文学正典的疆域外⑤。由此也反映了新诗纯诗化倾向背后的纯媒介（pure medium）倾向。尽管现代诗人对诗歌文字本身音乐性的热情从未冷却，但还是和外在的音乐性（亦即歌唱性）分道扬镳。借助纯媒介策略，现代汉诗试图重塑其纯粹性（purity）和自主性（autonomy），试图从诗歌语言最基本的特性（如情绪节奏、象征性意象）中寻找到自我合法化的依据，且在这一自我合法化的过程里，避免其他媒介效果的介入⑥。或许现代汉诗对“书写—阅读”向度的迷恋，有意“为诗而诗”的做法，恰如格林伯格所论：“一件现代艺术作品必须完全依赖于在其媒介的最为基本的性质中被给予的经验秩序……艺术要通过完全在其独立和不可还原的自我基础上实现具体性和纯粹性。”⑦

诚然，现代汉诗在发展过程中向着“书写—阅读”的维度高歌猛进，但音乐并未完全隔离于诗歌，“诗本出于音乐，无论变到怎样程度，总不

① 鲁迅：《致蔡斐君》，《鲁迅全集》（第13卷），人民文学出版社，1981年，第220页。

② 李健吾：《〈鱼目集〉——卞之琳先生作》，《咀华集·咀华二集》，复旦大学出版社，2005年，第61页。

③ 张人云：《问题史：中国新诗的音乐性（1917—1949）》，复旦大学博士学位论文，2011年。

④ 李章斌：《痖弦与现代诗歌的“音乐性”问题》，《文学评论》2019年第5期。

⑤ 傅宗洪：《大众诗学视域中的现代歌词研究：1900—1940年代》，中国社会科学出版社，2016年，第6页。

⑥ 周计武，《艺术的跨媒介性与艺术学理论的跨媒介建构》，《江海学刊》2020年第2期。

⑦ ［美］格林伯格：《艺术与文化》，沈语冰译，广西师范大学出版社，2015年，第177页。

能与音乐完全绝缘"[①]。许多早期新诗都曾有过被谱曲入歌的经历，例如胡适《尝试集》中的《微云》一诗便曾获赵元任谱曲，1928 年商务印书馆更是出版了以胡适、刘半农、徐志摩、赵元任等人的新诗为歌词的《新诗歌集》。从 20 世纪 20 年代的"歌谣运动"，再到影响了今日大陆新民谣的台湾民谣运动[②]，在现代汉诗的发展轨迹上，"书写—阅读"范式的诗歌固然是主流的存在，但是诗歌与音乐的"联姻"也从未消失，并且在这样的"联姻"中，诗与歌词的裂隙得到了弥合——既具象化了音乐中的情感力量，也促进了现代汉诗的传播并丰富了其表现力。朱自清曾自述在一个千人会场听过赵元任演唱《教我如何不想她》（刘半农）和《海韵》（徐志摩）两首诗后，感到"心里增加了某种价值"，这种价值或许在于"新诗若有了乐曲的基础，必易入人，必能普及，而它本身的艺术上，也必得不少的修正和帮助"[③]。正如叶维廉所说："现代诗、现代画，甚至现代音乐、现代舞蹈里有大量作品，在表现上，往往要求我们，除了从其媒体本身的表现性能去看之外，还要求我们从另一媒体的表现角度去欣赏，才可明了其艺术活动的全部意义。"[④]

另一方面，乔羽从"五四"以来歌词与新诗的互动角度指出："许多年来，歌词一直支持了新诗，使新诗不停留在字面上，而是活在人们的社会生活中。"[⑤] 在现代汉诗逐渐失去歌唱性的今天，新民谣的诗化融通了诗与乐的艺术媒介，将单媒性的现代汉诗重新引入多媒性的阐释视域中。所谓单媒性即指艺术品的质料、形式和模态都基于某一种媒介——当现代汉诗舍弃外在歌唱性时，其已不自觉地成为一种基于文字媒介的单媒性艺

---

① 朱光潜：《诗论》，《朱光潜美学文集》（第 2 卷），上海文艺出版社，1982 年，第 201—202 页。

② 在中国台湾民谣的发轫"现代民谣创作会"（1975 年）上，歌手杨弦将诗人余光中的诗集《白玉苦瓜》中的诗作改编成民谣歌曲。该运动的参与者还有诗人夏宇、歌手罗大佑等。

③ 朱自清：《唱新诗等等》，《朱自清全集》（第 4 卷），江苏教育出版社，1996 年，第 220—223 页。

④ 叶维廉：《中国诗学》，生活·读书·新知三联书店，1996 年，第 147 页。

⑤ 乔羽：《乔羽文集·文章卷》，新华出版社，2004 年，第 5 页。

术。反之，多媒性则指艺术品本身包含了两种及以上的媒介①，新民谣的诗化歌词使现代汉诗看到了重新拥抱文学性与音乐性的可能，且这种音乐性是外在的、可歌唱的，并非部分现代诗人所主张的指向心灵或陷入神秘主义的音乐性。例如台湾诗人纪弦认为："诗的音乐性有二：一是低级的、歌谣的音乐性，即是专门用耳朵去听的；一是高级的、现代的、新诗的音乐性，即是专门用心灵去感觉的。"② 纪弦关于诗歌音乐性"高级""低级"之分的观点其实具有相当的代表性——现代汉诗主流的发展方向正是追求这种神秘的、"高级的"音乐性，外在的音乐性（歌唱性）被斥之为"落后的诗歌意识的表征"③。

然而，从诗史角度来看，尽管新诗取代了旧诗，新诗却也付出了"失聪"和"哑口"的代价④。因此，新民谣歌词的诗化以海子、张枣等现代诗人已经获得经典化的作品来打破现代汉诗"歌唱即低级"的片面认知，佐证了外在的音乐性仍是抒情诗的重要媒介特征这一判断⑤。同时，已有学者指出自20世纪90年代以来，一批以崔健为代表的摇滚歌曲和以罗大佑为代表的台湾民谣已经开始逐步抢占朦胧诗的抒情话语空间⑥，这些具有一定人文深度与强大抒情力量的流行歌曲的歌词文本被学术界以抒情文学的名义纳入研究范畴之中，例如崔健《一无所有》的歌词便被陈思和纳入《中国当代文学史教程》，在《摇滚中的个性意识：〈一无所有〉》一文中，陈思和分析了崔健歌词中的文化反抗意识与绝望情绪，并赞誉崔健为"摇滚诗人"⑦。从中可见，部分现代流行歌曲正逐渐被学术界从通俗文化

① 周宪：《艺术跨媒介性与艺术统一性——艺术理论学科知识建构的方法论》，《文艺研究》2019年第12期。

② 纪弦：《袖珍诗论抄·四》，转引自吕进《中国现代诗学》，重庆出版社，1991年，第86页。

③ 傅宗洪：《大众诗学视域中的现代歌词研究：1900—1940年代》，中国社会科学出版社，2016年，第255页。

④ 王毅：《试论中国自由诗的音乐性》，《西南师范大学学报》1996年第3期。

⑤ 吕进：《中国现代诗学》，重庆出版社，1991年，第90页。

⑥ 傅宗洪：《大众诗学视域中的现代歌词研究：1900—1940年代》，中国社会科学出版社，2016年，第9页。

⑦ 陈思和主编：《中国当代文学史教程》，复旦大学出版社，1999年，第327—328页。

的位置接引进文学正史的阐释视域，其歌词“作为现代诗歌的一部分，从此开始走向合法化、正典化”①，重视文本阅读价值而忽略“歌唱性”的诗学观念也在这一过程中逐渐被突破，例如陆正兰的《歌词学》提出了为歌词正名的主张，吕进在《中国现代诗体论》一书中将歌词列入三种现代诗体之一……这些对现代歌词诗学地位的探讨也表明现代诗歌理论依然存在极大的扩展空间，且并非一成不变的。

诚如陆正兰所论，“歌词正在开发一种新的文化传播空间，在这里，民众、精英、机构、艺术相互渗透、相互结合……既为词作者提供了机遇，也为新诗发展提供了可能”②。新民谣歌手程璧曾将北岛名作《一切》谱唱成曲，并得到了诗人的肯定——北岛将程璧的第一张专辑（《一切》收录其中）取名为“诗遇上歌”。“诗遇上歌”这一名字所反映的正是现代汉诗与现代歌词的融通。而在另一位当代诗人李元胜看来，“民谣自由而开放的新形式，可以越过‘分工’这一鸿沟，现当代诗歌与民谣或许是最好的结合”③。所谓跨越“分工”的鸿沟，意味着两种艺术媒介各自的特殊性被突破。程璧曾在个人首张专辑的介绍里写道：“我觉得在所有艺术形式里，诗和民谣具有十分相似的特质。在文学领域，诗字数最少，篇幅简短，却又最具深意；在音乐领域，民谣无论在技巧还是配器上往往追求简单，而它的深度在于其冷静的哲思。”④ 不论程璧这段话的学理性如何，至少程璧的自陈反映出新民谣实践者相似的诗化追求——在音乐中寻求诗性，或将音乐重新赋予诗。在现代汉诗标准模糊，诗歌治史存在单一历史主义倾向的背景下，大陆新民谣诗化歌词或可作为现代汉诗的有益补充。而探讨新民谣诗化歌词与现代汉诗融通的可能性，无疑具有打破历史本位主义对现代诗的规约，探寻现代汉诗与现代歌词新的审美标准的积极作用，并赋予现代歌词新的生长力量。

---

① 傅宗洪：《大众诗学视域中的现代歌词研究：1900—1940 年代》，中国社会科学出版社，2016 年，第 10 页。

② 陆正兰：《歌词学》，中国社会科学出版社，2007 年，第 343 页。

③ 苏静主编：《知中·民谣啊民谣》，中信出版社，2016 年，第 175 页。

④ 苏静主编：《知中·民谣啊民谣》，中信出版社，2016 年，第 172—173 页。

雅园诗派述论

□赵青山①

内容摘要：雅园诗派是中国新诗史上第二个倡导新格律诗的诗歌流派。它主要指以世纪之交的深圳中国现代格律诗学会成立和雅园诗会的召开为标志，以其会刊《现代格律诗坛》及香港雅园出版公司为主要阵地，高举何其芳提出的现代格律诗旗帜，进行现代汉语格律诗的理论探索及创作实践的学者、诗人群体。

关键词：雅园诗派；深圳中国现代格律诗学会；现代格律诗

一

雅园诗派是中国新诗史上第二个倡导新格律诗的诗歌流派。它主要指以世纪之交的深圳中国现代格律诗学会成立和雅园诗会的召开为标志，以其会刊《现代格律诗坛》及香港雅园出版公司为主要阵地，高举何其芳提出的现代格律诗旗帜，进行现代汉语格律诗的理论探索及创作实践的学者、诗人群体。

雅园诗派作为一个诗派得名，源自“深圳中国现代格律诗学会首届年

① 赵青山（1965－），男，山西平遥人，山西省平遥县西郭小学退休教师，研究方向为现代格律诗学。

会”的会址——雅园宾馆，源自首届年会的名称——雅园诗会，更主要的是周仲器、周渡父子对于这段历史的客观认识和理论阐述。

1994 年 10 月出版发行的《现代格律诗坛·创刊号》（总 1 期），曾以《百家论坛》栏目形式发表会员的入会申请提议，周仲器建议：“（1）、团结一批现代格律诗作者和研究者，创建一个新的现代格律诗派。”①

2001 年，周仲器、周渡在《现代格律诗坛》总 6—7 卷发表文章《我们的新格律诗观》中提道：新时期“一批新格律诗选本相继问世，一批研究著作也陆续出现，（现代——引者注）格律诗学会的成立，是不是也可以说是中国现代诗歌史上第二个格律诗派的出现？”②“对新格律诗发展前景的预测：如果说新月诗派的出现，是真正揭开了中国现代诗歌史上创造新格律诗的序幕，那末经过近一个世纪的摸索，第二个新格律诗派的走上历史舞台，应是创造新格律诗的全新的开端。”③

事隔四年，周渡、周仲器又在《江苏大学学报（社会科学版）》2005 年第二期发表了论文《新格律诗探索的历史轨迹与时代流向——从新月诗派到雅园诗派》。

2008 年、2009 年，《现代格律诗坛》总第 9 卷、总第 10 卷发表了周渡、周仲器的《多元、包容：雅园诗派的新格律观——雅园诗派论（上）》《自律与共律：雅园诗派新格律诗的创作实绩——雅园诗派论（下）》，对雅园诗派进行了全面阐述：

雅园诗派的格律主张：现代汉语格律诗应当具有“鲜明和谐的节奏，自然有序的韵式”④ 的特征，这是最低纲领；最高纲领概括为：“创造出几种或多种定型诗体（共律体），又创造出几种或多种准定型诗体（准共律体），又加上众多的自律体与准自律体，形成众星捧月的新格律诗体谱

---

① 《现代格律诗坛》，深新出字第 08 号，雅园出版公司，1994 年 10 月，总 1 期，第 147 页。

② 《现代格律诗坛》（总 6—7 卷），雅园出版公司，2001 年，第 189 页。

③ 《现代格律诗坛》（总 6—7 卷），雅园出版公司，2001 年，第 194 页。

④ 《现代格律诗坛》（总第 9 卷），雅园出版公司，2008 年，第 104 页。

系”[1]。他们认为：固定诗体就是“共律体”，除此，凡合律的皆为“自律体”。

雅园诗派的创作趋势：学会着重推介了雅园诗人们试验的九言诗、八行诗、十四行诗、汉俳、六行新绝句、白话律诗、白话新词体、自由曲、新辞赋体、微型格律诗体等较为定型的共律体。在对雅园主要诗人黄淮、刘章、浪波、丁芒、李忠利、邹绛、骆寒超等的创作实践进行详细评析之后，作者断言：就雅园新格律诗创作的大势而言，可以看出三个走向：“第一，主要是直接继承近百年新格律诗本身发展传统并有重大突破的一路。第二，为数众多，以学习、吸收古典诗歌和民歌营养为主要取向的一路。第三，以学习外国格律诗体，并进行汉化、现代化试验的一路。”[2]

关于雅园诗派的历史命题，从 1994 年提出建议，到 2001 年前后提出推测，再到 2008 年前后论述，其间经历了十多年时间。对于雅园诗派的认知，周家父子经历了一个由假想，到验证，最后到确认的过程。并且随着时间的推移至今 20 余年间，其相关论述更进一步加深。在 2013 年出版的《中国新格律诗探索史略》中，周仲器、周渡又以“中国新格律诗探索的第三次浪潮”为题对雅园诗派予以专章论述。著名新诗理论批评史家潘颂德高度评价周家父子的历史观：“周仲器、周渡的学术新著中关于百年新格律诗探索史三次浪潮说，七个阶段论，科学地划分了百年新格律诗探索史的历史分期，脉络清晰，论证清楚，充分体现了两位诗论家、新格律诗史家的史识，是两位作者对中国新格律诗史研究的主要贡献。”[3] 周家父子提出的雅园诗派的历史命题也得到了诗人及诗歌理论家鲁德俊的认可，鲁德俊在《现代格律诗的第三次浪潮——简评诗人黄淮的贡献》一文中这样说：“第三次浪潮，是在粉碎‘四人帮’之后百废待兴的新时期，以黄淮为代表的雅园格律诗派的崛起，将全国有志于建立现代格律诗的诗人和诗

① 《现代格律诗坛》（总第 9 卷），雅园出版公司，2008 年，第 105 页。

② 《现代格律诗坛》（总第 10 卷），雅园出版公司，2009 年，第 123 页。

③ 周仲器、周渡编著：《中国新格律诗探索史略》，江苏大学出版社，2013 年，第 5 页。

论家都聚拢在一起，共商现代格律诗的前途，这在中国新诗史上是空前的。”[①] 骆寒超、陈玉兰在《中国诗学第一部：形式论》中也论述道：“像万龙生、黄淮等在新格律体诗创作中苦苦探求取得的成绩是值得大力肯定的，可以说今天一批聚集在（深圳——引者注）中国现代格律诗学会周围的新格律诗派诗人已比当年新月诗派同仁的‘创格’要成熟多了。”[②] 河南大学文学院刘涛教授在现代格律诗学专著《汉诗形式的理论探求——20世纪现代格律诗学研究》第七章也以“‘雅园诗派’为主体的新诗格律探索”为题，对骆寒超的新诗体式问题理论，丁鲁的节奏模式理论，程文、程雪峰的完全限步说进行了重点论述。赵青山的《现代格律诗发展史》在第五章“雅园诗派时期”，详述了雅园诗派的发生背景、理论主张、诗体建设、诗人创作成就等。

论理，有了以上学者的研究著述，深圳中国现代格律诗学会作为追求新诗格律化的诗歌流派已经形象而立体地存在于历史之中。虽然在研究的深度与广度方面还有待拓展，但建立在客观史实上的历史认识应该是符合新诗发展的客观规律的。尽管如此，雅园诗派的史学命题依然引起了一些诗人和学者的质疑。有些亲自参会并多次在会刊《现代格律诗坛》上发表作品的学会理事都矢口否认自己是雅园诗派的成员，湖南科技大学丁鲁教授就是其中代表之一。2013 年参与关于雅园诗派的讨论时，他发表了短文《我看“雅园诗会”和“雅园诗派”》[③]、进行论述。他认为：1. 是他最早和一些诗界朋友提出了“雅园无派”的观点；2. 要把参加雅园诗会的成名诗人和理论家归入“雅园诗派”大旗之下，应该征得当事人同意；3. 他自己在参会之前就已出版了多部著作，不是在雅园诗会以后成长起来的，所以有不认为自己是雅园诗派成员的权利；4. 建立统一的格律诗派，既没有必要，现在也根本不是时候。针对丁鲁教授的诗派观，笔者撰

① 《现代格律诗坛》（总第 9 卷），雅园出版公司，2008 年，第 128 页。

② 骆寒超、陈玉兰：《中国诗学第一部：形式论》，中国社会科学出版社，2009 年，第 727 页。

③ https://mp.weixin.qq.com/s/HnIxkjtd-NEB5FxH1LjCvg.

文《〈我看“雅园诗会”和“雅园诗派”〉读后》[①]，以新月派、现代派、“九叶”诗派的形成方式据理反驳，批评了他的成员认同观与诗派导师观，认为从会刊《现代格律诗坛》共11期，以及雅园出版公司出版的40余部诗集和论著来看，学会为众多诗人和学者提供了研讨阵地，他们的新诗格律化思想也得到更加广泛的传播，雅园诗人是可以成为推动新诗格律化的诗歌流派的。

二

雅园到底是有派还是无派？深圳中国现代格律诗学会能不能成为新诗史上推动新诗格律化的诗歌流派？这涉及的是流派观的问题。流派其实是对具有相同或相近的理论主张创作群体的历史认识，它并不能仅仅以任何个人的意愿来判定，历史上新月诗派就出现过类似的现象。“许多历史上被文学史划入这一流派的诗人后来也纷纷自清，力避与这一称谓扯上任何关系。编选过《新月派诗选》的陈梦家在五十年代愤怒地撇清与新月派的关系，认为若从诗艺来论，臧克家、何其芳比他自己更接近新月派，不能因为自己政治不正确，就始终挂着新月的招牌。和新月派颇有渊源，也曾有诗作入选《新月派诗选》的卞之琳在80年代忆旧说新时，也矢口否认自己是其中的一员。”[②] 尽管新月同仁一再否认自己有派，也并不妨碍后人将他们称为新诗史上第一个新格律诗派。而且从他们的诗歌文化资源、诗艺主张、活跃时间、艺术阵地和彼此联系来看，新月有派毋庸置疑。

黑龙江大学文学院叶红教授曾概述现代文学流派的三种生成方式：“一是由影响力大的文学社团发展成为文学流派，如文学研究会发展为人生派，创造社发展为艺术派（或浪漫派）；二是由密切的人际交往演化而来，其中或因师生关系、同学之谊、朋友之交、同乡之情等，如九叶诗派

---

① https://mp. weixin. qq. com/s/lUSZzAn5ez98bpuGJcCVcA.

② 刘蔓：《新月派史事钩沉与诗学新论》，《宜宾学院学报》2016年第11期，第34页。

是以同学、朋友为纽带形成的，新感觉派是以同学、朋友、同乡等多重情感为纽带形成；三是以现代报纸、刊物、书店、文学沙龙为文学理想、文学追求大致相同的人提供聚合的公共空间和言说平台形成文学流派。”① 有旗帜鲜明的推进新诗格律化的诗会雅园诗会（深圳中国现代格律诗学会首届年会）、常熟诗会（新诗格律与格律体新诗理论研讨会），有会刊《现代格律诗坛》（共 11 期），有出版公司（香港雅园出版公司）出版的 40 余部现代格律诗、史、论著作，雅园诗派的形成至少符合现代文学流派第三种生成方式的所有条件，也许同时还具有第一种生成方式的部分条件。

中国社科院研究员、评论家杨匡汉说：“创造流派有几个基本条件：有自己的文学旗帜，有完整、坚定、有说服力的理论主张；有一批观念、观点相似的作家；有一批能印证理论主张的优秀作品。”② 雅园诗会的文学旗帜是振兴现代格律诗；理论主张有最低纲领：现代汉语格律诗应当具有“鲜明和谐的节奏，自然有序的韵式”的特征；有最高纲领：创造出几种或多种定型诗体（共律体），又创造出几种或多种准定型诗体（准共律体），又加上众多的自律体与准自律体，形成众星捧月的新格律诗体谱系。另外还有众多在会刊及雅园出版公司出版著作的参会学者与诗人，这些都足以证明雅园诗人具备创造诗歌流派的基本条件。

在文学流派中，会有一个或几个领袖型作家、批评家，成为流派灵魂人物、核心人物，是流派的中坚力量，也是流派艺术风格集大成者，代表流派风格的经典作品往往出自这些人之手。如新月诗派的灵魂人物是闻一多、徐志摩、朱湘、梁实秋等，现代派的灵魂人物是戴望舒、卞之琳、孙大雨、梁宗岱、冯至等，雅园诗派的灵魂人物有黄淮、思宇、周仲器、邹绛、吕进、许霆、鲁德俊、万龙生等。黄淮尝试了九言诗的各种体式，成为 21 世纪九言诗创作的集大成者，同时还试验了汉俳、小汉俳、汉字诗、

---

① 叶红：《佩戴“文学徽章”的事物——论新月诗派的生成要素》，《文学与文化》2015 年第 4 期，第 125 页。

② 史晓琪：《呼唤新的诗歌流派——访中国社科院研究员、评论家杨匡汉》，《河南日报》2011 年 6 月 23 日，第 16 版《文娱新闻》。

微型诗等新诗体，与周仲器一起提出并阐释了自律体共律体的诗学命题；思宇主持策划了会刊及几乎所有出版著作的编辑工作；周仲器主持了后期会刊的编辑工作，撰写了新诗史上第一部新格律诗史学著作《中国新格律诗探索史略》；邹绛编选了《中国现代格律诗选》，他对新格律诗体分类的新发现，成为当今格律体新诗“三分法”分类的理论基础；吕进提出“新诗诗体重建”的诗学命题，奠定了21世纪新诗格律化的理论基石；许霆、鲁德俊潜心研究十四行诗体几十年，全面勾勒出百年十四行体新诗中国化的发展历程；万龙生提出以“格律体新诗”取代“现代格律诗”，并拓展延伸了格律体新诗“三分法”分类体系，成为东方诗潮时期领军人物。综上所述雅园诗派核心人物的学术成就，也足以证明这个诗歌流派在推进新诗格律化进程的桥梁与基石作用。

三

无论这些雅园中人自己如何看待雅园诗派，他们参加学会主办与协办的旗帜鲜明地推进新诗格律化会议的史实是存在的，他们依托学会提供的平台会刊《现代格律诗坛》以及雅园出版公司发表作品的史实也是存在的。他们的理论主张、创作趋向和其他雅园同仁相比，都是并行不悖的。纵观深圳中国现代格律诗学会诗人的创研轨迹、活动阵地、诗学传承、理论主张、创作方法等，可以确认他们就是一个具有相同或相近的新诗创作趋向的诗人学者群体。用“雅园诗派”这一称谓指称这群参加雅园诗会和常熟诗会，并在会刊《现代格律诗坛》发表作品、在雅园出版公司出版著作的诗人群体是合情合理的。

1. 诗派的群体范围。得时代风气之先，1994 年 10 月 23 日，深圳中国现代格律诗学会以公木、胡建雄、黄淮、思宇、邹绛、屠岸、丁芒等诗人学者为首，在北京召开了中国现代格律诗学会首届年会——雅园诗会，“将全国有志于建立现代格律诗的诗人和诗论家都聚拢在一起，共商现代格律诗的前途，这在中国新诗史上是空前的”（鲁德俊《现代格律诗的第三次浪潮——简评诗人黄淮的贡献》)①。鉴于名誉会长公木的影响力，这次会议列名的参加者虽然很多，但人员成分比较复杂，是不是都可以归入雅园诗派呢？自然不可一概而论。我认为，一是编辑会刊、策划出版的诗人学者应该归入；二是在会刊《现代格律诗坛》及雅园出版公司发表作品或者出版著作的参会或者列名诗人学者应该归入；三是虽未曾参会但通过各种联系在会刊发表作品的诗人学者也应该归入。那些虽然参会但会后未曾从事新格律诗探索创作的诗人学者不应归入雅园诗派之列。

2. 诗派的活动轨迹。两会：由深圳中国现代格律诗学会主办的“深圳中国现代格律诗学会首届年会”（雅园诗会），由常熟理工学院主办、深圳中国现代格律诗学会和西南大学中国诗学研究中心共同协办的“新诗格律与格律体新诗理论研讨会”（常熟诗会）；一刊：《现代格律诗坛》；一公司：雅园出版公司（香港）。

3. 诗派的诗学传承。既是对新月诗派新诗格律化运动的传承，更是对现代派新诗格律探索的拓展。说是对新月诗派的传承，是因为他们的共同目标都是推进新诗格律化，理论上尊奉闻一多的新格律诗“三美”理论；说是对现代派的拓展，是因为雅园诗派无论是在旗帜上，还是在理论上，都直接继承和发展了现代派诗人学者何其芳、孙大雨、林庚等的关于“现代格律诗”的理论学说。

4. 诗派的理论主张。诗会定了现代格律诗最低纲领：“鲜明和谐的节奏，自然有序的韵式。”该纲领是由邹绛先生提出并得到广大与会者的认可而发布的。邹绛先生多年研究现代格律诗，由其发现的新诗体分类方法后来被万龙生先生扩展为格律体新诗“三分法”，而由他提出的现代格律诗最低纲领显然是对何其芳《关于现代格律诗》理论的传承与发展。最高纲领后来被周仲器概括为：“创造形式多样的共律体（定型诗体）。”②

5. 诗派的学术思想。诗派灵魂人物的学术思想，无论是否在学会提

---

① 《现代格律诗坛》（总第9卷），雅园出版公司，2008年，第128页。

② 周仲器、周渡编著：《中国新格律诗探索史略》，江苏大学出版社，2013年，第137页。

供的言说平台（会刊及出版公司）传播，都应视为诗派的学术思想，因为他们都是在试图运用自己的学术思想来引领创作导向。从骆寒超的新诗二次革命论到吕进的诗体建设论，从何其芳的“限顿说”到程文的“完全限步说”，从邹绛的现代格律诗分类到万龙生的格律体新诗“三分法”，从黄淮、周仲器的“自律体共律体”诗学命题到赵青山的“自律共律格律”分类法，从许霆、鲁德俊的十四行诗中国化研究到赵青山编选的《十四行花环体诗选》，从周仲器、周渡的《中国新格律诗探索史略》到赵青山的《现代格律诗发展史》，都可以看到雅园诗派的学术思想对 21 世纪新诗格律化的理论贡献。

6. 诗派的学术推广。学会代表参加的学术会议有：2006 年 9 月 24 日，学会理事周仲器、万龙生、程文、沈用大、毛瀚等十余人出席了由重庆西南大学主办的第二届华文诗学名家国际论坛，并带去《中国新格律诗选萃》等三个选本，程文的《汉语新诗格律学》，黄淮《点之歌》以及思宇等的几本诗集进行交流，与会代表均提交有论文多篇。万龙生等在会上做了演讲；2008 年 4 月 20 日，学会理事周仲器等出席了上海新声研究小组主办的学术研讨会；2008 年 12 月 25 日，学会理事、《现代格律诗坛》主编思宇出席长春汉俳学会成立大会，会后任《汉俳》诗刊主编；2010 年 6 月，黄淮参加了两地举行的公木先生诞辰 100 周年的学术研讨会；2010 年，学会理事周仲器等代表学会出席了丁芒文学艺术研讨会；2012 年 5 月 5 日，学会理事周仲器出席了江苏省中华诗学研究会成立大会。

7. 诗派的诗体建设。学会通过会刊发表及著作出版推介的新诗体大致有：汉俳、353 小汉徘、六言新绝句、九言格律诗、微型格律诗、白话律诗、新词体、新曲体、新辞赋律等。

8. 诗派的持续发展。自 2011 年会刊《现代格律诗坛》停刊后，诗派的影响力就大大减弱，但诗派灵魂人物的新诗格律探索热情却丝毫未减。黄淮转向小汉俳、汉字诗写作，思宇依然还在创作新格律诗，周仲器撰写了《中国新格律诗探索史略》（2013 年），三人还合作主持策划编选了《雅园诗丛》《雅园诗论丛》，如《雅园诗选》（雅园出版公司，2013 年 1

月）、《雅园诗论选》（雅园出版公司，2013 年 3 月）等；吕进自 2004 年起主持“华文诗学名家国际论坛”多年（现已七届），推介宣传新诗诗体建设主张；许霆持续研究十四行诗中国化，并多年主持《常熟理工学院学报》中国新诗格律研究专栏；程文完成“完全限步说”理论之后，开设“网上诗话”，历任《东方诗风》杂志编委、《格律体新诗》杂志顾问；万龙生华丽转身，和一些志同道合的后生同仁建起了“东方诗风论坛”网站，创办了《东方诗风》杂志，同时主持西南大学学刊《诗学》格律体新诗研究专栏多年，并筹建了重庆市诗词学会格律体新诗研究院（2019 年）。同时，他们纷纷在网络上开设博客，在论坛上开设专题，传播自己的创研成果以及学术思想，掀起了新时期又一个新诗格律化运动新高潮。学会还依托雅园出版公司策划的“雅园诗丛”、“雅园诗论丛”系列，还为黄淮、周仲器、李长空、任雨玲、赵青山、高昌、萧宽、丁芒、屠岸、穆仁等诗人学者出版了个人新格律诗、史、论专著。

9. 诗派的历史局限。一是深圳中国现代格律诗学会属于民间社团性质，其运转经费早期由会长胡建雄提供资助，后期由副会长黄淮等人自筹，受经费紧张限制，学会除编辑会刊出版及由作者半筹或者自筹资金出版著作外，仅主办了雅园诗会、协办了常熟诗会，学会组织的其他活动较少。二是雅园出版公司是一家海外注册的出版社，其出版的大量系列丛书，在大陆图书馆难得流通，这就使得雅园诗派的新诗形式试验成果，得不到主流学界的认可与推广，在某种程度上沦为自娱自乐。这些都极大地限制了新诗诗体建设试验的展开和影响范围的扩大。三是经费紧张及其他问题，会刊《现代格律诗坛》曾一度中断，达五六年之久（2002—2006 年），而这应该是历史给予学会发展的黄金时期，实在可惜。

四

雅园诗派作为新诗历史上第二个现代格律诗派出现，标志着 20 世纪的新诗格律探索，进入了较为活跃的发展时期，也注定使它成为 21 世纪新诗格律化运动的历史与理论发展源流。

雅园诗派是一个结构松散的民间社团，除组织主办（或协办）二次新诗格律专题研讨会之外，没有组织其他的诗会活动，维系诗派运转的纽带主要是会刊《现代格律诗坛》和雅园出版公司，更多的则是一腔振兴新诗艺术美的热情，因此，“两会一刊一公司”是雅园诗派活动主要特征。即便如此，和新诗史上第一个新格律诗派——新月诗派相比较，雅园诗派依然显得成熟多了。在性质上，新月诗派属于沙龙聚会性质，参与诗人的地域范围要小得多；雅园诗派属于社团性质，参与的诗人遍布全国各地。在理论主张上，新月诗派提出“要把创格的新诗当一件认真事情做”① 的宣言，提出新诗要具有“音乐的美（音节）、绘画的美（辞藻），并且还有建筑的美（节的匀称和句的均齐）”② 的美学追求。雅园诗派提出“建立并发展现代格律诗”③（《现代格律诗坛·发刊词》）的宣言，提出现代格律诗最低纲领“鲜明和谐的节奏，自然有序的韵式”④ 与最高纲领“创造形式多样的共律体（定型诗体）”⑤。从新月诗派的宣言和美学追求，到雅园诗派的宣言和最低最高纲领，可以看到经过新格律诗人几十年的艰苦探索，诗体建设的整体架构变得越来越明晰了。

说起来，雅园诗派和现代派的渊源似乎更加紧密一些。1954 年，现代派诗人何其芳在《中国青年》第 10 期发表《关于现代格律诗》一文，阐明了自己建立新诗形式的主张，并为探索半个世纪之久的新格律诗起了一个美丽的名字：现代格律诗。鉴于当时的文坛现实，何其芳受到旗帜鲜明的批判，现代格律诗运动严重受挫，自此沉寂了 20 余年之久。改革开放以后，百花齐放，百家争鸣，各种思潮蜂拥而至，又催生了 20 世纪末最大的新诗格律化社团——深圳中国现代格律诗学会的产生。从学会名称、到首

① 蒋复璁、梁实秋编：《徐志摩全集》（第 6 卷），中央编译出版社，2013 年，第 126 页。
② 林文光：《闻一多文选》，四川文艺出版社，2010 年，第 68 页。
③ 《现代格律诗坛》，雅园出版公司，深新出字第 08 号，1994 年 10 月总 1 期，第 1 页。
④ 周仲器、周渡编著：《中国新格律诗探索史略》，江苏大学出版社，2013 年，第 137 页。
⑤ 周仲器、周渡编著：《中国新格律诗探索史略》，江苏大学出版社，2013 年，第 137 页。

届年会名称，到会刊名称，再到学会宣言，都直接继承传承了何其芳的未竟事业——“建立并发展现代格律诗”（《现代格律诗坛·发刊词》）[①]。据此而论，雅园诗派与现代派的新诗格律探索是一脉相承的，是对现代派新诗格律化思想的传承与发扬。

进入21世纪，凭借网络的便利，“东方诗风论坛”“中国格律体新诗网”以及对应的诗刊相继问世，掀起了21世纪新诗格律化的又一个新高潮——东方诗潮。考察对这一时期的影响较大的诗人学者，如吕进、程文、万龙生、杨德豫、黄淮、周仲器、丁鲁等，都是深圳中国现代格律诗学会时期硕果累累的学者大家。吕进的诗体建设主张、程文的完全限步说、万龙生的格律体新诗“三分法”（源自邹绛）、杨德豫的“以顿代步”的英诗汉译理论等，都成为21世纪格律体新诗创作实践的理论基石；而黄淮、周仲器的“自律共律”理论、周仲器、丁鲁的“雅园诗派”有无观都曾引起21世纪新格律诗界的大争论，黄淮、程文、万龙生同时还是《格律体新诗》杂志编委会顾问，就此也证明了东方诗潮时期与雅园诗派时期深厚的历史渊源。

雅园诗派并不是一个将追求“形而上”作为终极目标的诗派，它除关注新诗的形式建设以外，还注重新诗的精神建设。雅园诗会提出的“以诗开慧，以爱塑魂，是贯通我（学——引者注）会一切行动的主导思想”（胡建雄《以诗开慧，以爱塑魂——深圳中国现代格律诗学会的回顾与前瞻》）[②]，同时也是新诗形式建设的主导思想。吕进也认为“新诗二次革命的主要内容是三大重建：诗歌精神重建、诗体重建和诗歌传播方式重建”[③]，以诗歌开启人类智慧，以博爱塑造民族灵魂。传递社会正能量，传递昂扬向上的精神风貌是社会发展赋予现代格律诗的历史使命。所以说，雅园诗派追求的现代格律诗，既是达到内容与形式完美融合的、符合中华民族审美情趣的新诗体，也是引领新诗追求艺术美的诗路明灯。

---

① 《现代格律诗坛》，雅园出版公司，深新出字第08号，1994年10月总1期，第1页。
② 《现代格律诗坛》，雅园出版公司，深新出字第08号，1995年8月总2期，第19页。
③ 《西南大学学报》2005年1期，《新华文摘》2005年8期。

五

新诗史上，雅园诗派并不是仅仅作为一个追求新诗格律化的诗歌流派而存在的，它还有一项代表全球中华诗人的精神追求——在中华大地建立一座承载诗人灵魂，重塑诗国形象的中华诗园。

中华诗园是雅园诗派诗人黄淮的一项宏伟构想。该构想孕育于20世纪90年代初，由深圳中国现代格律诗学会于1994年在北京雅园宾馆召开的“雅园诗会”发起，在国内诗歌界引起了热烈的反响。许多党和国家领导人、诗人学者如贺敬之、陈昊苏、公木、艾青、王定国、魏传统、萧克、孙毅、王建中、徐斌、李真等纷纷题词、题字、来信来稿，畅抒对“中华诗园”的热烈支持和由衷赞美，并提出了很多有价值的建议。一些诗人艺术家还聚会座谈，对“诗园”的构想、宗旨、设计、建造等诸方面进行了有益的探讨和论证。吉林国画大师马哲先生根据中华诗园构想创意人黄淮先生的要求，创作了“中华诗塔”的造型构想图；诗坛泰斗臧克家先生欣然命笔，为“诗园”写了园名；著名油画艺术家侯一民先生称“中华诗园”将是我国文化含量和文化品位极高的一处园林，并愿为之奉献力量。不少报刊还纷纷转载相关报道与专访。但由于当时政治、经济、文化等诸多原因，这项伟大的工程未能付诸实施，在中国文化史上留下了很大的遗憾。

2013年5月11日，“中华诗园”筹备会在中国北京通州画家村方舟艺术区萧宽画院召开，会上起草了文件《关于兴建大中华诗文化园，创建大中华诗文化联谊会，提升中华民族精神的呼吁书》《中华诗园设计草案（征求意见稿）》，会后笔者主编了《中华诗园》图文集，勾勒出中华诗园的大致轮廓：

主体是筹建以中华诗园、中华诗塔和中华诗书画博物院、中华诗文化研究院为主题的中华诗歌文化艺术园林与建筑群。其宗旨是以中华诗文化为倡导，结合与诗文化有联系的文、书、画等艺术门类，创造一处高层次的当代人文景观，为中华诗人建造一处心灵的圣地。目的是重塑中华诗国的形象，继承和发扬中华民族优秀的文化传统，培养和建设社会主义精神文明。以诗魂、国魂、民族魂为载体，凝聚全球华人的一颗中国心，实现民族复兴的中国梦。①

“中华诗园”是中华文明的历史工程，是振兴民族精神的千秋大业，更是承载凝聚民族向心力的文化载体。“雅园诗会”至今已过去二十余年，倡导发起“中华诗园”的老一辈党政军领导、诗人、画家、书法家、学者不少已经作古，他们未竟的事业需要我们年轻一代承担过来。历代诗人的民族魂，应当由我们这一代人化为现实的圣坛，成为民族文化中一块瑰宝。

愿中华诗塔早日矗立在创造了千年文明的中华大地上!②

六

雅园诗派是新诗史上一个极其重要的诗歌流派，它是改革开放以来20余年间新诗人追求新诗艺术美的集体大行动。在精神上为新诗传递了正能量，在艺术上为新诗明确了新的审美规范，在理论上为新诗勾勒出了从“节奏和谐、韵式有序”到“定型诗体”的大框架，在创作上试验了许多形式各异的新诗体，留下了许多宝贵的新诗格律理论和精致的诗歌艺术精品，对21世纪新诗格律化运动来说，这些都是丰富的有形的文化遗产。深入研究雅园诗派，对于当前新诗拯衰救弊，推进新诗格律化进程，摆脱新诗发展困境有着极其重要的现实意义。

---

① 赵青山主编《中华诗园》，雅园出版公司，2016年10月，第5页。

② 赵青山主编《中华诗园》，雅园出版公司，2016年10月，第6页。

图书在版编目（CIP）数据

诗学. 第十六辑 / 吕进，向天渊主编. — 成都 ：
巴蜀书社，2022.12

ISBN 978-7-5531-1861-1

Ⅰ.①诗…　Ⅱ.①吕…　②向…　Ⅲ.①诗歌研究－中
国－当代　Ⅳ.①I207.22

中国版本图书馆 CIP 数据核字（2023）第 006156 号

诗学（第十六辑）
SHIXUE

吕　进
向天渊　主　编

责任编辑	陈亚玲
出　　版	巴蜀书社 成都市锦江区三色路 238 号新华之星 A 座 36 层　邮编 610023 总编室电话：(028)86361843
网　　址	www. bsbook. com
发　　行	巴蜀书社 发行科电话：(028)86361851
经　　销	新华书店
照　　排	四川胜翔数码印务设计有限公司
印　　刷	成都蜀通印务有限责任公司　(028) 64715762
版　　次	2023 年 1 月第 1 版
印　　次	2023 年 1 月第 1 次印刷
成品尺寸	170mm×240mm
印　　张	19. 25
字　　数	350 千
书　　号	ISBN 978-7-5531-1861-1
定　　价	72. 00 元